Am Abgrund seiner Seele

Die Autorin

Dania Dicken, Jahrgang 1985, lebt in Krefeld und hat in Duisburg Psychologie und Informatik studiert. Mit den Grundlagen aus dem Psychologiestudium setzte sie ein langgehegtes Vorhaben in die Tat um und schreibt seitdem spannende Profiler-Thriller.

Dania Dicken

Am Abgrund seiner Seele

Thriller

Weltbild

Besuchen Sie uns im Internet:
www.weltbild.de

Genehmigte Lizenzausgabe für Weltbild GmbH & Co. KG,
Werner-von-Siemens-Straße 1, 86159 Augsburg

Umschlaggestaltung: Atelier Seidel - Verlagsgrafik, Teising
Umschlagmotiv: © shutterstock/Juhku; © shutterstock/Ainis
Satz: Datagroup int. SRL, Timisoara
Druck und Bindung: GGP Media GmbH, Pößneck
Printed in the EU
ISBN 978-3-95973-306-9

2020 2019 2018 2017
Die letzte Jahreszahl gibt die aktuelle Lizenzausgabe an.

Bekämpfe nicht das Übel, indem du mit Bösem antwortest,
aber zeige deine Widerstandskraft
als Zeichen deiner Selbstverteidigung.
Ramakrishna

Als ein besonderes Andenken
für meine Großmutter Maria Dicken.
Ich weiß, du hättest mich auch darin unterstützt.

Prolog

Auf der Wasseroberfläche spiegelten sich dunkle Wolken, die bedrohlich über das Land zogen. Der raue Wind riss eines der letzten Blätter von den Zweigen einer Buche und übergab es den Fluten des Yare. Die Strömung trieb es auf der Wasseroberfläche flussabwärts, bis es sich schließlich in den langen Strähnen aschblonden Haares verfing. Sie wogten in dem unruhigen Gewässer hin und her, genau wie der leblose Körper der jungen Frau, zu der sie gehörten. Ihre Augen starrten reglos in den Himmel und waren durch die vielen geplatzten Adern blutunterlaufen. Ihr Gesicht war wächsern und fahl. Die Blutergüsse und Druckspuren an ihrem Hals ließen die Ursache ihres Todes erahnen.

Sie trug keinen Fetzen Kleidung mehr am Leib. Ihr nackter Körper hatte sich gleich am Ufer in den Wurzeln eines Baumes verfangen. Auch an den Beinen waren zahlreiche Blutergüsse sichtbar.

Sie schien eine hübsche junge Frau gewesen zu sein, mit einer wohlgeformten Figur und gut verteilten Proportionen. Aber diese Schönheit war vergangen. Nun war sie entstellt durch den Tod und die Schrecken, die er mit sich gebracht hatte. Das Entsetzen spiegelte sich in ihren kalten, toten Augen wider, weit aufgerissen und in schierer Panik starrend. Sie hätte sicher geschrien, wenn es ihr denn möglich gewesen wäre. Ihr Mörder hatte das Klebeband von ihrem Mund nicht entfernt – genau wie die Fesseln, die ihre Hände auf dem Rücken zusammenschnürten.

Mit der nächsten Welle löste sich das Blatt aus ihrem Haar. Die tote junge Frau jedoch lag immer noch da. Ihr Name war Jenna.

Jenna war die Erste.

University of East Anglia, 24. September

Es hatte gegen Ende des vorangegangenen Semesters begonnen. Bei der ersten Vergewaltigung, die der Polizei gemeldet worden war, hatte sich noch niemand etwas gedacht. Erst, als es eine zweite Studentin am Campus getroffen hatte, war die Polizei hellhörig geworden. Die junge Frau hatte sich auf dem Heimweg zu ihrem Wohnheim befunden.

Andrea und ihrer Freundin Sarah wurde bewusst, wie nah er ihnen bereits gekommen war, denn auch sie lebten in diesem Wohnheim.

Der Täter hatte immer nachts an einsamen Orten zugeschlagen, bis kürzlich erstmals im nahen Eaton Park eine Studentin vergewaltigt wurde. Inzwischen stand fest, dass Norwich einen Serienvergewaltiger hatte, denn um Spuren machte er sich keinerlei Gedanken. Die Analyse der gefundenen DNA hatte ergeben, dass es sich in allen vier Fällen um denselben Täter handelte. Abgleich mit der Datenbank erfolglos, natürlich.

***

Die Studentinnen waren gewarnt. Gemeinsam schlenderten Andrea und Sarah zum Zentrum des Campus. Die Studentenpartys der University of East Anglia waren berühmt für Musik und billige Getränke und berüchtigt für Abstürze und unverhohlenes Anbaggern. Andrea konnte Sarahs Vorfreude auf die Party nicht teilen, begleitete sie eher unmotiviert.

In der Dämmerung kamen ihnen einige Grüppchen angeheiterter Studenten entgegen, die das Partygeschehen temporär unter den freien Himmel verlagerten. Die Musik war bereits deutlich zu hören, vor allem die tiefen Bässe.

Die Freundinnen betraten das Union House und schlängelten sich an mitunter recht schrill gekleideten Partygästen mit biergefüllten Plastikbechern in den Händen vorbei in den Keller unter der Mensa. Die Musik der Chemical Brothers brüllte ihnen entgegen. Im großen Partykeller war es bis auf die zuckenden bunten Lichter finster. Die Sinneseindrücke beschränkten sich hauptsächlich auf den Bass, der im Magen für ein merkwürdiges Gefühl sorgte. Das Kratzen des Zigarettenqualms in ihrem Hals erinnerte Andrea daran, warum sie stickige Kellerpartys eigentlich hasste.

Sie nahm Kurs auf die Bar. Sarah erschien neben ihr und verlangte nach einem Bier, ehe Andrea überhaupt den Mund geöffnet hatte. Ihre anschließende Bestellung einer Cola brachte ihr einen entgeisterten Blick von Sarah ein.

»Willst du wieder nüchtern feiern?«

»Im Augenblick ja«, erwiderte Andrea unbeeindruckt. Sarah kommentierte es nicht, das hatte sie längst aufgegeben. An ihrem Bier nippend, lehnte sie sich neben Andrea an die Bar und ließ ihre Blicke über die anwesenden Männer schweifen. »Wonach soll ich für dich Ausschau halten?«

»Nach gar nichts«, erwiderte Andrea völlig ohne jede Spur von Interesse.

»Ach, komm schon! Hast du noch niemanden gesehen, der dir gefällt?«

Andrea schüttelte den Kopf. Sie funktionierte nicht wie Sarah, die sich jederzeit einen Kerl angelte, wenn er ihr gefiel.

Im Handumdrehen war Sarah auf die Tanzfläche verschwunden. Andrea, immer noch die Cola in der Hand, versuchte weiterhin, sich von der Partystimmung anstecken zu lassen. Ein schlankes blondes Mädchen in zu kurzem T-Shirt tanzte ausgelassen und zog die Blicke einiger umstehender Männer auf sich.

Zwei junge Männer steuerten auf die beiden leeren Barhocker rechts neben Andrea zu. Ihre Blicke streiften sie kurz. Neben ihr hatte der größere der beiden Platz genommen, ein junger Mann mit krausem dunklem Haar und kleinem Kinnbart. Das Grübchen an seinem Kinn, die markanten Züge und seine athletische Statur gefielen ihr. Vor allem jedoch hatte sie den Eindruck, dass er sich auf der Party genauso wenig zu Hause fühlte wie sie.

Sein Begleiter, dem die Party offensichtlich deutlich besser gefiel, orderte im Handumdrehen zwei Bier. Andreas Blicke streiften sein dunkelblondes, pingelig frisiertes Haar. Für die Frauen herausgeputzt, dachte sie kurz. Er war groß, wirkte jedoch verglichen mit seinem Begleiter schmächtig.

Er beugte sich zu Andreas Sitznachbarn hinüber. Aufgrund der Lautstärke der Musik sprach er so laut zu ihm, dass selbst Andrea es noch verstehen konnte. Ein Umstand, der sie nicht weiter interessiert hätte, hätte er nicht plötzlich Deutsch gesprochen.

»Also, du kannst sagen, was du willst, aber das ist ein prächtiger Hintern«, urteilte er mit ungeniertem Blick auf die blonde Tänzerin.

»Die ist aber eher was für dich«, erwiderte Andreas Sitznachbar ohne jeden Enthusiasmus.

»Stimmt. Aber im Gegensatz zu dir interessiert mich so etwas wenigstens.«

Andrea versuchte sie nicht anzustarren, während sie unwillkürlich ihrem Gespräch lauschte. Es erstaunte sie so sehr, jemanden Deutsch sprechen zu hören, dass sie gar nicht anders konnte.

»Halt die Klappe.« Ihr Sitznachbar war genervt.

»Verdammt, Greg, so funktioniert das nicht. Du bist mitgekommen, weil ich dich auf andere Gedanken bringen sollte. Ich meine, es ist doch perfekt – es gibt Bier, Musik und schöne Frauen.«

»Du hast Glück, dass ich überhaupt mitgekommen bin«, sagte Greg trocken.

»Du nimmst das mit den Frauen zu ernst. Jetzt trink dein Bier, hab ein bisschen Spaß und nimm eine hübsche Frau mit nach Hause. Eine schnelle Nummer täte dir vielleicht auch ganz gut …«

Greg starrte seinen Begleiter frustriert an. »Du gehst mir auf die Nerven, Jack. Du weißt, dass ich nicht der Typ dafür bin.«

»Sex macht auch ohne Liebe Spaß, glaub mir. Ich meine, diese blonde Schönheit da vorn – da stimmt doch alles. Großartiges Fahrgestell …«

Andrea lachte unwillkürlich über diese Äußerung. Als sie von den beiden nur irritierte Blicke erntete, wäre sie am liebsten im Boden versunken.

»Ich wollte euch nicht belauschen«, sagte sie, ebenfalls auf Deutsch. Jack verdrehte die Augen und schlug sich vor die Stirn.

Greg hingegen grinste breit und gab seinem Begleiter einen Stoß. »Das musste eines Tages passieren.«

»Ja, aber doch nicht ausgerechnet jetzt«, klagte Jack schrill.

»Wie es scheint, doch.« Greg neigte höflich den Kopf und musterte sie interessiert.

»Also noch mal von vorn«, sagte er. »Ich bin Gregory und das ist mein Bruder Jack.«

»Freut mich. Andrea«, stellte sie sich vor.

»So, wie du deinen Namen betonst, könnte man glauben, du kommst aus Deutschland.«

Ihr Nicken bestätigte das. »Aus Dortmund.«

»Unsere Mum kommt aus Bielefeld. Irgendwann hat sie festgestellt, wie toll wir englischen Kerle eigentlich sind und ist mit unserem Dad hiergeblieben«, tat Jack selbstzufrieden und angeheitert kund.

»Unsere Mum hat immer Deutsch mit uns gesprochen. Bis vorhin ließ sich das hervorragend als Geheimsprache verwenden …«, fügte Gregory den Ausführungen seines Bruders hinzu.

Andrea errötete lachend. »Tut mir leid. Ich wollte euch wirklich nicht belauschen.«

»Nein, schon gut. Es ist unsere eigene Schuld«, wiegelte Gregory ab.

»Eigenartig, wieder Deutsch zu sprechen«, sagte sie.

»Wie lang bist du schon hier?«

»Ein Jahr.«

Dabei hatte diese Zeitspanne nicht zum Vergessen beigetragen. Es gab noch immer Momente, in denen Andrea sich sah, wie sie damals nachts um zwei zu Hause wartend vor dem Fernseher saß. Auf das Klingeln an der Haustür hin war sie aufgestanden und hatte zwei Männern geöffnet – es waren Polizisten.

»Wir müssen Ihnen leider eine traurige Nachricht überbringen.«

So nannte die Polizei es also, wenn sie jemandem mitteilte, dass seine ganze Familie tot war. Als Andrea am nächsten Tag vor den Scherben der Autoscheiben am Unfallort gestanden hatte, wurde ihr bewusst, dass ihr Leben nun ein einziger Scherbenhaufen war.

Sie schluckte hart und schob den Gedanken an ihre Familie gewaltsam beiseite. Trotzdem reagierte sie nicht gleich auf Gregorys Frage.

»Und was studierst du?«

Andrea atmete tief durch. »Psychologie. Siebtes Semester.«

»Interessant«, urteilte Gregory. Weil Jack ihm einen Stoß zwischen die Rippen gab, wandte er sich mit einem strengen, beinahe mitleidigen Blick seinem Bruder zu. »Was?«

»Sie ist hübsch …«, raunte Jack ihm vielsagend zu, während er Andrea mit Unschuldsmiene angrinste.

»Ja, das sehe ich auch. Und?« Gregory hob gespielt fragend eine Augenbraue.

»Das ist deine Chance.«

»Oh dear, du bist anstrengend.«

Andrea bemerkte, wie unangenehm ihm die Situation war. Sein Blick wanderte wieder zu ihr. »Wollen wir uns irgendwo unterhalten, wo wir nicht diese Pest am Hals haben?«

»Danke«, sagte Jack schnippisch.

»Von mir aus gerne.« Andrea stand gemeinsam mit Gregory auf, und zusammen gingen sie langsam Richtung Ausgang. Erst da wurde ihr bewusst, was sie gerade tat. Sie verschwand mit jemandem, den sie gar nicht kannte. Allerdings hatte sie auch nicht vor, ihn unter Generalverdacht zu stellen. Für sie sah er nicht aus wie jemand, der im Gebüsch auf Studentinnen lauerte.

»Geht doch«, rief Jack ihnen amüsiert hinterher.

»Ihr liebt euch wohl heiß und innig.«

»Ach, Jack ist schon in Ordnung. Er kann nur ein unglaublicher Idiot sein, wenn er es darauf anlegt.« Gregory hielt Andrea die Tür auf und überließ ihr den Vortritt. Frische, etwas kalte Luft schlug ihnen entgegen.

Ganz in der Nähe des Gebäudes entdeckten sie eine Bank, auf die Greg zielstrebig zuhielt. Andrea folgte ihm unsicher und nahm neben ihm Platz. Sie wusste nicht so recht, was sie sagen sollte, und studierte deshalb die kleinen Kiesel vor ihren Füßen. Als sie den Kopf wieder hob, entging ihr nicht das Lächeln auf Gregorys Lippen.

»Wie alt bist du?«, nahm er das Gespräch wieder auf. Andrea gefiel sein englischer Akzent.

»Dreiundzwanzig, und du?«

»Neunundzwanzig.«

»Und du studierst auch hier?«

»Ja. Ich bin jetzt im vierten Semester. Interior Design … was heißt das auf Deutsch?« Er war scheinbar zu nervös, um sofort jedes deutsche Wort parat zu haben.

»Innenarchitektur.« Sie grinste.

»Ah, richtig. Ist eine lange Geschichte. Ich war ein Jahr bei der Army und habe anschließend einige Zeit in einer Bank gearbeitet. Irgendwann wurde mir klar, dass das nicht mein Fall ist – und jetzt bin ich hier. Und du? Psychologie ist bestimmt auch spannend.«

Andrea nickte zustimmend. »Verhaltensanalyse interessiert mich am meisten. Es gibt viele spannende Bereiche in der Psychologie. Nach meinem Abschluss hier würde ich gern nach London gehen und eine Weiterbildung in der operativen Fallanalyse machen. Du weißt schon – Profiling.«

»Nicht schlecht. Verbrecherjagd also.«

»Ich finde das faszinierend.«

»Ist es bestimmt auch. Übrigens gefällt es mir, mit dir Deutsch zu sprechen.«

Schweigend sahen die beiden einander an. Andrea gestand sich mit einem Kribbeln im Bauch ein, dass er gut aussah. Unter seinem T-Shirt zeichneten sich breite Schultern und muskulöse Arme ab. Beides gefiel ihr. Er hatte ein offenes Gesicht mit freundlichen braunen Augen.

Sie stützte sich mit den Händen an der Bank ab. Seine Hand lag gleich neben ihrer. Nicht nah genug, wie sie fand – nicht ahnend, dass er ähnliche Gedanken hegte.

Gregory atmete tief durch. »Ich fände es toll, dich näher kennenzulernen.«

Andrea wurde heiß vor Aufregung. »Gern.«

»Sollen wir uns am Montag zwischen den Vorlesungen zum Mittagessen treffen?«

Andrea war einverstanden. Diese Chance wollte sie sich nicht entgehen lassen.

Ein kalter Windstoß brachte sie zum Frösteln. Ihr Schaudern entging Gregory nicht.

»Komm, wir gehen zurück.«

Widerstrebend folgte Andrea ihm zurück zum Gebäude. Die Musik wurde lauter, je näher die beiden kamen. Im Gebäude dröhnte sie ihnen schließlich ohrenbetäubend entgegen. Sie entdeckten zuerst Jack, der mit einem blonden Mädchen tanzte. Gregory kommentierte es nicht.

Andrea fand Sarah an der Bar, wo sie ihr Gregory vorstellte. Er bot an, für alle Getränke zu bestellen und wandte sich dem Barkeeper zu. Sarah gaffte ihn unverhohlen an und zog Andrea unauffällig zur Seite, um das dringende Bedürfnis zu befriedigen, über ihn zu reden.

»Das fasse ich nicht, kaum passe ich nicht auf, angelst du dir so einen attraktiven Kerl. Und was ist mit mir?«

»Sein Bruder ist noch frei«, sagte Andrea mit dem erfolglosen Versuch, dabei ernst zu bleiben. Sarahs entsetzter Blick sorgte dafür, dass sie losprustete.

»Was, der Aufschneider? Ich leide doch nicht an Geschmacksverkalkung. Aber was mache ich jetzt? Der Hauptpreis ist ja schon vergeben.«

Andrea wusste nicht, was sie darauf erwidern sollte und schwieg. Das war wohl auch besser so, denn Gregory drehte sich genau in dem Moment wieder zu ihnen und reichte ihnen ihre Getränke. Sie stießen an, genau in dem Moment hörten sie ein schallendes Gelächter aus der Richtung der Tanzfläche. Die Ursache dafür war Jack, der in seinem mehr als angeheiterten Zustand irgendwelche peinlichen Verrenkungen hinlegte. Ein Blick zu Gregory verriet Andrea, dass er sich scheinbar köstlich über seinen Bruder amüsierte. Er bemerkte ihren Blick und erwiderte ihn lächelnd. Das Kribbeln in ihrem Bauch wurde stärker.

Jack war später so betrunken, dass Gregory arge Probleme hatte, ihn zum Aufbruch zu bewegen. Sarah und Andrea begleiteten die beiden zum Abschied nach draußen. Gregory und Andrea tauschten ihre Handynummern aus.

»Also, dann bis Montag.« Andrea lächelte.

»Ich warte an der Cafeteria auf dich«, versprach er.

»Wie, du willst sie nicht jetzt flachlegen?«, lallte Jack auf Deutsch. Andrea grinste bloß.

Gregory bedachte seinen Bruder mit einem mitleidigen Blick und schob ihn in Richtung Parkplatz.

Lachend folgte Andrea Sarah, die schon zwei Schritte in Richtung Wohnheim gemacht hatte. Als Andrea sich noch einmal umdrehte, wurde sie Zeugin, wie Gregory seinen Bruder auf dem Weg zum Parkplatz stützte.

Augenblicke später platzte Sarah heraus: »Du hast ein Date! Ich fasse es nicht.«

»Sieht so aus«, erwiderte Andrea, die es selbst noch nicht ganz glauben konnte. Als ein Windstoß sie erreichte, fröstelte sie leicht. Misstrauisch drehte sie sich um und blickte zu den Büschen, deren Blätter im Wind rauschten. Gerade wirkte das Gebüsch finsterer als sonst.

Eaton Park,
20. September

Zitternd und mit Herzrasen schaute sie sich um; fragte sich, ob er noch in der Nähe war. Würde er zurückkommen? Sie hoffte – nein, sie betete –, dass er es nicht tat. Inzwischen war es dunkel. Der Wind raschelte in den Bäumen des Parks, in der Nähe erhellte eine Laterne den Weg.

Schluchzend machte sie einen Schritt vorwärts. Es tat weh. Aber das war nicht das Schlimmste. Viel schlimmer war das Gefühl von Ekel, das an ihr klebte. Es war unaussprechlich für sie, die Vorstellung kaum erträglich. Sie sah ihn immer noch vor sich, spürte seinen Atem, seine Körperwärme, immer wieder aufs Neue den Schmerz. Ihrer Kehle entrang sich ein Wimmern, wenn sie an seine Stimme dachte. Sie hatte gar nicht böse geklungen.

Die Hose klebte jetzt an ihren Beinen. Es war ein widerwärtiges Gefühl, aber immer noch besser, als nackt durch den Park zu laufen. Sie verstand nicht, dass sie ihn gar nicht bemerkt hatte. Auf einmal war er dort gewesen und hatte sie mit dem Messer bedroht. Vor lauter Schreck hatte sie gar nicht schreien können. Als er sie hinter ein Gebüsch gezerrt hatte, hatte sie gewusst, was geschehen würde. Trotzdem hatte sie sich kaum gewehrt, nur geweint. Ihre Tränen hatten ihn nicht beeindruckt – im Gegenteil. Sie hatten ihn angespornt. Es hatte ihm gefallen, dass sie weinte.

Susan hatte die Arme um den Leib geschlungen und verließ den Park. Nur weg. Aber wohin? Sollte sie zur Polizei gehen?

Sie wusste nicht, was sie tun sollte. Tränen nahmen ihr die

Sicht, als sie orientierungslos auf die Straße stolperte. Wie sollte sie das überhaupt ihrem Freund erklären? Wie würde er reagieren, wenn er herausfand, dass sie vergewaltigt worden war?

Das Auto bemerkte sie erst, als sie die Bremsen knirschen hörte. Reglos starrte sie ins Scheinwerferlicht. Als ein junger Mann auf der Fahrerseite ausstieg, wich sie zurück.

»Alles in Ordnung?«, fragte er. Unverständig starrte sie ihn an.

Die Beifahrertür wurde geöffnet. Eine junge Frau musterte Susan besorgt.

»Können wir dir helfen?«

Susan starrte nur. Das Pärchen tauschte ratlose Blicke aus. Die Frau ging auf Susan zu, legte ihr eine Hand auf die Schulter.

»Wir bringen dich ins Krankenhaus«, sagte sie. »Komm. Es passiert dir nichts.«

Jetzt nicht mehr, dachte Susan, als sie ihr folgte und wie ferngesteuert ins Auto stieg.

University of East Anglia, 27. September

Gedankenversunken schlenderte Andrea neben Sarah her, bis ihr am Straßenrand zwei weiße Streifenwagen der Polizei ins Auge stachen. Mit den neongelben und blauen Randstreifen waren sie kaum zu übersehen. Fragend hielt Andrea Ausschau nach Polizisten, konnte aber niemanden entdecken. Erst als die beiden sich der Bibliothek mit der vornehmen hölzernen Außenfassade näherten, entdeckten sie auf dem Weg zwei Beamte, die mit einigen Studenten sprachen. Andrea und Sarah blieben stehen, um zuzuhören.

»Wir sind rund um die Uhr vor Ort. Zudem wurden die Streifen verstärkt«, sagte einer der Polizisten.

»Und das soll etwas bringen?«, fragte eine offensichtlich sehr verunsicherte junge Frau.

»Wir hoffen es zumindest. Vor allem möchten wir alle Studentinnen darauf hinweisen, dass sie zu ihrer eigenen Sicherheit stets in Begleitung unterwegs sein sollten, besonders nachts. Das ist der beste Schutz.«

»Und was, wenn wir niemanden haben, der uns begleiten kann?«, fragte eine andere Studentin.

»Meiden Sie dunkle, einsame Orte. Von Waffen zur Selbstverteidigung können wir nur abraten, denn nach den Schilderungen der Betroffenen ist er sehr schnell und stark. Es hätte also keinen Sinn, ihn anzugreifen. Er war stets mit einem Messer bewaffnet. Sie würden sich nur selbst gefährden, wenn Sie zu Waffen greifen«, sagte der andere Beamte.

Sarah und Andrea tauschten einen vielsagenden Blick, bevor sie weitergingen.

»Du machst doch gerade dieses Praktikum bei der Polizei«, sagte Sarah plötzlich. »Hast du dort noch nichts aufgeschnappt?«

Andrea schüttelte den Kopf. »Im Moment habe ich dort mit jemandem zu tun, der die kalten Fälle bearbeitet. Damit ich sehe, wie Polizeiarbeit in der Praxis funktioniert … und wie frustrierend sie sein kann.«

»Toll«, erwiderte Sarah trocken. »Also Aktenwühlen?«

»So ziemlich, ja. Für den Anfang ist das gar nicht schlecht, der Sergeant meinte, ich soll ihm sagen, wenn mir Ungereimtheiten auffallen oder ich Ideen habe. Für die Polizei ist das genauso ein Experiment wie für mich, die wollen mal sehen, inwiefern Psychologen und Profiler bei der Arbeit helfen können.«

»Du kannst ja mal die Ohren spitzen.«

»Ich werde es versuchen«, sagte Andrea. »Vielleicht finde ich heraus, was genau passiert ist. Ich weiß, dass Vergewaltigungen oft nicht sexuell motiviert sind, sondern aus Aggression heraus. Vielleicht gibt es irgendwelche Tatmerkmale, die Rückschlüsse zulassen.«

»Dass du das wirklich machst«, sagte Sarah kopfschüttelnd.

»Natürlich, ich will doch wissen, was mich erwartet, und für die Bewerbung beim Profiling-Seminar ist das bestimmt nützlich.«

»Auch wieder wahr«, sagte Sarah. Andrea erwiderte nichts. Sie musste zugeben, dass sie schon oft daran gedacht hatte, sich bei der Polizei nach dem Vergewaltiger zu erkundigen.

Schon vor Monaten hatte sie sich darum bemüht, ein Schnupperpraktikum beim Norfolk Constabulary zu machen, um Polizeiarbeit in der Praxis kennenzulernen. Wann auch immer ihre Vorlesungszeiten es zuließen, war sie eingeladen, bei der Polizeistation in der Stadt vorbeizuschauen und Akten zu wälzen. Es reizte sie als angehende Psychologin, sich mit Verbrechen zu beschäftigen, und sie war froh, dass sie sich auch über ihre Vorlesungen heraus praktisch mit dem Thema auseinandersetzen konnte.

»Nichts anbrennen lassen.« Sarah zwinkerte ihrer Freundin vielsagend zu, als sie die Bibliothek erreicht hatten. Andrea kommentierte es nicht, verabschiedete sich von Sarah und überquerte die Wiese in Richtung Cafeteria.

Gregory wartete bereits vor der Tür. Er fiel Andrea schon von Weitem ins Auge. Er hatte definitiv einen guten Geschmack: Er trug ein schlichtes T-Shirt, eine nicht ganz billige Jeans und ebensolche Turnschuhe. Erst der Rucksack machte ihn doch zu einem typischen Studenten.

Er lächelte fröhlich und kam Andrea über die Stufen entgegen. Zögerlich blieb er vor ihr stehen, bevor er sie zur Begrüßung umarmte – vorsichtig und verhalten, aber sie erwiderte die Geste sofort.

Ihn an sich zu spüren, verschlimmerte ihre Aufregung nur. Für einen kurzen Moment sog sie seinen Geruch ein. Tolles Aftershave.

Sie bedauerte, dass er sie wieder losließ. Erst nachdem sie einander unsicher angesehen hatten, entschied er sich, in die Cafeteria zu gehen. Dass er ihr die Tür aufhielt, imponierte ihr.

»Such dir aus, was du willst«, sagte er. »Ich lade dich ein.«

Sie wusste nicht, was sie erwidern sollte. Eigentlich wollte sie widersprechen, aber vor den Kopf stoßen wollte sie ihn auch nicht.

»Danke«, sagte sie mit einem schüchternen Lächeln.

Gregory hielt Wort und bezahlte an der Kasse für beide. Am Tisch setzten sie sich einander gegenüber.

»Deine Mutter ist also für deinen Vater nach England gekommen?«, fragte Andrea nach dem ersten Bissen.

»Ja, sie lebt schon seit über dreißig Jahren hier. Mein Vater hat nie richtig Deutsch gelernt, im Gegensatz zu Jack und mir. Sie hat in Deutschland alles aufgegeben, aber sie hat es nie bereut.«

»Das muss Liebe sein!«

Nach einem Moment des Zögerns wechselte er das Thema. Ihre Gegenwart machte ihn sichtlich nervös.

»Macht dir dein Studium hier Spaß?«, erkundigte er sich.

»Es ist großartig, aber ich freue mich darauf, wenn ich endlich aus dem engen Wohnheim ausziehen und mir eine eigene Wohnung leisten kann«, sagte Andrea. »Im Moment kann ich nur schlecht jemanden zu mir einladen.«

»Das wäre mir egal.« Sofort biss Gregory sich auf die Unterlippe und schluckte.

»Sollte das eine Anspielung sein?«, fragte Andrea, ohne ihn damit aus der peinlichen Situation zu retten.

»Eigentlich nicht, aber … ja, jetzt ist es raus. Du gehst mir nicht mehr aus dem Kopf«, gab er zu.

Ihre Lippen verzogen sich zu einem Lächeln. »Mir geht es genauso.« Tatsächlich hatte sie das ganze Wochenende über nur an ihn gedacht.

»Erforschst du mich eigentlich, wenn du mich ansiehst?« fragte er unvermittelt.

Andrea schüttelte den Kopf. »Nicht bewusst, nein. Es gibt Dinge, die mir auffallen. Aber ich muss zugeben, dass ich viel mehr auf die Körpersprache eines Menschen achte, seit ich darüber etwas gelernt habe.«

»Ich kann mir das gar nicht vorstellen. Können Fallanalytiker wirklich erklären, wie Verbrecher handeln?«

»Ja, aber diese Erkenntnisse beruhen auf wissenschaftlichen Daten, auf Statistiken. Es steckt viel Forschung dahinter.«

»Also kein Hokuspokus.«

»Nein, gar nicht«, sagte sie. »Tatabläufe und Merkmale des Opfers verraten oft sehr viel über den Täter. Man kann zum Beispiel sehen, ob eine Tat geplant war oder ob sie zufällig geschah, ob der Täter organisiert vorgegangen ist oder nicht. Das sagt etwas über seine Intelligenz, seinen Hintergrund aus – und über die Beziehung der beiden.«

»Und woher weiß man das alles?«

»Du würdest dich wundern, wie gern manche Mörder Auskunft über ihre Taten geben«, sagte sie trocken.

»Willst du das irgendwann machen? Für die Polizei arbeiten?«

»Ja«, sagte Andrea geradeheraus. »Im Moment mache ich schon eine Art Praktikum bei der Polizei und gehe kalte Fälle durch. Der Sergeant meinte, mir fällt vielleicht noch etwas auf.«

»Das ist ja spannend.«

»Ja, es ist nicht schlecht. Ich wollte aber immer erst Psychologie studieren, bevor ich zur Polizei gehe. Verhaltensforschung hat mich ungemein fasziniert. Irgendwie liegt mir das. Ich würde gern etwas daraus machen.«

»Und vielleicht Menschenleben retten«, schloss Gregory.

»Ja. Wäre toll, wenn das am Ende stünde.«

»Könnte denn nicht ein Fallanalytiker helfen, den Campus Rapist zu schnappen?«

»Schon möglich«, sagte sie achselzuckend.

»Andrea, wenn du jemals abends unterwegs sein musst und niemand dich begleiten kann, dann gib mir Bescheid.«

»Dienstags habe ich eine Vorlesung, die erst endet, wenn es schon dunkel ist. Da bin ich immer allein«, sagte Andrea nach kurzem Überlegen.

»Dienstags? Da habe ich auch abends noch Vorlesung. Ich würde dich abholen und zum Wohnheim bringen, wenn das okay für dich ist?«, schlug er vor.

»Meinetwegen.« Seine Sorge schmeichelte ihr, auch wenn die allgegenwärtige Furcht vor dem Vergewaltiger sie nervte.

»Wollen wir uns draußen in der Sonne noch ein wenig die Beine vertreten?«

Andrea freute sich über seine Frage. Gemeinsam verließen sie die Cafeteria und liefen die Stufen hinab. Unten angekommen, blieb Gregory plötzlich stehen und tastete nach ihrer Hand.

Eaton Park,
25. September

Er beugte sich über sie und roch mit einem tiefen Atemzug an ihrem Haar. Es duftete angenehm, verlockend. Vor allem aber gefiel ihm, wie laut sie schluchzte. Er wusste, dass niemand sie hier hören konnte. Sie waren mitten im Park, niemand war in der Nähe. Die Leute mieden den Park, seit er ihn zu seinem Jagdgebiet erkoren hatte, aber es gab immer wieder Mädchen, die glaubten, er könne ihnen nichts anhaben. Genau so eine hatte er hier gerade.

Es erregte ihn, wie sie weinte. Sie flennte schon die ganze Zeit, und das war auch gut so. Es sollte ja Männer geben, die das störte – ihn heizte es nur noch mehr an. Er fühlte sich großartig, als er in ihr Gesicht blickte, in die vom verlaufenden Make-up schwarz umränderten Augen mit dem flehenden Blick. Sie rührte sich nicht, denn sie fürchtete das Messer an ihrer Kehle. So hatte er keinerlei Schwierigkeiten, ihr die Jeans bis über die Knie zu ziehen und mit der freudig zitternden Hand über ihren Slip zu fahren. So kurz vom Ziel.

Er zerrte auch den Slip beiseite und drückte ihre Beine auseinander. Sie heulte erbärmlich, ihre Lippen bebten. Wieder drückte er mit dem Messer zu, um sie an die Ausweglosigkeit der Situation zu erinnern. Es war für ihn eine Erlösung, als er endlich zwischen ihre Beine sank. Sie hatte keine Chance. Als er zustieß, schrie sie gequält. Ihr gepeinigtes und schmerzerfülltes Wimmern spornte ihn an, sie noch brutaler zu nehmen, denn so wurde es schlimmer für sie.

Immer wieder zappelte sie und unternahm verzweifelte Versuche, sich zu befreien, aber das ließ er nicht zu. Er hatte sie zu Boden gedrückt und bewies ihr, was er konnte. Schlappschwanz … Sie würde das garantiert nicht über ihn denken. Ihr flößte er Respekt ein, ihr zeigte er, wer das Sagen hatte. Das Sagen und die Macht zu bestimmen. Aus einem Impuls heraus legte er die Hände um ihren Hals und schloss voller Genuss die Augen, als sie versuchte, schrille Schreie auszustoßen und in schierer Panik zu zappeln begann. Ja … so war es gut. Weiter so, süßes Mädchen. Nur weiter.

Er drückte fester zu, intensivierte ihre Angst. Die Erregung durchströmte ihn stärker, als er ihre Qualen spürte, ihre Todesangst. Sie zappelte heftig. Er musste vorsichtig sein. Sie durfte nicht das Bewusstsein verlieren.

Gerade rechtzeitig ließ er los. Sie schnappte panisch nach Luft und kam wieder zu sich, erholte sich, wehrte sich aber nicht mehr. Das ärgerte ihn. Mit leerem Blick lag sie da und atmete nur noch, bewegte sich aber überhaupt nicht. Sie war starr wie ein Brett.

Das durfte doch nicht wahr sein. Er wurde immer brutaler, versuchte, sie aus ihrer Lethargie zu reißen, schlug sie sogar ins Gesicht, aber er hatte keinen Erfolg. Ihr Atem ging röchelnd, ihre Anspannung war dahin. Er hatte es übertrieben.

Also brachte er es zu Ende. Stress, Ärger und Anspannung lösten sich, als die Erregung in seinem Höhepunkt gipfelte. Er ließ sich Zeit, ehe er sich erhob und das kleine Häufchen Elend am Boden zurückließ. Sie war hübsch. Sie war sogar besonders hübsch, wenn sie so dalag und weinte. Ehe er ging, warf er ihr einen zärtlichen, beinahe dankbaren Blick zu.

University of East Anglia,
29. September

Weil Sarah so sehr in ihr Gespräch mit Angela, einer Kommilitonin, vertieft war, merkte sie gar nicht, dass Andrea ihnen nur langsam folgte. Nacheinander überquerten sie die Wiese am zentralen Gebäudekomplex der Faculty of Science. Hinter einer Kurve fielen ihnen zwei seelenruhig über den Campus flanierende Polizisten ins Auge.

»Zwei der Mädchen, die er überfallen hat, sind jetzt in psychologischer Behandlung«, sagte Angela.

»Kann ich ihnen nicht verdenken«, erwiderte Sarah.

Andrea ahnte sofort, dass es um den Campus Rapist ging. Er war der Grund für die Anwesenheit der Polizei am Campus. Es hatte wieder ein Opfer gegeben – das sechste in knapp drei Monaten.

Seine Verbrechen erschütterten eine Idylle. Andreas neue Heimat Norwich im Südosten Englands war eine ländliche Stadt mit gepflegten, teils historischen backsteinverkleideten Häusern und engen Straßen. Die Kathedrale war weithin bekannt, der Nationalpark der Broads lag in unmittelbarer Nähe – und ein maskierter Unbekannter im Gebüsch.

Andrea fragte sich, ob das Thema auch im anstehenden Seminar angesprochen würde. Sie hatte es gemeinsam mit Sarah gewählt, weil es um abweichendes Verhalten ging. Das Thema der ersten Sitzung – Aggression – bot ein breites Feld für Untersuchungen jeder Art und förderte teils erschreckende Erkenntnisse zutage.

***

Dozent Dr. Brown ließ es sich eine Viertelstunde später im Seminar tatsächlich nicht nehmen, auch auf die Ereignisse am Campus einzugehen. Er war ein junggebliebener Mann in den besten Jahren mit ersten grauen Haaren an den Schläfen.

»Was gerade geschieht, ist in den Augen der Medien unglaublich interessant und spektakulär. Allerdings muss auch ich teilweise zustimmen: Es ist außergewöhnlich. Studien aus den USA zeigen, dass etwa die Hälfte aller Vergewaltigungen in Fällen geschieht, in denen Täter und Opfer sich kennen. Dafür gibt es gute Gründe, allem voran die Tatsache, dass Männer das Wort Nein so schlecht verstehen.«

Niemand lachte. Dr. Brown blickte mit undeutbarer Miene in die Runde und fuhr fort. »Wenn man Männer und Frauen offen danach fragt, ob Annäherungsversuche unterbleiben sollten, wenn einer der Beteiligten Nein sagt, stimmen fast alle zu. Aber die Hälfte derselben Befragten – Männer wie Frauen übrigens – glaubt auch, dass eine Frau nicht immer Nein meint, wenn sie Nein sagt. Ich persönlich finde es erschütternd, dass selbst die weiblichen Befragten diese Aussage getroffen haben. Wie kann das sein?«

Angela hob die Hand. »Vielleicht, weil Mädchen dazu erzogen werden, brav Nein zu sagen, um als moralisch integer zu gelten.«

»Sehr richtig«, sagte er und lächelte in ihre Richtung. »Ich habe mit der Polizei gesprochen. Sie sind inzwischen ratlos, was den sogenannten Campus Rapist angeht, denn ihre Präsenz hält ihn nicht von weiteren Verbrechen ab. Ich konnte kürzlich in Erfahrung bringen, dass er immer aggressiver wird.

Er sucht ein Ventil. Ich halte ihn für sehr gefährlich, denn eigentlich sind Vergewaltigungen Gelegenheitsverbrechen. Aber dieser Täter plant, was er tut. Ich möchte Sie alle eindringlich warnen, das ernst zu nehmen und sehr vorsichtig zu sein. Halten Sie Augen und Ohren offen und handeln Sie, wenn Ihnen etwas ungewöhnlich vorkommt.«

»Hat die Polizei keinen Fallanalytiker mit der Sache betraut?«, fragte Andrea überrascht.

»Nein, das haben sie nicht. Möglich, dass das noch kommt. Ich sehe auch akuten Handlungsbedarf.«

Am Ende des Seminars packte Andrea nur langsam ihre Sachen, denn sie war noch ganz in Gedanken. So war sie Augenblicke später allein mit dem Dozenten.

»Sie interessieren sich sehr für die Fallanalyse, richtig?«, richtete er sich an sie.

»Ich hatte eine Vorlesung bei Dr. Marlowe zu dem Thema. Ein sehr interessantes Gebiet.«

»Ja, er ist sehr engagiert in diesem Bereich. Dr. Marlowe ist der Meinung, dass es zur Eskalation kommen wird.«

»Wie meinen Sie das?«, fragte sie.

»Wenn die Polizei nicht bald eingreift, wird der Täter nicht mehr genug bekommen. Es muss nur etwas dazwischenkommen, vielleicht einen Auslöser für eine weitere Frustration geben, und dann könnte er auch anfangen zu töten.«

Andrea war schockiert. »Ist nicht Ihr Ernst.«

»Meiner nicht, aber der von Dr. Marlowe.«

Sie folgte ihm aus dem Raum. »Es gibt gerade nur dieses eine Thema hier. Ständig sind Beamte auf dem Campus unterwegs, keine Studentin geht abends mehr allein zur Bushaltestelle. Die Studenten sind wütend darüber, weil sie sich in ihrer Freiheit beschnitten fühlen. Ich hoffe, die Polizei findet ihn bald.«

»Das hoffe ich auch. Aber versprechen Sie mir, dass Sie nicht leichtsinnig werden.« Er nickte ihr freundlich zu. »Seien Sie vorsichtig.«

Andrea nickte. »Davon können Sie ausgehen.«

Nachdem sie sich verabschiedet hatten, beeilte Andrea sich, Sarah einzuholen, die vor dem Gebäude wartete. Sie warteten immer aufeinander.

Swardeston, südlich von Norwich, 29. September

Es wurde zur Sucht für ihn. Diese jungen Studentinnen – ihr süßes Parfum, die straffen Körper, diese weiche Haut, die freizügige und deshalb geradezu einladende Kleidung … Es bereitete ihm ein diebisches Vergnügen, nein, sogar tiefe Befriedigung, sie sich zu greifen, ungefragt in sie, in ihr Leben einzudringen, in ihr privates Innerstes. Das hatten sie verdient. Sie waren doch alle gleich. Hielten sich für so klug, für unwiderstehlich, glaubten doch tatsächlich, sie hätten etwas zu sagen.

Aber er hatte das Sagen. Wenn er sie sich holte, bestimmte er. Dann waren sie plötzlich nicht mehr arrogant. Dann winselten sie nur noch hundserbärmlich, jammerten und bettelten. Genau so war es richtig.

Es befriedigte ihn zu wissen, dass ganz Norwich ihn fürchtete. Endlich besaß etwas in seinem Leben Bedeutung. Wenigstens das.

Er brauchte mehr davon. Unruhig saß er vor dem Computer und ging hastig die Fotos durch. Nicht passend. Er suchte nach ganz bestimmten Mädchen. Es musste so sein.

Morgen würde er wieder Gelegenheit haben. Er konnte es kaum noch erwarten. Abends hatten noch viele Studenten Vorlesung. Vielleicht auch ein hübsches Mädchen für ihn? Ihnen im Dunkeln aufzulauern war die effektivste Methode. Er würde sie überwältigen und …

Während er spürte, wie ihm das Blut in die Lendengegend schoss, hielt er plötzlich inne und beugte sich vor. Ein Foto von einem wunderschönen Mädchen. Sie war perfekt.

Er konnte nicht anders, er hob die Hand und strich mit dem Finger über die Stelle auf dem Bildschirm, die das Foto zeigte. Hübsches Ding. Welches Parfum sie wohl trug? Und welche Unterwäsche?

Er liebte es, wenn er sie entblößen konnte. Das war ein wenig wie beim Geschenke auspacken. Und sie machten ihm schöne Geschenke. Zu schade, dass sie sich gar nicht klar darüber waren, was sie ihm bedeuteten. Er liebte sie dafür, dass sie es nicht wollten, dass sie sich wehrten und weinten. Dabei war es nicht leicht, Sex mit einer Frau zu haben, die es nicht wollte. Er wusste trotzdem, wie es ging. Es war völlig anders, wenn sie sich unter ihm krümmte und wand, wenn sie angespannt war, kratzbürstig und widerwillig. Es war intensiver.

Er würde das fortan immer brauchen. Das war sein Lebenselixier.

Morgen …

University of East Anglia, 5. Oktober

Gemeinsam mit Gregory betrat Andrea in der Abenddämmerung das Elizabeth Fry Building, in dem ihre Vorlesung stattfinden würde. Gregory hatte sich in den Kopf gesetzt, sie nicht nur abzuholen, sondern auch persönlich hinzubringen. Immerhin handelte es sich um eines der abgelegeneren Gebäude in der Nähe des Chancellor Drive, wo der Rapist bereits zugeschlagen hatte.

»Wir können uns auch unten im Foyer treffen«, schlug Andrea vor, als sie vor dem Hörsaal standen. »Dann musst du nicht extra hochkommen.«

»Meinetwegen. Und nicht weglaufen, ja?«

»Nein, ich warte.«

»Gut.« Er lächelte, zögerte kurz und ging. Seufzend betrat Andrea den Hörsaal und suchte sich einen Platz. Es war einer der seltenen Momente, in denen ihr die Motivation für ihr Studium fehlte. Diesmal war Gregory daran schuld, ohne es zu wissen oder zu wollen. Andreas Gedanken kreisten unablässig um ihn. Sie stellte sich vor, wie sich seine Lippen anfühlten, und sehnte sich nach der zärtlichen Berührung seiner Hand. Waren sie nun ein Paar? Zumindest hatte sie den Eindruck, dass es ihm ähnlich ernst war wie ihr.

Während der Professor sich über Altruismus und Hilfsbereitschaft ausließ, dachte Andrea an ihr Treffen mit Gregory am Wochenende. Sie wollten zusammen ins Kino gehen. Wenn er sie doch nur endlich küssen würde! Für einen kurzen Moment fragte sie sich, wie weit sie zu gehen bereit war.

Weil sie spürte, wie ihr beim bloßen Gedanken daran heiß wurde, schob sie den Gedanken beiseite. Daran wollte sie im Hörsaal nicht denken, stierte stattdessen ungeduldig auf die Uhr.

Eine Stunde später lief Andrea mit schnellen Schritten hinunter ins Foyer. Halb acht. Draußen war es schon relativ dunkel. Die starke Bewölkung trug noch dazu bei, aber es war trocken geblieben und vergleichsweise mild. Gelangweilt trat sie von einem Fuß auf den anderen, schaute nach draußen, sah sich auch in der Halle um. Am schwarzen Brett studierte sie die vielen Zettel und Aushänge. Wohnung gesucht – Wohnung zu vermieten – Lernhilfe gesucht – Fahrrad zu verkaufen.

Fünf Minuten später blickte sie sich seufzend um. Wahrscheinlich verspätete Gregory sich nur. Dennoch holte sie ihr Handy heraus und warf einen Blick aufs Display. Nichts. Deshalb wartete sie weiter.

Zwanzig vor acht. Es war bereits ziemlich leer im Gebäude, innerhalb von fünf Minuten waren ihr nur zwei Personen begegnet. Sie griff nach dem Handy und wählte Gregs Nummer. Eine freundliche Frauenstimme vom Band erklärte ihr, dass die gewählte Nummer vorübergehend nicht erreichbar war. Wahrscheinlich überzog sein Professor nur.

Gegen Viertel vor acht wurde sie ungeduldig und verließ das Gebäude. Sie spähte an der Constable Terrace, einer der Residences, und dem Parkplatz vorbei in Richtung der Faculty of Arts, wo sie Gregory wusste. Nein, er hatte sie nicht vergessen. Und es war ausgeschlossen, dass er sich einen bösen Scherz mit ihr erlaubte. Das traute sie ihm nicht zu.

Andrea lauschte auf ihre eigenen Schritte und darauf, ob sie noch mehr Schritte hörte. Sie drehte sich um zur verlassenen Gebäudefront. Auch der Parkplatz war menschenleer. Im Foyer des Gebäudes standen nur zwei junge Frauen und unterhielten sich. Keine Spur von Greg.

Mittlerweile war es schon sehr dunkel und beängstigend still. Jemand lief an dem benachbarten Gebäude der Faculty of Health vorbei. Er achtete nicht auf Andrea. Ihr Herzschlag beruhigte sich wieder.

Das Foyer war noch immer leer. Allmählich wurde sie wirklich unruhig und überlegte, Gregory entgegenzugehen. Als er sie zu Hause abgeholt hatte, hatte er ihr ein Klappmesser in die Hand gedrückt und keine Widerrede gelten lassen. Tatsächlich fühlte sie sich damit sicherer.

Es war kein weiter Weg, zudem war er beleuchtet. Gleich neben dem Parkplatz lag ihr Wohnheim.

Der Wind rauschte in den Bäumen, die langsam ihre Blätter verloren. Misstrauisch ließ Andrea ihre Blicke über den Parkplatz schweifen, doch alles war still. Auch ihr Handy. Sie stand allein draußen in der Dunkelheit und fröstelte.

University of East Anglia, 5. Oktober, 19:45 Uhr

Er hatte sich genau umgesehen und wusste, dass die Polizisten nicht in der Nähe waren. Im Augenblick war er vollkommen sicher. Er musste jetzt nur noch warten, bis sie kam.

Die Bewölkung kam ihm gerade recht, denn dadurch war es bereits recht dunkel. Der Parkplatz war wie leergefegt. Es würde ihn also niemand stören. Die Hecke, in der er sich versteckt hatte, bot ihm idealen Schutz. Die nächste Straßenlaterne war weit genug entfernt.

Den Wind spürte er kaum im Gesicht, das bis auf die Augenpartie hinter der wollenen Sturmhaube verborgen war. Er wusste, es machte ihnen Angst, wenn sie nicht sehen konnten, wer sie da eigentlich angriff. Aber das sollten sie nicht. Das hatten sie nicht verdient, diese kleinen Schlampen, die sich so furchtbar intelligent vorkamen und so verheißungsvoll schauten – aber wenn er dann glaubte, am Ziel zu sein, machten sie einen Rückzieher. So waren sie alle. Glaubten, sie seien etwas Besseres.

Dabei wollte er einfach nur das Sagen haben. War das denn so schwer? Warum mussten diese schrecklich emanzipierten Frauen eigentlich immer glauben, dass sie ihn abweisen durften? Frauen waren dazu da, ihm zu gefallen. Sie sollten tun, was er wollte. Mit welchem Recht wies eine Frau ihn zurück?

Sie kam. Er sah sie vor dem Gebäude stehen und in seine Richtung gehen. Ja, keinen Zweifel, es war das Mädchen von dem Foto. Schlagartig wurde ihm heiß. Er machte sich bereit, atmete tief durch, umfasste das Messer mit der Faust. Sie hatte ihre Ta-

sche geschultert, näherte sich mit kleinen, schnellen Schritten, schien überhaupt nicht misstrauisch zu sein. Das wiegte ihn jedoch nicht in Sicherheit. Er wusste, dass er am besten wartete. Er liebte den Überraschungsmoment, wenn er hinter sie trat, das Messer in der Hand, und die Hand über ihre süßen, weichen Lippen legte …

Ihm schoss das Blut in die Lendengegend, aber er versuchte, einen kühlen Kopf zu bewahren. Sie kam immer näher. Er richtete sich auf, kniete gespannt hinter dem Gebüsch. Sie blieb stehen. Nervös beobachtete er, wie sie in ihrer Tasche nach dem Autoschlüssel kramte, und stand auf. Mit einem Schritt war er neben der Hecke, mit zwei weiteren hinter ihr. Sie hatte sich gerade erst zu ihm umgedreht, als er gegen sie stieß, das Messer an ihre Kehle presste und die andere Hand hob, um sie auf ihren Mund zu drücken. Sie schrie trotzdem. Er wollte fluchen, doch er verlor nicht die Ruhe, sondern hielt ihr den Mund zu. »Wenn du auch nur einen Laut machst, wirst du es bereuen!«

Forschend schaute er über ihre Schulter. Ihre Blicke trafen sich. Als er sie packte und hinter die Hecke zerrte, ließ sie die Tasche fallen. Sie war brav, blieb wirklich still. Das Messer schüchterte sie genauso ein wie die anderen.

Es war ein gefährlicher Moment, als er sie rückwärts zu Boden stieß und deshalb kurz loslassen musste. Keuchend lag sie da und versuchte, wieder hochzukommen, aber er war schon zur Stelle und drückte erneut das Messer an ihren Hals.

»Ich werde dir sehr weh tun, wenn du mir Ärger machst«, drohte er atemlos. Weinend und mit angstgeweiteten Augen starrte sie ihn an. Sie würde ihm keinen Ärger machen. Mit der Linken hielt er sie zu Boden gedrückt, während er das Messer wegnahm und am Bund ihrer Jeans ansetzte, um sie zu zerschnei-

den. Es war effektiver, die Kleidung mit dem Messer zu bearbeiten, als die Schlampen jedes Mal umständlich auszuziehen.

Als er ihr Oberteil zerriss, wimmerte sie. Er tat es nicht, weil er das brauchte, aber es machte ihnen Angst. Das war gut. Sie schluchzte so laut, dass er nicht sicher war, ob man sie vielleicht hörte. Der Parkplatz war schließlich von mehreren Gebäuden umgeben. Sein Herz raste, während er den Reißverschluss öffnete und seine Hose herunterzog. Seine Hand glitt in ihren Schoß. Ihren Slip hatte er vergessen. Mit einem Ruck zerrte er ihn von ihren Hüften, suchte dabei ihren Blick. Nackte Angst stand in ihren Augen geschrieben. Seine Erregung wuchs.

Für einen Moment legte er das Messer zur Seite, als er sich über sie beugte, denn er wusste, sie würde schreien. Sie schrien alle. Es tat weh, und das gefiel ihm. Das war doch genau, was er wollte.

Er legte die Hand über ihren Mund, ehe er zustieß. Sie schrie, genau wie er erwartet hatte, zappelte mit den Beinen, wollte um sich schlagen. Er nahm die Hand weg und drückte wieder das Messer gegen ihren Hals.

»Du wirst still sein«, zischte er ihr zu und sah sie fordernd an. Sie versuchte es wirklich, aber sie weinte so sehr, dass es ihr vermutlich nicht gelingen würde. Doch das machte nichts. Er fühlte sich jetzt schon wie ein Sieger, denn er hatte es wieder geschafft …

University of East Anglia, 5. Oktober

Andrea hatte gerade beschlossen, wieder hineinzugehen, als sie einen Schrei hörte. Er wurde zwar sofort erstickt, war jedoch so durchdringend gewesen, dass sie unwillkürlich zusammengezuckt war. Mit klopfendem Herzen stand sie da und lauschte in die Dunkelheit hinaus.

Alles war totenstill.

Der Schrei war vom Parkplatz gekommen. Wie angewurzelt stand Andrea da und lauschte, hörte aber nichts mehr. Instinktiv zog sie den Rucksack nach vorn, öffnete die Fronttasche und zog das Klappmesser heraus. Leise machte sie einige Schritte zum Parkplatz und lauschte weiter aufmerksam. Alles ruhig.

Sie begann bereits, ernsthaft an sich zu zweifeln und sich für paranoid zu halten, als sie plötzlich wieder ein Geräusch vernahm, das sie nicht genau verorten konnte. Etwas raschelte, dann eine Stimme.

»Du wirst still sein«, sagte eine Männerstimme ganz leise.

Ein kalter Schauer lief Andrea über den Rücken; unwillkürlich begann sie zu zittern. Sie überlegte nur kurz, ehe sie zurück zum Gebäude rannte, nur außer Hörweite. Hastig wählte sie die 999 auf ihrem Handy. Doch unmittelbar danach hörte sie einen weiteren Schrei. Sie musste sofort helfen. Andrea unterbrach die Verbindung, noch ehe sie mit jemandem gesprochen hatte, und fasste Mut.

Sie war fest entschlossen, nicht länger untätig herumzustehen, während dieser Unbekannte eine Frau vergewaltigte.

Kurzerhand lief sie mit dem Messer in der Hand zurück zum Parkplatz. Sie hörte ein Scharren und seine Stimme. »So ist es gut, mein Mädchen. Gefällt dir das?«

Andrea zweifelte nicht länger. Sie folgte ihrem Gehör in die Richtung, in der sie die Stimme verortete. Sie klang ruhig, beinahe schmeichelnd und wurde fast von einem Schluchzen überdeckt.

So leise wie möglich setzte Andrea einen Fuß vor den anderen; erleichtert darüber, dass sie Turnschuhe trug. Sie verursachten kein Geräusch.

Dann entdeckte sie ihn. Er war mit dem Rücken zu ihr gewandt, so viel konnte sie erkennen. Sie sah seinen Kopf, die Schultern und hörte seinen schweren Atem. Die Frau hörte sie nur. Sie weinte. Plötzlich war sie still, es raschelte bloß im Gebüsch.

Andrea wusste nicht, was sie tun sollte. Sie überlegte, ihn mit dem Messer anzugreifen, verwarf diese Idee dann aber. Schließlich hatte er selbst eins, wie sie wusste.

Sie ging so weit entfernt wie möglich hinter ihm vorbei, damit er auch ihren Schatten nicht sehen konnte. Als ihr Blick auf einen Ast im Gras fiel, war ihre Entscheidung gefallen.

Sie klappte das Messer zusammen und steckte es zur Sicherheit in die Hosentasche, griff nach dem Ast und umfasste ihn mit beiden Händen. Bestenfalls schlug sie ihn damit bewusstlos.

Je näher sie kam, desto mehr konnte sie erkennen. Der Mann verschmolz fast mit seiner Umgebung, aber Andrea sah trotzdem, wie er sich über eine junge Frau beugte. Er hatte ihre nackten Beine auseinandergedrückt, deren helle Haut in der Dunkelheit besser zu sehen war, und hielt ihre Kehle mit seinen Händen umschlossen.

Geräuschlos stellte Andrea sich hinter ihn. Er merkte es nicht. Sie holte aus und erschrak, als er sich plötzlich doch zu ihr umdrehte. Trotzdem schlug sie mit voller Kraft den Ast gegen seinen Kopf, traf ihn sogar im Gesicht. Vor Schmerz jaulend sackte er auf das Mädchen.

Andrea schlug ein zweites Mal zu und traf ihn am Hinterkopf. Er trug eine Sturmhaube, seine hellen Augen hatte sie nur kurz gesehen. Stöhnend rollte er sich zur Seite.

Er sah genauso aus, wie Andrea ihn sich vorgestellt hatte: groß, schlank, muskulös. Er wirkte jung. Keuchend starrte sie ihn an, ihre Blicke trafen sich. Er hatte die Hose noch offenstehen. Für einen Moment war er starr vor Schreck, dann sprang er auf, schloss schnell seine Hose und rannte davon in Richtung Chancellor Drive.

»Du verdammter Mistkerl!«, brüllte Andrea ihm aufgebracht hinterher und überlegte kurz, ob sie ihn verfolgen sollte. Allerdings entschied sie sich dagegen, denn sie fürchtete, dass das übel für sie ausgehen konnte. Atemlos ließ sie den Ast fallen und ärgerte sich, dass er geflohen war.

Das Schluchzen seines Opfers riss Andrea aus ihren Gedanken. Sie schluckte, als sie sah, wie der Mann die junge Frau zugerichtet hatte. Er hatte den Ausschnitt ihres Oberteils zerrissen, ihre Jeans in Fetzen geschnitten. Andrea schätzte sie etwa gleich alt. Sie hatte dunkelblondes, zerzaustes Haar und weinte fürchterlich. Ihr Make-up verlief dabei wie von selbst.

Im ersten Moment fühlte Andrea sich hilflos. Die Frau lag einfach nur da und starrte zu ihr auf. Ein Schatten ihrer Selbst.

»Ich heiße Andrea«, sagte sie auf Englisch, als sie sich endlich gefangen hatte. Langsam kniete sie sich neben die junge Frau. »Ich möchte dir helfen. Kann ich etwas für dich tun?«

Die junge Frau schluchzte und wimmerte herzerweichend. Außerdem zitterte sie stark. Andrea war nicht überrascht, dass sie nicht antwortete. Sie stand unter Schock.

»Ich helfe dir auf«, bot Andrea an und hielt ihr eine Hand hin. Die junge Frau zog daran und setzte sich hin. Andrea warf ihren Rucksack ins Gras, zog ihre Jacke aus und legte sie der Frau um die Schultern.

»Wie heißt du denn?«

»Caroline«, erwiderte die Frau mit tränenerstickter Stimme. Laut weinend zog sie die Beine an den Körper und kauerte sich zusammen. Andrea hockte sich neben sie und legte vorsichtig einen Arm um ihre Schultern. Caroline klammerte sich an sie wie ein Ertrinkender an den Rettungsring und weinte an ihrer Brust. Sie hatte keinerlei Scheu, war nur froh, dass Andrea da war.

»Ist ja gut.« Andrea legte beide Arme um sie und wiegte sie sanft. »Ich rufe jetzt die Polizei, Caroline. Vielleicht kriegen sie ihn. Alles wird wieder gut.«

»Danke … Ich habe Angst …«, stammelte Caroline.

»Das musst du nicht. Alles kommt in Ordnung, wirklich. Ich bin jetzt bei dir und passe auf dich auf.«

Caroline nickte stumm. Andrea griff erneut zu ihrem Handy und rief die Polizei an.

»Notrufzentrale, wie kann ich Ihnen helfen?«, vernahm Andrea die Stimme einer Frau.

»Ich bin hier auf dem Campus, im östlichen Teil am Chancellor Drive, gleich am Parkplatz. Gerade hat ein Mann eine andere Studentin überfallen. Wir brauchen hier Polizei und Krankenwagen.«

»War es der Vergewaltiger?«, fragte die Frau.

»Ich denke, schon.«

»Ich leite das sofort weiter, damit Sie Hilfe bekommen. Wie lautet Ihr Name?«

»Andrea Jahnke.«

»Hilfe ist unterwegs, Andrea.«

»Danke.« Damit legte Andrea auf und steckte ihr Handy wieder in die Tasche. Caroline weinte noch immer, hatte sich aber inzwischen etwas beruhigt. Darüber war Andrea erleichtert, doch sie hatte nicht vor, von Carolines Seite zu weichen.

Sirenengeheul war in der Ferne zu hören und kam schnell näher. Erleichtert stand Andrea auf und half auch Caroline auf die Beine, die sich schluchzend an ihr festklammerte.

Scheinwerferlicht blendete die beiden. Ein kleines Stück entfernt auf dem Parkplatz hielt der Streifenwagen, Polizisten stiegen aus.

»Miss Jahnke?«, rief einer von ihnen. »Sind Sie das?«

»Ja«, erwiderte Andrea.

»Was ist hier passiert? Wo ist der Täter?«, fragte er, während er sich hektisch umschaute.

»Ist weggerannt. Nur Caroline und ich sind noch hier«, sagte Andrea.

Immer noch verängstigt und mit großen Augen starrte die halbnackte Caroline die beiden Polizisten an.

»Caroline«, sagte einer der beiden. »Sie sind jetzt in Sicherheit. Sind Sie verletzt?«

Sie schüttelte stumm den Kopf.

»Wie ist Ihr Nachname?«

»Lewis«, erwiderte sie unter Tränen.

»Gut, Miss Lewis, ein Krankenwagen ist unterwegs.«

Caroline nickte, wich jedoch nicht von Andreas Seite. Augenblicke später bog unter lautstarkem Getöse der Krankenwagen auf den Parkplatz ein. Die Beamten drehten sich um und winkten dem Fahrer. Kurz darauf waren die Sanitäter bei Caroline.

Andrea seufzte erleichtert, als Caroline in den Krankenwagen gebracht wurde. Erst da bemerkte sie, dass ihr Handy klingelte und suchte danach, immer noch zitternd.

Es war Gregorys Nummer. Mit pochendem Herzen hielt sie sich das Handy ans Ohr.

»Greg«, sagte sie.

»Ist alles in Ordnung bei dir? Wo steckst du?«, fragte er nervös.

»Es ist alles okay, keine Sorge. Ich bin am Parkplatz. Ich habe die Schreie einer jungen Frau gehört und nachgesehen und …« Andrea brach ab.

»Holy shit«, fluchte Gregory und brachte sie damit zum Grinsen. »Ich habe die Sirenen gehört. Ich bin sofort bei dir!«

Es wurde still in der Leitung. Andrea nahm ihn beim Wort, steckte das Handy ein und blieb, wo sie war. Fröstelnd griff sie nach ihrem Rucksack und zog ihn wieder auf. Ihre Jacke war bei Caroline im Krankenwagen.

»Geht es Ihnen gut?«, fragte einer der Polizisten – ein mittelgroßer, junger Beamter mit braunen Haaren und hellen Augen. Andrea erkannte ihn wieder, sie hatte ihn schon mehrmals auf der Polizeistation gesehen.

Sie nickte fahrig und antwortete, ohne ihn anzusehen: »Mir geht es gut. Aber ihr …«

»Was ist überhaupt passiert? Haben Sie etwas gehört?«,

fragte er und hielt dann inne. »Sind Sie nicht unsere Praktikantin?«

»Stimmt«, sagte Andrea und lächelte. »Sergeant McKenzie?«

Der Angesprochene nickte. Andrea kannte auch seinen Kollegen. Er hieß John Baxter und war ein hochgewachsener, blonder Mann Mitte dreißig.

»Was ist hier überhaupt passiert?«, erkundigte Sergeant McKenzie sich weiter. Andrea erzählte ihm, was sich zugetragen hatte.

»Was Sie da getan haben, war sehr gefährlich. Er hätte Sie verletzen können.«

Andrea verdrehte die Augen. »Sagen Sie nicht, ich hätte danebenstehen und zusehen sollen, was er tut.«

»Sie haben uns gerufen, mehr konnte niemand erwarten.«

»Lass gut sein, John. Natürlich war es gefährlich, aber auch mutig«, sagte Sergeant McKenzie. Andrea lächelte und drehte sich erschrocken um, als es hinter ihr im Gebüsch raschelte. Sie rechnete mit dem schwarz gekleideten, maskierten Mann mit den stechend hellen Augen, aber es war Gregory in Hemd und Bluejeans. Seine Unruhe war ihm anzusehen.

»Andrea«, sagte er atemlos, schlang die Arme um sie und drückte sie erleichtert an sich. Er schnappte nach Luft, denn er war das ganze Stück von der Faculty of Arts herübergerannt.

Im ersten Moment stand Andrea stocksteif da, denn sie war zu überrascht, um seine Umarmung zu erwidern. Dann legte sie auch die Arme um ihn.

»Und Sie sind?«, fragte Sergeant McKenzie.

Greg löste sich von Andrea, straffte die Schultern. »Ich bin ihr Freund, Gregory Thornton.«

Überrascht blickte Andrea zu ihm auf, sagte jedoch nichts. Ihr Herz machte einen Sprung.

Gregorys Blick traf ihren. »Was ist denn hier los? Wo ist deine Jacke?«, fragte er verwirrt.

»Caroline hat sie.«

»Caroline?«

»Ihre Freundin war sehr mutig«, sagte Sergeant McKenzie von der Seite. »Sie hat den Campus Rapist angegriffen, um einer jungen Frau zu helfen.«

»Du hast was?« Gregory war fassungslos.

Andrea versuchte, es ihm zu erklären. Entgeistert umarmte er sie wieder.

»Meine Güte, wenn ich mir vorstelle, was dir alles hätte passieren können. Der bloße Gedanke macht mich verrückt. Tu das nie wieder, Andrea. Bitte. Tu mir das nicht an.« Er hatte nicht ein Mal Luft geholt.

»Schon gut«, erwiderte sie ruhig. »Ich wollte doch nur …«

Aber sie kam nicht dazu, den Satz zu beenden. Gregory erstickte ihre Worte mit einem Kuss. Er nahm ihren Kopf in die Hände, berührte ihre Lippen zärtlich mit seinen und küsste sie impulsiv. Zuerst überrumpelt, legte sie schließlich ihre Hände um seine und lächelte.

»Es ist alles in Ordnung. Mir ist nichts passiert.«

»Ein Glück … Das ist sowieso alles meine Schuld. Mein Prof hat überzogen, es tut mir leid. Ich hätte dir Bescheid gesagt, wenn ich gekonnt hätte …«

»Ist doch nicht schlimm«, winkte sie ab.

»Du frierst ja.« Kurzerhand stellte Greg seinen Rucksack ab, nahm ihr ihren ab und hängte ihr seine Jacke um. Er war vollkommen neben der Spur.

»Miss Jahnke, würden Sie uns zur Polizeistation begleiten? Wir möchten gern Ihre Aussage aufnehmen, und je eher wir das tun, desto besser«, sagte Sergeant Baxter.

Ohne zu zögern stimmte Andrea zu. »Kann ich machen.«

»Ich begleite dich«, sagte Gregory sofort. Es war keine Frage, und er wollte darüber auch nicht diskutieren, doch Andrea und die Polizisten waren ohnehin einverstanden. Andrea wollte in diesem Augenblick nicht allein sein.

»Und Caroline?«, fragte Andrea unvermittelt.

»Die Ärzte kümmern sich gut um sie«, sagte Sergeant McKenzie. »Kommen Sie ruhig mit.«

Er hielt Gregory und Andrea eine der hinteren Türen des Streifenwagens auf, sodass sie einsteigen konnten. Gregory setzte sich dicht neben Andrea und drückte ihre Hand unverändert fest. Schließlich nahm er sie hoch und drückte sie an seine Lippen.

»Bin ich froh, dass es dir gut geht«, sagte er.

»Sicher, mir geht es gut. Nur Caroline … ich darf gar nicht daran denken.« Seufzend ließ Andrea die Schultern hängen und zog instinktiv Gregorys Jacke fester um ihren Körper. Zaghaft legte Gregory einen Arm um sie. Erst als sie sich an ihn schmiegte, wurde er selbstbewusster.

»Hast du etwa gesehen, was passiert ist?«, fragte er.

Andrea nickte stumm. Beim bloßen Gedanken daran wurde ihr kalt. Eiskalt.

»Du hast ihr geholfen. Das ist wirklich unglaublich, Andrea. Hoffentlich findet der Kerl nur nie heraus, wer du bist.«

»Ausgeschlossen«, sagte Sergeant McKenzie von vorn. Mit leerem Blick starrte Andrea aus dem Fenster und verfolgte den

Wechsel zwischen den orangefarbenen Lichtkegeln der Straßenlaternen und der Dunkelheit dazwischen.

Sie hatte sich irgendwann einmal gefragt, was wohl in einem solchen Moment geschah, wie eine Vergewaltigung sich anfühlen würde. Die Realität übertraf ihre Vorstellung jedoch bei Weitem. Caroline war nicht mehr sie selbst gewesen. Er hatte ihr jede Selbstbestimmung geraubt, ihre Identität angegriffen.

»Alles in Ordnung?«, fragte Gregory, dem trotz seiner eigenen Sorgen nicht entgangen war, dass Andrea stocksteif dasaß und sich hinter einer Mauer des Schweigens verbarg.

»Ich muss nur immer an Caroline denken«, sagte sie. Beim Gedanken daran, wie Carolines Weinen geklungen hatte, wurde ihr übel. Als Frau konnte sie nicht anders empfinden. Die Bilder hatte sie jetzt im Kopf.

Während der gesamten Fahrt zur Polizeistation kämpfte sie mit den Tränen. Sie wünschte sich, sie hätte den Täter so hart getroffen, dass er bewusstlos dagelegen hätte und von der Polizei festgenommen worden wäre.

Gedankenversunken stieg sie am Ziel aus dem Wagen. Auf der kleinen Polizeistation im Stadtzentrum war um diese Uhrzeit nicht besonders viel los. Die Atmosphäre im kalten Licht der Leuchtstoffröhren wirkte steril und sehr viel kälter, als Andrea es bislang gewohnt war.

Der Sergeant führte Andrea und Gregory in sein Büro und setzte sich hinter seinen Schreibtisch. Er bat um die Erlaubnis, Andreas Aussage mit einem Diktiergerät aufzuzeichnen und füllte einige Formulare aus, bevor er sie bat, alles möglichst ausführlich zu erzählen.

Sie wusste, warum er das jetzt hören wollte. Nur frische Erinnerungen waren gute Erinnerungen. Es kam immer wieder vor, dass sich sogenannte *false memories* in Zeugenaussagen einschlichen, was zu solch einem frühen Zeitpunkt noch unwahrscheinlich war.

Sergeant McKenzie unterbrach sie immer wieder und erfragte einige Dinge genauer. Andrea gab ihr Bestes, versuchte konzentriert, sich an alles zu erinnern. Das war überraschend schwierig.

»Bevor ich ihn angegriffen habe, wirkte er selbstbewusst. Er wusste genau, was er tat. Wie er mit ihr sprach … das klang ziemlich entwürdigend«, berichtete Andrea. Gregory saß daneben und hörte aufmerksam zu. Andrea ließ seine Hand die ganze Zeit über nicht los.

»Und er hat sie gewürgt?«, fragte Sergeant McKenzie.

Andrea nickte. »Noch während er über sie herfiel. Wahrscheinlich gehörte das dazu.«

»Ja, das sagten auch die übrigen Opfer. Er hat sie alle währenddessen gewürgt. Sie hatten Todesangst.«

»Das zeigt sein Verlangen nach Macht«, sagte Andrea. Es war nicht mehr als ein laut ausgesprochener Gedanke, doch Sergeant McKenzie sah sie fragend an.

»Er will die totale Kontrolle. Zumindest war das mein Eindruck. Er war total vertieft. Ich kann eigentlich nicht unhörbar hinter ihm gewesen sein, aber er hat mich nicht bemerkt, bis ich ausholte. Diese Bewegung hat er wohl gesehen. Das war das Problem«, sagte Andrea missgelaunt. Es wurmte sie immer noch.

»Zumindest haben Sie ihn vertrieben«, sagte der Sergeant aufmunternd, aber Andrea blieb trotzdem niedergeschlagen. Im Kopf hörte sie Carolines Schreie, die Stimme ihres Vergewaltigers. Die nüchterne Atmosphäre des Büros schaffte es nicht, diese düsteren Gedanken zu vertreiben. Sie war angespannt, verkrampft, fühlte sich innerlich völlig leer.

»Bitte geben Sie mir noch Ihre Personalien«, riss Sergeant McKenzie sie aus ihren Gedanken. Andrea zog ihren Ausweis aus der Tasche und schob ihn über den Tisch. Der Sergeant nahm ihn staunend in Augenschein.

»Sie sind Deutsche? Das wusste ich gar nicht. Hört man wirklich nicht.«

»So soll es sein«, erwiderte sie lächelnd.

»Ich habe mich die ganze Zeit gefragt, woher der Name wohl kommt.« Er schrieb den Namen ihres Wohnheims und ihre Handynummer auf, bevor er sie endlich erlöste und anbot, Andrea und Gregory nach Hause zu bringen.

»Ich werde mich darum kümmern, dass Sie Ihre Jacke bekommen«, bot er an, während sie über den Parkplatz gingen. »Und keine Sorge, sonst erfährt niemand, wer Sie sind. Der Täter schon gar nicht.«

»Ich bin ja auch noch da«, sagte Gregory. Verstohlen blickte Andrea zu ihm auf.

»Wenn nur der Täter jetzt nicht alle Hemmungen verliert und etwas noch Schlimmeres tut«, murmelte sie.

Der Sergeant runzelte die Stirn. »Der hat genug, glauben Sie mir.«

Andrea zuckte unschlüssig mit den Schultern. »Hoffentlich haben Sie recht. Ich würde es mir nicht verzeihen, ihn provoziert zu haben.«

Geistesabwesend setzte sie sich neben Greg in den Wagen; froh, nicht allein zu sein. Unbeirrbar starrte sie aus dem Fenster, nur um die Augen nicht schließen und Caroline vor sich sehen zu müssen. Sie konnte sich vorstellen, wie Caroline empfunden haben musste und wünschte sich, dass sie das nicht hätte sehen müssen.

»Ich dachte erst, dir wäre etwas passiert«, sagte Greg zu ihr, um sie aus ihren finsteren Gedanken zu reißen. »Ich hatte wirklich Angst.«

Unwillkürlich verzogen sich ihre Lippen zu einem Lächeln, und sie blickte zu ihm auf. »Was du da vorhin gesagt hast …«

»Was meinst du?«, fragte er, als sie den Satz nicht beendete.

»Dass du dich als mein Freund vorgestellt hast.«

»War das schlimm? Ich meine, wie sollte ich es erklären, wenn nicht …«

»Greg«, unterbrach sie ihn sanft. »Ist schon gut. Ich wollte nur wissen, ob du das ernst meinst.«

»Ja, ich meine das ernst. Wenn du das auch so siehst.« Hoffnungsvoll studierte er ihren Gesichtsausdruck und lächelte flüchtig.

Andrea nickte sogleich. »Ja. Eine merkwürdige Situation, um das zu klären, aber ich meine es auch ernst.« Obwohl sie nichts zu verlieren hatte, war sie nervös, als sie es aussprach.

Gregory lächelte glücklich und drückte ihre Hand ganz fest. »Soll ich dich gleich bis zu deinem Zimmer bringen? Dann musst du nicht allein gehen.«

»Das würde ich auch nur ungern tun«, gab sie zu.

»War bestimmt keine schöne Erfahrung.« Andrea merkte ihm seine Unsicherheit sofort an.

»Nein«, sagte sie mit erstickter Stimme. Die Tränen konnte sie jedoch zurückhalten.

Nach kurzer Fahrt lenkte Sergeant McKenzie den Wagen

auf den Parkplatz der Residence und verabschiedete die beiden.

»Wir sehen uns bestimmt die Tage bei der Polizei«, sagte er zu Andrea, woraufhin sie nickte.

»Schön, dass wir jetzt auch schon zusammengearbeitet haben.«

Er lächelte ihr freundlich zu. »Sie wühlen sich gerade durchs Archiv?«

»Ja, um ein Gefühl für die Polizeiarbeit zu bekommen. Das ist fürs Profiling bestimmt nützlich.«

»Mit Sicherheit. Donaldson sagte schon, dass Sie ein paar gute Ideen zu den kalten Fällen hatten.«

Andrea errötete. »Wäre toll, wenn ich helfen könnte.«

Sergeant McKenzie nickte ihr zu. »Also dann, wir sehen uns.«

»Auf Wiedersehen«, sagte Andrea und beobachtete, wie er in den Streifenwagen stieg.

»Komm doch noch mit«, lud sie Gregory ein, als der Polizist weggefahren war. Sie wollte ihm damit andeuten, dass er nicht an ihrer Zimmertür wieder kehrtmachen sollte, aber das zu sagen wagte sie nicht, und er fragte auch nicht nach.

»Gern«, sagte er nur und folgte ihr. Andrea öffnete die Haustür und ging voraus bis auf die zweite Etage, auf der ihr Zimmer lag. Aufgrund seiner Größe war es nicht besonders einladend; außer dem Schreibtischstuhl und ihrem Bett gab es keinerlei Sitzgelegenheiten.

»Nimm doch Platz«, sagte sie und deutete auf das Bett.

Gregory schaute sich neugierig um. »Nicht schlecht hier.«

Er lächelte und musterte ihr Regal. »Ganz schön viele Bücher. Und auch viele deutsche.«

»Die habe ich alle mitgebracht.« Ihre private Bibliothek an psychologischer Fachliteratur.

»Kleine Streberin.« Er zwinkerte ihr zu, und sie verstand, dass er sie nur ärgern wollte. Dann stand er auf und studierte die Buchrücken im Regal eingehender. Er streckte die Hand aus und griff nach dem Bilderrahmen, den Andrea aufs mittlere Brett gestellt hatte.

»Deine Familie?«, fragte er. Sie nickte stumm und zog unwillkürlich die Schultern hoch. Daran hatte sie nicht gedacht. Sie wünschte, das Foto hätte nicht dort gestanden – oder besser noch, sie hätte ihm längst davon erzählt.

Greg wandte sich zu ihr um, sah zu ihr und blickte wieder aufs Foto. »Du bist deiner Mutter wie aus dem Gesicht geschnitten.«

Unsicher verschränkte Andrea die Arme vor der Brust. Ihre Finger gruben sich in ihre Oberarme.

»Mhm«, machte sie nur und kämpfte darum, nicht die Fassung zu verlieren. Der Abend war ohnehin bereits ein Desaster.

Gregory hielt das Foto hoch. »Dein Bruder? Wie heißt er?«

Andrea schloss die Augen und atmete tief durch. »Er hieß Sven.«

Langsam ließ Gregory das Foto sinken und suchte nach Worten.

»Ist er … was ist passiert?«, fragte Greg verhalten.

Der Kloß in ihrem Hals wurde immer dicker. Andrea starrte aus dem Fenster und versuchte, die Tränen zurückzuhalten. »Ein Unfall.«

»Oh.« Greg stellte das Foto zurück. »Tut mir leid, ich wollte nicht …«

»Das konntest du ja nicht wissen«, sagte sie mit erstickter Stimme.

»Wie alt war er?«

»Ein bisschen jünger als du. Er war mein großer Bruder.«

»Wann ist das passiert?«

»Letztes Jahr.« Ihre Sicht verschwamm. »Deshalb bin ich hergekommen. Ich hatte gehofft, hier tut es nicht mehr so weh.«

»Und deine Eltern? Wie gehen sie damit um?«

Auch das konnte er natürlich nicht wissen, aber trotzdem ließ diese Frage alle Dämme in ihr brechen. Eine dicke Träne kullerte über ihre Wange, als sie sagte: »Sie sind alle verunglückt. Sie waren nachts auf einer Landstraße unterwegs. Ein überholendes Auto des Gegenverkehrs hat sie frontal erfasst.«

Sie atmete tief durch, um sich zu beruhigen, aber es half nicht. Die Tränen hatten gewonnen. Unwillkürlich schluchzte sie und wandte sich ab, denn sie wollte nicht vor ihrem neuen Freund weinen. Doch er reagierte sofort.

»Nicht doch, Andrea.« Tröstend schloss er sie in seine Arme, vorsichtig und immer auf ihre Reaktion achtend. Doch obwohl es sich für Andrea schön anfühlte, machte es alles nur noch schlimmer. Sie schlang die Arme um ihn und drückte ihren Kopf an seine Brust.

»Wäre ich doch bloß gefahren«, sagte sie unter Tränen. »Vielleicht hätte ich einen anderen Weg gewählt. Oder ich wäre vielleicht früher oder später gefahren, und der Unfall wäre nie passiert.«

»Andrea, das ist doch sinnlos.«

»Natürlich ist es das, aber sie sind alle tot, verstehst du? Meine ganze Familie. Ich habe niemanden mehr.« Sie schluckte und wischte sich die Tränen ab, aber es kamen immer neue. »Mein Vater und mein Bruder waren sofort tot. Meine Mutter hat sie sterben sehen. Sie wurde noch notoperiert, aber während der OP ist auch sie gestorben. Ich saß auf dem Flur im Dortmunder Krankenhaus um halb vier nachts und hätte alles dafür gegeben, dass zumindest meine Mutter überlebt, aber dann kam der Arzt und …«

Zärtlich strich Gregory ihr übers Haar und wiegte sie in den Armen.

»Ich hatte keine Ahnung«, sagte er leise.

»Wie denn auch«, murmelte sie in sein T-Shirt.

»Es tut mir so leid, Andrea. Das hast du nicht verdient. Ich meine, niemand hat das verdient. Aber ich kann mir nicht vorstellen, wie das für dich sein muss. Es war schon die Hölle, als mein Dad gestorben ist. Aber ich habe noch Mum und Jack.«

Schniefend versuchte Andrea, sich wieder zu sammeln. »Seit wann ist er tot?«

»Seit fünf Jahren. Er hatte einen Herzfehler. Wir wussten davon, und es hieß immer, es sei nicht so schlimm. Aber das war es dann doch. Er musste damals ins Krankenhaus und kam nie mehr nach Hause zurück«, sagte Gregory traurig.

In diesem Augenblick erwiderte sie seinen Trost und drückte ihn fest. Immerhin wusste sie genau, wie sich das anfühlte. Bis zu diesem Moment hatte sie sich noch nie die Frage gestellt, warum Greg bislang nur von seiner Mutter, aber nie von seinem Vater gesprochen hatte. Nun war es klar.

Sie standen eng umschlungen da und gaben einander Halt. Andrea wischte sich die letzten Tränen ab und griff selbst noch einmal nach dem Foto ihrer Familie.

»Ich habe nichts mehr in Deutschland«, sagte sie bitter.

»Aber hier hast du mich«, sagte Gregory. »Ich bin für dich da.«

»Danke.« Sie rang sich ein Lächeln ab und versuchte, es möglichst fröhlich wirken zu lassen.

Schweigend standen sie da und hingen ihren Gedanken nach. Es war ein langer Tag gewesen.

»Ich werde dann mal gehen«, sagte Gregory. »Du willst doch bestimmt deine Ruhe haben.«

Andrea wusste nicht gleich, was sie antworten sollte. Einerseits hatte er natürlich recht, doch andererseits wollte sie nicht allein sein.

»Okay«, sagte sie schlicht. »Es ist ja schon spät.«

Gregory holte tief Luft. »Es tut mir leid, Andrea. Ich wollte dich nicht zum Weinen bringen.«

»Das konntest du doch nicht wissen.«

»Trotzdem.«

»Sehen wir uns morgen?«

»Gern.«

»Gute Nacht«, sagte Gregory und küsste sie in der Tür zum Abschied. Dadurch wünschte Andrea sich erst recht, er würde nicht gehen.

»Bis morgen«, sagte sie schließlich und schloss die Tür hinter ihm. Mit einem Stoßseufzer lehnte sie sich gegen sie und spähte auf die Uhr neben dem Bett. Kurz vor elf, sie war hellwach. So wie Caroline wahrscheinlich auch, dachte sie bitter.

Swardeston, südlich von Norwich, 5. Oktober

Wutschnaubend warf er die Mütze zu Boden, nachdem er die Tür hinter sich zugeknallt hatte. Sein Puls war noch immer astronomisch hoch. Er schwitzte, fühlte sich unruhig, aufgebracht. Mit fahrigen Bewegungen zerrte er sich die Jacke vom Leib, warf sie über einen Stuhl und stapfte ins Bad. Er schlug auf den Lichtschalter und musterte sein Spiegelbild. Seine Braue war aufgeplatzt, das Blut war ihm bereits ins Auge gelaufen. Rechts sah er alles wie durch einen roten Schimmer, schon die ganze Zeit. Aber auch sein Nasenrücken war wund und blutete; sein Kopf dröhnte, als würde ein Schnellzug hindurchrasen.

Hoffentlich bemerkte niemand die Verletzungen. Hoffentlich sprach ihn niemand darauf an.

Er stellte das Wasser an und schöpfte mit beiden Händen von dem Wasserstrahl, um sich das Gesicht zu waschen. Die Kälte des Wassers war angenehm und belebend. Er richtete sich wieder auf und betrachtete sich erneut im Spiegel, während ihm das Wasser vom Gesicht tropfte. Aus dem Schrank griff er sich ein dunkles Handtuch, auf dem man die Blutflecken nicht sehen würde, und trocknete sich ab.

Er hatte das Messer in der Hand gehabt. Warum hatte er es nicht benutzt? Es war ihm unbegreiflich. Das Mädchen war nicht einmal besonders groß oder kräftig gewesen. Er hätte keinerlei Schwierigkeiten damit gehabt, sie zu überwältigen, sie zu schlagen, vielleicht an ihr fortzusetzen, was er an dem anderen Mädchen begonnen hatte.

Er hatte es nur nicht fertiggebracht, sie sich zu schnappen. Ihr plötzliches Auftauchen hatte ihn vollkommen aus dem Konzept gebracht.

Wutschnaubend stützte er sich auf das Waschbecken und starrte in den Spiegel. Er hatte sie überhört. Er wurde unaufmerksam. Das war nicht gut, überhaupt nicht gut. So ein dahergelaufenes kleines Miststück hatte ihm einfach mit einem Ast ins Gesicht geschlagen, und er war davongelaufen wie ein Junge, den man nachts beim Klingeln an fremden Haustüren erwischt hatte! Aber sie hatte ihn gestört. In diesem Moment war er zu überrascht gewesen, um angemessen zu reagieren. Er hatte weder zu Ende gebracht, weshalb er gekommen war, noch hatte er seine Chance genutzt.

Er hätte es wirklich tun sollen. Er hätte sie ausschalten müssen. Es wäre perfekt gewesen!

Sein Ärger über sich selbst kannte keine Grenzen. Gereizt verließ er das Bad und blieb nachdenklich im Flur stehen.

Wahrscheinlich war es wirklich das Beste.

Schnellen Schrittes ging er zur Kellertür, schaltete das Licht an und folgte den Stufen nach unten. Der Raum war doch perfekt. Nur noch ein wenig Vorbereitung, ein sicheres Schloss und die notwendigen Utensilien …

Niemand würde es finden. Es war einsam, abgelegen und mit ein bisschen Vorbereitung hervorragend geeignet.

In ihm erwachte ein ungeahnter Tatendrang. Beim bloßen Gedanken daran, welche Möglichkeiten ihm offenstanden, kehrte das wohlige Gefühl der Erregung, das so abrupt erstickt worden war, sofort zurück. Er hatte einen Plan.

Studentenwohnheim Colman House, 7. Oktober

»Andrea!« Sarah lauerte in ihrer Zimmertür auf ihre Freundin, als diese gerade aus dem Waschraum zurückkehrte. Die beiden bewohnten zwei nebeneinanderliegende Zimmer auf einem langen Flur. Am liebsten hätte Andrea kehrtgemacht, denn sie fühlte sich wie gerädert. Sie hatte erst gegen halb drei nachts Schlaf gefunden. Zumindest hatte sie da zum letzten Mal auf den Wecker geschaut.

»Morgen«, brummte Andrea dementsprechend müde.

»Gregory war gestern Abend noch hier, oder?« Sarah hatte nicht vor, sich abschütteln zu lassen.

»Stimmt. Komm rein«, sagte Andrea knapp und trottete in ihr Zimmer. Sarah warf ihre Zimmertür hinter sich zu und folgte ihr.

»Wie kam es denn dazu?«

»Das willst du gar nicht wissen.«

»Doch, sicher. Erzähl.«

Sarah war sprachlos, als Andrea ihr erzählte, was vorgefallen war. Damit hatte sie nicht gerechnet.

»Der Campus Rapist«, sagte sie geradezu ehrfürchtig.

»Das kannst du dir sparen. Ein verdammter Scheißkerl ist das«, entgegnete Andrea.

»Das steht außer Frage. Ich hätte zu gern gesehen, wie du ihm eine überziehst.« Sarah grinste breit.

»Das war nicht so lustig, wie es sich anhört.«

»Das ist auch nicht lustig. Aber er hat es verdient. Und dann ist Greg mit hergekommen?«

»Ja. Ich wollte nicht alleine sein.«

»Aber er ist wieder gegangen. Bist du denn verrückt geworden? Das wäre eine einmalige Gelegenheit gewesen.«

»Sarah ... ich kenne ihn seit ein paar Tagen«, erinnerte Andrea ihre Freundin.

»Na und? Der Junge vergöttert dich jetzt schon, ist dir das noch nicht aufgefallen? Ich glaube, wenn du mit ihm ins Bett gehst, frisst er dir völlig aus der Hand.«

»Sarah!«, rief Andrea lachend. »Du bist wirklich unmöglich. Man kann mit Männern auch andere Dinge machen. Und wie du dir vielleicht vorstellen kannst, war ich gestern nicht unbedingt in der Stimmung, nachdem ich sehen musste, wie jemand vergewaltigt wird.«

»Hm«, machte Sarah. »Hast recht. Aber ich bin verdammt neidisch, das muss ich schon sagen.«

Daran hegte Andrea keinen Zweifel. Trotzdem war sie erleichtert darüber, dass Sarah nicht lange blieb, denn sie wollte sich der Nachbereitung ihrer letzten Vorlesung widmen. Ein mühseliges Unterfangen, denn sie konnte sich kaum darauf konzentrieren. Ihre Gedanken fuhren Karussell. Sie musste an Caroline denken, obwohl sie sie eigentlich gar nicht kannte. Mit etwas Glück bewirkte ihr Eingreifen, dass es Caroline besser ging. Der totale Kontrollverlust hatte dadurch ein Ende für sie gefunden.

Sie ging Andrea einfach nicht aus dem Kopf, ebenso wenig wie das, was sie hatte beobachten müssen. Sie hatte eingreifen müssen, das war für sie klar.

Seufzend starrte sie auf ihre Notizen. Jedes Wort auf dem Papier schien sich zu verändern und die Zeichenfolge Campus Rapist zu formen. In ihr kochte Aggression hoch, und sie wünschte, sie hätte noch fester zugeschlagen.

Andrea stand auf und starrte aus dem Fenster, jedoch ohne etwas von dem wahrzunehmen, was draußen zu sehen war. Stattdessen sah sie seine schwarze Gestalt vor sich, seine hellen Augen, den ungläubigen Blick.

Frustriert wandte sie sich ab und machte sich Musik an. Erneut versuchte sie ihr Glück mit den Vorlesungsunterlagen, diesmal mit Erfolg. Gerade rechtzeitig vor Beginn der nächsten Vorlesung wurde sie fertig und machte sich auf den Weg. Es war helllichter Tag, deshalb hatte sie keine Angst. Außerdem hatte sie immer noch das Messer in der Tasche.

***

Auch während der Vorlesung schweiften ihre Gedanken ab. Schließlich hatte sie es satt und versuchte, stattdessen an Greg zu denken. Das fiel ihr nicht schwer. Sie erinnerte sich daran, wie es sich anfühlte, ihn zu küssen und seine weichen Lippen zu spüren.

Der Professor beendete die Vorlesung pünktlich. Sofort packte sie ihre Tasche, lief die Treppen hinunter und wartete im Flur auf Gregory. Zwei Minuten später war er da.

»Hey«, begrüßte sie ihn mit einem verdächtigen Kribbeln im Bauch. »Wie war es?«

Er erwiderte ihre Umarmung nur zögerlich und zuckte seufzend mit den Schultern. »Weiß nicht. Der Professor ist ein Idiot. Bau- und Kunstgeschichte …«

»Was war denn los?«, erkundigte Andrea sich, während sie das Gebäude verließen. Gregory war sichtlich niedergeschlagen.

»Er hat sich erkundigt, was wir bisher so gemacht haben. Er wollte wissen, wie begabt und interessiert wir auf künstlerischer Ebene sind und wer sich darauf in der Schule spezialisiert hat. Dann hat er gefragt, wer überhaupt frisch von der Schule kommt und jeden einzelnen gelöchert, der sich nicht gemeldet hat. Er hat eine junge Frau fast auseinandergenommen, als sie erzählte, dass sie ihr erstes Studium wegen Schwangerschaft abgebrochen hat und nun neu anfangen wollte. Ich habe noch überlegt, was ich sagen soll, habe mich aber für die Wahrheit entschieden. Also habe ich es ihm gesagt, und da war es ganz aus.« Er zog die Schultern hoch, während er die Fäuste noch tiefer in den Hosentaschen vergrub. Den Rucksack hatte er sich wenig enthusiastisch nur über eine Schulter gehängt.

»Warum?«, fragte Andrea.

»Weil er meinte, in einer Bank säßen nur Erbsenzähler, und ich könnte unmöglich Verständnis für Kunst haben … ob ich nicht doch lieber bei dem bleiben wolle, was ich gelernt habe, denn für ein Studium wäre ich ja jetzt sicher auch zu alt.«

»Bitte was?«, platzte sie wütend heraus. »Wie heißt der Kerl?«

»Professor Loughton. Warum fragst du?«

»Nur so. Hätte ja sein können, dass ich schon von ihm gehört habe. Der soll mir mal begegnen.«

Verdutzt sah Gregory sie an. »Explodierst du gleich?«

Ihr Blick verdüsterte sich. »Worauf du dich verlassen kannst. Ich hasse nichts mehr als inkompetente Dozenten, die meinen, sie allein hätten die Weisheit mit Löffeln gefressen und es gäbe sowieso nur ihr Fach auf der Welt.«

Über diesen impulsiven Ausbruch musste Gregory dann doch lachen. »Dass du es faustdick hinter den Ohren hast, weiß ich ja jetzt.«

»Was? Wieso?«, fragte sie überrascht.

»Jedes andere Mädchen hätte sich gestern Abend vermutlich in die Hose gemacht und geheult. Und was machst du? Nimmst dir einen Ast und schlägst zu«, sagte er grinsend.

Andrea zuckte beiläufig mit den Schultern. »Leider nicht hart genug.«

Er prustete los und blieb stehen. »Wirklich unglaublich. Aber das mag ich so an dir. Du steckst so voller Energie und Zuversicht.«

»Optimisten leben länger«, sagte sie achselzuckend.

Studentenwohnheim Colman House,
8. Oktober

Sie lag lesend auf dem Bett und schaute erstaunt auf, als es klopfte. Mit Gregory hatte sie noch gar nicht gerechnet.

»Komm rein«, sagte Andrea und stand auf. Weil die Tür nur langsam geöffnet wurde, wusste sie gleich, dass es nicht Gregory sein konnte. Ihr Blick fiel auf eine dunkelblonde junge Frau, die sie erst auf den zweiten Blick erkannte. Ihre Miene blieb starr, als sie Andrea ansah. Sie setzte ein Lächeln auf, das nicht echt war.

»Caroline«, sagte Andrea. »Komm doch herein.«

Mit hängenden Schultern betrat Caroline das Zimmer und schloss die Tür. In den Armen hielt sie Andreas Jacke.

»Die wollte ich dir zurückbringen«, sagte sie leise. »Der Sergeant hat mir gesagt, wo ich dich finde.«

»Danke«, erwiderte Andrea und nahm ihr die Jacke ab. »Setz dich doch. Möchtest du etwas trinken?«

Caroline schüttelte den Kopf und nahm auf dem Schreibtischstuhl Platz. Schweigend starrte sie zu Boden, während sie ihre Jacke öffnete. Darunter trug sie einen hochgeschlossenen Rollkragenpullover. Andrea hatte einen bösen Verdacht, warum.

Sie suchte Carolines Blick. Er war trüb, voller Traurigkeit. Diesen Anblick ertrug Andrea nur schwer.

»Das ist wahrscheinlich eine dumme Frage, aber …« Sie machte eine Pause. »Wie geht es dir?«

Caroline zuckte mit den Schultern. »Geht schon.«

Fieberhaft überlegte Andrea, womit sie das unangenehme Schweigen beenden konnte. Doch Caroline nahm ihr die Überlegung ab.

»Danke, dass du mir geholfen hast.«

Andrea winkte ab. »Ist doch klar. Ich wünschte, ich wäre früher gekommen.«

Caroline nickte. »Das habe ich mir auch gewünscht. Aber du warst da. Das ist gut. Alles, was du getan und gesagt hast – das war gut.«

»Dabei wusste ich überhaupt nicht, was ich tun oder sagen soll«, gestand Andrea.

»Ja, das weiß keiner. Das ist wohl normal.« Caroline nahm die Hände auf den Schoß und begann nervös, ihre Finger zu kneten. »Was studierst du eigentlich?«

»Psychologie.«

Sie lächelte kaum merklich. »Das habe ich mir fast gedacht.«

»Und du?«

»Biologie. Letztes Semester. Ich habe länger gebraucht, weil ich eine kleine Tochter habe, Vicky. Ich bin ganz allein mit ihr.« Nach kurzem Zögern fügte sie hinzu: »Gerade bin ich darüber froh, ehrlich gesagt.«

»Kann ich verstehen«, sagte Andrea. Caroline hatte im Augenblick genug mit sich selbst zu tun. Sie musste ihre Gedanken, ihre gesamte Welt neu ordnen. Das war ein schwerer Angriff auf sie gewesen. Einen Mann brauchte sie jetzt ganz bestimmt nicht.

»Ich bin so froh, dass du mir geholfen hast«, stieß Caroline schluchzend hervor und begann, heftig zu weinen. Andrea scheute sich nicht, nach ihrer Hand zu greifen und sie zu halten, um Caroline zu trösten.

»Hätte ich nur mehr tun können«, sagte sie.

»Ich dachte, der Kerl bringt mich um … Ich habe gar keine Luft mehr bekommen.« Mit zitternden Fingern zog Caroline den Kragen ihres Pullovers ein Stück herunter. Andrea schluckte, als sie die großen blauen Flecken sah. Er musste sehr brutal vorgegangen sein.

»Ich sollte weinen, hat er gesagt«, fuhr Caroline fort. Reglos lauschte Andrea und spürte, wie ihr ein Schauer über den Rücken lief.

»Ich wollte atmen, aber ich konnte nicht. Ich habe versucht, seine Hände wegzuschlagen, ihn zu treffen, mich irgendwie zu befreien, aber ich konnte nicht. Er kniete ja auf mir … das tat so furchtbar weh. Ich habe dich auch gar nicht gesehen. Ich habe gar nichts mehr gesehen. Ich dachte nur, er tötet mich. Als du plötzlich da warst, habe ich das erst gar nicht begriffen. Das war eine Erlösung. Ich bin dir so unendlich dankbar.«

»Ich wünschte nur, ich hätte ihn ausgeschaltet. Das wollte ich eigentlich. Ihm so richtig schön eine überziehen«, sagte Andrea und biss sich verlegen auf die Lippen, doch als sie sah, wie Caroline unter Tränen lächelte, musste sie ebenfalls schmunzeln.

»Du hast ja ganz schön geflucht«, sagte Caroline.

»Der Kerl ist ja auch nicht besser als der Schmutz unter meinem Schuh.«

Wieder deutete sich ein Lächeln in Carolines Gesicht an. »Du kommst ja auf Ideen.«

»Ich hasse das. Seit Monaten verbreitet er Angst und Schrecken auf dem Campus. Ich bin es einfach satt. Nur schade, dass ich ihm nicht den Schädel eingeschlagen habe.«

Caroline wischte sich die Tränen ab. »Dir wäre das nicht passiert.«

»Täusch dich da mal nicht. Fang jetzt bloß nicht noch an, dir die Schuld dafür zu geben.«

»Nein, das nicht. Aber trotzdem frage ich mich, warum gerade ich.«

Andrea zuckte mit den Schultern. »Vielleicht warst du zur falschen Zeit am falschen Ort. Vielleicht hat er dich auch ausgesucht.«

»Ich wünschte, ich wäre nicht allein dort hingegangen. Das bin ich doch wirklich selbst schuld.«

»Nein«, widersprach Andrea halbherzig. »Wir können uns doch nicht die ganze Zeit verrückt machen.«

»Das hätte ich besser getan.«

Andrea ermutigte sie dazu, ihr zu erzählen, wie sie sich fühlte. Sie wollte Carolines Vertrauen nutzen, um ihr zu helfen. Immerhin hatte sie Caroline beschützt, war im richtigen Moment bei ihr gewesen und hatte die richtigen Dinge getan.

Heimlich musterte sie Caroline. Eine sehr hübsche junge Frau, auch wenn ihre harten Züge das gerade verbargen. Sie hatte grüne Augen, schulterlanges dunkelblondes Haar, war recht groß, größer als Andrea, und schlank. Kein Wunder, dass der Kerl auf sie aufmerksam geworden war.

»Ich habe mich in meinem eigenen Körper eingesperrt gefühlt. Ich habe das noch nie so empfunden. Das war für mich nicht zu ertragen, aber ich musste es trotzdem. Es hat mir die Luft zum Atmen genommen – schon bevor er mich gewürgt hat.« Caroline senkte den Kopf. »Alles war nur noch Ekel und Schmerz – und diese Platzangst, dieser Wunsch nach Flucht. Dass es vorbei ist. Es war, als würde es ewig dauern.«

Unwillkürlich ballte Andrea die Hände zu Fäusten und versuchte, es nicht zu sehr an sich heranzulassen. »Wenn ich dir irgendwie helfen kann, sag es nur«, bot sie dennoch an.

»Ist das dein Ernst?« In Carolines Blick trat wieder ein wenig Leben.

Andrea nickte. »Du bist auch jetzt nicht ohne Grund gekommen.«

»Nein, ich wollte mich bedanken. Aber als du gesagt hast, dass du Psychologie studierst, wollte ich es dir erzählen. Ich dachte, du verstehst es vielleicht. Und das tust du ja auch. Danke dafür.«

»Kein Problem. Ich gebe mir Mühe«, sagte Andrea.

»Vielleicht können wir ja mal was zusammen unternehmen.«

Dieser Vorschlag gefiel Andrea, denn Caroline war ihr sympathisch. Sie wollte Caroline gern näher kennenlernen; so, wie sie wirklich war. Gerade war außer ihrem Schatten nicht viel von ihr zu sehen.

Ein Klopfen unterbrach die beiden. Andrea ging zur Tür und begrüßte Gregory.

»Schön, dass du da bist. Das ist Caroline«, sagte sie, bevor sie ihm Platz machte. Caroline reagierte mit sichtlichem Unbehagen.

»Caroline, das ist Gregory, mein Freund.«

»Hallo«, sagte Caroline scheu und stand auf. »Dann will ich nicht länger stören. Danke noch mal.«

»Du musst nicht …«, begann Andrea, aber sie winkte ab.

»Nein, ich muss sowieso los. Alles Gute.«

Sie beeilte sich, an Gregory vorbei auf den Flur zu huschen, nickte den beiden zu und verschwand.

»Was war denn das?«, fragte Greg irritiert, als sie fort war.

»Keine Ahnung. Wahrscheinlich hat sie gerade keine sonderliche Sehnsucht nach Männern.«

»Kann man ihr nicht übelnehmen.«

»Nein. Was sie erzählt hat, war einfach entsetzlich.« Andrea schüttelte sich.

Studentenwohnheim Colman House, 9. Oktober

Ihr Rucksack stand gepackt neben der Tür, ihr Zimmer war aufgeräumt, das Bett gemacht. Dieser Zustand würde sich auch in dieser Nacht nicht mehr verändern.

Unruhig spähte Andrea aus dem Fenster und auf die Uhr. Sie hatte nichts mehr zu tun, aber es war noch zu früh. Viel zu früh.

Deshalb setzte sie sich an ihr Notebook und startete den Browser. Auf der Internetseite der größten Lokalzeitung suchte sie nach Informationen über den Campus Rapist. Er ging ihr einfach nicht aus dem Kopf – er und das, was er Caroline angetan hatte. Im Polizei-Hauptquartier in Wymondham war eine Sonderkommission gegründet worden, die sich ausschließlich mit der Suche nach dem Täter beschäftigte – und mit der Frage, warum er nur Studentinnen angriff. Davon hatte sie aus den Nachrichten erfahren, denn in dieser Woche hatte sie es nicht mehr zur Polizei geschafft. Andrea vermutete, dass er ein sehr persönliches Motiv hatte. Vielleicht hatte sie Glück und traf Sergeant McKenzie wieder, wenn sie das nächste Mal bei der Polizei war. Bis dahin wollte sie sich Gedanken zum Thema machen.

In einem Ordner suchte sie nach Notizen aus dem letzten Semester. Dabei verfolgte sie keinen bestimmten Plan. Sie wollte nur ihre eigene Unsicherheit vertreiben.

Gedankenversunken schlug sie ihre Unterlagen zur operativen Fallanalyse auf. Schon seit Langem fand sie es hochspannend, sich mit den Motiven von Verbrechern und den Umständen ihrer Taten zu beschäftigen. In der Profiling-Vorlesung hatte sie einen guten Überblick dazu erhalten. Dr. Marlowe hatte an berühmten Fällen exemplarisch die Methoden der Fallanalyse dargelegt. Dabei hatte er recht trocken mit der Rational Choice Theory begonnen, die den Verbrecher als logisch denkenden Menschen sah. Es war davon auszugehen, dass ein Mensch erst dann ein Verbrechen beging, wenn er ziemlich sicher sein konnte, dass die Folgen dieses Verbrechens so nützlich für ihn waren, dass sie alle Risiken überwogen – Entdeckung zum Beispiel. Eine simple Kosten-Nutzen-Rechnung.

Andrea überflog ihre Mitschriften. Am Anfang stand graue Theorie: Semiotik, die Lehre der Bedeutung von Zeichen. Damit begann das Profiling, bei dem es größtenteils darum ging, Zeichen und Indizien zu interpretieren.

Der wichtigste Aspekt bei der Fallanalyse war, nur gesicherte Daten zu berücksichtigen. Jeder Annahme, die man zu Ermittlungszwecken verwendete, mussten Fakten zugrunde liegen. Wichtig dabei waren Einsatzberichte, Tatort- bzw. Fundorterkenntnisse, der Obduktionsbericht und alle erdenklichen Daten über das Opfer. Die Frage war, warum der Täter sich ausgerechnet dieses Opfer ausgesucht hatte. Welche Berührungspunkte gab es? Welche Merkmale besaß das Opfer, die es interessant für den Täter machten?

Wie Andrea wusste, steckte dahinter keinerlei Hokuspokus. Fallanalytiker waren auch keine Hellseher. Außerdem kam die Fallanalyse ohnehin nur in Ausnahmefällen zum Tragen – bei Kapitalverbrechen wie zum Beispiel Tötungsdelikten, wo sich mit den üblichen Ermittlungsmethoden kein Täter ermitteln ließ. Sie diente dann zur Eingrenzung auf einen bestimmten Tätertyp bei etwa Sexualverbrechen, um einen Gentest zu ermöglichen oder natürlich auch, um bei Serienmorden Hinweise auf den Täter zu erhalten. Bei solchen Delikten ließen sich oft Gemeinsamkeiten finden. Viele Täter besaßen eine spezifische Handschrift. Andrea überflog die Kontroverse zu dem Thema.

Die Psyche des Menschen faszinierte sie immer wieder. Sie studierte Psychologie mit Leidenschaft, denn sie fand nichts spannender als den Menschen selbst. Sie wollte mehr darüber lernen, wozu die Psyche einen Menschen treiben konnte.

Dabei fragte sie sich, ob man nicht irgendwann abstumpfte, wenn man an Leichen genau untersuchte, wie qualvoll die Menschen vor ihrem Tod gelitten hatten. Allerdings war sie zu dem Schluss gekommen, dass man das nicht in einen Topf werfen durfte. Wer an so etwas arbeitete, musste sein Mitgefühl morgens zu Hause lassen, wenn er funktionieren und nicht daran zerbrechen wollte.

Doch in diesem Augenblick fiel es ihr schwer, darüber nachzudenken, warum der Täter es ausgerechnet auf Studentinnen abgesehen hatte. Schließlich war sie auch eine.

Verunsichert schaltete sie den Computer wieder aus. Eigentlich wollte sie sich nur noch auf das Wochenende bei Gregory freuen. Der eigentlich geplante Kinobesuch war verschoben, stattdessen hatte er sie zu sich eingeladen.

Ihr war nicht entgangen, dass Gregory sich seit ihrer Begegnung mit dem Campus Rapist Sorgen machte. Zwar bewunderte er ihren Mut, aber er hatte Angst um sie gehabt. Sie hingegen dachte lieber nicht so weit, dass sie Angst hätte haben müssen.

Ungeduldig wartet sie am Fenster auf Gregory. Irgendwann war er endlich in Sicht, kam vom Parkplatz hinüber zum Gebäude. Die Baumkronen versperrten Andrea zwischenzeitlich den Blick.

Ihr Herz schlug schneller. Sie griff nach ihrer Tasche und verließ eilig ihr Zimmer.

Gregory lächelte, als er sah, wie sie ihm entgegenlief. Er begrüßte sie mit einer Umarmung und einem Kuss und schlenderte dann mit ihr zum Parkplatz.

»Jack hat sein Auto natürlich nicht saubergemacht.«

»Ist doch egal.«

»Das sagst du jetzt«, spottete er.

Grinsend folgte Andrea ihm zum Parkplatz. Tatsächlich war Jacks Auto eine mittlere Katastrophe – ein Nissan Bluebird Premium, ungefähr hundert Jahre alt. Irgendwann hatte der blaue Lack sicher noch geglänzt. Das alte Vehikel roch stark nach Zigaretten, war ziemlich verstaubt und voller Papierschnipsel. Das passte zu ihm.

»Ich hätte fast noch saubergemacht, aber das hat Jack nicht verdient«, sagte Greg trocken.

Andrea lachte laut. »Das hätte ich an deiner Stelle auch nicht getan. Na ja, er muss sich schämen, nicht du.«

Froh darüber, sich nicht den Linksverkehr antun zu müssen, schaute sie aus dem Fenster. Vom University Drive aus führte eine Straße mitten durch ein Wohngebiet in die Stadt. Links und rechts säumten charakteristische rote Backsteinhäuser mit ihren markanten Kaminen die Straße, teilweise versteckt hinter Hecken und Mauern. Gregory gab sich schweigsam, während er auf die Straße blickte und einem entgegenkommenden doppelstöckigen Bus auswich. Von Weitem sah Andrea den weißen Turm der Kathedrale. Sie lag ganz in der Nähe von Elm Hill, einer bis heute erhaltenen spätmittelalterlichen Straße. Mitten durchs Zentrum floss der Wensum, dessen Ufer teilweise sehr malerisch waren. Mit dem Prunk einer Universitätsstadt wie Cambridge konnte Norwich nicht mithalten, aber die moderne University of East Anglia war trotzdem sehr bekannt, und deshalb lebten auch viele Studenten in der Stadt. Im Süden erstreckten sich Felder, so weit das Auge reichte, und gleich im Osten begann der idyllische Nationalpark der Broads. Er war ein beliebtes Ausflugsziel für Touristen mit Bootsverleih, denn die Flüsse mit den schilfbewachsenen Ufern konnte man am besten per Boot erschließen. Umliegend befanden sich unzählige Felder und Weiden, das gesamte Gebiet war sehr ländlich und reichte im Osten fast bis ans Meer mit seinen Sandstränden.

Gregory wohnte im Süden der Stadt in einem ruhigen Wohngebiet. Nach kurzer Fahrt hielt er am Straßenrand vor einem etwas älteren, aber sauber weißgetünchten Haus. Gepflegte Vorgärten reihten sich auf der leicht abschüssigen Straße aneinander, in den Auffahrten standen überall Autos. Es war friedlich und ruhig. Neugierig schaute Andrea sich um und folgte Gregory durch den schlichten kleinen Vorgarten bis zur Tür. Er schloss auf und ging voraus in den dämmrigen schmalen Flur. Im ersten Stock angekommen öffnete er die Wohnungstür und ließ ihr höflich den Vortritt. »Da wären wir.«

Andrea schaute sich um. Vor ihr öffnete sich der schlicht, aber stilvoll eingerichtete Wohnraum, der alles andere als typisch britisch wirkte. Rechts stand das Sofa, mitten im Raum eine Sitzgruppe, weiter hinten links entdeckte Andrea die Küche. Alles war offen und hell und doch optisch geschickt getrennt. Gregory hatte definitiv ein Auge dafür, wie Andrea fand.

Interessiert betrachtete sie die im Wohnzimmerschrank säuberlich sortierten Filme. Sein breit gefächerter Geschmack gefiel ihr. Anschließend zeigte Gregory ihr noch Arbeits- und Schlafzimmer. Andrea ertappte sich dabei, dass sie ihn um seine Wohnung beneidete.

Er bot an, ihren Rucksack zu nehmen, damit sie ihre Schuhe ausziehen konnte. Anschließend ging er in die Küche, um ihnen etwas Köstliches zu zaubern, aber dabei lehnte er jede Hilfe ab.

»Du bist der Gast«, sagte er augenzwinkernd zu Andrea. Den Tisch hatte er auch schon gedeckt, deshalb lehnte sie sich neben der Arbeitsfläche an die Wand und beobachtete ihn.

Es dauerte nicht lange, bis er fertig war. Ein köstlicher Duft mediterraner Gewürze lag in der Luft, als sie sich an den Tisch setzten. Gregory hatte auch für leise Musik gesorgt und eine kleine Kerze auf den Tisch gestellt. Andrea lobte ihn ehrlich für seine Kochkünste, was ihm ein freudiges Lächeln entlockte.

Nach dem Essen bat sie ihn, ihr eine Kostprobe auf seiner Gitarre zu geben. Gespannt setzte sie sich zu ihm aufs Sofa, und fing an, eine Ballade von Metallica zu spielen: *The Day that never comes.* Metallica war eine der Lieblingsbands von Andreas Bruder Sven gewesen, deshalb kannte sie das Lied. Verträumt schmiegte Andrea sich an ihn und hörte zu. Er spielte die verschiedensten Dinge, bis er keine Lust mehr hatte. Anschließend machten sie es sich bei einem Film gemütlich.

An Gregory gelehnt saß sie da und versuchte, sich auf den Film zu konzentrieren. Sie war aufgeregt, schließlich würde sie bei ihm übernachten. Das eröffnete noch viele Möglichkeiten, und wenn sie ehrlich war, hatte sie sich keine Grenze gesetzt.

Aus einem Impuls heraus umarmte Gregory sie. Andrea genoss seine Nähe und erwiderte die Umarmung.

Sie blieben eng umschlungen sitzen, bis der Film vorüber war. Gregory holte etwas zu trinken, und sie redeten über die verschiedensten Dinge, worüber sie ganz die Zeit vergaßen. Als Andrea gähnte, beschlossen sie, schlafen zu gehen.

»Verdammt«, murmelte Andrea, als sie in ihren Rucksack blickte.

»Was ist denn los?«

»Ich habe mein Nachthemd vergessen.«

»Möchtest du ein T-Shirt von mir haben?«

»Das wäre toll.«

Er kramte im Schrank herum und reichte ihr ein großes Shirt.

»Darin siehst du bestimmt süß aus«, neckte er sie.

»Perfekt.«

»Dann gehe ich mal ins Bad«, sagte er und stahl sich davon.

Im Handumdrehen hatte Andrea sich umgezogen und bewunderte sich grinsend im Spiegel. Das T-Shirt war so groß und so lang, dass es ihr fast bis zu den Knien reichte.

Vergeblich versuchte Gregory, sie nicht anzustarren, als er aus dem Bad kam. Er stellte sich stumm neben sie und starrte sie ganz ungeniert an, ehe er sich ihr näherte, die Arme um sie legte, die Hände bis auf ihren Po rutschen ließ und sie zu einem leidenschaftlichen Kuss an sich drückte.

Andrea blieb nicht verborgen, was ihm durch den Kopf ging, auch wenn er nichts sagte. Langsam löste er sich von ihr, doch zuvor gab er ihr einen Kuss auf die Stirn. Knisternde Spannung lag in der Luft.

Gregory beobachtete sie verträumt, als sie sich neben ihn legte. Sanft streichelte er ihren Oberarm. Andrea hatte ihre Hand auf seinen Bauch gelegt und erwiderte seine zärtlichen Berührungen auf ähnliche Weise.

»Du bringst mich auf ganz dumme Ideen«, gestand er ihr leise.

»Tue ich das?«

Er küsste sie auf die Nasenspitze. »Ich werde verrückt, wenn ich dich nur ansehe.«

Dieses Kompliment entlockte ihr ein Lächeln. Sie streichelte seine Brust, küsste ihn und gab ihm zu verstehen, dass sie nichts gegen seine Berührungen einzuwenden hatte. Allzu bereitwillig erwiderte er ihren Kuss und legte seine Hand langsam auf ihre Brust.

Die bloße Berührung bescherte ihr eine Gänsehaut und brachte ihr Blut zum Kochen. Sie küsste ihn gleich viel fordernder.

Er verstand das Zeichen. Langsam schob er die Hand unter ihr Shirt und ließ sie wieder nach oben wandern. Ihr Herz hämmerte wie wild, sie sehnte sich seine Berührung herbei. Sie genoss es, seine Hand auf ihrer Haut zu spüren. Schließlich trug sie nicht einmal mehr einen BH.

Sie lächelte mit geschlossenen Augen und ließ ihre Hand, die an seiner Seite ruhte, bis an den Bund seiner Shorts wandern.

»Weißt du, was ich jetzt am liebsten tun würde?«, flüsterte er ihr ins Ohr.

»Dasselbe wie ich?«

Seine Antwort war ein stürmischer Kuss. Er beugte sich über sie und küsste sie am ganzen Körper. Es war eine Mischung aus Zärtlichkeit und Verlangen. Andrea hoffte, dass er weitermachte, und streifte sich flink das T-Shirt vom Kopf, sodass sie nur noch mit ihrem Slip bekleidet vor ihm lag.

Ihre Nervosität wuchs, als er sie unverhohlen musterte, aber es war kein unangenehmes Gefühl.

Gregory imponierten ihre Offenheit und ihr Vertrauen, doch vor allem gefiel ihm, was er da vor sich sah. Bereitwillig ließ er sich von ihr ausziehen, streifte das T-Shirt ab und gab vor, nicht zu bemerken, wie sie nun ihn ansah.

Andrea zupfte frech an seinen Shorts. Als sie merkte, wie sehr er darauf ansprach, machte sie ein Spiel daraus und strich mit den Fingern über seine Lendengegend, jedoch ohne ihn weiter auszuziehen.

Reglos und mit geschlossenen Augen blieb er neben ihr liegen und genoss die gespannte Erwartung.

Andrea fühlte sich erst recht angespornt, als sie sah, wie er auf ihre Zärtlichkeiten reagierte. Sie ließ sich unendlich viel Zeit und zog ihm langsam die Shorts aus. Er blinzelte sie mit einem Auge an.

»Du bist ja richtig grausam.«

Sie lachte. »Ich dachte mir, dass du das magst.«

»Na warte, das zahle ich dir heim …«

»Mach doch!«

Ohne ein weiteres Wort rutschte er vom Bett, griff ihr Höschen und zog es ihr vom Leib. Er drückte ihre Beine auseinander und kniete sich dazwischen. Dann hielt er inne. »Gefällt dir das?«

Andrea nickte heftig. Als er den Kopf in ihrem Schoß vergrub und sie geschickt liebkoste, war es endgültig um sie geschehen. Sie krallte sich in die Bettdecke und genoss die lustvollen Berührungen. Irgendwann nahm Andrea seinen Kopf zwischen ihre Hände und deutete an, dass er nach oben kommen sollte. Sie sagten kein Wort; das war nicht nötig. Er kniete sich vorsichtig zwischen ihre Beine und beugte sich über sie. Andrea schloss die Augen und krallte sich in seine Arme, als sie eins wurden und er sie an sich drückte. Atemlos schnappte sie nach Luft

»Ist das gut so?«, fragte er leise.

Sie nickte. Als er eine Hand über ihre nackte Haut wandern ließ, bekam sie eine Gänsehaut. Sie griff in sein Haar und küsste ihn begierig.

Irgendwann klammerte sie sich keuchend an ihn und versuchte, einen Schrei zu unterdrücken. Gleichzeitig gruben sich seine Finger für einen kurzen Augenblick schmerzhaft in ihre Arme, während er sie leidenschaftlich küsste. Atemlos sank er neben sie und schnappte nach Luft.

»Hätte gar nicht gedacht, dass du so wild bist«, sagte er leise und grinste dabei frech.

»Schlimm?«, fragte sie.

»Nein!«, protestierte er sofort und lächelte.

***

Der Regen prasselte laut gegen die Fensterscheiben. In Fäden zog er sich am Glas entlang und ließ die trübgraue Außenwelt verschwimmen. Das machte es im warmen, behaglichen Bett umso gemütlicher. Gregory hatte Andrea von hinten in den

Arm genommen und streichelte sanft ihren Unterarm. So hätte sie ewig daliegen wollen – wäre da nicht der Hunger gewesen.

Etwas hatte sich verändert. Sie waren einander viel vertrauter, hatten die Scheu verloren. Zwar hatte keiner der beiden etwas gesagt, aber sie spürte es umso deutlicher. Andrea fühlte, dass es richtig war.

»Ich habe Hunger«, sagte Greg, bevor er sie in den Nacken küsste. »Soll ich mich mal ums Frühstück kümmern?«

Andrea nickte zustimmend und stand ebenfalls auf. Grinsend blickte sie ihm hinterher, als er nur mit seiner Hose bekleidet das Schlafzimmer verließ. Das Hemd hatte sie ihm stibitzt. Während er in der Küche rumorte, machte sie sich im Bad fertig. Sie wollte sich gerade an den Frühstückstisch setzen, als es klingelte.

»Oh, Besuch?«, murmelte Greg überrascht und ging zur Tür. Es folgte ein kurzer Wortwechsel an der Sprechanlage. »Es ist Jack.«

Augenblicke später war Gregorys Bruder bei ihnen. »Ah, there she is«, sagte er und grinste Andrea freundlich an. Irritiert, dass er sie auf Englisch ansprach, erwiderte sie seinen Gruß ebenso.

»Und, hast du sie schon flachgelegt?«, war das Erste, was er auf Deutsch zu seinem Bruder sagte. Während Gregory die Augen verdrehte und leicht mit dem Kopf gegen die Küchentür schlug, bekam Andrea einen Lachanfall.

Dann bemerkte Jack seinen Fehler. Er lief sofort rot an. »Verdammt, nein … Ist das peinlich.«

»Allerdings«, sagte Gregory ungnädig.

Andrea winkte ab. »Dass du nicht immer mit deinem Hirn denkst, ist mir schon aufgefallen, Jack.«

Er tauschte einen erstaunten Blick mit seinem Bruder. »Ganz schön schlagfertig, deine Süße.«

Während Gregory versuchte, sich von seinem innerlichen Zusammenbruch zu erholen, beugte sich Jack zu Andrea. »Schlagfertig im wahrsten Sinne des Wortes. Greg hat mir erzählt, dass du den Campus Rapist vermöbelt hast.«

»Er hat es leider überlebt.«

»Ja, schade. Aber du bist nicht ohne, scheint mir.«

»Nein.« Sie grinste.

Jack drehte sich wieder zu Gregory um. »Und, hast du?«

»Jack!«, stöhnte Gregory genervt und würdigte ihn keines Blickes.

Andrea sah Jack mitleidig an. »Die Zeiten, in denen du mit Greg ungeniert über Frauen lästern konntest, sind vorbei. Aber falls es dich beruhigt: Ja, er hat.«

Jack machte große Augen und setzte sich auf den freien Stuhl neben ihr. Im Augenwinkel bemerkte Andrea, wie perplex Gregory sie ansah. Damit hatte er nicht gerechnet.

Jack machte einen langen Hals und drehte sich zu Gregory um, bevor er einen Arm um Andreas Schultern legte und sagte: »Das finde ich schwer in Ordnung von dir. Du bist die erste seiner Freundinnen, die nicht entsetzt schreit, wenn ich so etwas sage und Magenschmerzen bekommt, wenn sie mich nur sieht. So waren die anderen bisher alle, nicht wahr?«

Während er das sagte, drehte er sich erneut zu Gregory, der Jack etwas zu trinken hinstellte. »Gregs Freundinnen waren immer alle so … wie sagt man … sophisticated.«

»Könnten wir das Thema wechseln?«, fragte Gregory völlig humorlos.

»Weißt du, mein Bruder ist schwer in dich verliebt«, raunte Jack Andrea vielsagend zu. Gregory verzog keine Miene. »Er erzählt nur von dir. Und nur Gutes. Er tut alles für dich, wenn du willst. Du hast einen guten Fang gemacht.«

»Ich weiß«, sagte sie unbeeindruckt.

»Ihr seht auch sehr zufrieden aus, wenn man das mal so sagen darf.« Jack machte eine künstliche Pause. »Ich bin hier, um mein Auto zu holen. Ich habe heute selbst ein Date.«

»Ach was«, sagte Gregory.

»Ja. Sie heißt Rachel. Sie hat mich auf der Party eines Freundes angesprochen. Ich mag Frauen mit Temperament.«

»Streitet ihr euch denn nie um Frauen?«, fragte Andrea.

Die Brüder schüttelten einhellig die Köpfe. »Wir haben einen völlig unterschiedlichen Frauengeschmack«, sagte Gregory. »Zum Glück.«

»Oh ja, aber du bist in Ordnung«, sagte Jack geflissentlich zur Freundin seines Bruders.

»Wann bist du zurück?«, fragte Gregory ihn.

»Oh, ich weiß nicht, warum fragst du?«

»Ich muss Andrea doch nach Hause bringen.«

Jack zog eine Augenbraue in die Höhe. »Ach, jetzt komm schon. Dafür beeile ich mich doch nicht. Dann bleibt sie eben noch eine Nacht hier, euch wird ganz bestimmt nicht langweilig.«

Gregory konnte darüber überhaupt nicht lachen, ganz im Gegensatz zu Andrea. Jacks große Klappe war ihr irgendwie sympathisch, denn sie spürte, dass er nichts Böses an sich hatte. Aber obwohl die Brüder sich eigentlich gut verstanden, fand Gregory Jacks speziellen Humor nicht immer witzig.

»Jack hat recht. Wenn es dir nichts ausmacht, bleibe ich einfach hier.«

Jack kommentierte Gregorys bereitwilliges Nicken mit Gelächter. »Übrigens, wollen wir nicht mal gemeinsam etwas unternehmen? Ihr beiden, Rachel und ich. Wie wär's?«

»Von mir aus«, sagte Andrea.

Greg zuckte mit den Schultern. »Da Jack dich anscheinend nicht erschreckt – warum nicht?«

Norwich, nahe des Stadtzentrums, 22. Oktober

Der Wind pfiff durch die finsteren Straßen von Lakenham. Er hatte das Auto so weit von den Straßenlaternen entfernt geparkt wie nur irgend möglich. Der Wagen stand am Straßenrand zwischen einigen anderen geparkten Autos und fiel deshalb nicht weiter auf. Die Dunkelheit war sein Schutz.

Es ärgerte ihn ungemein, dass seine Suche bislang erfolglos geblieben war. Von vorn bis hinten hatte er im Internet das Studentennetzwerk durchsucht und sich stundenlang die Fotos der jungen Frauen angeschaut. Stundenlang … und die University of East Anglia hatte verdammt viele Studentinnen. Aber vielleicht hatte sie dort kein Profil. Vielleicht erinnerte er sich auch nur nicht mehr richtig daran, wie sie aussah, und hatte das passende Foto übersehen.

Er hatte nicht vergessen, wie unverschämt sie ihn beschimpft hatte. Er musste unbedingt ihren Namen erfahren und sich dafür bedanken, dass sie ihm alles versaut hatte. Dabei hatte er so etwas zuvor im Gefühl gehabt. Irgendwie hatte er geahnt, dass etwas schiefgehen würde. Doch dass eine Studentin ihn angreifen würde …

Wenn er an sie dachte, trugen seine Fantasien die wildesten Blüten. Mit ihr machte es bestimmt doppelt so viel Spaß.

Aber noch hatte er sie nicht gefunden. Im Augenblick war das nicht schlimm, denn er hatte eine andere ausfindig gemacht. Sie war genau sein Typ, passte perfekt ins Bild. Er hatte alles für sie vorbereitet, sich so vieles für sie überlegt. Er würde sich Zeit neh-

men. Viel Zeit. Sie würde schreien können – wenn er sie ließ –, und niemand würde sie hören. Niemand würde sie retten, das arme, kleine, arrogante, sich so schlau fühlende Mädchen. Er würde ihr zeigen, dass ihr das nicht mehr half.

Wie erhebend würde es sein, jetzt noch so viel mehr tun zu können – und viel länger.

Sein Puls beschleunigte sich. Besonders geduldig war er noch nie gewesen, aber jetzt reagierte er gereizt, wenn nicht gar aggressiv. Es fiel ihm schwer, sich zu beherrschen, auch wenn er gezwungenermaßen musste – sie war ja noch nicht da. Aber sie würde bald kommen, und dann würde er sie kriegen – und sie würde sich wünschen, nie geboren worden zu sein. Dafür würde er sorgen. Er würde es genießen.

Eine weitere Viertelstunde verstrich. Sie musste doch hier sein! Wo blieb sie denn nur? Hatte er sich getäuscht?

Augenblicke später entspannte er sich. Da kam sie. Er atmete tief durch, als er nach seinem Messer griff und voller Vorfreude die Erregung genoss, die in ihm erwachte. Der Stadtplan lag parat, die Täuschung war perfekt. Er hatte das Radio eingeschaltet, das Fenster leicht geöffnet, wirkte wenig aufsehenerregend. Der Eindruck vom Mann auf der Durchreise wurde noch dadurch gestützt, dass der Herkunftscode am Anfang seines Autokennzeichens ihn als Fremden auswies.

Ein gutes Stück bevor sie den Lieferwagen erreicht hatte, öffnete er die Tür und streckte den Kopf hinaus. »Guten Abend, kennen Sie sich hier aus?«

Sie schaute auf. »Ein wenig. Wie kann ich Ihnen helfen?«

Mit dem Stadtplan in der Hand beugte er sich aus dem Wagen. In der anderen Hand hielt er das Messer, sodass sie es nicht sehen konnte.

»Ich suche die Willow Lane, aber ich fürchte, im Gewirr der Einbahnstraßen habe ich mich verfahren«, sagte er.

»Oh, die Willow Lane ist ganz in der Nähe. Sehen Sie, wir sind jetzt hier.« Sie zeigte mit dem Finger auf die Karte, aber er schaute gar nicht hin. Er hielt nicht nur den Stadtplan in der Hand, sondern auch ein Tuch darunter.

Jetzt brauchte er es. Im Bruchteil einer Sekunde hatte er den Stadtplan in den Fußraum des Wagens geworfen, die junge Frau mit einem Arm von hinten gepackt, hielt sie mit dem Messer an der Kehle in Schach und steckte ihr das Tuch in den Mund, ehe sie schreien konnte.

»Sei still oder du bist tot«, zischte er ihr ins Ohr, packte sie und zerrte sie in den Wagen. Von beiden Seiten hielt er ihre Arme so fest an ihren Körper gedrückt, dass sie sich kaum rühren konnte. Er riskierte es, sie für einen Moment loszulassen und die Tür zu schließen, aber das half ihr auch nicht, weil sie unter ihm auf dem Sitz lag. Mit geweiteten Augen beobachtete sie ihn und wimmerte dabei vor Angst. Es war ihm egal, sie war im Wagen. Er hatte sie. Der schwierigste, gefährlichste Moment war vorbei.

Zwischen den Sitzen hindurch zerrte er sie in den Laderaum des Wagens. Er hatte die Handgriffe tausendfach geübt, warf sie mühelos zu Boden und zog ihre Hände auf den Rücken. Jetzt versuchte sie doch zu schreien, glücklicherweise erstickt durch das Tuch in ihrem Mund. Er fixierte sie mit einem Knie am Boden, packte ihren Zopf und rammte ihren Kopf mit voller Wucht auf den Boden.

»Sagte ich nicht, du sollst still sein?«, fuhr er sie an. Sie stöhnte vor Schmerz und rührte sich nicht mehr, während er sie mit einem langen Stück Klebeband fesselte. Er riss ein weiteres Stück

ab und warf sie herum. Als er ihr ins Gesicht sah, wusste er, warum sie so still war. Sie war benommen.

Umso besser. Er nahm das Tuch aus ihrem Mund und klebte ihr den Mund zu. Erst danach nahm er sich die Zeit, auch ihre Füße zusammenzubinden. Matt beobachtete sie ihn dabei. Ihre Wangen waren tränennass.

Er saß neben ihr und schaute auf sie herab. Ihre Brust hob und senkte sich unter hektischen Atemzügen, ihr Blick verriet ihre Panik.

»Du bist etwas ganz Besonderes, Jenna«, sagte er geradezu liebevoll. Zärtlich strich er ihr durchs Haar. »Ich habe davon geträumt, dich bei mir zu haben, denn du wirst mir viel Freude bereiten. Sei schön brav und tu, was ich dir sage, ja?«

Sie starrte ihn nur an, aber er erwartete die Antwort auch nicht wirklich. Er war viel mehr mit sich selbst beschäftigt und überlegte, ob er warten sollte. Es fiel ihm schwer. Wenigstens ein bisschen konnte er doch …

Er konnte nicht länger widerstehen. Seine Hand glitt von ihrer Wange über ihren Hals bis zu ihren Brüsten, wo sie kurz verweilte. Während Jenna entsetzt wimmerte, genoss er das Gefühl, das die Berührung ihres weichen Körpers in ihm auslöste.

Nicht hier. Er sollte verschwinden, bevor er doch noch jemandem auffiel. Es kostete ihn einiges an Selbstbeherrschung aufzustehen, nach vorn zu gehen und den Motor anzulassen. Während der Fahrt drehte er sich immer wieder zu Jenna um. Sie lag einfach da, vollkommen hilflos und leise weinend. Das machte es für ihn nicht gerade einfacher, sich aufs Autofahren zu konzentrieren. Aber er musste. Erst, wenn sie in Sicherheit war, durfte er seine Aufmerksamkeit nach außen vernachlässigen.

Der Weg aus der Stadt führte die meiste Zeit bergab. Nur we-

nige Autos kamen ihm entgegen. Jenna war still, die ganze Zeit. Er bog rechts ab und folgte der kurvigen Straße. Nach wenigen Kilometern erreichte er sein Ziel, verließ die Hauptstraße und fuhr langsam und leise in die Einfahrt, als er das Grundstück erreicht hatte. In der Nachbarschaft hinter Büschen und Bäumen war es still.

Jenna wehrte sich nicht, als er ihr die Fußfesseln zerschnitt und sie aus dem Wagen zerrte. Niemand merkte, wie er sie hereinbrachte. Ganz brav folgte sie ihm, erstickt schluchzend. Bestimmt ahnte sie, wer er war und was er plante. Und er hatte das ganze Wochenende – drei oder vier Nächte und drei ganze Tage. Das war paradiesisch. Ihre süße Folter würde keine Grenzen kennen.

Wortlos warf er sie aufs Bett. Sie zappelte und trat nach ihm, als sie merkte, dass er ihre Füße festbinden wollte – die Beine weit gespreizt, so wie er es brauchen würde. Ungeduldig schnellte er vor und schlug ihr mit der flachen Hand ins Gesicht, sodass sie wieder leicht benommen war.

»Es hat sowieso keinen Sinn, Jenna«, sagte er und fuhr fort, ihre Füße an die Bettpfosten zu binden. Ihr Atem ging angestrengt, pfeifend. Fragend sah er sie an und schaute in ihre weit aufgerissenen Augen. Ihr lief das Blut aus der Nase; anscheinend hatte er sie zu hart erwischt. Jetzt konnte sie nicht richtig atmen. Sie stieß erstickte Laute aus und zappelte heftig. Für einen Augenblick ließ er es gut sein, zog sie hoch und stützte sie, sodass ihr das Blut im Sitzen aus der Nase laufen konnte. Schließlich sollte sie jetzt noch nicht ersticken.

Trotzdem winselte sie weiter. Er beobachtete genüsslich und gespannt zugleich, wie sie darum kämpfte zu atmen. Er strich ihr übers Haar. »Du musst das allein schaffen, Jenna. Ich werde das Klebeband nicht entfernen. Schön atmen, Jenna.«

Sie versuchte es tapfer, aber es fiel ihr schwer. Keuchend und wimmernd saß sie da, mit panischem Blick, ihn unentwegt anstarrend. Er starrte zurück. Vermutlich verstand sie nicht, dass es doch gerade ihre Qual war, die ihn so entzückte. Deshalb würde er ihr auch das Atmen nicht erleichtern. Wie überaus günstig, dass sie jetzt Nasenbluten hatte.

Sie stand kurz davor zu hyperventilieren. Er hatte einen Arm um sie gelegt und spürte nach dem krampfartigen Zittern, das den zierlichen Körper schüttelte. Als sie ruhiger wurde und wieder gleichmäßiger atmete, fuhr er damit fort, ihren zweiten Fuß festzubinden.

Das war zu viel für sie. Erstickt schreiend versuchte sie, sich zu wehren. Wutentbrannt starrte er sie an.

»Sei still, oder du hast gleich wieder Nasenbluten!«, brüllte er ihr ins Gesicht.

Sie verstummte, erwiderte aber immer noch seinen Blick. Überrascht von ihrer prompten, gehorsamen Reaktion studierte er sie genau, während er oberhalb des Klebebands, das sie fesselte, Stricke an ihre Handgelenke band. Erst als er das getan hatte, zerschnitt er das Klebeband und stieß Jenna zurück auf die Matratze.

»Du rührst keinen Finger«, befahl er, während er sich daranmachte, ihre Arme genauso gespreizt wie die Beine ans Bett zu binden.

Bitterlich weinend lag sie da, reglos, starr. Sie tat es wirklich. Sie tat genau das, was er sagte. Freudig erregt ließ er seine Blicke über ihren Körper schweifen, als er endlich fertig war und neben dem Bett stand.

»Du bleibst jetzt bei mir. Uns bleibt das ganze Wochenende. Ich habe mich noch nicht endgültig entschieden, was ich mit dir machen möchte. Es gibt so viele schöne Möglichkeiten.«

Jenna stierte stumm keuchend in seine Richtung, hatte die Hände zu Fäusten geballt, war am ganzen Körper angespannt. Er setzte sich wieder neben sie, das Messer in der Hand, und legte es am Kragen ihres Pullovers an. Jenna stieß schrille Schreie aus, doch er ließ sich nicht beirren und schnitt ihr weiterhin in aller Ruhe die Kleidung vom Leib. Da sie an allen vieren gefesselt war, ging es nicht anders. Schließlich sollte sie so bleiben.

Sie atmete hektisch, krampfartig. Darauf achtete er gar nicht, sondern entblößte sie vollständig und unbeeindruckt. Sie trug hübsche, teure Unterwäsche, schwarz, dezent gemustert. Eine junge Frau mit Geschmack.

»Bald wird Campus Rapist kein passender Name mehr für mich sein«, sagte er. Mit der kalten Messerklinge fuhr er in ihren Schritt und weidete sich an der nackten Panik in ihren Augen, dabei hatte er gar nicht vor, sie zu verletzen. Noch nicht.

Jetzt hatte er andere Dinge vor. Es ging darum, seinem Namen alle Ehre zu machen. Sie war eine Studentin und er der Vergewaltiger. Der letzte Mann in ihrem Leben.

Die Messerklinge spielte in ihrem Schoß, wie es sonst nur Finger getan hätten. Es floss kein Blut. Jenna jammerte trotzdem. Er nahm ihren Körper genau in Augenschein: glatte Haut, fein rasierte Beine, nicht zu große Brüste, wohlgeformte Hüften.

Mit der Hand tastete er sich zwischen ihre Beine vor. Sie schloss gequält die Augen, als er sie seine Finger spüren ließ – prüfend, ohne Eile. Er wartete, bis sie ihn wieder ansah. »Es wird wehtun.«

Jenna zappelte so gut sie konnte und kämpfte gegen das Klebeband, das sie davon abhielt zu schreien. Mehr als erstickte Laute brachte sie nicht hervor, als er sich zwischen ihre Beine kniete, ungeduldig und gierig vor Lust. Ihr Wimmern zu hören, brachte sein Blut erst richtig in Wallung. Ganz langsam, sagte er sich und sank zwischen ihre weit geöffneten Schenkel.

Wie hatte er sich je mit weniger zufriedengeben können? Die unterdrückten Schreie, das wehrlose Zappeln – das war unterste Verhandlungsbasis.

Es tat ihr weh. Sie weinte, gebärdete sich wie wild, wollte nicht aufgeben. Dabei konnte sie gar nichts tun.

Grinsend beugte er sich vor. »Hattest du es eigentlich schon mal so richtig schön von hinten?«

Norwich,
22. Oktober

Jacks neue Freundin Rachel war Krankenschwester, und ihr Dienstplan erlaubte es ihr erst am nächsten Wochenende, einen Termin für ein Treffen zu vereinbaren. Für dieses Treffen hatte Jack sich etwas Besonderes ausgedacht und den Vorschlag gemacht, nach London zu fahren, wo man Oktoberfest feiern konnte. Andrea hatte bereits festgestellt, dass die Engländer keine Gelegenheit zum Feiern ausließen und gern auch deutsche Bräuche dafür entlehnten.

Die Idee erschien allen sehr passend, denn die einzige Engländerin unter ihnen würde Rachel sein. Andrea war Deutsche und Gregory und Jack zur Hälfte, worauf sie sehr stolz waren. Nicht zuletzt deshalb überlegte Gregory, Andrea bald seiner Mutter vorzustellen.

»Bei Jack zuckt sie schon gar nicht mehr«, sagte er. »Er bringt so oft neue Mädchen mit nach Hause, dass meine Mutter ihre Namen kaum noch auseinanderhalten kann.«

Andrea grinste. »Ich mag ihn trotzdem.«

»Er ist ja auch in Ordnung. Zwar ist er ein bisschen aus der Art geschlagen, aber seit dem Tod unseres Vaters ist er auch ein bisschen ruhiger geworden.«

Andrea erwiderte nichts. Dieses Thema ging Greg immer sehr nah.

»Ich bin meinem Dad sehr ähnlich, äußerlich und vom Charakter«, fuhr Gregory fort. »Ich habe immer zu ihm aufgeschaut, und plötzlich war er weg. Besonders für meine Mutter war das hart. Sie ist seinetwegen nach England gekommen, hat alles aufgegeben – und dann war er plötzlich nicht mehr da. Ich dachte erst, sie würde nach Deutschland zurückkehren, aber das wollte sie nicht. Sie hat nicht einmal darüber nachgedacht. Inzwischen ist sie hier so heimisch, dass sie nicht mehr zurückkehren möchte. Auch unseretwegen, sagt sie.«

»Hast du jemals darüber nachgedacht, in Deutschland zu leben?«

Er zuckte mit den Schultern. »Nicht wirklich, nein. Ich war schon oft in Bielefeld bei unseren Verwandten, in den Ferien bin ich mit Jack dort gewesen und hin und wieder an Weihnachten. Aber England ist mein Zuhause.«

»Und wie kam das mit Jack?«, fragte Andrea.

»Mum war so traurig nach Dads Tod. Ich war gerade von Zuhause ausgezogen, und Jack dachte darüber nach, aber er ist dann doch erst mal bei ihr geblieben, und ich habe sie auch oft besucht. Als Jack sich dann um Mum gekümmert hat, habe ich gesehen, dass er doch gar nicht so übel ist«, sagte Gregory augenzwinkernd. »Wir haben viel über Dad gesprochen. Jack hat mir erzählt, dass er mich immer darum beneidet hat, ihm so ähnlich zu sein. Das ist mir nie aufgefallen. Wir sind zusammen losgezogen, haben uns betrunken, hemmungslos geflirtet – wir sind ziemlich abgestürzt. So sind wir zusammengewachsen. Jack ist kein schlechter Mensch, weißt du.«

»Natürlich«, sagte Andrea. »Er ist ein Aufschneider und findet sich unwiderstehlich, aber er würde nie jemandem schaden.«

»Eben. Er hat gern Spaß mit Frauen, aber er ist nie verantwortungslos.« Gregory machte eine Pause. »Na ja, das habe ich ihm eingeprügelt.«

»Sehr gut.«

Das Klingeln an der Haustür unterbrach sie. Jack wartete mit Rachel vor dem Haus, um Gregory und Andrea mit dem Auto abzuholen.

Anders als vermutet war Rachel keine langbeinige, blonde Schönheit mit Pailletten-T-Shirt, sondern eine stilvoll gekleidete, sehr hübsche junge Frau mit langen dunkelbraunen Haaren. Entsprechend verblüfft starrte vor allem Gregory in ihre Richtung. Das kannte er anders von seinem Bruder.

Jack grinste breit. »Hallo, ihr beiden. Das ist Rachel.«

Er stellte alle einander vor, und Rachel versuchte lachend und aus Höflichkeit, eine Kostprobe dessen zu liefern, was Jack ihr schon auf Deutsch beigebracht hatte. Ihr Akzent war haarsträubend.

»Schön, euch kennenzulernen«, sagte sie aufgeschlossen.

»Kommt«, unterbrach Jack unruhig. Gemeinsam stiegen sie in sein Auto, welches sich in einem überraschend tadellosen Zustand befand. Auf Deutsch raunte Gregory Andrea zu: »Keine Papierschnipsel …«

»Shut up!«, kam es von vorn. Gregory grinste bloß.

Jack fuhr in einem ziemlich waghalsigen Tempo zum Bahnhof. Die schnellste Verbindung nach London bot der Zug, der zwei Stunden brauchte – mit dem Auto unmöglich zu schaffen.

Gregory ließ sich mit Andrea ein Stück zurückfallen, bevor sie den im viktorianischen Stil erbauten Bahnhof betraten. »Ich bin überrascht«, sagte er. »Rachel ist ein völlig anderer Typ als die meisten seiner bisherigen Freundinnen.«

Die beiden schlossen wieder zu Jack und Rachel auf, die bereits am Schalter standen und Fahrkarten kauften. Der Bahnhof von Norwich war mit seinen sechs Gleisen nicht sonderlich groß. Die Sonne erleuchtete das Innere des Bahnhofs durch die Glasscheiben auf dem Dach. Wenig später saßen alle vier im Zug und fuhren durch das ländliche Gebiet von East Anglia. Sanfte Hügel und abgeerntete Felder erstreckten sich, so weit das Auge reichte. Vereinzelte Bäume und Strommasten unterbrachen das Einerlei, ebenso wie die verstreuten Ortschaften auf dem Land.

»Du hast also meinen Bruder angesprochen?«, begann Gregory ein Gespräch mit Rachel.

»Ja, er hat mir gefallen, und ich dachte mir, warum warten? Zum Glück war er nicht abgeneigt.«

»Wie könnte ich?«, warf Jack grinsend von der Seite ein.

»Aber normalerweise schleppst du die Frauen fleißig selbst ab«, sagte sein Bruder.

»Normalerweise schon, aber Rachel ist eben anders.«

»Hört, hört«, stichelte Gregory.

»Und wie habt ihr euch kennengelernt?«, erkundigte Rachel sich. Andrea erzählte, wie sie Gregory vor wenigen Wochen begegnet war und ließ dabei auch Jack nicht aus. Rachel amüsierte sich köstlich, als nach und nach herauskam, wie Jack sich angestellt hatte. Sie störte sich nicht an seiner verrückten Art.

»Jack hat erzählt, dass du studierst«, sagte sie.

»Ja, Psychologie. Ich mache nächstes Jahr meinen Abschluss.«

»Psychologie, wie spannend. Ist es wirklich so, dass jetzt ständig Polizisten an der Uni sind? Ich stelle es mir sehr unheimlich vor zu wissen, dass da dieser Kerl sein Unwesen treibt. Das Krankenhaus ist ja nicht so weit weg.«

»Aber du bist keine Studentin«, sagte Andrea. »Bisher hat der Campus Rapist bei der Wahl seiner Opfer keine Ausnahme gemacht, also brauchst du dir keine Sorgen zu machen. Und es stimmt, es sind Polizisten am Campus. Es ist wirklich ziemlich gruselig.«

»Ich habe eher den Eindruck, dass er genug hat, seit er mit dir zu tun hatte«, sagte Jack.

Das hoffte Andrea wirklich. Der Angriff auf Caroline lag nun fast zwei Wochen zurück. Zwar hatte der Campus Rapist bisher keine Regelmäßigkeit in seinen Taten gezeigt, aber mit jedem Tag, der verging, wuchs ihre Hoffnung, dass es endlich vorbei war.

»Was heißt das?«, fragte Rachel erschrocken. »Was ist denn passiert?«

»Mir ist gar nichts passiert«, sagte Andrea und erzählte, was vorgefallen war. Rachel war sichtlich überrascht.

»Ist nicht selbstverständlich, dass jemand sich da einmischt. Ich hatte Dienst, als die junge Frau ins Krankenhaus gebracht wurde, und habe von ihr gehört. Ich habe mehrere Vergewaltigungsopfer gesehen. Das ist immer ziemlich schlimm.«

»Caroline war sehr mitgenommen«, stimmte Andrea zu.

Rachel wechselte das Thema und bat Andrea, ihr die korrekte Aussprache einiger deutscher Wörter zu erläutern, weil sie Jack nicht alles glaubte. Gespielt beleidigt saß er daneben, während die beiden ein wenig Deutsch übten.

Sie hatten viel Spaß zusammen. Die intelligente, witzige Rachel war vor allem Andrea auf Anhieb sympathisch. Rachel liebte ihren Beruf, der Jack ganz bestimmt entgegenkam. Er war kein Freund ernsthafter, fester Beziehungen, aber vielleicht hatte er mit Rachel eine Zukunft, weil sie ihm zwangsläufig genügend Freiheiten ließ. Sie hatte ständig wechselnde Dienstpläne und damit gar keine Gelegenheit, ihn einzuengen.

***

In London gab es ein Pub, das im Herbst ganz im Zeichen des Münchner Oktoberfestes stand. Rachel bestaunte die Dirndl tragenden Kellnerinnen, die Jack ziemlich ins Schleudern brachte, als er sie auf Deutsch ansprach. Er amüsierte sich köstlich, als sie kein Wort verstanden.

»Ich habe dich noch nie Alkohol trinken sehen«, sagte Gregory zu Andrea, die wie üblich mit einer Cola dasaß.

»Ich habe noch nie viel Alkohol getrunken. Ich war auch noch nie richtig betrunken. Aber seit dem Unfall meiner Familie ist es damit ganz aus.« Sie wandte den Blick zu ihm und lehnte sich stärker an ihn. Er hatte den Arm um ihre Schultern gelegt.

»Der Unfallfahrer war betrunken. Er dachte, dass er das vorausfahrende Auto bequem überholen könnte und hat dabei das Auto meiner Eltern übersehen«, fuhr sie fort. »Er ist voll in sie reingerast, hat sie von der Straße abgedrängt und gegen einen Baum gedrückt. Er war sofort tot, genau wie mein Vater. Mein Bruder starb, als der Krankenwagen eintraf. Meine Mutter hat das noch erlebt, sie war da noch bei Bewusstsein. Wie soll ich ein Freund von Alkohol sein?«

»Verstehe«, sagte Gregory und küsste sie auf die Stirn. So genau hatte sie ihm das alles noch gar nicht erzählt.

»Stört es dich denn, wenn wir trinken?«

Sie schüttelte den Kopf. »Es würde mich stören, wenn du es

so übertreiben würdest wie Jack.« Der tobte sich nämlich inzwischen munter auf der Tanzfläche aus. Er konnte tanzen wie der Teufel, wirbelte Rachel herum, fasste ihr immer wieder an den Po. Gregory beobachtete das Ganze wie üblich mit stoischer Miene. Er hatte immer einen ganz speziellen Gesichtsausdruck, wenn Jack etwas Jack-typisches tat – eine Mischung aus Scham und Belustigung.

»Hoffentlich hält das mit Rachel länger«, sagte er. »Sie ist wirklich nett.«

»Bei Jack braucht man auch eine große Klappe – und die hat sie.«

»Allerdings. Normalerweise schnappt Jack sich die Mädels immer selbst, aber er hat dabei immer schon ein schlechtes Händchen gehabt. Zu seinem üblichen Beuteschema gehört leider nicht die Intelligenz der Frau.«

Andrea grinste. »Meinetwegen können wir öfter etwas mit den beiden unternehmen.«

Kurze Zeit später kehrten Jack und Rachel außer Atem zu ihnen zurück und verlangten nach mehr Getränken. Rachel beäugte skeptisch, wie Jack das Bier fließen ließ. Es raubte ihm sämtliche Hemmungen, sodass er wenig später keinerlei Schwierigkeiten mehr damit hatte, in aller Öffentlichkeit den Versuch zu unternehmen, eine Hand unter Rachels Oberteil zu schummeln. Sie hielt ihn freundlich, aber bestimmt davon ab und verdrehte die Augen. »Dein Bruder ist schlecht erzogen, Greg.«

»Ich weiß«, sagte Gregory unbeeindruckt.

Spät verließen sie das kleine Oktoberfest und kehrten zum Bahnhof zurück. Jack schlief schon in der U-Bahn beinahe ein und war im Zug gar nicht mehr ansprechbar. Rachel hatte sich an ihn gelehnt, Greg hatte müde und schweigsam den Arm um Andrea gelegt. Sie hatte den Kopf an seine Brust geschmiegt und lauschte auf seinen ruhigen Herzschlag.

»Ihr seid ein hübsches Paar«, murmelte Rachel schläfrig.

Andrea lächelte. »War schön heute mit euch.«

»Bleibst du dieses Wochenende bei Greg?«

Andrea nickte. »Am Wochenende immer.«

»Wirst du in England bleiben?«

Sie seufzte nachdenklich. »Mich zieht nichts nach Deutschland zurück. Seit ich vor über einem Jahr hergekommen bin, war ich nicht mehr dort. Außerdem habe ich doch nun einen guten Grund hierzubleiben.«

Gregory richtete den Blick auf sie. »Und der wäre?«

Die beiden jungen Frauen sahen sich an und brachen in lautes Gelächter aus, das Jack jedoch auch nicht weckte. Nur Gregory beobachtete sie stirnrunzelnd. »Macht euch nur lustig.«

»Die Frage war aber wirklich zu schön«, sagte Rachel zu ihrer Verteidigung.

Weil alle bis auf Andrea getrunken hatten, fand sie sich um Viertel vor zwei nachts in Norwich hinterm Steuer von Jacks rostigem Vehikel wieder. Glücklicherweise war es ruhig auf den Straßen, und die anderen waren zu müde, um zu merken, wie unsicher sie sich durch ihre mangelnde Fahrpraxis auf den Straßen bewegte. Jede Sekunde musste sie bewusst darüber nachdenken, dass sie links fuhr – vor allem, als sie einen Kreisverkehr erreichte. Hinterm Steuer eines Rechtslenkers zu sitzen war eine interessante Erfahrung für sie, vor allem beim Abbiegen. Sie musste sich besonders darauf konzentrieren, mit links zu schalten. Das hatte sie noch nie gemacht.

Dennoch erreichte sie problemlos Jacks Wohnung. Rachel und Gregory bemühten sich, Jack nach oben ins Bett zu bringen, bevor Greg und Andrea Hand in Hand zu seiner Wohnung schlenderten. Dort angekommen, betrat Andrea ohne Umschweife das Schlafzimmer, um sich umzuziehen.

Sie stand nur noch in Unterwäsche vor dem Bett, als Gregory hinter ihr auftauchte und die Arme um sie legte. Verträumt musterte sie ihr Spiegelbild im großen Spiegel am Kleiderschrank. Bei Gregory hatte sie immer das Gefühl, etwas Besonderes zu sein.

Swardeston, südlich von Norwich, 24. Oktober

Ihm gefiel es, wie laut sie schluchzte. Daran änderte nicht einmal die Tatsache etwas, dass er sie geknebelt hatte. Es war ihm schwergefallen, sich zu entscheiden: Wollte er sie nun laut schreien hören oder sich doch eher an ihrer stillen Angst weiden, die größer wurde, je mehr Macht er über sie ausübte?

Er hatte sich für Letzteres entschieden. Es war ihm am liebsten, wenn sie vor ihm kniete, denn das machte es perfekt. Er hielt sie an den Armen fest, die er mit den Fesseln auf ihrem Rücken fixiert hatte. Totale Kontrolle. Das war es. Sie weinte, konnte kaum atmen. Perfekt …

Nein, noch nicht. Aus einem Impuls heraus legte er die Hände um ihren Hals und schloss voller Genuss die Augen, als sie unterdrückte Schreie ausstieß und in schierer Panik auf dem Bett zu zappeln begann. Ja … so war es gut. Weiter so, kleines Miststück. Nur weiter. Er drückte fester zu, intensivierte ihre Angst. Aber er konnte es nicht sehen. Das war falsch.

Er ließ von ihr ab, stand auf und packte sie, um sie umzudrehen und mit dem Rücken aufs Bett zu werfen. Jennas Gesicht war nass von Tränen, ihre Augen geweitet, vor Todesangst starrend. Die Verlockung war so groß, dass er sich sofort wieder zwischen ihre weit geöffneten Schenkel kniete und tief Luft holte, als die Erregung ihn noch stärker durchströmte. Er beugte sich vor und legte die Hände um ihre Kehle, um dann mit aller Kraft zuzudrücken. Der Anblick der Würgemale, die sie bereits zurückbehalten hatte, erfüllte ihn mit Stolz.

Jenna schrie um ihr Leben und zappelte heftig. Ja, noch mehr … so ist es gut. Wehre dich! Dein Schmerz ist meine Lust.

Er stieß immer schneller und heftiger zu und würgte sie mit aller Kraft. Die Schreie verebbten, das Zappeln ließ nach. Es war so perfekt, so erhebend, dass es ihn plötzlich überkam.

Er merkte gar nicht, wie sie unter ihm starb, weil er es zu sehr genoss. Keuchend beugte er sich über den reglosen Mädchenkörper.

Perfekt. Genau diesen Kick hatte er gesucht, genau das. Mit einem Anflug von Zärtlichkeit, beinahe Dankbarkeit, betrachtete er sie. Seine Erste.

Gregorys Wohnung,
25. Oktober

Andrea saß vor dem Sofa auf dem Boden und hatte ihre Unterlagen auf dem kleinen Couchtisch ausgebreitet. Bis zum Essen wollte sie die Zusammenfassung ihrer Seminararbeit noch schaffen. Gregory war gerade in die Küche gegangen, um das Abendessen vorzubereiten. Nach dem Essen wollten die beiden ins Kino gehen.

Andrea war völlig vereinnahmt. Nebenbei lief der Fernseher, aber sie achtete nicht darauf. Gregory hatte ihn eingeschaltet, um die Nachrichten zu verfolgen.

Andrea notierte ein paar Stichworte, blätterte auf die nächste Seite und hielt inne, als sie mit halbem Ohr hörte, wie der Nachrichtensprecher von einem Leichenfund in Norwich berichtete. Langsam ließ sie den Arm sinken und schaute auf den Bildschirm.

»Heute Vormittag wurde der Leichnam der seit Donnerstag vermissten vierundzwanzigjährigen Studentin Jenna Roberts von einem Spaziergänger in den Broads gefunden. Die junge Frau war als vermisst gemeldet worden, nachdem sie nicht von der Arbeit nach Hause zurückgekehrt war. Die Suche der Polizei am Wochenende verlief ergebnislos. Zu den Todesumständen wurde noch nichts Genaueres bekannt gegeben. Der Leichnam der jungen Frau war unbekleidet und wies deutliche Spuren von Misshandlungen auf. Die Polizei kann zu diesem Zeitpunkt einen Sexualmord oder einen Zusammenhang mit der Vergewaltigungsserie durch den sogenannten Campus Rapist nicht ausschließen.«

Andrea wurde kalt. Neben dem Nachrichtensprecher war ein Bild von Jenna Roberts eingeblendet – ein Passbild, auf dem die hübsche junge Frau lächelte. Mit zugeschnürter Kehle blickte Andrea auf das Bild. Irgendwo in der Magengegend wurde ihr heiß.

Sie nahm gar nicht wahr, dass Jennas Bild vom Bildschirm verschwand und die nächste Meldung verlesen wurde. Der letzte Satz, den der Sprecher gesagt hatte, hallte immer noch in ihrem Kopf nach. Campus Rapist. Zusammenhang.

Andrea fühlte sich wie betäubt. Da waren nur noch blankes Entsetzen – und Übelkeit. Dass ihr die Tränen kamen, merkte sie erst gar nicht.

»Was ist los?«, fragte Gregory. Sie reagierte nicht. Die Worte ihres Dozenten waren plötzlich wieder in ihrem Kopf. *Noch ein Auslöser für eine weitere Frustration, und er beginnt zu töten.*

Sie war die Frustration.

Als sie spürte, wie ihr alles hochkam, sprang sie auf, rannte ins Bad und übergab sich. Zitternd hielt sie mit den Händen die Haare zurück und versuchte wieder zu Atem zu kommen. Schwerfällig lehnte sie sich an die Dusche. Verschwommen durch ihre Tränen sah sie Gregory in der Tür stehen – entgeistert, besorgt. Er löste sich aus seiner Starre und kniete sich vor sie. Wortlos reichte er ihr einige Blätter Toilettenpapier.

Andrea sank schluchzend in sich zusammen. Sanft zog Gregory sie an sich und drückte sie an seine Brust, während sie vor lauter Weinen kaum noch Luft bekam.

»Ganz ruhig.« Er strich ihr übers Haar. »Beruhige dich doch. Alles ist gut. Ich bin bei dir.«

Andrea klammerte sich an seinen Arm. Wenn wirklich der Campus Rapist Jenna Roberts ermordet hatte …

»Was hast du denn?« Gregorys Stimme riss sie aus ihrer stummen Verzweiflung.

»Es ist meine Schuld«, stieß sie hervor und wischte sich über die Augen. Vergeblich – es kamen immer neue Tränen.

»Was? Wieso? Was meinst du?«, fragte er irritiert.

»Jenna Roberts … hast du das denn nicht gehört?«

»Doch, aber …«

»Wenn er es war, dann ist das meine Schuld, verstehst du? Er hat sie getötet, weil ich ihn angegriffen habe!«, rief Andrea aufgewühlt.

»Nein, ach was. Das ist doch Unsinn.«

»Ist es nicht. Der Täter ist frustriert, verstehst du? Wir haben im Seminar darüber gesprochen. Er wollte sich dadurch Bestätigung holen und sich beweisen, wie toll er ist. Durch die Vergewaltigungen. Aber dann komme ich und störe ihn, verjage ihn …« Sie schnappte nach Luft, aber sie konnte nicht aufhören zu weinen. Die Schuldgefühle drohten sie zu erdrücken. »Das hat ihn frustriert. Verstört. Es hat alles eskalieren lassen. Jetzt tötet er seine Opfer. Er entführt und ermordet sie.«

Verständnislos sah Gregory sie an. »Das kannst du nicht wissen.«

»Doch, kann ich. Sie haben es doch gesagt. Er kann es doch sein, oder nicht? Er hat seitdem nichts mehr gemacht. Bis jetzt.«

»Unsinn, Andrea, das redest du dir ein. Und selbst wenn – du bist doch nicht schuld daran. Du hast Caroline geholfen.«

»Ich habe nicht nachgedacht, ich …« Andrea unterbrach sich selbst und überlegte. Vielleicht waren das auch nur Hirngespinste. Allerdings wusste sie jemanden, den sie fragen konnte. Sie griff nach ihrem Handy und rief bei der Polizei an. Noch in der Vorwoche hatte sie mit Sergeant McKenzie gesprochen, der nicht erst seit Carolines Vergewaltigung zur Campus-Rapist-Ermittlungseinheit gehörte. Er hatte angedeutet, sich darum zu kümmern, dass sie ihm bald ein wenig bei der Arbeit über die Schulter sehen konnte.

Sie ließ sich mit ihm verbinden und war froh, dass er tatsächlich noch im Büro war.

»McKenzie«, meldete er sich.

»Sergeant, hier ist Andrea Jahnke«, sagte sie und atmete tief durch. »Vorhin habe ich die Nachrichten gesehen.«

»Lassen Sie mich raten, es geht um Jenna Roberts.«

»Ja … War es der Campus Rapist?«

Der Sergeant zögerte für einen Moment. »Bislang sieht alles danach aus. Wann sind Sie wieder hier?«

»Ich wollte morgen kommen.«

»Lassen Sie uns morgen darüber sprechen. Mein Chef ist damit einverstanden, dass Sie uns ein wenig zur Hand gehen, Donaldson meinte schon, dass Sie das hinkriegen.«

Diese Offenbarung überraschte Andrea. »Ist in Ordnung. Vielleicht kann ich ja helfen. Wenn es der Campus Rapist war, ist das meine Schuld …«

»Ihre Schuld?«, fragte der Sergeant überrascht. »Wie kommen Sie denn darauf?«

»Was, wenn mein Angriff ihn provoziert hat?«

Er seufzte kurz. »Was sie vor zwei Wochen getan haben, war richtig. Machen Sie sich keine Vorwürfe.«

»Aber es gibt Spuren, die auf ihn hinweisen, nicht wahr?«, fragte Andrea desillusioniert.

»Ja, die gibt es. Er hat sie gewürgt, so wie jedes seiner Opfer bisher.«

»Er hat wirklich jedes Opfer gewürgt?«, fragte Andrea.

»Ja.«

»Dann ist das seine Handschrift. Es geht ihm um Macht. Es wäre schon ein verrückter Zufall, wenn gerade hier und jetzt ein anderer Mann auf die Idee kommt, eine Studentin zu entführen, um sie zu vergewaltigen und zu erwürgen.«

»Sie studieren Psychologie, richtig?«, erkundigte er sich.

»Ja, im siebten Semester.«

»Und danach wollen Sie sich in Richtung Kriminologie orientieren?«

»Ich würde mich gern für das Profiling-Seminar in London bewerben«, sagte Andrea.

»Nicht schlecht. Wir hatten vor Wochen eine Anfrage hingeschickt, aber sie haben geantwortet, dass es noch zu früh für sie sei, um tätig zu werden.«

»Ja, das ist nicht ungewöhnlich. Die Profiler bekommen so viele Anfragen, dass sie nicht überall helfen können. Jetzt, da es eine Tote gibt, sieht das wahrscheinlich anders aus …« Andrea schloss die Augen und seufzte.

»Sehen wir uns das doch morgen mal an. Und machen Sie sich bitte keine Vorwürfe.«

»Okay … danke, Sergeant. Bis morgen. Ich bin um zehn da.«

»In Ordnung, Andrea. Bis morgen.«

Gregory sah sie fragend an, als sie das Handy sinken ließ.

»Das war Sergeant McKenzie«, erklärte Andrea. »Er will morgen mit mir über den Fall sprechen. Vielleicht kann ich ihm ja helfen.«

»Das wäre doch toll.«

»Ich muss es versuchen, verstehst du? Wenn ich verhindern kann, dass das wieder passiert, dann tue ich das.«

»Ja, natürlich. Übrigens gefällst du mir so schon viel besser.« Gregory lächelte. »Komm mit nach drüben.«

Er half ihr hoch, und sie folgte ihm zum Sofa. Er zögerte nicht, ihre tränennassen Wangen mit dem Ärmel seines Pullovers zu trocknen.

»Du hast nichts falsch gemacht«, betonte er erneut.

»Doch. Ich habe ihn verjagt und so sehr frustriert, dass er jetzt mordet. Viel dümmer hätte ich mich nicht anstellen können. Ich hätte es besser wissen müssen«, erwiderte sie desillusioniert.

»Nein, Andrea. Du hast einer jungen Frau geholfen. Du hast einen gefährlichen Mann angegriffen, um zu helfen. Was passieren würde, konntest du nicht wissen, und niemand macht dir einen Vorwurf.«

»Jennas Familie würde dir etwas anderes sagen.«

Er winkte ab und drückte sie an sich. »Du bist so ein lieber, guter Mensch. Wenn du dem Sergeant helfen kannst, mach das ruhig. Ich weiß, du kannst das. Heute Nacht bleibst du einfach wieder hier und denkst nicht daran. Und bitte weine nicht. Das kann ich nicht mit ansehen. Vorhin hast du mich wirklich erschreckt.«

»Tut mir leid.«

»Ach, das muss es nicht. Unsinn. Ich weiß nicht, wie ich reagiert hätte.«

»Sergeant McKenzie meinte, es gebe Ähnlichkeiten. Das kann kein Zufall sein.«

Gregory zuckte mit den Schultern und ging wieder in die Küche, um nach dem Essen zu schauen. Als es fertig war, aß Andrea trotz aller Bemühungen nur mit mäßigem Appetit. Greg kommentierte es nicht.

Norwich,
26. Oktober

Andrea hatte wirres Zeug geträumt. Beim Frühstück versuchte sie einigermaßen erfolgreich, die düsteren Gedanken zu verscheuchen.

»Ich begleite dich zur Polizei«, sagte Gregory ins Schweigen hinein.

Stirnrunzelnd blickte Andrea zu ihm auf. »Warum?«

»Ich möchte nicht, dass du allein hinfährst. Ich hätte kein gutes Gefühl dabei.«

»Es ist mitten am Tag.«

»Das ist mir vollkommen egal. Es gibt hier einen Vergewaltiger, vielleicht einen Mörder – vielleicht beides in einer Person. Selbst wenn er dich gar nicht sucht, könntest du ihm trotzdem begegnen. Bitte, Andrea. Ich will nicht, dass du allein unterwegs bist.«

»Also schön.« Eigentlich ging ihr das zu weit, aber sie wollte nicht mit ihm streiten.

Während die beiden sich auf den Weg machten, überlegte Andrea, wie sie dem Sergeant helfen konnte. Zwar hatte sie in der Vorlesung zur Fallanalyse schon echte Polizeifotos gesehen, von entstellten Leichen, Tatorten und anderen Scheußlichkeiten, aber das war etwas anderes. Diesmal war Andrea hautnah dran.

Vor der Polizeistation verabschiedeten sie sich. Obwohl Andrea nun schon öfter dort gewesen war, wunderte es sie, dass die städtische Polizeistation so klein war, aber das Hauptquartier des Norfolk Constabulary lag außerhalb in Wymondham. Dort hatte auch die Ermittlungseinheit, die im Fall des Campus Rapist ermittelte, ihren Sitz.

Andrea lief mit hochgezogenen Schultern über den Flur bis zum Büro des Sergeants. Er war nicht allein, Sergeant Baxter war ebenfalls dort und begrüßte sie ebenso freundlich.

»Danke, dass Sie gekommen sind, Miss Jahnke«, richtete Sergeant McKenzie sich an Andrea, nachdem er ihr einen Platz angeboten hatte. »Also schön. Ich habe noch einmal mit Donaldson gesprochen, und er sagte, ich soll Ihnen die Ermittlungsakten ruhig mal zeigen.«

»Okay«, sagte Andrea und straffte die Schultern.

Er schlug die Mappe auf, die vor ihm auf dem Schreibtisch lag. »Die Bilder sind nicht schön. Überhaupt nicht. Ein Spaziergänger hat sie im Yare gefunden, im Sumpfgebiet der Broads.«

Andrea nickte und ließ sich die Fotos geben. Es half ja nicht. Trotzdem war der Anblick wie ein Schlag ins Gesicht für sie. Die Leiche hatte sich am Flussufer verfangen, lag nackt im Wasser. Die Haut war aufgequollen und aschfahl. Ihre Augen waren gerötet, ihr Hals voller verschiedenfarbiger Blutergüsse, wie ein Mosaik. Es sah aus, als hätte er sie einfach nur entsorgt. Er hatte sie mit Klebeband geknebelt, das er nicht abgenommen hatte. Mit toten Augen starrte sie ins Nichts, nicht einmal ihre Lippen waren zu sehen. Es wirkte seelenlos.

Auf einem weiteren Foto waren ihre Fesseln zu sehen. Es waren Plastikfesseln, die auch von der Polizei oft anstelle von Handschellen verwendet wurden. Sie funktionierten wie Kabelbinder; festgezogen konnte man ziemlich sicher sein, dass das Opfer sich nicht mehr wehren würde. Er hatte ihr die

Hände auf dem Rücken zusammengebunden. Es gab Detailaufnahmen von allem, was relevant war – von den Fesseln, den rötlich wundgescheuerten Handgelenken, ihren blutunterlaufenen Augen und auch von den Verletzungen, die sie andernorts am Körper aufwies. Sie hatte blaue Flecken an den Beinen, die davon zeugten, dass ihr brutal zugesetzt worden war, aber auch im Gesicht und an anderen Körperstellen waren Blutergüsse zu finden. Ihre Nase hatte geblutet.

»Was sagt der Gerichtsmediziner?«, fragte Andrea.

Irritiert angesichts ihrer sachlichen Reaktion, erwiderte der Sergeant: »Nicht viel. Tod durch Ersticken, sie wurde erwürgt. Sie wurde mit absoluter Sicherheit mehrfach vergewaltigt. Die Hämatome wurden ihr zu unterschiedlichen Zeitpunkten zugefügt. Sie ist Donnerstagnacht auf dem Heimweg von der Arbeit verschwunden, und etwa so alt sind wohl auch die ersten Blutergüsse. Die letzten sind kurz vor ihrem Tod entstanden. Er hat sie noch nicht genau datiert, aber wir gehen bislang davon aus, dass sie fast drei Tage bei dem Kerl war.«

»Und der DNA-Test läuft?«

»Ja. Wir haben Spermaspuren. Ehrlich gesagt gehen wir aber stark davon aus, dass er es war.«

Andrea nickte und fragte ihn, was er ihr sonst noch zu dem Fall erzählen konnte. Dass der Leichenfundort nicht der Tatort war, war offensichtlich. Weil der Obduktionsbericht noch fehlte, konnte sie nicht sonderlich viele Aussagen treffen. Sie konnte nur mit den Dingen weitermachen, die bisher feststanden, und die bezogen sich vor allem auf das – oder die – Opfer. Dass es keine Informationen über den Tatort gab und keine Spuren, die man hätte auswerten können, machte die Sache fast unlösbar für sie. Es waren genau solche Dinge, auf die Profiler sich eigentlich stützten. Der hier fehlende Tatort war eins der wichtigsten Elemente für eine Fallanalyse. So konnte Andrea nur Dinge über die Persönlichkeit des Täters herausfinden, die bei der Ermittlungsarbeit wenig hilfreich waren.

»Todeszeitpunkt war wann?«, fragte sie.

»Irgendwann Sonntagabend. Wenn wir mehr gewusst hätten, hätten wir sie finden können. Es gibt die Regel, dass Entführungsopfer am besten in den ersten vierundzwanzig Stunden gerettet werden«, begann er.

Andrea nickte, darüber wusste sie Bescheid. »Ehrlich gesagt weiß ich nicht mehr sonderlich viel über die Merkmale und Vorlieben von Sexualmördern, aber da gibt es bestimmt einiges, das von Interesse ist. Sie könnten mir aber helfen, wenn Sie mir etwas über die bisherigen Opfer des Campus Rapist verraten.«

Sergeant McKenzie begann ganz vorn. Andrea bemerkte schnell, dass die Aussagen der Opfer nicht systematisch erfasst worden waren, denn sie berichteten unterschiedliche Dinge. Während er vorlas, überlegte sie, was es bedeutete, dass der Täter sich vom Campus in den Eaton Park verlagert hatte, um dann hinterher für Caroline wieder zurückzukehren.

»Wann ist der Wechsel passiert?«, fragte sie.

»Nach dem dritten Opfer. Nach der zweiten Tat hatten wir die ersten Beamten am Campus, nach der dritten haben wir die Streifen verstärkt. Wahrscheinlich wurde ihm das zu heiß.«

»Also ist er in den Eaton Park gegangen.«

»Richtig. Dort traf es Susan Jacobs, dreiundzwanzig. Sie war auf dem Heimweg. Er lauerte im Gebüsch, hat sie mit dem Messer bedroht und vergewaltigt. Sie ist in ihrer Panik beinahe vor ein Auto gelaufen. Bei ihr fiel uns zum ersten Mal auf, dass er jedes einzelne Opfer gewürgt hat. Bei ihr war das allerdings noch nicht so schlimm. Bei Deborah Jeffries war das anders. Sie war die fünfte. Sie hat er fast bewusstlos gewürgt.«

»Aber er hat es bei allen getan?«, fragte Andrea.

»Ja, schon. Aber anscheinend wurde es immer schlimmer.«

»Wenig überraschend. Dieser Tätertyp steigert sich oft in seinen Taten, um den Kick überhaupt noch spüren zu können, den er sucht. Anfangs befriedigt es ihm vielleicht zu vergewaltigen. Doch irgendwann ist das dann plötzlich nicht mehr genug. Das Würgen steht für Kontrollverlangen. Es reicht ihm nicht, sie zu vergewaltigen, er will ganz über sie bestimmen. Und das intensiviert sich auch. Erst tut er vielleicht nur so, aber dann tut er es immer stärker, bis sie fast bewusstlos sind«, erklärte sie. »Noch mehr Gemeinsamkeiten?«

Der Sergeant studierte die Akten. »Er hat sie alle auf den Boden geworfen, auf den Rücken, und sie angesehen. Das haben sie alle gesagt.«

»Damit beweist er, dass er keinerlei Reue empfindet. Täter, die unsicher sind und bereuen, sehen ihren Opfern nicht in die Augen. Er hätte es ja auch nicht tun müssen, aber er wollte es so. Hat er auch gesprochen?«

»Wohl nur das Nötigste. Er hat sie bedroht, weiter nichts.«

»Gab es irgendwann mal Probleme? Hat ein Opfer berichtet, dass ihm seine Konstitution einen Strich durch die Rechnung gemacht hat?«, formulierte sie es vorsichtig. Der Sergeant schüttelte den Kopf.

»Ich hätte nicht gedacht, dass sich der Fall so entwickelt«, gab er zu. »Nicht hier, verstehen Sie? Ich kann mich nicht mal erinnern, ob es hier je einen Serienvergewaltiger gab.«

»Und er ist geschickt«, sagte Andrea. In ihrem Kopf lief alles auf Hochtouren. »Wie sehr haben die Opfer sich gewehrt? Gab es Unterschiede?«

»Ja. Deborah Jeffries sagte aus, dass er ziemlich schnell aufgehört hat, nachdem sie sich nicht mehr gewehrt hat. Sie konnte nicht mehr, nachdem er sie so gewürgt hat.«

»Das wäre typisch«, sagte Andrea. »Die meisten Vergewaltiger genießen es, wenn das Opfer sich wehrt. Es erinnert sie daran, welche Macht sie über das Opfer haben, denn das Wehren bringt schließlich in den meisten Fällen nichts.« In Gedanken hielt sie fest: Das Würgen seiner Opfer war elementar für ihn, und er steigerte sich. Der erste Mord war so gesehen eine logische Folge, er hatte passieren müssen. Das hatte auch ihr Dozent schon festgestellt.

Sie sah Sergeant McKenzie wieder an. »Auffällig ist, dass er die Taten alle plant. Vergewaltigungen passieren meist spontan, diese hier jedoch nicht. Er zieht sich dunkle Kleidung an, maskiert sich, nimmt eine Waffe mit. Er will nur Studentinnen. Er hat scheinbar einen genauen Plan, den er befolgt. Sexualität und Aggression gehören hier zusammen. Interessant wäre jetzt zu wissen, für welchen Frauentyp er sich interessiert. Gibt es da Gemeinsamkeiten?«

Der Sergeant legte ihr die Fotos vor. »Sie sehen es ja selbst.«

Andrea musste gar nicht genau hinschauen, um zu erkennen, dass der Rapist einen bestimmten Typ bevorzugte. Seine Opfer waren alle überdurchschnittlich hübsch, hatten zwar unterschiedliche Augenfarben, aber alle waren dunkelblond. Ausnahmslos. Auch von Caroline hatte der Sergeant ein Bild. Andrea schob das Bild der toten Jenna daneben und nickte. Alle ähnlich.

»Wie findet er sie so gezielt?«, überlegte sie laut. »Vor allem bei Jenna fällt auf, dass er anscheinend sogar wusste, wo sie arbeitet. Nichtsdestotrotz ist sie trotzdem auch Studentin. Das bedeutet, er weiß immer genau, wen er sich aussucht. Er informiert sich. Die Gemeinsamkeit ist zwar auch das Äußere, allerdings muss er sie ja erst mal irgendwie finden.«

Sergeant McKenzie nickte. »Wir arbeiten gerade daran. Aber warum sucht er sich konsequent Studentinnen aus? Es gibt doch sicher auch – andere hübsche Frauen, die dunkelblond sind und seinem Typ entsprechen.«

»Dass er Studentinnen nimmt, hat einen bestimmten Grund. Er muss frustriert sein, in sexueller Hinsicht. Er lebt seine Aggressionen und Wünsche aus, wenn er vergewaltigt. Ich kann es mir nur so denken, dass er deshalb Studentinnen wählt, weil er sie für arrogant oder eingebildet oder ihm sonst wie überlegen hält. Vielleicht hat er auch um eine Studentin geworben, die ihm dann einen Korb gegeben hat. Was er tut, erweckt bei mir den Eindruck, dass er sehr gedemütigt wurde und nun seinen Frust ausleben will. Das muss einen Grund haben, genau wie die Tatsache, dass er Jenna donnerstags entführt und sonntags abends getötet hat. Das hat er getan, weil er einer Arbeit nachgeht und sich übers Wochenende Zeit nehmen wollte«, sagte Andrea.

»Klingt schlüssig.«

»Das macht ihn zum gefährlicheren Tätertyp – er handelt durchdacht und organisiert, er ist intelligent. Wenn wir es mit demselben Täter zu tun haben, ist er nicht nur ein Serienvergewaltiger.«

Der Sergeant ließ seine Kaffeetasse wieder sinken. »Er wird weitermachen.«

Sie nickte. »Wenn die DNA-Analyse ergibt, dass der Campus Rapist Jenna ermordet hat, ist es auch sehr wahrscheinlich, dass er zum Serienmörder wird. Er hat schon ein halbes Dutzend Frauen vergewaltigt; wer sagt denn, dass er jetzt nicht genauso viele tötet?«

»Ach, verdammt«, fluchte er ungehalten.

»Tut mir leid.« Andrea zuckte hilflos mit den Schultern.

»Unsinn, nein. Das klingt alles ganz großartig, Miss Jahnke. Meinen Dank dafür.«

»Gern«, sagte sie mit einem Lächeln. Mit Blick auf die Uhr verzog sie das Gesicht. »Ich muss jetzt los, meine Vorlesung fängt gleich an.«

»Natürlich. Ich begleite Sie noch.«

Schweigend gingen sie nebeneinander her, doch Andrea freute sich, dass sie ihm tatsächlich hatte helfen können.

Sergeant McKenzie brach das Schweigen. »Sie haben gar nicht gezuckt, als Sie Jennas Fotos gesehen haben.«

»Nein. Wenn ich es an mich herankommen lasse, werde ich befangen und bin Ihnen keine Hilfe mehr.«

»Ich bin übrigens Christopher.«

»Andrea.«

Er lächelte. »Das war toll vorhin, wirklich.«

»Sag mir einfach Bescheid, wenn der Obduktionsbericht da ist«, schlug sie vor.

»Gern. Wir werden jetzt auch einen Massengentest organisieren. Noch wird über eine Eingrenzung gestritten, aber er soll kommen.«

»Für Jenna zu spät«, sagte Andrea. Ihr gingen Jennas blutrote Augen nicht aus dem Kopf. Leer und tot.

»Die meisten meiner Kollegen und vor allem der Polizeichef halten nicht viel von der Einbeziehung solch psychologischer Aspekte«, brummte er. »Ich halte das für einen Fehler. Anders kriegen wir ihn nämlich nicht.«

»Ich werde mich schlau machen«, versprach sie.

»Das weiß ich zu schätzen. John und ich haben schon so oft die Mädchen am Campus aufgelesen, aber die Ermittlungen kommen nicht weiter. Du siehst es ja selbst – hier ist nicht viel. Es ist … schwierig. Wir haben hier keine Erfahrung mit solchen Fällen.«

Andrea teilte diesen Eindruck. Alles lief sehr schleppend – der Massengentest kam zu spät, die Serienvergewaltigungen waren nicht unterbunden worden, und jetzt mordete er auch noch. Wenn er es war. Norwich hatte dem nichts entgegenzusetzen.

Sie erreichten den Haupteingang und traten beide hinaus. Es war kühl und bewölkt. Die grauen Wolken passten gut zu Andreas aktueller Gemütslage.

»Danke noch mal«, sagte Christopher. Sie winkte ab und lächelte, als Gregory hinter einer Häuserecke zum Vorschein kam. Sie verabschiedete sich vom Sergeant und ging Greg entgegen. Er begrüßte sie mit einem Kuss.

»Konntest du helfen?«, fragte er.

Sie zuckte mit den Schultern. »Vielleicht ein wenig, ja. Die Polizei muss diesen Mörder unbedingt schnappen. Die Obduktion hat noch nicht stattgefunden, aber die Fotos waren schon sehr aufschlussreich.«

Während ihre Blicke sich trafen, entging ihr sein Zögern nicht. »War es sehr schlimm?«

»Er hat sie drei Tage und Nächte gefoltert und vergewaltigt. Man hat es ihr angesehen. Ich darf mir das gar nicht vorstellen.«

»Das ist vielleicht auch besser. Da wird man als Frau doch paranoid.«

Sie nickte. In ihrem Kopf spielte sich erschreckend präzise ein bestimmtes Szenario ab. Er musste sein Opfer irgendwo festgebunden haben, damit sie sich nicht wehren konnte, während er sie vergewaltigte und quälte. Andrea stellte sich schon schlimm genug vor, was auf dem Campus alles geschehen war. Doch das übertraf den Horror noch bei Weitem. Drei Tage. Ob Jenna gewusst hatte, dass er sie töten würde?

»Denk nicht drüber nach«, riss Gregory sie aus ihren Gedanken, als sie an der Bushaltestelle angekommen waren.

»Tust du doch auch«, behauptete sie.

»Ja, schon. Ich weiß nicht, was ich tun würde, wenn es dich träfe. Ich glaube, da würde mich nichts mehr davon abhalten, diesem Kerl sehr, sehr wehzutun.«

»Es trifft mich aber nicht«, erwiderte sie und verschränkte die Arme vor der Brust.

***

Nach der Vorlesung kehrte Andrea allein ins Wohnheim zurück. Sie fühlte sich erschöpft, und weil sie keine Lust hatte, mit jemandem zu sprechen, bemühte sie sich darum, leise zu sein. Fast geräuschlos schloss sie ihre Zimmertür auf, aber noch bevor sie ganz in ihrem Zimmer verschwunden war, öffnete sich die Zimmertür ihrer Mitbewohnerin, und Sarahs feuerroter Schopf lugte durch den Spalt.

»Andrea«, sagte sie und kam auf den Flur.

»Hey.« Leise seufzend blieb Andrea stehen.

»Wie war es im Kino? Ich habe mir gestern schon fast gedacht, dass du nicht mehr nach Hause kommst.«

»Wir waren nicht im Kino.«

»Nicht?«

»Nein. Hast du keine Nachrichten gehört?«

»Doch, sicher. Ihr seid deshalb nicht ins Kino gegangen?«

»Komm rein«, bot Andrea notgedrungen an. Die beiden setzten sich, und Andrea erklärte Sarah, was vorgefallen war und dass sie der Polizei am Morgen einen Besuch abgestattet hatte.

»Du hast wirklich Fotos von ihr gesehen?«

Andrea nickte. »Der Kerl ist ein Sadist, Sarah. Das schwöre ich dir. Er vergisst, dass er einen Menschen vor sich hat. Es war scheußlich. Er hatte sie drei ganze Tage bei sich … ich mag es mir gar nicht vorstellen.«

Sarah nickte ernst. »Umso erstaunlicher, dass du dir das angesehen hast und etwas dazu sagen konntest.«

»Das konnte ich wirklich«, sagte Andrea, nachträglich über sich selbst erstaunt. »Ich habe mir die Fotos angesehen und sachlich überlegt. Wahrscheinlich hätte ich sonst auch die Flucht ergriffen. Aber ich kann und will helfen. Die Polizei muss den Kerl einfach kriegen!«

»Definitiv, jetzt muss man doch schon um sein Leben fürchten. Hast du keine Angst? Du hast ihn angegriffen. Damit hast du dich zur Zielscheibe gemacht.«

»Er weiß nicht, wer ich bin. Außerdem bin ich nie allein. Ich lasse mich nicht verrückt machen. Es macht mir schon genug zu schaffen, dass ich vermutlich der Auslöser war, der bei ihm zum Morden geführt hat – wenn er wirklich der Mörder ist. Aber irgendwie bin ich mir da ziemlich sicher. Ich muss mir jetzt nicht noch einreden, dass er hinter mir her ist.«

Sarah wollte noch etwas erwidern, aber das Summen von Andreas Handy unterbrach sie. Hastig holte Andrea es heraus und wunderte sich, dass wieder eine unbekannte Nummer anrief. Nichtsdestotrotz nahm sie das Gespräch entgegen.

Erst nach einer kurzen Pause sagte eine leise Frauenstimme: »Ich bin es, Caroline.«

»Hallo, Caroline! Schön, dass du anrufst«, sagte Andrea. Sarah stand auf und gab ihr mit einem Wink zu verstehen, dass sie rübergehen würde. Andrea nickte stumm.

»Hast du gehört, was passiert ist?«, fragte Caroline.

»Ja, natürlich.«

»Das muss der Kerl gewesen sein.«

»Ich weiß es nicht.«

»Doch, es muss so sein. Es hieß, er habe sie erwürgt. Das hätte er bei mir doch auch fast getan. Wenn du nicht gewesen wärst, wäre ich jetzt vielleicht tot.« Caroline klang verzweifelt, und ihre Stimme war von Tränen erstickt.

»Nein, ach was«, versuchte Andrea sie zu beruhigen. »Er hatte sich extra maskiert, damit du ihn nicht erkennst.«

»Ich muss die ganze Zeit an die tote Studentin denken.«

»Ja, ich auch.«

Es entstand eine Pause. Caroline war ziemlich fassungslos. »Du hast mich gerettet«, sagte sie dann.

»Das war doch klar.«

»Nein, war es nicht. Du siehst doch, was los ist. Der Kerl ist ein Mörder.«

»Die Polizei wird ihn kriegen.«

»Ich hoffe es. Ich habe die ganze Zeit Angst, dass er vielleicht herausfindet, wer ich bin. Dass er mir nachstellt. Ich werde noch verrückt.«

»Das würde er nicht tun«, behauptete Andrea.

»Du hast es gut. Du hast einen Freund, dir kann nichts passieren.«

Andrea war sich nicht sicher, ob das wirklich half. Trotzdem verstand sie, dass Caroline sich allein und unsicher fühlte.

»Hättest du Lust, mich zu besuchen?«, fragte sie unvermittelt.

»Natürlich«, erwiderte Andrea überrascht. »Gern.«

»Wie wäre es Samstag in einer Woche?«

»Ich denke, das klappt.«

»Dann komm doch einfach vorbei. Ich koche etwas für uns.«

Caroline gab Andrea ihre Adresse. Zwar war Andrea überrascht über diese Einladung, so wie über Carolines insgesamt etwas konfuses Verhalten, aber sie freute sich.

Die beiden beendeten das Gespräch, aber trotzdem beschäftigte es Andrea noch, bis Gregory nach seiner Vorlesung bei ihr im Wohnheim eintraf. Sie erzählte ihm von Carolines Einladung.

»Ist doch nett von ihr. Da fällt mir ein, ich habe mit meiner Mutter gesprochen. Sie hat vorgeschlagen, dass wir sie am Samstag besuchen. Ich glaube, sie ist sehr gespannt.«

»Ich auch«, gab Andrea zu. »Also Samstag.«

***

Als Andrea abends wieder allein auf ihrem Zimmer war, begann sie, in einem ihrer Bücher zur Fallanalyse nach Informationen für Christopher zu suchen. Ein Massengentest war nur dann effektiv, wenn er auf einen bestimmten Verdächtigenkreis zugeschnitten war.

Dafür waren die Aussagen der Opfer sehr hilfreich. Sie

deckten sich mit den empirischen Daten, die sie gefunden hatte. Die Opfer des Rapist hatten von einem Mann um die dreißig gesprochen. Er war jung und fit genug gewesen, um sie zu überwältigen. Das deckte sich zumindest mit den Daten, die Andrea über Sexualmörder hatte, denn die meisten begingen ihren ersten Mord, bevor sie dreißig waren. Bei Vergewaltigern war das nicht so genau zu sagen.

Die Aussagen der Opfer waren mit Vorsicht zu genießen, weil der Täter maskiert gewesen war. Sollte der Campus Rapist aber tatsächlich auch Jennas Mörder sein, ließ sich der Kreis der Verdächtigen auf 25- bis 35-Jährige eingrenzen, um ganz sicherzugehen. Mit hoher Wahrscheinlichkeit befand er sich in dieser Gruppe, und zur Not ließ sich die Altersspanne noch um fünf Jahre nach unten und oben korrigieren.

Damit konnte die Polizei arbeiten. Bislang war dort immer noch über eine Eingrenzung gestritten worden, weil sich niemand zugetraut hatte, sie nur aufgrund der Zeugenaussagen vorzunehmen. Endlich konnte Andrea ihnen Gründe liefern, doch eine Eingrenzung vorzunehmen.

Sie war beinahe sicher, dass der Täter aus der Gegend stammte. Er beging die Taten immer in der Stadt, hatte Jenna dort entführt, den nahen Sumpf gewählt, um die Leiche zu entsorgen. Zudem war er immer so geschickt vorgegangen, dass er über Ortskenntnisse verfügen musste.

***

In dieser Nacht schlief sie sehr unruhig. Immer wieder sah sie Jenna vor sich und das, was der Rapist ihr angetan hatte. Konfuse Bilder jagten durch ihren Kopf, sodass sie sich am nächsten Morgen fühlte, als hätte man sie durch den Wolf gedreht.

Sie hatte gerade erst gefrühstückt, als ihr Handy klingelte. Es war Christopher.

»Der Obduktionsbericht ist da«, platzte er gleich heraus.

»Ich höre.«

»Es hat wirklich gut drei Tage gedauert. Der Todeszeitpunkt war Sonntagabend so zwischen siebzehn und achtzehn Uhr. Sie ist mit bloßen Händen erwürgt worden. Das ist anstrengend und nicht sonderlich schön. Man muss genügend Kraft und Energie haben, um das durchziehen zu können, denn es dauert eine Weile, bis das Opfer wirklich stirbt. Aber lassen wir das. Er muss sehr brutal vorgegangen sein und hat sie mehrmals vergewaltigt. Es gibt genügend Verletzungsspuren, die darauf hinweisen. Er hat sich auch nicht mit einer Sache zufriedengegeben, sondern ihr auf so ziemlich jede Weise zugesetzt, die du dir vorstellen kannst.« Er machte eine Pause. »Im Bericht steht, dass einige ihrer Verletzungen unmöglich von normalem Geschlechtsverkehr herrühren können. Er muss irgendwelche Gegenstände benutzt haben.«

Mit einem tiefen Atemzug schloss Andrea die Augen, aber das half kaum gegen die aufsteigende Übelkeit. »Gut. Was noch?«

»Ihr allgemeiner Zustand war ziemlich schlecht. Sie war dehydriert und hatte nichts mehr im Magen, er hat ihr die ganzen Tage über also nichts zu essen gegeben.«

Andrea schluckte. Er hatte sie nicht nur ermordet, sondern systematisch zugrunde gerichtet. Er musste ein Sadist sein. »Sie hatte nie eine Chance.«

»Nein, die hatte sie nicht. Mir leuchtet auch alles soweit ein, nur eine Sache ist seltsam.«

»Ja?«

»Du hast doch die Fotos ihrer Hände und Fesseln gesehen. Ist dir aufgefallen, dass sie ganz wundgeriebene Handgelenke hatte?«

»Ja, das habe ich gesehen.«

»Der Gerichtsmediziner hat bestätigt, dass die Plastikfesseln, mit denen wir sie gefunden haben, das nicht verursacht haben können. Also muss sie noch anders gefesselt gewesen sein. Was für einen Sinn hat das?«, fragte Christopher.

»Wenn sie drei Tage bei ihm war, wird er sie irgendwo festgebunden haben.«

»Ja, das ist klar. Aber warum hat er das irgendwann geändert?«

»Keine Ahnung«, gab sie zu. »Entweder hatte das einen bestimmten Zweck, oder es entspricht seiner Vorliebe. Ich weiß es nicht. Dafür kann ich dir jetzt sagen, welche Altersgruppen am ehesten für den Massengentest in Frage kommen.«

»Schieß los.«

Er nahm ihre Vermutungen dankbar entgegen, und sie versprach, sich auch weiterhin schlauzumachen. Gleich im Anschluss wollte sie in der Bibliothek nach Büchern suchen, die ihr vielleicht weiterhalfen. Unglücklicherweise konnte sie, solange die Ergebnisse der DNA-Analyse nicht vorlagen, nur vermuten, dass sie es mit einem Serientäter zu tun hatten.

Deshalb war es immer noch nur ein Instinkt, der Andrea annehmen ließ, dass der Campus Rapist zum Mörder geworden war.

***

Bereits am nächsten Tag ließ die Polizei über die Medien bekanntgeben, dass die männliche Bevölkerung Norwichs und angrenzender Orte im Alter zwischen 25 und 35 Jahren zur Abgabe einer Speichelprobe aufgerufen wurde. Noch am Freitag sollte der Massengentest starten. Gregory beschloss sofort hinzugehen.

»Laut deiner Analyse bin ich ja verdächtig«, neckte er Andrea.

»Wohl wahr.«

»Ist schon in Ordnung. Eigentlich sollte jeder Mann hingehen wollen, um hinterher schwarz auf weiß zu haben, dass er es nicht war. Denkst du, sie werden ihn so kriegen?«

Sie zuckte mit den Schultern. »Das Problem ist, dass verdammt viele Männer getestet werden. Sollte er nicht hingehen, würde es ewig dauern, bis auffällt, dass er fehlt und die Polizei die Probe nachfordert. Bis dahin kann noch viel passieren.«

»Und was kann man da machen?«

»Ich kann versuchen, ein Profil zu erstellen. Ich weiß nicht, ob Christopher es so einfach publik machen kann, denn offiziell helfe ich gar nicht. und auch die Londoner Profiler haben sich bislang nicht dazu geäußert. Aber wenn ich es schaffe, ihm ein Profil zu liefern, kann er versuchen, gezielt nach dem Täter zu suchen. Das ist die einzige Chance die wir haben, es sei denn, der Täter macht einen Fehler«, sagte Andrea, und sie hoffte wirklich, dass dies eintraf.

***

Freitags ging Gregory zur Polizei und nahm Andrea abends mit zu sich nach Hause. Sie waren kaum mit dem Essen fertig, als Christopher anrief.

»Was gibt's?«, erkundigte sie sich.

»Ich wollte dir nur erzählen, wie gut der Gentest angelaufen ist. Heute waren schon viele Freiwillige bei uns. Ohne deine Hilfe hätten wir das nicht so schnell geschafft.«

»Bedank dich bei mir, wenn ihr einen Erfolg vorzuweisen habt.«

»Ach was. Unsere Arbeit hat durch dich neue Impulse bekommen, das ist doch schon was. Wir haben nicht mehr das Gefühl, ein Phantom zu jagen. Inzwischen frage ich mich nur noch, wie er die Mädchen so gezielt findet.«

»Hm«, machte sie und überlegte. »Bei diesem gezielten Vorgehen gibt es nicht allzu viele Möglichkeiten. Entweder kommt er aus dem universitären Umfeld, vielleicht arbeitet er dort oder ist sogar noch selbst als Student dort eingeschrieben, und sucht sich vor Ort die Opfer aus, oder er benutzt das Internet.«

»Das Internet? Inwiefern?«

»Soziale Netzwerkseiten, Studentennetzwerke. Die sind frei zugänglich, zeigen Fotos, genügend andere Infos über eine Person – je nachdem, wie viel sie preisgeben will. Jetzt wäre es interessant zu erfahren, ob die Opfer alle ein solches Profil haben.«

Christopher war überrascht. »Wir haben bislang erst die Mitarbeiter der Universität ins Visier genommen. Aber du könntest recht haben. Das müssen wir überprüfen.«

»Bei Studenten gehört das heutzutage dazu.«

»Ich werde mich darum kümmern. Ich melde mich.«

Grinsend legte sie das Handy beiseite. Sie fand Christophers Anfälle von Arbeitswut äußerst charmant. Andrea hatte in diesem Moment jedoch andere Sorgen, denn angesichts des am nächsten Tag bevorstehenden Treffens mit Gregorys Mutter war sie sehr aufgeregt.

Norwich, 30. Oktober

Gregs Mum wohnte nicht weit entfernt, in einem dieser kleinen, typisch englischen Häuser mit Erker und dem charakteristischen Kamin, umgeben von einem gepflegten Vorgarten.

Gregorys Mutter war eine zierliche, kleine Frau mit einem Kurzhaarschnitt, fast weißem Haar und lebhaften, hellen Augen.

»Greg«, sagte sie und umarmte ihn herzlich. »Wie schön, dass du da bist.« Ihr nächster Blick galt seiner Freundin. »Hallo, Andrea. Schön, dich kennenzulernen. Mein Name ist Anna. Kommt doch herein, ihr beiden; ich habe Kuchen gebacken.«

»Ich habe es geahnt.« Gregory grinste Andrea an und ließ ihr den Vortritt. »Ihr Kuchen ist spitze.«

Anna holte eine Teekanne aus der Küche und bat die beiden, am Tisch Platz zu nehmen. Gespannt nahm sie Andrea in Augenschein und lächelte.

»Ich freue mich wirklich, dich kennenzulernen. Greg klang sehr glücklich, als er von dir erzählt hat.«

Vor Verlegenheit stieg Andrea die Röte ins Gesicht. »Ich hoffe doch, dass es so ist. Ich bin es jedenfalls.«

»Erzählt doch mal, seit wann kennt ihr euch?«

Anna servierte Kuchen und ließ sich berichten, wie die beiden sich kennengelernt hatten. Anschließend erkundigte sie sich nach Andreas Studium und danach, wie lange sie in England bleiben wollte.

»Ich weiß noch nicht«, sagte Andrea. »Vielleicht gehe ich gar nicht mehr zurück.«

»Das ist ein großer Schritt«, sagte Anna. »Ich kam damals nur wegen Clive nach England.« Sie erzählte davon, wie sie Gregorys Vater kennengelernt hatte. Begegnet war sie ihm, als er auf einer Geschäftsreise in Deutschland gewesen war. Anna hatte sich entschieden, zu ihm nach England zu ziehen.

»Ich bin 1981 hergezogen, und 1982 haben wir geheiratet. Drei Jahre später wurde Greg geboren und fünf Jahre später das Nervenbündel.«

Andrea lachte, als sie so über Jack sprach. Damit hatte sie nicht gerechnet.

»Jack kommt weder nach Clive noch nach mir.« Anna stand auf und ging zum Kaminsims hinüber. Dort holte sie ein Bild, das sie auf ihrer Hochzeit zeigte, in einem wunderschönen weißen Kleid, natürlich zusammen mit Gregorys Vater. Andrea traute ihren Augen kaum, als sie ihn sah. Hätte sie es nicht besser gewusst, hätte sie behauptet, es sei Gregory, der neben seiner Mutter stand. Allerdings war dem Foto anzusehen, dass es knapp dreißig Jahre alt war.

»Ist ja unglaublich«, sagte Andrea mit Blick auf Greg. »Du bist ihm wie aus dem Gesicht geschnitten.«

»Nicht nur das«, sagte Anna. »Er ähnelt ihm in so vielen Dingen. Clive ist zwar leider nicht mehr da, aber wenigstens habe ich ja noch meinen Sohn!«

»Man tut, was man kann«, sagte Greg. »Übrigens, Jack hat auch wieder eine neue Freundin. Sie hat sogar Hirn.«

»Oh, da muss ich ihn ja später mal anrufen, nicht?«

Es dauerte nicht lange, bis das Thema auf den Campus Rapist kam. Anna fragte Gregory mit einer mahnend in die Höhe gezogenen Augenbraue, ob er auch immer ein Auge auf Andrea hatte.

»Brauche ich nicht«, sagte er süffisant. »Zur Not schlägt sie den Kerl selbst in die Flucht. Nein, im Ernst, natürlich passe ich auf.«

»Was heißt das denn bitte?«, fragte Anna perplex. Andrea erzählte ihr davon, wie sie Caroline geholfen hatte und mit der Polizei zusammenarbeitete. Anna war begeistert.

»Für langweilige Mädchen hattest du ja noch nie etwas übrig«, sagte sie zu ihrem Sohn. Ihre ungezwungene, offene Art war Andrea sympathisch. Anna war eine sehr liberale Frau, die ihre Söhne immer ermutigt hatte, ihren Weg zu gehen.

Für Andrea verging die Zeit wie im Flug. Zum Abendessen saßen die drei bei köstlichen selbstgemachten Reibekuchen zusammen. Andrea konnte jedoch nicht verhindern, dass die schöne Stimmung sie traurig machte. Sie hatte schon so lange nicht mehr mit jemandem im Familienkreis zusammengesessen.

Gregory entging ihr plötzlicher Stimmungswechsel nicht. »Alles in Ordnung?«

»Ja, natürlich. Es nur fast zu schön, weißt du? Es ist das erste Mal seit anderthalb Jahren, dass sich etwas anfühlt wie Familie, wie Zuhause«, sagte sie geknickt.

Gregory rückte näher an sie heran und legte einen Arm um ihre Schultern. »Nicht traurig sein. Bitte. Das macht mich ganz krank.«

Andrea lächelte dankbar. Seine bloße Gegenwart schaffte es, ihre deprimierenden Gedanken zu vertreiben. Bei ihm und Anna fühlte sie sich zu Hause.

Als er kurz darauf seiner Mutter beim Abräumen half, ging

Andrea zur Toilette. Bevor sie ins Wohnzimmer zurückkehrte, vernahm sie Stimmen aus der Küche.

»Pass gut auf sie auf, Greg. Das hat sie verdient. Ich denke schon, dass es etwas Ernstes zwischen euch ist«, sagte Anna.

»Für mich mit Sicherheit.«

»Oh, für sie auch. Glaub deiner alten Mutter.«

Andrea machte absichtlich ein wenig Lärm, als sie zurückkehrte, um die beiden nicht zu überraschen. Kaum dass sie wieder im Wohnzimmer war, ging Greg zu ihr und umarmte sie fest. Als Anna wieder dazustieß, lächelte sie beim Anblick der beiden. Sie setzten sich gemeinsam aufs Sofa.

»Ich lebe inzwischen länger in England, als ich in Deutschland gelebt habe. Mich zieht nichts mehr zurück. Das Einzige, woran ich mich nie gewöhnen werde, ist die englische Betulichkeit … die Welt kann untergehen, aber zuerst wird Tee getrunken«, spottete Anna.

»Du hast doch versucht, die ganzen Unsitten von uns fernzuhalten«, sagte Gregory, um sie zu loben.

»Das war auch schwierig genug. Mir ist viel gelungen, aber bei Jack war es ein hartes Stück Arbeit – und dein Dickschädel hat es mir auch nicht immer leicht gemacht.«

»Daran sind Dads Gene schuld!«

»Red dich nicht heraus, Gregory Thornton.«

Andrea lachte. Sie hatte Anna schon jetzt ins Herz geschlossen.

Gregorys Wohnung,
31. Oktober

Nach einem ausgedehnten Frühstück im Bett machte Greg es sich nachmittags vor dem Fernseher gemütlich. Andrea hatte sich einige Bücher geholt, in denen sie für Christopher recherchieren wollte.

Schon in der Vorlesung zur Fallanalyse hatte sie von Paul Britton gehört, der sich in England als Fallanalytiker einen Namen gemacht und bei vergleichsweise spektakulären Fällen mitgeholfen hatte. Aus der Bibliothek hatte sie sich sein Buch The Jigsaw Man geliehen, in welches sie vertieft war. Von Gregorys Serie bekam sie bald nichts mehr mit.

Britton hatte sich ausführlich mit Straftätern befasst, die unter einer Persönlichkeitsstörung litten, vor allem mit Sexualstraftätern. Er hatte festgestellt, dass diese Täter als Kind oft selbst Opfer von Gewalt oder Missbrauch gewesen waren.

Andrea blieb an seiner Schilderung der Mordfälle Lynda Mann und Dawn Ashworth hängen. Die beiden Frauen waren Mitte der 1980er-Jahre vergewaltigt und ermordet worden. Durch einen Massengentest wurde ihr Mörder überführt und gefasst. Das Interessante war allerdings Brittons Feststellung, dass Sexualmörder zuvor durch andere Sexualdelikte auffällig wurden – genau wie der Campus Rapist. Das sprach ziemlich deutlich dafür, dass vielleicht auch er sich weiterentwickelt hatte.

Andrea las über einen anderen Fall. Anfang der 1990er-Jahre hatte in London ein Mann sein Unwesen getrieben, der als Green-Chain-Walk-Vergewaltiger bekannt geworden war.

Er hatte Frauen in Parks aufgelauert und sie überfallen, darüber hinaus aber auch ein Opfer in der Wohnung angegriffen. 1993 waren dann Samantha Bisset und ihre kleine Tochter ermordet worden – ein grausiger Fall, der Andrea heftig schlucken ließ. Der Täter hatte Samantha erstochen, daraufhin die Vierjährige vergewaltigt und erwürgt und anschließend die Mutter noch verstümmelt.

Eine Vierjährige. Andrea konnte sich nicht vorstellen, dass ein Mensch zu so etwas in der Lage war.

Ein für sie interessanter Aspekt dieser Tat war die Tatsache, dass der Täter etwas als Trophäe behalten hatte, was auch erst nachträglich durch eine Anregung Brittons aufgefallen war. Andrea nahm ihr Notizbuch und schrieb es auf, um es nicht zu vergessen. Vielleicht hatte bei Jenna noch mehr als nur die Kleidung gefehlt.

Dem durch Zufall gefassten Täter konnten damals nicht nur dieser Mord, sondern auch die Vergewaltigungen zugeordnet werden. Später hatte man paranoide Schizophrenie bei ihm festgestellt. Andrea fragte sich, was das für den Campus Rapist bedeutete.

Der nächste Fall ließ sie unwillkürlich an Jacks Freundin denken, weil das Opfer Rachel Nickell hieß. Die junge Frau war im Alter von 23 Jahren am helllichten Tag in einer Parkanlage ermordet worden. Ihr zweijähriger Sohn hatte die Tat mit angesehen. Der Täter hatte Rachel entblößt am Tatort zurückgelassen, was keinen schönen Anblick geboten haben musste. Britton hatte dazu ein ziemlich ausführliches Profil angefertigt; er ging aufs Alter ein, auf die sexuelle Reife und Entwicklung des Täters, seine Vorlieben, seine Beziehungen, selbst auf Pornographie.

Andrea war verunsichert. Da konnte sie nicht mithalten. So weit war sie noch lange nicht. Aber sie konnte nachvollziehen, wie ernst Paul Britton über die Belastungen sprach, die mit dieser Arbeit einhergingen. Sie hatte ebenfalls bereits erfahren, was es bedeutete, sich die Fotos eines Mordopfers anzusehen und zu versuchen, daraus Rückschlüsse auf die kranke Psyche des Täters zu schließen.

Der nächste Fall, von dem Britton berichtete, schockierte Andrea zutiefst. Es ging um Rosemary und Frederick West, ein sadistisches Ehepaar, das über zwanzig Jahre lang in einer krankhaften Symbiose gelebt und gemeinsam insgesamt zwölf Frauen ermordet hatte. Sie hatten sogar ihre eigenen Kinder auf schwerste Weise missbraucht, teilweise gefoltert, ihre eigene Tochter schließlich umgebracht. Alle Leichen waren verstümmelt worden, wiesen teilweise sogar Spuren von Kannibalismus auf.

Das war nicht mehr menschlich, das war nicht einmal animalisch – das war in ihren Augen einfach nur abartig.

Andrea klappte das Buch zu und überlegte. So weit wie Britton würde sie nicht kommen, und das wollte sie auch gar nicht. Britton hatte jahrelange Erfahrung aufweisen können, selbst mit dem FBI hatte er zusammengearbeitet, an Universitäten gelehrt und Straftäter studiert. Andrea musste ihr Psychologiestudium überhaupt erst beenden. Sie fühlte sich wie ein blutiger Anfänger, zumal sie sich noch nicht in der Lage sah, aus den vorliegenden Erkenntnissen irgendwelche Schlussfolgerungen zu ziehen, die mit denen Paul Brittons mithalten konnten.

***

Als seine Serie zu Ende war, wandte Gregory sich seiner Freundin zu. Sie hatte die ganze Zeit ins Buch gestarrt und nicht ein Mal aufgeblickt. Nun war er neugierig. »Fündig geworden?«

Sie zuckte mit den Schultern. »Es geht. Ich habe nur festgestellt, dass die Abgründe der menschlichen Seele keinerlei Grenzen kennen. Das, was in diesem Buch steht, ist viel schlimmer als das, was ich da am Dienstag gesehen habe. Er ist wenigstens kein Kannibale, und er tötet nicht sein eigenes Kind.«

»Das steht da drin?« Was las Andrea da eigentlich?

»Hast du mal vom House of Horrors in Gloucester gehört?«

Er nickte. »Das war damals ein riesiges Medienspektakel. Die Polizei hat das ganze Haus auseinandergenommen und einige Leichen entdeckt – wie viele?«

»Zwölf«, sagte Andrea ernüchtert. »Das Ehepaar West hatte eine Folterkammer im Keller. Schalldicht. Rosemary West prostituierte sich und ließ ihren Ehemann zusehen. Wenn ihnen danach war, haben sie einfach ihre Kindermädchen gequält und ermordet. 1973 haben sie drei Frauen ermordet, ein Jahr später zwei. 1987 haben sie ihre eigene Tochter ermordet, zerstückelt und vergraben. Kannst du dir das vorstellen?«

Entsetzt starrte er sie an. »An diese Sachen erinnere ich mich gar nicht mehr. Aber eigentlich will ich mir das auch gar nicht vorstellen. Ich finde es schon krass, dass du dich mit so etwas beschäftigst und dass du dir das freiwillig ansiehst, um der Polizei zu helfen.«

»Na ja, wenn ich das mal beruflich machen will, muss ich das wohl abkönnen«, sagte Andrea.

»Ich könnte das nicht.« Allerdings beeindruckte es ihn, dass es ihr gar nichts auszumachen schien, sondern sogar eher faszinierte.

»Ich weiß nicht. Ich denke schon, dass ich das könnte«, stellte Andrea fest. »Ich bekomme zwar eine Gänsehaut und mir wird manchmal ganz schön schlecht, wenn ich mir das überlege, aber ich darf es nicht an mich herankommen lassen. Ich versuche, es nüchtern zu sehen. Ich will helfen. Und wenn ich hier recherchiere, kann ich vielleicht helfen, Jennas Mörder zu finden.«

Greg legte einen Arm um sie und küsste sie auf die Wange. »Das finde ich sehr bewundernswert.«

Andrea lehnte sich an ihn und winkelte die Beine an. Seufzend griff sie nach einem anderen Buch und merkte nicht, wie Greg ab und zu über ihre Schulter linste.

Beim Blättern stieß sie auf eine Übersicht aller Serienmördertypen. Die oft zitierte Einordnung des FBI in nur zwei Typen, den organisierten und den unorganisierten Täter, griff zwar zu kurz, doch ganz außer Acht lassen wollte Andrea sie auch nicht. Organisierte Täter waren oft intelligent, sozial angepasst, planten die Tat bis ins kleinste Detail und machten es den Ermittlern schwer, sie zu fassen.

In der Vorlesung hingegen war von sechs verschiedenen Tätertypen die Rede gewesen. Der häufigste davon war der Sexualmörder. Oft, aber nicht zwangsläufig wiesen diese Täter sadistische Vorlieben auf, vergewaltigten und folterten ihre Opfer, verstümmelten sie vielleicht sogar. Das deckte sich mit dem Bild, das Andrea von dem unbekannten Täter im Kopf hatte.

Möglich war noch, dass es sich bei diesem Mörder um einen Bedarfsmörder handelte, der vielleicht auch noch aus völlig anderen Motiven tötete. Bedarfsmörder taten, wonach ihnen der Sinn stand – sie vergewaltigten, raubten und töteten aus den verschiedensten Gründen.

Die übrigen Typen überflog sie nur kurz. Auch der Auftragskiller wurde zu Serienmördern gezählt. Für den aktuellen Fall kam dieser jedoch nicht in Frage. Auch Serienraubmörder, Gesinnungsmörder und Beziehungsmörder fielen ziemlich aus dem Raster.

Andrea musste unbedingt herausfinden, wie der Täter es wohl geschafft hatte, Jenna zu entführen. Sie fand einige interessante Informationen darüber, denn die Vorgehensweise von Sexualmördern war bereits erforscht worden. Es gab Männer, die sich zum Beispiel in einer falschen Polizeiuniform das Vertrauen des Opfers erschlichen und es dann verschleppten, aber das erforderte Kommunikation und Selbstvertrauen.

Der Unbekannte war zumindest bei seinen Vergewaltigungen anders vorgegangen, was Andreas These untermauerte, dass er verunsichert und frustriert war. Das reichte aber nicht so weit, dass er sich nicht zutraute, das Opfer zu überwältigen, so wie die Männer, die ihre Opfer zu Hause überfielen.

Auch die Waffenwahl wurde angesprochen – Messer waren unter Vergewaltigern wohl ziemlich populär, weil es sehr unmittelbare Waffen waren und leichter zu benutzen als etwa eine Pistole. Obwohl er nun ein Mörder war und nicht mehr nur ein Vergewaltiger, brachten die Informationen, die Andrea über Vergewaltiger gesammelt hatte, sie weiter. Es hieß, dass viele nur kommunizierten, um das Opfer einzuschüchtern. In diesem Fall war es nicht anders.

Einige Absätze später stieß sie auf eine Aussage zur Gegenwehr der Opfer. Es gab Täter, die es durchaus sehr genossen, wenn das Opfer sich wehrte. Das kam ihr bekannt vor. Dort stand unter anderem auch, dass kennzeichnend für Sexualmörder war, dass sie ihre Opfer länger als vierundzwanzig Stunden in ihrer Gewalt behielten. Das bedeutete natürlich, dass sie ein gutes Versteck brauchten. Es war ein Ort, von dem das Opfer unmöglich fliehen oder gerettet werden konnte – entlegen, isoliert, extra dafür angelegt.

Während sie es notierte, fragte Andrea sich noch immer, was eigentlich die Fesseln damit zu tun hatten. Sie stellte sich vor, was sie getan hätte, wenn sie an seiner Stelle gewesen wäre. Als dominanter, sadistischer Kontrollfreak hätte sie ihr Opfer nicht herumlaufen lassen. Sie hätte es irgendwo festgebunden – an einem Stuhl, dem Bett, wo auch immer.

Das ergab Sinn. Aber sie verstand nicht, warum er Jenna erst losgebunden und dann mit dem Plastikfesseln erneut fixiert hatte. Nur, um sie woanders oder auf eine andere Art zu töten?

Noch während sie den Gedanken zu Ende brachte, wusste sie, dass es das sein musste. Er hatte etwas ganz Bestimmtes damit im Sinn gehabt. Vielleicht hatte er Jenna erst auf eine Art und Weise festgebunden, die es ihm unmöglich gemacht hatte, etwas Bestimmtes zu tun, was später aber wichtig für ihn gewesen war. Es hatte also einen Umbruch während der Tat gegeben – vielleicht für den Mord. Vielleicht hatte er sie losgebunden, damit sie heftiger zappelte. Das alles hielt Andrea für denkbar.

Als sie müde wurde, legte sie alles beiseite. Allerdings hörte sie nicht gleich auf, sondern griff noch einmal nach ihrem Notizbuch und schrieb alles auf, was sie sich überlegt hatte. Hypothesenbildung, Neubearbeitung, alles in Betracht ziehen. Nach und nach schloss man einige Dinge aus und zog wiederum andere in Betracht. Sie musste sich die Fakten ansehen, sie beschreiben und anschließend interpretieren. Die Botschaften, die in diesen Spuren und Zeichen steckten, in kleinste Einzelteile zerlegen, entschlüsseln und verstehen. Das Ziel war herauszufinden, warum der Täter so und nicht anders handelte. Trotzdem brachte sie mit ihrer psychologischen Analyse keinerlei Erkenntnisse hervor, die es der Polizei erleichterten, den Täter zu finden. Seine Personenbeschreibung war vage, besondere Kennzeichen waren nicht bekannt. Andrea war frustriert.

»Willst du nicht doch hierbleiben?«, fragte Gregory sie, als er sah, dass sie das Notizbuch zugeklappt hatte.

Da musste sie nicht lang überlegen. »Ehrlich gesagt wäre ich ungern allein, wenn ich heute Nacht von den kranken Köpfen dieser Welt träume.«

Er wollte noch etwas erwidern, aber da klingelte das Telefon.

»Jack! Na, mein Guter, wie geht es dir?« Er machte eine Pause und grinste. »Du kennst mich doch. Natürlich habe ich Mum davon erzählt. Sie hätte sowieso gefragt. Andrea? Ja, Augenblick.« Er reichte ihr das Telefon. »Für dich. Jack will irgendetwas von dir.«

»Oha«, machte Andrea und übernahm das Gespräch. »Hey, Jack. Was kann ich gegen dich tun?«

»Du hast mich kriminalisiert«, sagte er gespielt empört, ohne auf ihre Stichelei einzugehen.

»Hab ich?«

»Mit dem Gentest. Ich war‘s doch nicht.«

»Ach, das meinst du«, sagte sie und lachte. »Entschuldige, aber da kann ich leider auch nichts machen.«

»Nein, war nur ein Witz. Find ich gut, dass du da hilfst. Greg hat mir davon erzählt. Ich habe gehört, Mum hat einen Narren an dir gefressen? Willkommen in der Familie.«

Irgendwie rührte es sie, dass er das sagte. »Danke, Jack.«

Er lachte nur und bat sie, Greg wieder an den Apparat zu holen. Sie tat es, ganz in Gedanken.

Studentenwohnheim Colman House, 1. November

Das Notizbuch lag aufgeschlagen vor ihr. Der Regen prasselte gegen die Fensterscheibe, es war düster und grau. Andrea saß in ihrem Wohnheimzimmer und dachte – wie so oft in letzter Zeit – über den Campus Rapist nach. Sie versuchte, sich auf das zu konzentrieren, was sie bereits wusste. Christopher brauchte dringend Informationen.

Allzu viel stand noch nicht in ihrem Notizbuch, dafür schwirrten unzählige Gedanken durch ihren Kopf. Zwischen 25 und 35 Jahre alt, über 1,80 Meter groß, athletische Statur, helle Augen, organisiertes Vorgehen, machtorientierter Typ, demütigt Frauen, sadistische Veranlagung. Das stand bisher oben auf der Seite.

Seine Vorliebe für Sadismus war klar, denn er hatte sich auch bei Caroline an ihrem Leid ergötzt, so wie er es liebte, seine Opfer zu würgen. Außerdem hatte er Jenna brutal misshandelt und sie halb verhungern lassen. Er kannte seine Opfer nicht, was seine Hemmschwelle senkte. Allerdings machte dieser Umstand es ungleich schwerer, ihn zu finden.

Andrea ergänzte: intelligent, lebt möglicherweise in Partnerschaft. Dafür sprach die Statistik, denn viele Sexualverbrecher lebten nicht allein. Außerdem notierte sie, dass er einer geregelten Arbeit nachging, denn er schlug grundsätzlich abends zu und hatte Jenna über ein Wochenende hinweg entführt, um möglichst viel Zeit für sie zu haben. Das konnte kein Zufall sein. Andrea zeichnete einen Pfeil und schrieb das

Wort Stressauslöser daneben. In die nächste Zeile schrieb sie das Wort Steigerung. Bislang hatte er sich immer gesteigert. Bis zum Mord.

Mehr fiel ihr in diesem Augenblick nicht ein. Sie griff zu *The Jigsaw Man*, um erneut Brittons Profil von Rachel Nickells Mörder herauszusuchen, und begann zu überlegen. Britton beurteilte die sexuelle Reife des Täters.

Dazu fiel ihr auch einiges ein. Der Campus Rapist bevorzugte Gewaltfantasien und sadistisches Verhalten, gab sich gern dominant. Andrea glaubte jedoch, dass er damit Unsicherheit kaschierte. Sie war ziemlich sicher, dass er Zurückweisung erfahren hatte, weil er mit einem solchen Hass und solcher Brutalität gegen die Frauen vorging.

Sie schrieb, dass es für ihn wichtig war, gebildete Frauen als Opfer zu wählen. Für einen Sadisten machte es Sinn. Er versprach sich davon, ihnen länger und stärker zusetzen zu können, ihre empfundene Überlegenheit Stück für Stück einzureißen. Sie ging davon aus, dass er seine unbefriedigenden Erfahrungen mit einer dunkelblonden Frau – einer Studentin – gemacht hatte.

Während sie weiter durch das Buch blätterte, stieß sie auf Hinweise zu sadistischem Verhalten. Sie war sofort bei der Sache, als sie las, dass Fesseln nicht nur eine zweckmäßige Rolle spielten. Sie waren vor allem auch dazu gut, dem Opfer Qual und Schmerz zu bereiten. Sexualsadisten folterten ihre Opfer, bereiteten ihnen psychische oder körperliche Qualen, benutzten dazu die verschiedensten Mittel. Es hatte eine Bedeutung, dass Jenna so und nicht anders aufgefunden worden war. Tot konnte sie nicht mehr schreien oder sich wehren, und trotzdem hatte er die Fesseln und das Klebeband nicht entfernt. Sie war auf ewig zum Schweigen verdammt.

Auch das hatte einen tieferen Sinn. Er hatte sie geknebelt, obwohl das bei einem abgelegenen Versteck nicht nötig gewesen wäre. Auch das war nichts weiter als eine Machtdemonstration und eine Möglichkeit, das Opfer zu unterwerfen.

Andrea war so in den Text vertieft, dass sie vor Schreck zusammenzuckte, als es an der Tür klopfte. Ihr Puls schoss in die Höhe, beruhigte sich aber schnell, als ihr einfiel, dass Christopher sich angekündigt hatte.

»Herein«, rief sie und schaffte eilig ein wenig Platz auf dem Schreibtisch. Die Tür wurde zaghaft geöffnet. Zum Vorschein kam der Sergeant in einer ziemlich nassen Uniform.

»Komm rein. Möchtest du etwas Warmes trinken?«

»Oh, das wäre spitze«, freute er sich, wurde aber gleich wieder ernst und warf Andrea einen ebensolchen Blick zu.

»Er ist es«, sagte er dann. »Vorhin kamen die Testergebnisse rein. Jennas Mörder ist der Campus Rapist.«

»Na klasse«, sagte Andrea sarkastisch. Sie nahm ihm die nasse Jacke ab. »Setz dich ruhig.«

Sie ging in die Küche und kam wenig später mit zwei dampfenden Tassen Tee zurück. Er hatte sich gerade in ihr Notizbuch vertieft und schaute erst auf, als sie die Tasse neben ihm auf den Schreibtisch stellte.

»Oh. Danke.« Er hob ihr Notizbuch an. »Beeindruckend.«

»Deshalb bist du doch hier«, sagte sie augenzwinkernd und setzte sich aufs Bett. »Der Serienvergewaltiger wird zum Mörder. Vermutlich wird er wieder jemanden entführen und töten, und wenn wir Pech haben, wird das schon sehr bald sein.«

»Ich hoffe, der Gentest wird das verhindern.«

»Hoffe ich auch. Sag mal, fehlte Jenna irgendetwas? Außer der Kleidung, meine ich. Irgendetwas Auffälliges?«

»Auffällig?«, fragte Christopher.

»Hat sie vielleicht Schmuck getragen, der an der Leiche fehlte?«

»Ja, ihr fehlte ein Ohrring. Wie kommst du darauf?«

»Ich habe in letzter Zeit viel gelesen. Dabei bin ich auf einen Fall gestoßen, in dem der Täter etwas mitgenommen hat: eine Trophäe. Ich dachte, vielleicht tut unser Mann das auch.«

»Ich bin nicht sicher. Der Ohrring könnte auch einfach im Fluss verschwunden sein.«

»Ja, natürlich.« Andrea seufzte. »Sollte es ein weiteres Opfer geben, dann achte doch einfach mal darauf.«

»Das mache ich. Was hast du noch für mich?«

Sie bat ihn, ihr das Notizbuch zu geben und erklärte ihm alle ihre Notizen. Leider hatte sie nicht so viel, wie er sich gewünscht hätte, aber das lag daran, dass es nur ein Opfer gab. Daraus ließ sich noch keine Handschrift ableiten. Interessiert war Christopher vor allem an ihren Erklärungen bezüglich der Fesseln und ihrer Annahme, dass der Wechsel mit der Ermordung zu tun hatte.

»Ich habe mich übrigens erkundigt, ob die Opfer ein Profil bei Facebook oder einem anderen Netzwerk haben«, sagte er. »Das war ein Volltreffer, Andrea. Bis auf Deborah und Tessa haben alle einen Facebook-Account, auch Jenna. Ich habe mir die Seiten angeschaut. Sie alle waren sehr ausführlich gepflegt und beinhalteten genügend Informationen, um ihnen auf die Spur zu kommen – bei Jennas Profil stand sogar, wo sie arbeitet.«

Andrea wurde heiß. Sie hätte niemals damit gerechnet, dass sie mit dieser Vermutung recht haben könnte. »Haben sie gemeinsame Freunde?«, fragte sie.

»Das prüfen unsere IT-Leute gerade. Ich glaube aber nicht.«

»Auf jeden Fall taugt Facebook nicht als Auswahlkriterium, wenn Deborah und ein anderes Opfer dort kein Profil haben. Dann geht es ihm wirklich darum, Studentinnen zu nehmen.«

Christopher stimmte ihr zu und nippte am Tee. »Eine verdammte Mistratte ist das. Der Obduktionsbericht las sich wie ein Horrorroman. Der Gerichtsmediziner hat sich nämlich die Mühe gemacht, Vermutungen darüber anzustellen, mit welchen Gegenständen der Kerl die arme Jenna wohl traktiert hat. Der Schwere der Verletzungen nach zu urteilen muss sie viel Blut verloren haben.«

Christopher schaute auf die Uhr. »Ich muss dann auch mal wieder los, die ganzen neuen Infos ins Büro bringen. John wird begeistert sein.«

»Grüß ihn von mir!«

Er versprach es und verabschiedete sich von ihr.

Draußen war es bereits dunkel, und es regnete immer noch. Die Straßenlaternen brachten die Regentropfen auf der Fensterscheibe zum Glitzern. Morgens war es oft neblig, tagsüber grau bewölkt und windig. Das feuchte Seeklima war im November alles andere als einladend.

Sie lehnte sich nachdenklich in ihrem Stuhl zurück und versuchte zu verdauen, dass der Campus Rapist zum Mörder geworden war. Bislang hatte er sich immer gesteigert, aber inzwischen war doch kaum noch Platz nach oben. Höchstens durch tagelange Folter.

Sie seufzte und zog fröstelnd die Schultern hoch. In diesem Augenblick fühlte sie sich einsam. Gregory traf sich an diesem Abend mit Kommilitonen, um ein gemeinsames Projekt zu besprechen. In einer Kneipe. Gelangweilt drehte sie sich zum Schreibtisch und stützte den Kopf in die Hände. Sie wollte jetzt nicht allein sein. Sie hatte schon wieder zu viel über den Campus Rapist nachgedacht.

Samstag,
6. November

»Oh, ihr seid schon da. Kommt doch kurz hoch, dann gebe ich euch den Schlüssel, ja?«, kratzte Jacks Stimme aus der Gegensprechanlage.

»Faules Stück«, erwiderte Gregory grinsend.

»Wer will das Auto denn haben?« Es knackte und knisterte im Lautsprecher, dann ertönte ein Summen. Gregory drückte die Tür auf und ging voraus nach oben. Jacks Wohnung lag im zweiten Stock. Die Tür stand einen Spalt breit offen, sodass sie gedämpft Musik hören konnten. Andrea erkannte sie – Queens of the Stone Age. Das passte.

Bevor sie die Tür erreicht hatten, wurde sie ganz geöffnet. Rachel klimperte mit dem Schlüssel in der Hand und lächelte ihnen zu. »Schön, euch zu sehen.«

Gregory nahm die Schlüssel entgegen. Nachdem Rachel sie hereingebeten hatte, schaute Andrea sich neugierig um. Jacks Wohnung war die typische Junggesellenbude. Auf hübsche Tapete hatte er verzichtet und die Wände stattdessen mit Postern behängt. Sie war wenig überrascht, neben einem Poster der Red Hot Chili Peppers – das die Musiker bis auf Socken über ihren besten Stücken unbekleidet zeigte – eines der Queens zu sehen. Außerdem hatte er ein unfassbar riesiges CD-Regal.

Andrea machte große Augen, als Jack mit vorgebundener Schürze aus der Küche kam.

»Du kochst?«, fragte Gregory ähnlich entgeistert.

»Er macht Pommes«, winkte Rachel ab.

»Dafür brauchst du eine Schürze?«, wunderte sich Greg.

»Ich wusste, es war ein Fehler, dich reinzulassen. Los, verschwinde, du Nervensäge. Ich mache mit meiner Freundin einen Filmeabend mit Burgern und Pommes, weil ihr mein Auto braucht. Was ist falsch daran?«, mokierte sich Jack.

»Gar nichts, Bruderherz. Trotzdem bist du wirklich verdammt eitel, wenn du eine Schürze brauchst, um Pommes aufzubacken.«

Ohne seinen Bruder eines Blickes zu würdigen, umarmte Jack Andrea, grinste freundlich und schob hinterher: »Viel Spaß heute Abend.«

Gregory schaffte es, ihm eine Kopfnuss zu geben, bevor er sich mit Andrea und dem Schlüssel in der Hand aus dem Staub machte und unten ins Auto setzte.

Andrea war sehr gespannt darauf, Caroline wiederzusehen. Bei ihrem Telefonat am Vortag hatte Caroline zu ihrer Überraschung vorgeschlagen, dass Andrea Greg mitbrachte. Damit sie nicht allein unterwegs sein musste, hatte Caroline gesagt. Sie arbeitete immer noch daran, sich wieder in der Welt zurechtzufinden. Die Berichterstattung über den Campus Rapist war dabei nicht gerade hilfreich. Die Medien schlachteten den Umstand, dass er jetzt mordete, großzügig aus. In den örtlichen Zeitungen gab es kein anderes Thema mehr auf dem Titelblatt, aber für eine so friedliche, beinahe verschlafene Stadt wie Norwich war ein solcher Vorfall ein rotes Tuch. Der Campus Rapist hatte einen Nerv getroffen und die Stadt auf dem falschen Fuß erwischt, vor allem die Polizei. In der Bevölkerung machte sich seit Jennas Tod Unverständnis breit, weil die Polizei immer noch im Dunkeln tappte. Andrea hatte schon mit Christopher darüber gesprochen. Natürlich hatte der Fall oberste Priorität. Die meisten Beamten schoben auch Überstunden, aber es brachte einfach keine nennenswerten Ergebnisse. Die Einwohner der Stadt waren verunsichert und konnten nicht glauben, dass so etwas gerade vor ihrer Tür geschah.

Noch immer waren Männer im fraglichen Alter aufgerufen, so bald wie möglich eine Speichelprobe abzugeben, aber das sorgte auch nicht für ein höheres Sicherheitsgefühl. Es waren unverändert viele Polizisten im Einsatz – am Campus und auch in der Stadt auf Streife. Junge Frauen wurden davor gewarnt, allein unterwegs zu sein. Es hatte eine Pressekonferenz gegeben, auf welcher der Leiter der Sonderkommission Auszüge von Andreas Informationen präsentiert hatte. Christopher hatte es irgendwie geschafft, die Ergebnisse ihrer Recherche an den Mann zu bringen. Der Leiter hatte vom Alter und den augenscheinlichsten Merkmalen des Täters gesprochen – seinem Hintergrund, den Motiven für die Wahl dunkelblonder Studentinnen – und dazu aufgerufen, sich lieber einmal mehr bei der Polizei mit einem Verdacht zu melden als einmal zu wenig. Keinem Unschuldigen konnte etwas passieren, schließlich gab es die DNA des Täters.

***

Gregory fand Carolines Adresse ohne Schwierigkeiten. Sie wohnte im einzigen Hochhaus mitten im Stadtzentrum. Viele Fenster waren hell erleuchtet. Wenigstens regnete es an diesem Abend nicht.

Caroline erwartete sie in der Tür ihrer Wohnung im ersten

Stock und umarmte beide zur Begrüßung. Mit ihrer kleinen Tochter teilte sie sich zwei Zimmer, Küche und Bad. Es war spartanisch und zweckmäßig, nichtsdestotrotz aber sauber und gemütlich. Vicky hatte ihr eigenes Zimmer. Das größere der beiden bewohnte Caroline – es war Wohn-, Schlaf- und Arbeitszimmer zugleich. Sie bat ihre Gäste in die Küche. Der Tisch war bereits gedeckt, und die kleine Vicky drückte sich schüchtern um ihre Mutter herum, als Andrea und Greg eintrafen. Sie war wie ein kleiner Rauschgoldengel: blaue Augen, blonde Löckchen und bei Verlegenheit dem Daumenlutschen verfallen. Ein wirklich süßes Kind.

»Schön, dass ihr gekommen seid«, sagte Caroline, die völlig verändert wirkte. Sie war nicht mehr verweint und verunsichert, sondern hatte eine gesunde Gesichtsfarbe und war vollauf damit beschäftigt zu kochen und gleichzeitig zu verhindern, dass ihre Tochter Unsinn machte.

»Wir freuen uns über die Einladung«, sagte Andrea und setzte sich zusammen mit Greg an den Tisch. Caroline rührte im Topf, während Vicky die Gäste mit großen Augen anstarrte.

»Tut mir leid, dass ich letztens so schnell verschwunden bin.« Caroline schaute über die Schulter zu den beiden. »War nichts gegen dich, Gregory.«

»Schon in Ordnung.«

»Ich hatte Angst vor jedem fremden Menschen. Mir war klar, dass ich vor dir keine Angst haben muss – aber ich habe eigentlich auf jeden so reagiert.« Sie drehte sich wieder um und rührte weiter.

»Hauptsache, es ist jetzt nicht mehr so«, sagte Andrea.

»Nein, gar nicht. Ich habe schnell eine Psychologin gefunden – eine, die auch zwei anderen Mädchen hilft, die mit dem Kerl zu tun hatten. Ich verstehe mich gut mit ihr. Außerdem ist da immer noch mein kleiner Engel.« Mit einem liebevollen Blick schaute Caroline zu Vicky und strich ihr über den Kopf. »Ich habe keine Zeit, um Trübsal zu blasen.«

»Du hörst dich auch schon ganz anders an.«

»Es geht mir auch wirklich schon viel besser. Meine Professoren waren alle sehr verständnisvoll und haben mich von jeder Anwesenheitspflicht befreit, aber meistens gehe ich trotzdem hin. Normalität tut gut.«

Caroline servierte in aller Ruhe das Essen und half Vicky wie beiläufig dabei, denn die Kleine matschte lieber im Essen herum als es wirklich zu verspeisen. Erst jetzt bekam Andrea einen Eindruck davon, wie Caroline wirklich war. Sie war lebensfroh, eine liebevolle und fürsorgliche Mutter, aufmerksam, fleißig und ziemlich genügsam. Andrea merkte ihr in diesem Moment gar nicht mehr an, was ihr zugestoßen war.

Das Essen – Spaghetti Carbonara – schmeckte köstlich. Andrea lobte Caroline sehr für ihr Talent als Köchin und war schon fast versucht zu kapitulieren, als Caroline noch frische Mousse au Chocolat auftischte. Da konnte sie natürlich nicht widerstehen.

Gregory und Caroline unterhielten sich sehr angeregt. Sie verstanden sich wirklich gut. Caroline war zwei Jahre jünger als Greg – vielleicht lag es daran. Sie hatte Vicky bekommen, als sie in Andreas Alter gewesen war.

»Ich kann mir gar nicht mehr vorstellen, wie es ohne sie war«, sagte sie mit nachdenklichem Blick auf ihre Tochter, die auf dem Fußboden saß und mit ihren Puppen spielte. »Sie ist alles für mich.«

»Sie ist wundervoll«, sagte Andrea.

»Tom, ihr Vater, und ich haben uns getrennt. Das ist jetzt zwei Jahre her. Aber wir kommen auch ganz gut alleine klar. Mein Studium hat sich dadurch zwar verzögert, aber das stört mich nicht. In wenigen Monaten bin ich endlich fertig.«

»Ist bestimmt nicht leicht, das alles allein zu schaffen«, sagte Gregory.

»Besonders finanziell ist es schwierig. Aber mein kleiner Sonnenschein entschädigt mich für alles.«

Das glaubte Andrea ihr aufs Wort. Sie spähte durch die Tür in Carolines Zimmer, wo die Kleine nun auf dem Boden saß. »Hat sie eigentlich etwas gemerkt? Hast du es ihr erklärt?«

Caroline zögerte, ehe sie antwortete. »Am liebsten hätte ich es ihr verheimlicht, aber sie hat es allein deshalb gemerkt, weil ich sie an diesem Abend erst so spät abgeholt habe. Du glaubst nicht, was Kinder alles merken. Ich habe ihr nur gesagt, dass ich überfallen wurde und dass ich ihr alles Weitere erklären würde, wenn sie älter ist. Erst damit hat sie sich zufriedengegeben.«

»Das kann man auch nicht anders erklären«, fand Andrea.

»Nein, einer Vierjährigen nicht.« Caroline hatte den Kopf in die Hände gestützt.

Gregory schlug vor, es sich vor dem Fernseher gemütlich zu machen und die beiden allein zu lassen, damit sie reden konnten. Caroline wollte ihn davon abhalten, aber ihm war genauso wenig wie Andrea entgangen, dass sie etwas auf dem Herzen hatte, was sie in seiner Gegenwart nicht in Worte fassen konnte.

Er ging ins Wohnzimmer. Caroline setzte Tee auf und sprach zuerst von einigen belanglosen Dingen. Als sie wieder bei Andrea saß, sagte sie: »Die Albträume lassen nach, seit ich sicher weiß, dass ich nicht schwanger bin.«

»Hat man dir im Krankenhaus nichts gegeben?«

»Doch, das schon. Ich weiß, es hört sich verrückt an, aber es wäre für mich unerträglich gewesen zu wissen, dass ich von diesem Scheißkerl ein Kind bekomme. Von einem Mörder.«

Andrea nickte. Eine furchtbare Vorstellung.

»Wenigstens läuft jetzt dieser Gentest. Ich habe vor zwei Tagen gehört, dass es ein Täterprofil gibt. Alles, was sie sagten, stimmte völlig«, fuhr Caroline fort. »Ich bin wirklich froh, dass du da warst. Es ist ein widerwärtiges Gefühl, wenn ein Fremder dir das Intimste streitig macht, was du hast. Du hoffst einfach nur jede elend lange Sekunde, dass es endlich aufhört.« Caroline sah Andrea weiterhin an, während sie das sagte, aber ihre Augen glänzten feucht. »Im Krankenhaus war es auch nicht besser. Meine Kleidung war so kaputt, dass ich gar nicht wusste, wohinter ich mich verstecken sollte. Und dann diese Untersuchung … Ich weiß nicht mehr, warum ich die zugelassen habe. Das war schon beim Frauenarzt nie schön, aber an dem Abend war es, als würde die Ärztin dasselbe tun wie er.«

Andrea wusste nicht, wie sie reagieren sollte. Carolines Empfindung war ihr nicht neu – viele Vergewaltigungsopfer scheuten Anzeige und Untersuchung, weil das der Tat beinahe wieder gleichkam. Man durchlebte alles noch einmal.

»Die Beamten haben mich überredet. Sie sagten, es sei unglaublich wichtig, dass ich das machen lasse, damit die Beweislage hinterher gut ist. Wofür eigentlich? Hat jemand den Täter geschnappt? Nein. Die Ärztin hat seelenruhig alle Beweise gesammelt – sie hat sich die Verletzungen angesehen, aber das ging ja nicht, ohne dass sie mich berührt. Leider. Aber ich frage mich, was es mir jetzt bringt zu wissen, dass mich derselbe Mann vergewaltigt hat.« Andrea schaute auf, als Caroline es so deutlich formulierte. Sicher ein Rat der Therapeutin. »Sie haben die DNA getestet. Er war es. Das hilft mir überhaupt nicht. Ich weiß nur, dass ich die ganze Zeit geheult habe, als sie mit den Plastikhandschuhen an mir herumgetastet hat.«

»Es ist vorbei«, sagte Andrea leise.

»Ja, das Ereignis. Aber das Gefühl bleibt, genau wie die Schmerzen. Die hatte ich tagelang – beim Sitzen, beim Laufen, immer. Du willst es vergessen, aber es geht nicht. Wenn du dich im Spiegel ansiehst, dann sind da die Würgemale. Na ja, sie waren.« Caroline zog die Schultern hoch und trank etwas. »Ich habe deinen Freund auch deshalb eingeladen, weil die Psychologin meinte, es wäre eine gute Idee. Ich soll wieder üben, mit Männern umzugehen, und er macht es mir wirklich leicht. Er hat eine ganz tolle Art. Er ist so respektvoll.«

Andrea lachte. »Respektvoll. Das klingt interessant.«

»Doch, es ist so. Wenn er merkt, dass wir reden wollen, geht er. Er behandelt Frauen mit Respekt, dich ganz besonders. Du bist wirklich zu beneiden.«

Während Vicky in das andere Zimmer hinübertapste, erzählte Caroline, dass die Psychologin sie darauf trainierte, in Krisensituationen oder nach Albträumen an Andrea zu denken. Das zu hören, war ein eigenartiges Gefühl für Andrea, obwohl sie wusste, wozu das gut war. Sie war der Ausweg.

»Es war wirklich unglaublich mutig von dir. Ich konnte mich nicht rühren, als ich sein Messer gesehen habe. Und du hast einfach zugeschlagen.«

»Ich konnte doch nicht zulassen, dass er einfach weitermacht.«

»Danke«, sagte Caroline und lächelte.

Sie beschlossen kurz darauf, sich zu Gregory zu gesellen. Dort offenbarte sich ihnen ein rührendes Bild: Vicky hatte sich neben ihn gesetzt und zufrieden an ihn gekuschelt. Sie konnte kaum noch ihre Augen offenhalten. Gregs Hand ruhte auf ihrer Schulter, während er weiter fernsah. Andrea traute ihren Augen kaum, doch Caroline lachte herzlich. »Jetzt sieh dir das an. Da übt wohl schon jemand.«

»Solange sie nicht Papa zu mir sagt, ist das in Ordnung«, sagte Greg amüsiert.

»Da würde ich an deiner Stelle aufpassen. Im Moment ist die Suche nach einem Papa ein großes Thema«, warnte Caroline ihn.

Andrea konnte den Blick nicht von den beiden wenden.

Aus Rücksicht auf Vicky entschieden Andrea und Greg, sich auf den Heimweg zu machen.

»Sehen wir uns in der Uni?«, fragte Caroline, als sie sich voneinander verabschiedeten.

»Gern. Wir könnten doch mal zusammen in die Mensa gehen«, schlug Andrea vor.

»Gute Idee.« Nach ihr umarmte Caroline Gregory. »Danke, dass du da warst. Und pass gut auf Andrea auf.«

»Natürlich«, sagte er. Für einen Moment herrschte betretenes Schweigen, weil er nicht wusste, was er noch antworten sollte. Er konnte ihr schlecht dasselbe wünschen. Sie hatte keinen Beschützer.

***

Im Auto war er sehr schweigsam. Als sie an einer Ampel standen, suchte Andrea seinen Blick. »Was ist los?«

»Wie kann ein Mensch einem anderen so etwas antun? Ich kann mir nicht vorstellen, was sie durchgemacht hat. Will ich auch gar nicht. Trotzdem muss ich die ganze Zeit daran denken, dass du diesem Mann auch gegenübergestanden hast.« Er legte den ersten Gang ein und fuhr weiter. Dass er auf die Straße starrte, war aber nicht nur der Aufmerksamkeit für den Straßenverkehr geschuldet. Er wollte Andrea nicht ansehen, als er fortfuhr. »Ich frage mich immer noch, warum er nicht einfach zurückgeschlagen hat. Was du gemacht hast, war vollkommen verrückt. Er hätte dir in dem Moment sonst was antun können. Außerdem hast du ihm gehörig die Tour vermasselt. Ich kann mich nicht in den Typen hineinversetzen, aber dass ihm das nicht gefallen hat, ist klar. Das macht mich nervös.«

»Mach mich nicht paranoid«, bat sie. Das konnte sie gerade nicht gebrauchen. Die beiden waren noch nicht lange ein Paar, frisch verliebt, ganz versessen aufeinander. Die Welt sollte eigentlich gerade aus der berühmten rosaroten Brille und heftigem Knutschen bestehen, aber stattdessen schlich Gregory ihr ständig besorgt hinterher, und sie vermutete in jedem Gebüsch einen Triebtäter. Es war schwer, sich davon nicht beeindrucken zu lassen. Der Gegensatz zwischen ihrer gerade wachsenden, gesunden Beziehung und der Brutalität, die dieser Unbekannte an den Tag legte, war frappierend. Andrea wollte es nicht an sich herankommen lassen, doch es ließ sich kaum vermeiden.

Erst als sie am Ziel waren, fiel ihr auf, dass sie die ganze übrige Zeit geschwiegen hatten. Sie folgte Gregory in die Wohnung und holte sich etwas zu trinken. Plötzlich stand er neben ihr.

»Nur aus Interesse – möchtest du später eine Familie haben? Kinder?«

Ohne sich über die Frage zu wundern, nickte sie. Vicky hatte ihn bestimmt dazu inspiriert. »Das hatte ich vor. Ich möchte unbedingt wieder eine Familie haben.«

»Okay. Ich mag Kinder nämlich.«

Sie linste über die Schulter in seine Richtung. »Was heißt, dass du welche haben möchtest.«

»Ja, irgendwann. Nicht jetzt. Mir ist nur aufgefallen, dass ich gar nicht weiß, wie du darüber denkst.«

»Um sich kennenzulernen, ist es doch nie zu früh«, erwiderte sie.

Norwich Innenstadt,
19. November

»Wollten wir nicht ins Café?«, fragte Andrea mit Seitenblick auf Sarah. Die hatte sich bei Andrea eingehakt und hielt in der anderen Hand längst eine Unmenge von Tüten. Sie hatten beschlossen, sich für das tolle Referat vom Vormittag und die daraus resultierende gute Note zu belohnen und shoppen zu gehen. Bei ihrer Ankunft in England hatte Andrea nicht erwartet, jemals ohne Nervosität einen Vortrag auf Englisch zu halten, aber das war jetzt kein Problem mehr. Sie war richtig stolz.

Prüfend schaute Sarah erst durch das Fenster ins Café, danach auf der anderen Straßenseite zu einem Bekleidungsgeschäft. »Ich bin noch nicht fertig.«

Grinsend ließ Andrea sich hinüberschleppen und stand ihrer Freundin mit Rat und Tat zur Seite, als sie Röcke, Hosen und Blusen durchsah. Andrea taten die Füße weh, aber sie unterbrach Sarah nicht in ihrer kleinen Eskapade. Brav hielt sie alles fest, was Sarah ihr reichte, und folgte ihr durch das gesamte Geschäft.

»Oh, Unterwäsche«, sagte Sarah plötzlich und war weg.

Gequält verdrehte Andrea die Augen. »Hast du nicht genug?«

»Auf keinen Fall. Weißt du denn nicht selbst, wie man den Männern damit den Kopf verdrehen kann?«

»Doch. Nur hast du gerade gar keinen.«

Sarahs Blick erdolchte sie. »Da du mir deinen nicht leihst …«

Andrea lachte laut. »Das könnte dir so passen.«

Sarah schnappte sich eine gefährlich transparente Kombination vom Haken und hielt sie Andrea ohne Ankündigung vor. »Würde dir stehen.«

»Mir?«

Sarah drückte ihr den kleinen Kleiderbügel gegen die Brust, sodass Andrea ihn unwillkürlich festhielt. »Die Größe stimmt. Los, zieh an.«

»Sklaventreiber«, sagte Andrea, drückte Sarah all ihre Errungenschaften in die Hand und suchte eine Umkleide. Sarah heftete sich an ihre Fersen und probierte in der Nachbarkabine alles an, jedoch nicht, ohne es lautstark zu kommentieren.

Derweil stellte Andrea überrascht fest, dass Sarah auf Anhieb etwas gegriffen hatte, das ihr passte und tatsächlich auch noch gut aussah. Sie bekam heiße Ohren, als sie sich so sah, denn an derart erotische Unterwäsche hatte sie sich noch nie herangetraut.

»Und?«, fragte Sarah von nebenan.

»Genehmigt«, antwortete Andrea und zog sich wieder um.

Sarah pfiff durch die Zähne. »Ich will wissen, was er dazu gesagt hat.«

»Dazu müsste ich es dir erst mal erzählen.«

»Och komm schon.«

Sarah ließ schließlich irgendwann Gnade walten und fuhr mit Andrea zur Residence zurück. Dort angekommen, packte Andrea ihre Einkäufe aus und bekam schon wieder rote Ohren, als sie die Schildchen von der Unterwäsche abschnitt.

Voreerst packte sie alles in den Schrank. Sie hatte noch zu arbeiten, und außerdem war das Wohnheim nicht gerade der perfekte Ort für romantische Zweisamkeit. Nicht, wenn ständig jemand über den Flur lief.

Sie holte den Text für das Seminar heraus und beugte sich konzentriert darüber. Als sie sich erst einmal eingelesen hatte, vergaß sie die Zeit und schaute erst wieder auf, als sie ein Summen neben sich vernahm. Christopher rief an.

»Ich brauche wieder deinen Rat, Andrea«, sagte er niedergeschlagen, wenn nicht gar gequält.

»Was ist denn los?«

»Wir haben eine Vermisste. Mary Hillthorpe, vierundzwanzig, kam gestern nicht vom Besuch bei einer Freundin nach Hause.«

»Ist sie Studentin?«, fragte Andrea.

»Natürlich. Und sie ist dunkelblond. Vor mir liegt ein Foto.« Er atmete geräuschvoll aus. »Bis jetzt haben sich viele Freiwillige zum Gentest gemeldet, aber wir haben natürlich noch keinen Treffer. Wir haben auch nur ein paar vage Hinweise aus der Bevölkerung bekommen – nichts Genaues und schon gar nichts Hilfreiches. Wir haben nichts. Nur eine neue Vermisste.«

»Wann ist Jenna noch mal verschwunden?«, fragte sie, einem plötzlichen Gedanken folgend.

Er sagte nichts, Andrea hörte ihn nur kramen. »Das war am 22. Oktober.«

Sie reckte den Kopf und spähte auf den Kalender. »Das war vor vier Wochen. Donnerstag, genau wie jetzt.«

»Sieht wohl so aus.«

»Dann muss er es sein.«

Christopher stöhnte. »Das denke ich auch. Aber das ist gerade nicht mein Problem. Ich überlege mir jetzt nur, wie wir

Mary finden können. Wenn er es wirklich ist, bleibt uns doch etwas Zeit, oder?«

»Davon gehe ich aus. Beim letzten Mal hat er sie sonntags getötet. Dieser Kerl macht keinen Schritt zurück. Er steigert sich, das heißt, er wird sie höchstens später töten.«

»Jetzt hat Norwich also seinen Serienkiller. Was können wir tun?«

»Ich weiß es nicht. Welche Gemeinsamkeiten gibt es noch?«

»Sie ist nahe des Stadtzentrums verschwunden, genau wie Jenna. Niemand hat etwas gehört oder gesehen – bis jetzt jedenfalls. Sie ist einfach weg.«

Andrea schaltete sofort ihr Notebook an, um bei Facebook nachzuschauen, ob Mary Hillthorpe dort ein Profil hatte. Sie selbst hatte mal eins angelegt, es aber nie gebraucht und deshalb deaktiviert. Trotzdem dauerte es nicht lange, bis sie eingeloggt war und Mary suchen konnte.

Andrea fand sie auf Anhieb. Ihr gefror das Blut in den Adern, als sie Marys leuchtend blaue Augen und das fröhliche Lächeln sah. Sie war hübsch. Das Foto war auf einer Party geschossen worden. Sie studierte Literaturwissenschaften, hatte viele Einträge von Freunden. Andrea überflog das Profil nur, entdeckte aber sofort einen Hinweis. Eine Freundin hatte nur einen Satz hinterlassen, am vorigen Nachmittag: *Ich freue mich auf heute Abend.*

Sofort erzählte sie Christopher davon. Sie suchte im Internet nach einem Online-Telefonbuch, gab erst Marys Namen und dann den ihrer Freundin ein. Bei beiden wurde sie fündig. Ihre Freundin war verzeichnet, ihre Adresse sofort zu finden.

»So muss er es gemacht haben«, murmelte ich.

»Und wir sitzen hier noch und füllen Formulare aus«, sagte Christopher.

»Du musst jetzt versuchen, herauszufinden, wer gestern auf Marys Profil oder auf dem ihrer Freundin war.«

»Mache ich sofort. Ich werde beim Betreiber anrufen und denen Dampf machen.«

Damit legte er auf und ließ Andrea nachdenklich und verwirrt zurück. Der Campus Rapist hatte wieder zugeschlagen. Wenn sie versagten, war Mary Hillthorpe tot.

Andrea überlegte. Jennas Entführung lag auf den Tag genau vier Wochen zurück. Das konnte kein Zufall sein. Wieder holte er sie sich über ein Wochenende, wenn er genug Zeit für sie hatte. Sein Rhythmus betrug einen Monat. Andrea kramte ihr Notizbuch hervor und schrieb das auf.

Er brauchte Zeit für sie und einen abgeschiedenen Ort. Sofort kam ihr der Gedanke, dass das mit seinem sozialen Umfeld zusammenhängen musste. Er hatte nur alle vier Wochen Gelegenheit, unbemerkt zu entführen und zu morden. Das grenzte den Verdächtigenkreis ein.

Auf ihren Text konnte sie sich nicht mehr konzentrieren. Es dauerte aber nicht lange, bis Christopher wieder anrief.

»Ich habe leider keine guten Nachrichten«, begann er. »Zwar musste ich den Campus Rapist nur erwähnen und wurde sofort überallhin durchgestellt. Die Daten konnten auch schnell gefunden werden, weil es erst gestern war – allerdings hat der Kerl aufgepasst. Es war ein Zugriff auf die Seiten beider Mädchen verzeichnet, bei dem die IP-Adresse nicht eindeutig feststellbar ist. Verfolgt man die angegebene Adresse, landet man auf einem Server in Indien, der nach Russland weiterleitet, von dort aus in die Ukraine springt, dann weiter nach Australien … Kurz gesagt: Er hat seine Spur verwischt. Das Profil, das er benutzt, um sich einzuwählen, ist leer und nur ein Fake. Auch von dort bekommen wir keine Informationen.«

»Dann ist er ein verdammter Profi«, sagte Andrea. »Ich fürchte, was ich dir über ihn gesagt habe, stimmt.«

»Ich hatte nie Zweifel, aber wir treten auf der Stelle. Du hattest recht, er benutzt Facebook. Dort findet er ihre Daten.«

»Das müsst ihr bekanntgeben.«

»Dafür werde ich sorgen. Aber er hat Mary immer noch.«

»Ich weiß, aber noch haben wir Zeit. Sag mal, hast du die Akten da? Kannst du mir sagen, was die Opfer über die Sprache des Kerls gesagt haben?«

»Kann ich machen … Augenblick.« Knisternd und raschelnd wühlte Christopher in den Akten herum. »Wir haben nicht in jeder Befragung wörtlich aufgenommen, was er gesagt hat. Er hat sie bedroht, teilweise beschimpft …«

»Aber wie?«

Er las den genauen Wortlaut vor. »Hure, verlogenes Miststück – was bringt das?«

»Er hat verlogenes Miststück gesagt? Interessant«, fand Andrea. »Was noch?«

Er blätterte noch ein wenig und sagte: »Susan Jacobs sagte explizit, dass sie sich über seine Ausdrucksweise gewundert hat. Er hat klar artikuliert gesprochen und auf Abkürzungen und Umgangssprache verzichtet.«

»Also ist er nicht einfach nur intelligent, sondern hat auch den entsprechenden Bildungshintergrund.«

»Sieht so aus.« Er seufzte angestrengt. »Was sollen wir jetzt machen?«

Andrea fuhr sich nachdenklich mit der Hand über die Stirn und starrte ins Nichts. Alles, was jetzt noch blieb, war ein Medienappell. Lösegeld würde er ablehnen, das wusste sie. Aber es gab einen psychologischen Trick.

»Vielleicht hilft es, ihn daran zu erinnern, dass er einen Menschen vor sich hat. Sexualsadisten entführen unbekannte Opfer, weil es ihnen leichter fällt, sie zu quälen. Wir könnten an sein Gewissen appellieren, ihn an den Namen der Frau erinnern, ein schönes Foto von ihr zeigen. Wir könnten einen Angehörigen heranziehen, um ihn direkt anzusprechen und ihm einen Vorteil versprechen, wenn er die Frau laufen lässt«, sagte sie.

»Denkst du denn, sie hat ihn nicht schon längst gesehen? Ich meine, bei den Vergewaltigungen war er maskiert, aber jetzt? Er will sie doch töten.«

Da hatte er recht. Aber mehr fiel ihr nicht ein. Sie konnten es nur mit einem persönlichen Appell versuchen. Andrea war ziemlich sicher, dass es zu einer Kurzschlussreaktion kam, wenn er sich unter Druck gesetzt fühlte, deshalb mussten sie das auf jeden Fall verhindern.

Bevor sie auflegte, gab sie Christopher Tipps, worauf dabei zu achten war, und hoffte, dass es half. Mary durfte für den Täter nicht länger nur ein Objekt sein, sondern musste wieder zum Subjekt werden. Vielleicht bekam er Skrupel, wenn er ihren Namen hörte und sich daran erinnerte, dass sie ein Mensch war.

In ihr wuchs ein eigenartiges Gefühl der Leere und Resignation, als sie sich klarmachte, dass sie nicht mehr für Mary tun konnte. Das Entsetzen über die Grausamkeiten, die ihr bevorstanden, legte sich wie eine Zange aus Eis um Andreas Herz.

Sie versuchte, sich abzulenken, indem sie die Tasche fürs Wochenende packte. Gregory würde bald kommen und sie abholen.

Im Schrank fiel ihr Blick auf die neue Wäsche. Zaghaft streckte sie die Hand danach aus, aber dann ließ sie die Wäsche doch liegen. Sie konnte nicht. Nicht jetzt. Nicht, während Mary tausend Tode starb.

***

Nach seiner letzten Vorlesung traf Gregory zeitig bei ihr ein. Andrea lächelte, als sie ihn sah. Sein markantes Gesicht und die braunen Augen zu sehen war so vertraut. Sie versuchte, unbefangen zu wirken, doch ihm entging ihre gedrückte Stimmung nicht. »Ist etwas nicht in Ordnung?«

»Der Campus Rapist ist wieder da. Eine Studentin namens Mary ist verschwunden.«

»Oh.« Er nahm sie gleich noch fester in den Arm. »Irgendwie macht mir das jedes Mal Angst.«

Während sie sich auf den Weg zum Bus machten, erzählte Andrea ihm von ihren Gesprächen mit Christopher. In Gregs Wohnung angekommen, schaltete sie die Nachrichten ein. Anfangs entdeckte Andrea noch nichts über Mary, aber eine Stunde später wurde ein Mitschnitt von einer Pressekonferenz im Police Headquarters in Wymondham gesendet. Marys Schwester stand mit einem Foto der Entführten vor der Kamera und appellierte unter Tränen an den Täter, Mary freizulassen. Sie war jünger als Mary, hatte dunkelbraunes Haar, dieselben blauen Augen. Äußerlich war sie ihr sehr ähnlich. Allerdings sah sie nicht so fröhlich aus wie Mary auf ihrem

Foto. Ihre hübschen Augen waren voller Tränen; sie konnte nur mit Mühe reden.

»Ich spreche zu dem Mann, der meine Schwester Mary entführt hat. Sie ist vierundzwanzig Jahre alt und studiert im letzten Semester. Sie möchte Lehrerin werden ...« Das Mädchen brach ab und führte zitternd eine Hand an die Lippen. Sie wandte den Blick ab und schluchzte, aber dann fasste sie sich wieder. Eine furchtbare Kälte kroch in Andrea hoch. Die Tapferkeit, mit der die junge Frau sich dem heftigen Blitzlichtgewitter stellte, bewunderte Andrea zutiefst. Die Kamera war vollständig auf sie gerichtet und vertuschte ihre Tränen nicht. Es war still im Saal. Im Hintergrund standen Marys Eltern.

»Ihr Name ist Mary Hillthorpe. Sie ist ein ganz toller Mensch, sehr lieb, hat viele Freunde. Ich vermisse sie so sehr! Bitte, lassen Sie Mary gehen. Niemand wird Ihnen Schwierigkeiten machen, wenn Sie Mary gehen lassen. Nur, bitte, tun Sie ihr nichts.«

Andrea entgleisten die Gesichtszüge. Ein Schauer überlief sie, ihr wurde immer kälter, und sie schluckte hart, aber die Tränen stiegen trotzdem in ihr hoch.

Das Bild der Pressekonferenz war längst vom Bildschirm verschwunden, als sie immer noch mit leerem Blick darauf starrte. Wenn das doch nur half. Wenn er doch Mary nur als Mensch sehen würde. Er würde sie foltern und töten, wenn kein Wunder geschah.

Erst merkte sie gar nicht, dass Gregory hinter ihr stand, als sie verbissen in ihr Notizbuch schrieb und überlegte. Mary zuliebe musste sie alles tun, alles versuchen. Sie durfte nicht sterben.

Er sagte nichts, weil er ihre Entschlossenheit spürte und verstehen konnte, dass sie helfen wollte. Er verstand auch, dass sie sich verantwortlich fühlte und bewunderte sie dafür, dass sie sich diesen grauenvollen Gedanken freiwillig stellte. Aber es wäre gelogen gewesen, hätte er behauptet, dass es ihm nichts ausmachte.

»Essen ist fertig«, sagte er schließlich. Er gab sich Mühe, ganz normal zu klingen, aber es gelang ihm nicht. Andrea stand auf, klappte ihr Notizbuch zu und folgte ihm an den Tisch.

Es war hart, an Mary zu denken. Daran, was ihr bevorstand. Bestimmt hatte der Täter sie irgendwo gefesselt zurückgelassen, allein und verrückt vor Angst. Andrea betete, dass der Appell von Marys Schwester ihn erreichte. Er durfte nicht wieder zu Mary gehen, um ihr wehzutun.

Die Frage war nur, ob sie sein Gesicht schon gesehen hatte. Damit stand und fiel die Sache.

Swardeston, südlich von Norwich, 19. November

Er war immer noch fort. Es waren die einzig erträglichen Augenblicke, wenn er fort war. Was auch immer er gerade trieb – ob er sie beobachtete, sich etwas zu essen kochte oder einen Film ansah, als sei alles normal – es war ihr egal. Hauptsache, er war fort. Und blieb es auch.

Aber das war illusorisch. Er war bislang immer zurückgekehrt, und sofern sie das sagen konnte, hatte er es in regelmäßigen Abständen getan. Das Zeitgefühl hatte Mary jedoch schon längst verloren. Wahrscheinlich konnte sie froh sein, dass er ihr hin und wieder Wasser brachte.

Oder auch nicht. Denn so hielt er sie am Leben.

Die Hautabschürfungen an ihren Handgelenken brannten. Sie hatte so sehr an ihren Fesseln gezerrt, dass sich die Stricke tief in ihr Fleisch geschnitten und ihre Haut wundgerieben hatten. Das Gefühl in den Händen hatte sie schon längst verloren. In den Füßen auch.

Obwohl sie fast unfähig war, sich zu bewegen, spürte sie, wie es an ihrer Haut klebte. Sie lag in ihrem eigenen Blut. Es hatte sich kreisförmig unter ihr auf der Matratze ausgebreitet. Wann auch immer sie versuchte, sich zu bewegen, wurde es mehr. Ihn störte es nicht. Ganz im Gegenteil.

Hätte sie doch nur Amanda nicht besucht.

Er hatte sie mit einem Trick überwältigt und in seinen Wagen gezerrt. Da hatte sie schon gewusst, dass sie den Fehler ihres Lebens begangen hatte. Den letzten Fehler ihres Lebens.

Seitdem war eine unfassbare Ewigkeit vergangen – eine Ewigkeit voller Panik, Agonie und Lethargie. Ihr Leben bestand nur noch aus unaussprechlichen, qualvollen Schmerzen, die sie immer spürte, wenn sie auch nur die kleinste Bewegung machte. Oder wenn er zurückkehrte. Dann zuckte der brennende Schmerz durch ihren ganzen Leib und nährte ihre Sehnsucht nach Erlösung.

Sie hatte entsetzlichen Durst, was neben dem Schmerz die einzige Empfindung war, die Mary noch spürte. Um Wasser bitten konnte sie ihn nicht; nicht einmal, wenn er bei ihr war. Es hatte nur wenige Augenblicke gegeben, in denen sie nicht geknebelt gewesen war. Er hatte einmal gewollt, dass sie schrie – und sie hatte geschrien.

Ihre Augen brannten. Sollte es so enden?

Er hatte ihr erzählt, dass Janet im Fernsehen um ihre Freilassung gebeten hatte. Es bereitete ihm Vergnügen, sich an ihren Tränen und denen ihrer Schwester zu ergötzen. Die liebe Janet. Alles umsonst.

Sie fühlte sich gar nicht mehr. Für ihn war sie nur noch ein Spielzeug, ein Mittel zum Zweck. Mary wusste, dass er sie töten würde. Das Schlimmste war jedoch, dass sie sich davor nicht mehr fürchtete. Nicht nach diesem Martyrium. Wann würde es enden?

Hunger spürte sie inzwischen nicht mehr. Ein Wunder, dass sie ihren Namen noch wusste, nachdem er sie so oft vergewaltigt hatte. Es hatte sich mit jedem Mal mehr so angefühlt, als töte er etwas in ihr …

Sie wollte nicht daran denken. Wieder stiegen Tränen in ihre Augen, und sie schluchzte, erstickt durch das Klebeband, das ihr mehr als alles andere das Gefühl gab, in sich selbst gefangen zu sein. Sie wollte nichts mehr als fliehen, aber die Stricke und eine Tür hinderten sie.

Er hatte Dinge getan, an die sie nicht denken, geschweige denn sie aussprechen wollte. Das war nicht möglich. Nichts war mehr möglich.

Die Tür wurde entriegelt. Mary hob den Kopf und sah hin, starrte ihn an, mit geweiteten Augen voller Entsetzen. Er lächelte. Als sie sah, was er in der Hand hielt, sackte ihr Kopf zurück auf die Matratze. Tränen strömten ihr über die Wangen, das Atmen fiel ihr schwer. Ihr Herz schlug so schnell und so heftig, dass es wehtat. Hilflos zerrte sie an den Fesseln, als er sich neben sie setzte.

»Sieh mich an«, befahl er. Sie tat es nicht. Sie konnte nicht. Schluchzend hielt sie die Augen geschlossen und wünschte sich ganz weit weg. Nur weg.

Erst, als er sie schlug, riss sie die Augen auf und stierte ihn panisch an.

»Du weißt, was jetzt kommt, nicht wahr?«

Gregorys Wohnung, 21. November

Der Wind pfiff durch die Ritzen. Es war kalt und dunkel, nur ein kleines Licht brannte. Sie wusste nicht, wo sie war, aber das Rascheln der Baumkronen, das sie hörte, ließ sie an den Wald denken. Eine Hütte.

Sie schaute sich um und sah erst nicht viel, doch dann bewegte sich etwas vor ihren Augen. Es war die Silhouette eines Mannes. Andreas Blick fiel auf die Gestalt einer jungen Frau. Blaue Augen. Sie schienen geradezu zu glühen, starrten sie genau an. Marys blaue Augen.

Sie lag auf einem Bett, war gefesselt. Ihre Hände waren mit Stricken daran festgebunden, und geknebelt war sie auch. Der Mann ging auf sie zu. Mary zappelte und schrie, ihre Augen weiteten sich vor Angst. Andrea wollte eingreifen, schreien, tastete im luftleeren Nichts nach einem Ast. Da war nichts. Das Einzige, was sie sah, war ihr eigenes kleines Notizbuch.

Sadist …

Sie konnte sich nicht rühren, musste wie versteinert zusehen, wie der Mann Marys Beine auseinanderdrückte, um sie zu vergewaltigen. Verzweifelt versuchte Andrea zu schreien, aber sie bekam den Mund gar nicht erst auf. Kein Ton verließ ihre Lippen. Wieder schaute Mary zu ihr, zappelte und weinte. Aber ihr Gesicht war nicht mehr Marys, sondern plötzlich Carolines.

Andreas Herz raste, als sie die Augen aufschlug und feststellte, dass es plötzlich taghell war. Sie lag im Bett, gleich neben Greg.

Ihr Kopf sackte zurück aufs Kissen, und ihr Puls beruhigte sich allmählich wieder. Es war nur ein Traum.

Ausdruckslos starrte sie an die Decke und dachte daran, dass es Sonntagmorgen war. Der ganze Samstag war ereignislos verstrichen. Mary war nicht aufgetaucht. Sie blieb verschwunden. Immer wieder war ihr Foto gezeigt worden, zwischenzeitlich auch der Aufruf ihrer Schwester. Aber nichts. Andrea hatte Christopher am vergangenen Abend noch einmal angerufen, aber auch er hatte keine guten Nachrichten.

Marys Uhr tickte. Sie tickte immer weiter, unbarmherzig, lief rückwärts bis zum Ende. Die Polizei hatte schon überlegt, ihre Leute in die Broads zu schicken, um ihn wenigstens dann zu erwischen, wenn er die Leiche wegbrachte. Andrea fragte sich, wie man in diesem riesigen Gebiet auf jemanden warten sollte. Aber sie war ihnen auch keine große Hilfe.

Als sie kurz darauf aufstand und ins Bad ging, um sich mit kaltem Wasser das Gesicht zu waschen, fiel ihr Blick auf das Notizbuch, das auf dem Couchtisch lag. Wie ein Magnet zog es sie an; auf dem Rückweg ging sie hin und schlug es auf. Nachdenklich überflog sie alle Stichworte. Sie wollte nicht glauben, dass niemand einen solchen Mann kannte und auch der Gentest nicht half.

Seufzend legte sie das Buch wieder weg und trottete zurück zur Schlafzimmertür. Gregory hatte nicht bemerkt, dass sie verschwunden war. Er schlief ruhig weiter, lag ganz entspannt mit ausgestreckten Gliedmaßen da und sah zufrieden aus. Andrea war froh, dass er nichts von den finsteren Bildern wusste, die sie aus dem Schlaf gerissen hatten. Nach den vorangegangenen beiden Tagen wunderte es sie jedoch nicht, dass sich ihre Gedanken zu einem schauderhaften Albtraum vermischten. Sie hatte die letzten beiden Tage nur an Mary gedacht. Fieberhaft hatte sie sich den Kopf zerbrochen, was sie für Mary tun konnte. Doch da war nichts mehr.

Desillusioniert legte sie sich wieder ins Bett und schmiegte sich seufzend an Gregory. Er schlief noch so fest, dass er davon nichts bemerkte. Andrea beneidete ihn darum. Sie wollte nicht an diese scheußlichen Dinge denken.

***

Glücklicherweise gelang es ihr, ihn nicht merken zu lassen, was ihr durch den Kopf ging, als er schließlich aufwachte und sie gemeinsam frühstückten. Im Gegenteil, Gregory hatte ihr einen eindeutigen Blick zugeworfen, als sie sich umgezogen hatte und sich schon gewundert, warum sie darauf nicht eingegangen war. Aber Andrea war nicht in der Stimmung. Das war sie die ganze Zeit nicht. Nicht, seit sie wusste, was Mary gerade durchstand.

Falls sie noch lebte.

Der Gedanke an Mary ließ sie den ganzen Tag nicht los. Gemeinsam mit Gregory arbeitete sie für die Uni, aber es kostete sie viel Mühe, sich darauf zu konzentrieren. Immer wieder starrte sie auf die Uhr, versuchte die Unruhe niederzukämpfen, doch ohne Erfolg. Es wurde später und später, schließlich dämmerte es wieder.

Andrea wusste, dass das seine Stunde war. Er wartete auf die Dunkelheit, um Mary zu töten und zu verstecken. Das war unausweichlich. Mary hatte nicht mehr viel Zeit.

»Was hast du?«, fragte Gregory plötzlich. Andreas Blick löste sich von der gegenüberliegenden Wand. Sie hatte gar nicht gemerkt, dass sie minutenlang dorthin gestarrt hatte.

»Ich muss immer an Mary denken«, sagte sie und verzog die Lippen. Seinem Blick wich sie aus.

»Du nimmst dir das zu sehr zu Herzen.« Er griff nach ihrer Hand. »Es ist so toll, was du leistest. Aber mehr kannst du nicht tun. Die Polizei muss ihn fassen.«

»Ich muss noch mehr finden, um es weiter einzugrenzen. Weitere Merkmale, irgendetwas. Ich muss das verhindern, Greg. Sie darf nicht sterben. Wenn es denn nur das wäre, aber er foltert sie. Tagelang.« Andrea schlang die Arme um den Körper, zog unwillkürlich die Schultern hoch.

»Du weißt, was er tut, nicht wahr?«, fragte er, denn er wollte verstehen, was seine Freundin so beschäftigte.

Sie griff zu ihrem Notizbuch und zeigte ihm, was sie aufgeschrieben hatte; deutete an, was hinter all den Stichworten steckte. Sie erklärte, was es wohl bedeutete, dass der Täter seine Opfer knapp drei Tage lang festhielt. Gregory schluckte hart.

»Und damit beschäftigst du dich? Wie schaffst du das?«, fragte er entgeistert.

»Das frage ich mich auch.«

»Ich mache mir langsam Sorgen, dass es dich nicht mehr loslässt. Du bist die ganze Zeit niedergeschlagen und nachdenklich, und das gibt mir zu denken. Wenn es dir doch Angst macht, warum setzt du dich damit freiwillig auseinander?«

»Ich habe den Kerl gesehen und erlebt, Greg. Ich habe gesehen, was er Jenna angetan hat – und jetzt Mary. Ich will helfen, ihn zu kriegen, verstehst du? Das will ich irgendwann beruflich machen.«

»Vielleicht solltest du Christopher einfach noch mal anrufen.«

Erst wollte Andrea nicht, aber er redete ihr so lange zu, bis sie es doch tat. Christopher hatte zwar Dienst, war aber auf Streife. Sie erreichte ihn auf seinem Diensthandy.

»Gibt es etwas Neues?«, platzte sie ungeduldig heraus.

»Nein, nichts. Meine Kollegen versuchen, ein Auge auf die Broads zu haben, aber die sind ja nicht eben klein. Ist dir noch etwas eingefallen?«

»Nein, nichts. Es tut mir leid. Er wird sie töten …« Andrea schluckte und starrte an die Decke.

»Ja, vielleicht wird er das«, sagte er hart. »Aber das ist nicht deine Schuld. Sei ganz ruhig. Geh mit deinem Freund ins Kino oder sonst wohin, aber mach dir keine Sorgen. Es hilft nicht. Ich werde mich bei dir melden, wenn ich etwas weiß.«

»Egal wann«, betonte sie.

»Ja, kein Problem. Versprochen.«

»Danke.«

Seufzend legte sie auf und legte das Telefon zur Seite. Gregory kam zu ihr, schloss sie von hinten in die Arme und drückte sie an sich. Diese tröstliche Geste spendete ihr Mut und Kraft, zumindest für einen Moment.

Nach dem Essen telefonierte sie mit Sarah und versuchte, irgendwie den Abend herumzubekommen. Greg unterstützte sie dabei nach Kräften, aber als sie hinterher bei ihm im Bett lag, fand sie trotzdem bis mitten in die Nacht hinein keinen Schlaf.

***

Am nächsten Morgen fühlte sie sich wie gerädert. Das Telefon schwieg vor dem Frühstück, währenddessen und danach. Gegen Mittag wollte Gregory sie wie üblich auf dem Weg zu ihrer Vorlesung begleiten.

Als ihr Handy plötzlich klingelte, zuckte sie elektrisiert zusammen und griff eilig danach. Es war Christopher. Mit eiskalten, zittrigen Händen drückte sie auf den kleinen grünen Knopf und presste das Telefon ans Ohr. Sie konnte nichts sagen.

»Wir haben sie gefunden«, sagte er und schob hinterher: »Tot.«

Andrea ließ sich schwerfällig aufs Sofa sinken. »Wann?«

»Sie wurde vorhin entdeckt. Die Spurensicherung ist auf dem Weg. Sie wird gleich in die Gerichtsmedizin gebracht. Aber ich weiß, dass er es war. Sie sieht genau aus wie Jenna.«

»Oh Gott.« Sie schluckte, eine Träne kullerte über ihre Wange.

»Willst du sie dir ansehen?«

Sie nickte instinktiv und sagte dann laut: »Ja. Wann soll ich da sein?«

»Ich muss erst mal die Fotos kriegen. Heute Nachmittag.«

»In Ordnung«, sagte sie und verabschiedete sich hastig. Gregory setzte sich schweigend neben sie. Andrea musste nichts sagen, ihr Blick verriet was geschehen war. Erst ließ er sie weinen und tröstete sie, indem er ihr übers Haar strich. Es tat ihr gut, jetzt nicht allein sein zu müssen.

»Wäre es nicht vielleicht doch besser, wenn du dich da raushalten würdest?«

Sie wischte sich die Tränen aus den Augen. »Wer hilft dann noch? Die Profiler haben sich immer noch nicht geäußert.«

»Aber für dich wird das zu viel.«

»Nein!«, rief sie entrüstet. »Wird es nicht. Ich bin nur einfach kein emotionsloser Klotz.«

***

In der Vorlesung hatte sie sich hinten in einer Ecke verkrochen, damit niemandem ihre verweinten Augen auffielen. Die ganze Zeit über konnte Andrea sich überhaupt nicht konzentrieren, weil sie immer an Mary und ihre Familie denken musste. Sie hätte es nicht ertragen zu wissen, dass ihre Tochter oder ihre Schwester einen solchen Tod gefunden hatte.

Gregory holte sie nach der Vorlesung wieder ab und begleitete sie zur Polizei. Während sie mit dem Bus in die Innenstadt fuhren, gab er sich genauso schweigsam wie Andrea. Sie wusste, dass sie unfair gewesen war, aber sie ließ sich nicht sagen, dass es zu viel für sie war. Immerhin wollte sie das zu ihrem Beruf machen.

Zwar wollte Greg draußen warten, als sie zu Christopher ins Büro ging, aber der Sergeant bat ihn mit herein. Er war ebenfalls ziemlich geknickt. Gregorys Interesse überraschte Andrea, aber er wollte inzwischen wissen, womit seine Freundin sich so unermüdlich, regelrecht verbissen beschäftigte. Er wollte verstehen.

Christopher hatte die Bilder bislang nur auf seinem Computer und rief sie sofort auf. Andrea rutschte neben ihn, während Greg zu ihrer Erleichterung auf der anderen Seite des Tisches saß. So genau wollte er es dann wohl auch nicht wissen.

Mary sah beinahe noch schlimmer aus als Jenna. Ihre Augen starrten in schierer Panik, waren glasig und die Äderchen geplatzt. Andrea war nicht überrascht. Mary lag jedoch nicht am Flussufer, sondern zwischen Pflanzen im Sumpf. Ihr Hals war übersät von Würgemalen, allerdings sehr viel mehr als bei Jenna. Auch Mary war mit Klebeband geknebelt.

Andrea schaute zu Christopher. »Hat sich mal jemand mit dem Klebeband beschäftigt?«

»Sicher. Verdammt teures Zeug, wird eigentlich nur in der Industrie verwendet, kann man aber im Fachhandel kaufen. Der Mann von der Spurensicherung meinte, es klebt wie der Teufel.«

»Kann man feststellen, wie lange es da schon klebt? Irgendwie?«

»Keine Ahnung.« Er griff zu einer Akte, auf der Jenna Roberts' Name stand, und blätterte darin herum. »Tatsächlich, der Gerichtsmediziner hat dazu etwas geschrieben. Hier steht irgendwas von Kleberrückständen und dass ihre Lippen ausgetrocknet waren. Länger als vierundzwanzig Stunden, schätzt er. Warum fragst du?«

»Entweder will er nichts von ihr hören, oder er kann ihr den Knebel nicht abnehmen, weil es zu gefährlich wäre – weil jemand sie hören könnte. Das wäre möglich«, sagte Andrea nachdenklich.

Entgeistert sah Gregory sie an. Andrea erwiderte seinen Blick und errötete leicht.

»Sie wurde schneller gefunden«, sagte Christopher, der die Blicke nicht bemerkt hatte. »Die Leichenstarre war noch gar nicht eingetreten. Er muss sie mitten in der Nacht dort hingebracht haben. Unsere Leute waren zwar in den Broads, aber niemand hat etwas gemerkt. Er hat sie diesmal an einem völlig anderen Ort abgelegt – so als hätte er von uns gewusst.«

»Todeszeitpunkt?«, fragte Andrea.

»Später Sonntagabend, schätzt der Gerichtsmediziner.«

»Er hat sich mehr Zeit gelassen«, murmelte sie gedankenverloren.

Christopher nickte. »So viel steht fest.«

Alles wirkte so surreal in dem nüchternen Büro. Im Augenwinkel sah Andrea den kleinen Basketballkorb, den John über seinen Mülleimer gehängt hatte; ihr gegenüber hinter Christophers Schreibtisch reichte das Regal mit Akten bis unter die Decke. Auf der Fensterbank gierten zwei Topfpflanzen nach Licht. Alles war so völlig normal, so durchschnittlich. In ihr fühlte es sich jedoch anders an.

Sie beugte sich vor und schaute genauer hin. Während sie alles in Augenschein nahm, erklärte Christopher, dass Suchtrupps mit Spürhunden unterwegs waren, weil noch andere Opfer vermutet wurden.

Andrea betrachtete weiter das Foto. »Sie ist verletzt. Was ist das?«

Christopher öffnete ein anderes Bild. »Bissspuren.«

»Die sind neu.«

Er nickte. Gregory starrte demonstrativ auf den Boden, während Andrea sich noch weiter vorbeugte und die stark blutunterlaufenen Halbkreise betrachtete. Sie waren deutlich sichtbar an mehreren Stellen ihres Körpers verteilt, am auffälligsten aber auf ihren Brüsten.

»Der Gerichtsmediziner wird das genau dokumentieren. Der Gebissabdruck ist seit den Spermaspuren der einzige

Hinweis auf den Täter, den wir haben. Vielleicht bringt er uns etwas«, sagte Christopher.

Andrea hörte gar nicht richtig zu. Sie fragte sich, warum der Täter seine Opfer jetzt biss. Vielleicht war das ein neuer Teil seiner Folter.

»Sieh mal hier«, sagte Christopher und zeigte ihr noch andere Bilder. »Er hat sie wieder gefesselt, es sind Spuren an den Hand- und Fußgelenken zu sehen.«

»Und trotzdem die Plastikfesseln.«

»Wie bei Jenna.«

Sie sah ihn ernst an. »Das ist sein Tötungsritual. Er bindet sie los, ehe er sie erwürgt.«

»Erklär es mir«, bat Christopher. Andrea wurde nervös, als er und Gregory sie beide gleichermaßen mit erwartungsvollen Blicken bedachten. Es hemmte sie, dass Gregory zuhörte.

»Lass dich von mir nicht stören«, sagte Gregory. Er schien bemerkt zu haben, dass er sie verunsicherte.

Andrea nickte und holte tief Luft, aber die Worte kamen trotzdem erst nach einem Moment. »Ihre Folter bedeutet Lust für ihn. Er nimmt sich das ganze Wochenende Zeit, um ihre Qual und seine Erregung zu steigern. Das gipfelt darin, dass er sie zu guter Letzt erwürgt ... wahrscheinlich, während er sie vergewaltigt. Er hat ja auch die anderen Opfer währenddessen gewürgt. Wahrscheinlich gefällt es ihm, sie dabei zu töten. Er arbeitet darauf hin, steigert es – für ihn ist das buchstäblich der Höhepunkt.«

Die beiden starrten sie an. Christopher fing sich wieder und Gregory griff über den Tisch nach ihrer Hand, ehe er ihr ermutigend zunickte. Sie wusste, wovon sie sprach. In diesem Moment verstand er zum ersten Mal wirklich, warum sie

Christopher helfen wollte. In ihr steckte mehr, als man auf den ersten Blick ahnte.

Mit einem Stoßseufzer lehnte Christopher sich zurück. »Wir wissen jetzt, dass sie ihn schon gesehen hatte, sonst hätte er sie doch vielleicht eher laufen lassen.«

»Das glaube ich nicht«, widersprach Andrea. »Wir haben versucht, ihn daran zu erinnern, dass er einen Menschen als Opfer hat. Ihre Schwester hat immer wieder ihren Namen gesagt, ihn angebettelt; das alles müsste eigentlich Wirkung zeigen. Hat es aber scheinbar nicht, denn er hat nicht reagiert. Nicht jeder Täter kann nur dann foltern, wenn er seine Opfer zum Objekt macht. Anscheinend ist es ihm egal.«

»Also konnten wir es so gar nicht schaffen«, schloss Christopher.

Andrea nickte traurig. »Ich fürchte, so ist es.«

»Du hattest übrigens recht mit den Trophäen«, riss er sie aus ihrer Resignation. »Die Beschreibung, die von ihrer Familie gegeben wurde, war ziemlich präzise und beinhaltete ein kleines Halskettchen. Bei der Leiche fanden wir keins. Wieder ein Schmuckstück, das fehlt.«

»Das ist wohl kaum ein Zufall.«

»Denke ich auch.«

Andrea nickte seufzend. Immer noch schaute sie auf die Fotos und versuchte, Merkmale und Änderungen zu finden. Mary war brutaler zugerichtet worden. Es gab auch Fotos von all ihren Blutergüssen, und sie hatte Jennas Fotos noch gut genug im Kopf, um zu wissen, dass Mary mehr davon aufwies. Sie hatte er jetzt sogar schon gebissen. Andrea wollte nicht wissen, welche Schmerzen er ihr noch zugefügt hatte. Die Spuren psychischer Folter waren ja nicht sichtbar.

Andrea und Gregory blieben nicht mehr lange, da Andrea Christopher in diesem Augenblick ohnehin nicht mehr weiterhelfen konnte. Er brauchte noch mehr Informationen.

Gregory ließ es sich nicht ausreden, sie zum Wohnheim zu bringen. »Ich glaube, als Fallanalytikerin wärst du richtig gut.«

Andrea erwiderte nichts. Gut war sie, wenn der Kerl hinter Gittern landete.

Doch Gregory deutete ihr Schweigen falsch. »Es tut mir leid, wenn sich das vorhin blöd angehört hat. Ich habe deine Fähigkeiten nicht angezweifelt, sondern mache mir nur Sorgen darum, dass es dir nervlich zu viel werden könnte. Seit gerade glaube ich das allerdings nicht mehr.«

»Schon gut«, sagte sie. Sie wusste, dass er recht hatte, traute sich aber nicht, es zuzugeben.

***

Im Wohnheim angekommen, verabschiedeten sie sich voneinander. Gregory gab ihr einen überraschend leidenschaftlichen Kuss und drückte sie dabei an den Türrahmen.

»Du wirst mir fehlen«, sagte er leise und zwinkerte ihr zu. Sie lächelte und erwiderte den Kuss noch bereitwilliger. Als Greg sie schließlich losließ und ging, schaute sie ihm für einen Moment voll beißender Sehnsucht nach und musste sich regelrecht losreißen, um in ihr Zimmer zu gehen. Zu dumm, dass er zur Vorlesung musste.

Sie stellte den Rucksack ab und überlegte, was sie tun sollte. Einem unbestimmten Impuls folgend, griff sie zu einem ihrer Fachbücher und blätterte darin herum.

Im Augenblick hatte sie das frustrierende Gefühl, nicht

weiterzukommen. Sie musste wissen, warum der Täter sich weiterentwickelte und in welche Richtung; was ihn motivierte und was er zu tun beabsichtigte.

Das Leid seines Opfers erregte ihn. Andrea stieß beim Blättern auf den Vermerk, dass es die Qualen des Opfers waren, was dem Sadisten gefiel, und nicht das Zufügen von Schmerzen. Entwürdigung, Demütigung, Angst, Panik. Ihr schnürte sich die Kehle zu, während sie las. Es war ein Artikel des FBI, der die Erkenntnisse aus einer Untersuchung an Sexualmördern wiedergab. Fantasien waren ihnen scheinbar wichtig. Es gab ein Skript, das er sich zurechtlegte und durchging, es sozusagen abarbeitete. Diesem Skript hatte auch das Opfer zu folgen.

Sofort notierte sie den Begriff *Skript*, denn das war wichtig. Auch Fesseln und Knebel hatten etwas mit diesem Skript zu tun. Seine Fantasien sollten Realität werden.

Sie blätterte weiter. Jeder der untersuchten Täter hatte seine Opfer bewusst gefoltert, ihnen Schmerzen zugefügt, dafür Gegenstände oder die bloßen Hände benutzt. Viel grausamer erschien ihr jedoch die psychische Folter, der manche Täter ihre Opfer aussetzten. Sie ließen sie betteln und flehen, führten ihnen vor, was passieren sollte oder ließen sie wählen, wie sie sterben sollten.

Sie musste sich zwingen, nicht die Fassung zu verlieren, als es immer weiter ins Detail ging und sie las, dass die Täter in sexueller Hinsicht mit ihren Opfern so ziemlich alles anstellten, was man sich denken konnte. Der Campus Rapist war diesbezüglich ein Paradebeispiel. Er war manipulativ, sich keiner Schuld bewusst, fühlte sich überlegen und nahm auch die Polizei nicht besonders ernst.

Diese Taten gaben ihm Selbstvertrauen. Im wahren Leben war er frustriert, konnte seine Fantasien nicht ausleben, hatte vielleicht irgendein Unvermögen.

Ihr Herz klopfte wie wild, als sie das Buch zuschlug und in die Wohnheimküche ging, um sich etwas zu trinken zu holen. Mit eiskalten Händen schenkte sie sich Wasser ein und starrte ins Nichts, während sie trank.

Sie konnte nicht mehr klar denken. Was sie gerade gelesen hatte, war entsetzlich. Sexualsadisten quälten ihre Opfer teilweise, bis sie das Bewusstsein verloren, und machten sich dann daran, das Opfer wieder aus der Bewusstlosigkeit zu reißen, um fortzufahren. Sie kannten kein Mitleid, keine Menschlichkeit. Nichts.

In diesem Moment wurde Andrea klar, dass sie unbedingt Fallanalytikerin werden wollte. Sie musste verhindern, dass Menschen durch die Hand solcher Mörder starben. Noch konnte sie das nicht richtig. Mehr als Ansätze konnte sie Christopher nicht liefern.

Entschlossen stapfte sie in ihr Zimmer zurück, schlug ihr Notizbuch auf und schrieb noch die Ideen dazu, die ihr neu gekommen waren. Konzentriert nagte sie an ihrer Unterlippe herum, als sie das Profil erweiterte. Sadist. Das war ein Schlüsselwort. Daneben schrieb sie Folter und Schmerz, umrahmte das Wort Skript, schrieb etwas von Vermutungen und notierte sexuelle Probleme und Bedeutung der Kommunikation. Wie wichtig sie ihm war, konnte Andrea nicht sagen. Anscheinend legte er keinen gesteigerten Wert darauf, seine Opfer betteln zu lassen, wenn er ihnen den Knebel nicht abnahm. Er ließ sie nicht an seinen Spielchen teilnehmen.

Dann fiel ihr das Internet wieder ein. Er war vielleicht gehemmt, weil er aufs Internet auswich – oder einfach nur verdammt clever, weil er dort fand, was er brauchte. Sehr frustrierend, dass die Warnungen der Polizei anscheinend nicht geholfen hatten. Es war kein schöner Gedanke, sich vorzustellen, dass Mary dem Täter noch in die Hände gespielt hatte.

Jetzt konnte es ihr egal sein. Wahrscheinlich lag Mary gerade auf einem kalten Tisch und wurde einmal von oben bis unten aufgeschnitten. Unwillkürlich musste Andrea an das denken, was Caroline gesagt hatte. Das, was danach kam, war so schlimm wie die Vergewaltigung selbst. Nicht einmal im Tod hatte Mary ihren Frieden – jetzt wurde ihr Martyrium noch minutiös dokumentiert.

Andrea schlug das Buch zu und wandte sich ab.

Studentenwohnheim Colman House, 24. November

»Der Gerichtsmediziner meinte, die Abdrücke hätten gezeigt, dass die Zähne so perfekt und gleichmäßig stünden, dass da bestimmt nachgeholfen wurde. Der Täter hatte vermutlich keine armen Eltern. Übrigens, der Gentest bringt uns gerade auch nicht weiter.«

»Wäre ja auch zu schön«, erwiderte Andrea sarkastisch. Sie atmete tief durch und versuchte, das Gefühl von Übelkeit zu bekämpfen, das sich gerade redlich darum bemühte, ihr Mittagessen wieder hochkommen zu lassen. Christopher hatte sie angerufen, um ihr von den Ergebnissen des Obduktionsberichts zu erzählen. Im Nachhinein hätte sie lieber verzichtet.

Der Gerichtsmediziner hatte einen eklatanten Blutverlust festgestellt und bei der Obduktion auch eine Erklärung dafür gefunden. Mary hatte heftige innere Verletzungen davongetragen, die auch die Gebärmutter betrafen. Andrea wollte überhaupt nicht wissen, mit welchen Gegenstände der Täter sie traktiert hatte, um sie so zu verwunden. Christopher hatte ihr das vor nicht einmal zwei Minuten gesagt.

Seitdem focht sie den Kampf mit ihrem Mittagessen.

Bevor er auf die Gebissabdrücke zu sprechen gekommen war, hatte er ihr noch verraten, dass es genügend DNA-Spuren für einen Vergleich gab. Der lief bereits, aber das Ergebnis stand noch aus. Wieder einmal hieß es warten.

Zwar hatte Andrea inzwischen ein ziemlich genaues Bild der Psychopathologie dieses Mannes, aber nichts, was half, ihn dingfest zu machen. Ein wenig frustriert verabschiedete sie sich von Christopher und widmete sich dann wieder ihrer Zusammenfassung. Sie saß im Schneidersitz auf dem Bett, während Gregory am Schreibtisch arbeitete.

»Irgendetwas Neues?«, fragte er mit Blick über die Schulter.

»Frag besser nicht. Mary hatte kein schönes Ende. Es wird immer schlimmer.«

»Okay. Ich frage nicht.« Er grinste schief, aber es war nur aufgesetzt. Andrea seufzte und machte weiter.

Kurz darauf packte er zusammen. »Ich glaube, ich fahre mal langsam nach Hause. Es ist schon dunkel draußen.«

»Ende November kein Wunder«, sagte sie und stand seufzend auf.

»Nein. Kennst du eigentlich unseren Weihnachtsmarkt? Das ist doch etwas typisch Deutsches, soweit ich weiß.«

»Ja, Sarah war letztes Jahr mit mir dort. Gut kopiert, das muss ich ja sagen.«

»Hättest du Lust? Wir könnten Jack und Rachel fragen.«

Sie nickte. Gregory schulterte den Rucksack und verabschiedete sich mit einem Kuss von ihr. Als er auf dem Flur stand, drehte er sich noch einmal um.

»Bis morgen, meine Süße.«

Sie grinste. »Bis morgen.«

Gedankenversunken schloss Andrea die Tür. Anschließend breitete sie ihre Sachen auf dem Schreibtisch aus, um dort weiterzuarbeiten.

Sie hatte sich gerade wieder eingelesen und rechnete mit nichts, als sie plötzlich hastige Schritte auf dem Flur vor ihrer Zimmertür hörte. Es klopfte, aber noch ehe sie antworten konnte, schwang die Tür auf.

Es war Greg. Mit hochrotem Kopf stand er in der Tür und lehnte sich erleichtert an den Türrahmen, als er sie sah.

»Was ist denn mit dir los?« In der Hand hielt er eine zusammengerollte Zeitung, die er ihr hinhielt und sagte: »Es würde mir erheblich bessergehen, wenn du mit mir kommen würdest. Du musst hier sofort verschwinden.«

»Was? Warum?« Andrea nahm ihm die Zeitung ab. Es war ein Exemplar des Daily Mirror. *Wann schnappt die Polizei endlich den Campus Rapist?* hieß es in der Überschrift. Auf der ersten Seite prangten Fotos aller bisherigen Opfer des Campus Rapist, sogar mit Namen. Andreas Blick fiel auf Caroline, Jenna und Mary. Sie konnte gar nicht ermessen, was das für sie bedeutete. Jenna und Mary konnte es gleich sein, aber die anderen waren nicht tot.

»Was hat das mit mir zu tun?«, fragte sie.

»Jack hat mich angerufen, als ich gerade auf dem Weg zum Bus war. Er hat mir von diesem Artikel berichtet und meinte, dein Name stünde drin. Ich habe nachgeschaut – er hat recht. Sie wissen sogar, was du studierst«, sagte Gregory atemlos.

»Was?« Schlagartig wurde ihr heiß. Hastig begann sie, den Artikel zu lesen.

Es begann alles an einem lauen Sommerabend im Juli. Susan Jacobs war auf dem Heimweg von einer Party, als sie plötzlich von hinten überfallen und in ein Gebüsch gezerrt wurde. Sie war das erste Opfer des Campus Rapist; eine hübsche Studentin, die gute Noten hatte und gerade frisch verliebt war. Laut unseren Recherchen befindet sie sich bis heute in psychologischer Behandlung, so wie die meisten Opfer des Vergewaltigers, der seit Monaten in Norwich sein Unwesen treibt und inzwischen auch zwei seiner Opfer brutal ermordet hat.

Bislang ist es der Polizei noch nicht gelungen, auch nur einen Hinweis auf den Täter auszumachen. Sie steht hilflos daneben und hatte am vergangenen Wochenende die traurige Pflicht, die entstellte Leiche von Mary Hillthorpe aus dem Sumpfgebiet der Broads östlich von Norwich zu bergen. Es war rechtzeitig bekannt, dass der Campus Rapist sie in seine Gewalt gebracht hatte, aber die Polizei hat es nicht geschafft, ihren Tod zu verhindern. Inzwischen wächst das Unverständnis in der Bevölkerung, die den laufenden Massengentest sehr begrüßt. Aufgerufen werden alle in Norwich wohnhaften Männer zwischen 25 und 35 Jahren, freiwillig eine Speichelprobe bei der örtlichen Polizei abzugeben. Wer dieser Aufforderung nicht nachkommt, muss damit rechnen, von der Polizei aufgesucht zu werden.

Die Behörde verspricht sich viel von diesem Vorgehen. Letztlich ist es aber auch alles, was ihr bleibt. Die einzigen Spuren, die vom Täter gesichert werden konnten, sind Spermareste, die nun zum DNA-Vergleich herangezogen werden sollen. In unregelmäßigen Abständen hat er in der Zeit zwischen Juli und Oktober in einem weitläufigen Gebiet um den Campus der University of East Anglia immer wieder Studentinnen überfallen und vergewaltigt – trotz wachsender Polizeipräsenz und den immer wieder vorgestellten Vorsichtsmaßnahmen. Traurigen Höhepunkt der Vergewaltigungsserie bildete Moira James, die kurz nach dem Verbrechen von einer Polizeistreife aufgelesen wurde.

Ein weiteres Mal konnte der Täter knapp und unerkannt entkommen, als die beherzte Psychologiestudentin Andrea Jahnke ihn angriff, während er sich an Caroline Lewis verging. Die junge Biologiestudentin war das letzte Opfer, das mit dem Leben davonkam: Jenna Roberts und Mary Hillthorpe wurden entführt, über mehrere Tage gefoltert und schließlich erwürgt. Für sie kommt der Gentest zu spät.

Ihr wurde kalt. Wieder und wieder las sie die Zeile, in der ihr Name stand, und hoffte, er würde verschwinden. Den Gefallen tat er ihr aber nicht. Er stand immer noch da; ganz gleich, wie oft sie hinschaute.

»Jeder kann das lesen«, sagte Gregory nervös. »Auch der Täter. Was du über ihn gesagt hast, über Dominanz und Hass gegenüber Frauen – was glaubst du denn, wie er über dich denkt?«

Sagen konnte sie nichts, die Stimme war ihr abhandengekommen. Ihr war eiskalt, und ihre Haut kribbelte verräterisch. Das war Furcht.

»Bitte komm mit mir, Andrea. Von mir kann er nicht wissen, und bei mir kann er dich nicht finden. Außerdem würde es mir wirklich erheblich bessergehen, wenn ich in deiner Nähe wäre. Ich muss kein Psychologe sein, um zu wissen, dass er wütend auf dich ist. Du bist ein hübsches Mädchen und er hat noch eine Rechnung mit dir offen. Wer weiß, was er sich überlegt?«

»Rache ist nicht sein Motiv«, sagte sie, doch sie wusste selbst, wie sehr sie ihn in seinem Stolz verletzt haben musste. Sie entsprach nicht seinem Typ, aber sie war Studentin und hatte sich ihm gegenüber nicht anders verhalten als die Frau, die ihn so frustriert hatte. Das war mehr als ausreichend.

»Bitte, Liebes, komm mit mir«, bat Gregory sie eindringlich. »Das macht mir Angst.«

Andrea nickte mechanisch. »In Ordnung, aber – ich müsste immer bei dir sein, damit er mich nicht findet, ich meine …«

»Das ist doch das geringste Problem. Vergiss das alles hier und zieh zu mir. Ich habe doch den Platz und die Möglichkeit.«

Wiederum nickte sie und begann, ihre Tasche zu packen. Er holte Sarah von drüben. Andrea hörte die Stimmen der beiden, während sie den Schrank öffnete und hektisch einige Kleidungsstücke herauszerrte.

Sarah lugte durch die Zimmertür. »Was ist denn hier los?«

»Lies die Zeitung.« Andrea deutete auf den Tisch. Gregory ging hinter Sarah ins Zimmer und zeigte ihr die betreffende Stelle im Artikel. Andrea klappte ihr Notebook zusammen und packte es in den Rucksack.

»Da steht dein Name«, sagte Sarah ratlos. »Und wo willst du jetzt hin?«

»Er wird mich hier finden, Sarah. Er hat jetzt meinen Namen und meine Studienrichtung. Das reicht, um mich hier aufzuspüren«, sagte Andrea, ohne sie anzusehen. Ihr Herz raste. Sie packte noch einige Bücher ein.

»Und jetzt?«

»Bleibt sie bei mir«, sagte Gregory. »Da kann er sie nicht finden und selbst wenn – dann bin ich immer noch da.«

Sarah lächelte. »Der große Beschützer also.«

Im Augenwinkel beobachtete Andrea, wie er scheinbar um zehn Zentimeter wuchs und mit selbstsicherer Miene nickte. »Wenn nicht ich, wer sonst?«

Sie wandte sich ab, damit er ihr Grinsen nicht sah. Männlicher Stolz.

Sarah fragte, ob sie wirklich bei Gregory bleiben wollte. Andrea nickte verhalten. Obwohl es das Beste war, war Sarah nicht sonderlich begeistert.

»Nichts für ungut, aber ihr kennt euch seit zwei Monaten. Ich weiß auch nicht. Vielleicht will ich auch einfach nicht, dass du gehst.«

»So weit weg bin ich doch nicht«, sagte Andrea.

»Du kannst sie doch bei mir besuchen«, schlug Gregory vor.

Er hielt Andrea seinen Rucksack hin, als in ihren nichts mehr hineinpasste, sodass sie weiter packen konnte. Für den Augenblick wollte sie nur die wichtigsten Dinge mitnehmen, aber das waren erstaunlich viele. Die ganze Zeit fühlte sie sich, als stünde der Mörder bereits hinter ihr, um sie zu beobachten.

Als sie fertig war, schloss sie ab und umarmte Sarah. »Wir sehen uns morgen.«

Dann griff Gregory nach Andreas Hand und verließ mit ihr das Wohnheim. Allerdings war er alles andere als entspannt. Er schaute sich auf dem Weg zur Bushaltestelle misstrauisch um. »Hast du das Messer eingepackt?«

»Es ist immer in meinem Rucksack.«

Das schien ihn zu beruhigen. An der Haltestelle angekommen, mussten sie ein wenig warten. Es war kalt und windig, aber Gregory stellte sich nicht nur deshalb vor Andrea und hielt sie fest an sich gedrückt. Er strich ihr übers Haar, und Andrea merkte, wie er versuchte seine Unruhe zu überspielen. Erst als sie im Bus saßen, wurde er tatsächlich ruhiger. Das kalte Licht wirkte unbehaglich und sorgte bei Andrea für kein größeres Sicherheitsgefühl.

Sie wusste nicht, was sie denken sollte. Einerseits hielt sie es für unwahrscheinlich, dass der Campus Rapist sich für sie interessierte, aber andererseits konnte sie es nicht ausschließen. Sie hatte ihn ziemlich gedemütigt. Das konnte er unmöglich vergessen haben.

»Du solltest gleich Christopher anrufen und ihm davon erzählen«, sagte Gregory. »Der Journalist, der das ausgeplaudert hat, gehört bestraft.«

Sie nickte stumm. Nach kurzer Fahrt hatten sie ihr Ziel erreicht und gingen in Gregorys Wohnung. Andrea stellte ihren Rucksack ab und seufzte. Zu Gregory zu ziehen war ein ziemlich endgültiger Schritt.

Sie schob den Gedanken beiseite und griff zum Telefon, um Christopher anzurufen.

»Ist dir etwas eingefallen?«, fragte er hoffnungsvoll.

»Nein, das nicht. Ein Journalist hat meinen Namen herausgefunden, Christopher.« Andrea erzählte ihm alles und las ihm den Zeitungsartikel vor. Als sie fertig war, herrschte am anderen Ende der Leitung betroffenes Schweigen.

»Der Kerl lernt mich morgen kennen«, knurrte er unvermittelt. »Ich finde heraus, woher er das weiß, und dann räume ich da mal richtig auf. Das ist richtig gefährlich. Wo bist du denn jetzt? Ist jemand bei dir? Soll ich kommen?«

»Nein, schon in Ordnung. Gregory hat mich zu sich geholt. Ich bin in seiner Wohnung. Er will, dass ich hierbleibe.«

»Gute Idee, am besten tust du das auch. Kannst du mir die Adresse nennen?«

Andrea diktierte ihm alles. »Du denkst also auch, dass das den Kerl interessiert?«

»Ja, das denke ich. Du solltest wirklich aufpassen. Sei vorsichtig und bleib nie allein. Am besten bittest du deinen Freund, dich immer zu begleiten.«

»Das tut er sowieso.«

»Gut. Ich melde mich morgen bei dir, sobald ich etwas weiß. Pass gut auf dich auf.«

»Das mache ich. Bis morgen.«

Noch bevor sie das Telefon weggelegt hatte, fragte Gregory, wie Christopher die Lage einschätzte.

»Ernst«, sagte Andrea. »Er sagte, dass du mich am besten immer begleitest.«

»Ist doch klar.« Er gab ihr einen Wink und ging ins Schlafzimmer, wo er mehr als nur ein Fach im Schrank für sie frei räumte. Andrea fand es immer noch eigenartig, sich vorzustellen, dass sie wirklich dort bleiben sollte. Sie packte ihre Sachen aus und räumte den Rucksack ins Arbeitszimmer. Zwar fühlte sie sich längst heimisch in Gregs Wohnung, aber obwohl sie sehr gern bei ihm war, verunsicherte sie das plötzlich. Wenn sie ihr Zimmer aufgab, zu ihm zog und sie sich stritten, dann hatte sie nichts mehr, wohin sie gehen konnte.

Aber nur ihr Verstand hatte diese Bedenken. Ihr Herz wusste, dass es richtig war. Sie konnte Gregory vertrauen. Was sie verband, war Liebe.

Es klingelte. Jack war gekommen. »Bin ich froh«, sagte er erleichtert, kam auf Andrea zu und umarmte sie. »Kurz vor Feierabend sah ich die Zeitung bei einem Kollegen auf dem Tisch. Eigentlich habe ich nur auf die Fotos geschaut, aber dann fragte er mich, ob ich gewusst hätte, dass jemand den Campus Rapist angegriffen hat. Das war doch bislang immer unter Verschluss. Ich habe mir sofort die Zeitung gegriffen und Greg angerufen, als ich deinen Namen sah. Ich habe mir ziemlich in die Hose gemacht, denn wer weiß, was der Kerl jetzt macht, wo er deinen Namen kennt? Er muss die Zeitung doch nur lesen.«

»Das wird er«, sagte Andrea.

»Hier kann nichts passieren«, stellte Gregory fest. »Bleibst du zum Essen, Jack?«

»Kann ich machen. Rachel hat erst um acht Schluss.«

»Ihr seht euch noch?«, fragte Gregory, während er in die Küche ging.

»Ja, auch meine Freundin ist gelegentlich bei mir«, schnappte Jack und streckte ihm die Zunge heraus, aber das sah nur Andrea. Erst, als sie lachte, warf Gregory ihnen einen fragenden Blick zu.

»Du hast es doch nicht so mit ernsten Beziehungen«, sagte er.

»Man braucht auch die richtige Frau dafür. Du hast da ein glücklicheres Händchen, Greg. Aber Spaß beiseite. Ich hole Rachel jetzt abends immer ab. Ich will genauso wenig wie du riskieren, dass der Campus Rapist Gefallen an meiner Freundin findet.«

Wenig später aßen sie zusammen und sprachen über die verschiedensten Dinge, jedoch nicht mehr über den Mörder. Jack machte sich pünktlich auf den Weg, um Rachel am Krankenhaus abzuholen.

»Ist es so in Ordnung für dich?«, fragte Greg seine Freundin, während sie gemeinsam die Spülmaschine einräumten.

»Ja, sicher. Ich wäre ja doch früher oder später zu dir gezogen. Jetzt ist es eben früher.«

»Du musst nicht, wenn du nicht willst. Aber mir ist wirklich wohler, wenn du bei mir bist.«

»Mir auch«, gab Andrea zu.

»Hauptsache du bist hier sicher.«

»Du hast wirklich Angst, oder?«, fragte sie.

Er nickte verhalten. »Ich habe genug von dem aufgeschnappt, was du herausgefunden hast, um zu wissen, dass dieser Kerl mir auch Angst macht. Er wird dich nicht vergessen haben, und er wird dich dafür hassen, dass du ihn gestört hast. Sollte er dich in die Finger bekommen, würde er dir furchtbar wehtun. Wenn ich mir vorstelle, was er dir antun könnte, werde ich wahnsinnig.« Er holte tief Luft und starrte ins Nichts.

University of East Anglia, 25. November

Christopher hielt Wort. Am nächsten Tag bemühte er sich sofort darum, herauszufinden, wie der Londoner Journalist an die Fotos und Namen der Opfer gekommen war – und an Andreas. Er war zu dem Schluss gekommen, dass die undichte Stelle unter seinen eigenen Kollegen zu finden sein musste. Andreas Namen kannten nur Polizisten, und auch nur bei der Polizei gab es Fotos aller jungen Frauen. Auch die Details darüber, was die Frauen studierten, waren nur der Behörde bekannt.

Gegen Nachmittag rief Christopher sie an und verriet durch seinen gereizten Ton, dass er energisch nachgeforscht hatte. Er hatte den Kreis der in Frage kommenden Kollegen auf drei Namen eingegrenzt und schließlich herausgefunden, wer sich hatte bestechen lassen. Es handelte sich um ein anderes Mitglied der Sonderkommission, dem der Journalist eine hübsche Summe geboten hatte. Christopher hatte seinen Kollegen vor versammelter Mannschaft zusammengebrüllt und daran erinnert, dass die Herausgabe von Andreas Name ein Fehler war, der nicht hätte passieren dürfen. Er hatte ihm klargemacht, dass sie jetzt in Gefahr schwebte und keines der Opfer mehr vor die Tür gehen konnte, ohne dass jeder Bescheid wusste, der die Zeitung gelesen hatte.

Doch damit nicht genug. Er hatte gegen seinen eigenen Kollegen und auch gegen den Journalisten ein Ermittlungsverfahren eröffnet, denn er fand das, was geschehen war, alles andere als harmlos. Der Journalist war sich keiner Schuld bewusst und faselte was von Informations- und Pressefreiheit, woraufhin Christopher ihm etwas von Persönlichkeitsrechten an den Kopf warf und fleißig weiter seine eigene Anzeige aufnahm. Zu spät war es leider trotzdem.

Der Bericht schlug ziemliche Wellen. Auf dem Campus wurde Andrea von Bekannten angesprochen, was ihr nicht sonderlich behagte. Sie wollte nicht so viel Aufsehen erregen. Genervt ergriff sie die Flucht in die Mensa, wo sie mit Caroline verabredet war. Caroline hatte sich die Haare streng zu einem Zopf gebunden, was sie sonst eigentlich nie tat, untypisch viel Make-up aufgelegt und sich ein Halstuch umgebunden, wohl um sich dahinter zu verstecken.

»Jetzt weiß es jeder«, war der erste Satz, den Caroline zu Andrea sagte. Sie zog die Schultern hoch und sah Andrea unglücklich an.

»Ja, dank der Glanzleistung des Journalisten.«

Caroline nickte. »Es gab Leute, die es wissen sollten. Jetzt wissen es jedoch alle. Ich würde am liebsten auswandern.«

»Aber trotzdem bist du hier.«

»Wenn ich jetzt noch zu Hause bliebe, würde es das noch schlimmer machen. Dabei sage ich mir schon immer, dass ich Glück hatte. Deinetwegen.«

»Was das angeht, ja. Aber das macht es nicht besser, das weiß ich«, sagte Andrea mitfühlend.

»Nein. Wenn jemand anders das so zu mir sagt, klingt es immer wie Hohn.« Caroline trank etwas und suchte Andreas Blick. »Aber was rede ich da, dich lässt es doch auch nicht kalt. Schließlich kennt er jetzt deinen Namen.«

»Ich bin zu Gregory gezogen. Na ja, ich werde es tun. Er hat mich direkt zu sich geholt, und am Wochenende räumen wir mein Zimmer leer.«

Caroline hielt mit ihrer Überraschung nicht hinterm Berg. »Das ist ein großer Schritt.«

»Ich weiß. Trotzdem bin ich froh darüber. Ich fühle mich sicherer, und schöner als im Wohnheim ist es allemal.«

Caroline lächelte; es sah ehrlich aus. »Das glaube ich.«

Andrea fühlte sich gut bei dem Gedanken daran, später mit zu Gregory zu fahren. Bei ihm war sie sicher und musste sich keine Sorgen mehr wegen des Zeitungsartikels machen. Selbst seine Mutter hatte davon erfahren und rief abends bei Gregory an, um ihrer Sorge Luft zu machen. Sie reagierte wohl erst entspannt, als er ihr versichert hatte, dass Andrea die ganze Zeit bei ihm war und ihr wirklich nichts passieren konnte. Christopher hatte Andrea auch Polizeischutz versprochen, sollte sie welchen wollen – genau wie den Rapist-Opfern, denn es war nicht auszuschließen, dass er ihnen auch wieder nachstellte.

Auf dem Campus starrte sie jedes Mal misstrauisch zurück, wenn ein junger Mann sie neugierig ansah. Jeder konnte theoretisch der Campus Rapist sein. Vielleicht stand er irgendwo an einer Ecke und wartete auf sie. Möglicherweise fand er heraus, welche Veranstaltungen sie besuchte. Andrea hielt ihn für besessen genug, dass er den ganzen Tag im Bereich des Psychologielehrstuhls herumlief, um ihr zu begegnen. Zwar wusste sie nicht, ob er sich überhaupt für sie interessierte – aber wenn, tat sie gut daran aufzupassen.

Sarah war traurig über Andreas Auszug. Am Samstag kamen Rachel und Jack mit dem Auto vorbei, um dabei zu helfen, Andreas restliche Habe in Gregorys Wohnung zu bringen. Er hatte bereits mit seinem Vermieter gesprochen und geklärt, dass sie einziehen konnte. Der Hausbesitzer hatte Verständnis für ihre Situation.

Jack musste zweimal fahren, um wirklich alles ans Ziel zu bringen. Tapfer lud er Kartons ins Auto und fuhr sie zur Wohnung. Gregory hatte ihm dabei geholfen, alles ins Auto zu bringen, und kehrte schließlich atemlos nach oben zu Sarah und Andrea zurück. Andrea versuchte, Sarah aufzumuntern und lud sie für den nächsten Tag zum Kaffee ein. Mit verheißungsvollen Versprechen von selbstgemachten Muffins konnte sie Sarah problemlos überreden.

Jack brauchte nicht lange, um zurückzukehren und sie abzuholen – und das, obwohl er Rachel noch zum Dienst gebracht hatte. Zu dritt fuhren sie zu Gregorys Wohnung, in der sich nun Andreas Sachen stapelten. Ihr war es gerade egal, denn sie hatte einen Riesenhunger.

Nachdem sie sich Pizza bestellt hatten, ließ sich Jack schwerfällig aufs Sofa sinken und stöhnte theatralisch. Als sein Blick auf Andreas Notizbuch fiel, das mitten auf dem Tisch lag, griff er neugierig danach. »Deins?«

Sie nickte. »Schau nur rein, wenn du furchtbare Dinge lesen willst.«

»Hm«, machte er, blätterte darin herum und schaute sie ungläubig an. »Und das weißt du alles?«

»Ich habe einiges recherchiert. Ich gleiche nun die empirischen Daten mit dem ab, was wir wissen, und kann ihn so einordnen.«

»Da steht: zukünftige Morde.«

»Er steigert sich. Das wird immer so weitergehen. Er hört nicht auf, bis er stirbt oder gefasst wird.«

»Sag mal, kriegst du denn davon keine Albträume?«

Sie schaute kopfschüttelnd zu seinem Bruder. »Greg ist doch bei mir. Ich glaube, er macht sich mehr Sorgen als ich.«

»Kann schon sein.« Jack senkte die Stimme und sagte: »Er würde sich für dich in Stücke reißen lassen, weißt du das eigentlich? Er ist da anders als ich. Ihm ist es gegeben, sein Herz einer Frau zu schenken und damit glücklich zu sein. Ich lerne das gerade erst noch.«

Andrea versuchte gar nicht erst, ihr Staunen zu verbergen. »Interessant, das von dir zu hören.«

»Ich komme langsam dahinter, was in ihm vorgeht. Bislang habe ich das nie verstanden. Ich habe eine schöne Frau gesehen und war scharf auf sie. Das war immer so. Aber mit Rachel ist es anders. Vielleicht wird es mit ihr und mir mal so wie mit euch beiden.«

Ein breites Grinsen stahl sich auf ihre Lippen. Jack schien sich tatsächlich weiterzuentwickeln.

»Du nimmst mich nicht ernst«, klagte er.

»Doch. Es ist nur witzig, dass du erst jetzt dahinterkommst, Jack.«

»Halt bloß die Klappe«, lamentierte er scherzhaft. Glücklicherweise klingelte in diesem Augenblick der Pizzabote. Gemeinsam schlugen sie sich die Bäuche voll und machten es sich gemütlich. Andrea räumte ihr Notizbuch beiseite, um nicht ständig daran denken zu müssen, was gerade los war. Allerdings übernahmen die herumstehenden Umzugskartons die Aufgabe des Notizbuchs. Sie war auf der Flucht, versteckte sich. Vor ihrem inneren Auge tauchten ständig die Fotos der beiden toten Frauen auf. Sie konnte ihren Blick, ihre starrenden Augen nicht vergessen, blutunterlaufen, die Angst darin konserviert. Der Mörder, der in Norwich umging, war einer von der schlimmsten Sorte. Jack konnte froh sein, dass er nur ihre Notizen gelesen hatte. Er hatte keine Ahnung, wie sich die Schilderungen solcher Täter lasen.

University of East Anglia, 30. November

Zuverlässig begleitete Gregory Andrea in den folgenden Tagen zu ihren Vorlesungen und holte sie ab, auch wenn das bedeutete, dass er die ganze Zeit warten musste. Manchmal kam er deshalb auch mit in den Hörsaal.

Parallel zu ihrem Seminar über »abweichendes Verhalten« hatte er seine Vorlesung in Kunstgeschichte. Andrea hatte den Seminarraum nach Abschied von Greg gerade betreten, als ihr Dozent Dr. Brown zu ihr kam.

»Die Londoner Journalisten haben sich ja nicht gerade mit Ruhm bekleckert«, sagte er in einem missfälligen Ton.

»Sie haben davon gehört«, schloss sie.

Er nickte. »Wer die Opfer sind, wusste ich. Sie sind alle bei der psychologischen Studentenberatung gemeldet. Der Artikel schlug ziemliche Wellen an unserer Universität, weil sich alle über diese Sensationsgier und Unprofessionalität geärgert haben. Ich war erstaunt zu hören, dass Sie die Gelegenheit genutzt haben, dazwischenzugehen. Meine Hochachtung, Andrea.«

Ihr stieg die Röte ins Gesicht, als er das sagte. »Ich konnte nicht einfach tatenlos zusehen.«

»War Ihnen die Gefahr nicht bewusst?«

»Doch, schon, aber ich habe sie ignoriert, um ehrlich zu sein. Ich wollte helfen. Ich musste einfach.«

Er studierte kurz die Maserung des Fußbodens. »Ich musste immerzu an das Gespräch denken, das wir darüber geführt haben. Leider ist die Eskalation eingetreten.«

»Ich habe auch schon öfter daran gedacht und mich gefragt, ob ich sie heraufbeschworen habe.«

Er lächelte mit einem Ausdruck, der ihr sagte, dass er das ganz gelassen sah. »Es hätte auch jeder beliebige andere Auslöser dazu führen können. Geben Sie sich bitte nicht die Schuld, Andrea. Was Sie getan haben, war vollkommen richtig. Alles andere wäre unmenschlich gewesen. Er hätte so oder so angefangen zu morden.«

»Ja, aber die Polizei hätte ihn möglicherweise gefasst, hätte ich ihn nicht verjagt«, sagte sie wenig begeistert.

»Aber nur möglicherweise. Sie konnten doch nicht wissen, was folgt. Wirklich, das haben Sie gut gemacht.« Er machte eine Pause. »Mir ist aufgefallen, dass Sie immer in Begleitung herkommen. Ist es deshalb?«

Andrea nickte. »Mein Freund macht sich natürlich Sorgen.«

»Das ist nicht verkehrt, aber ich denke, Sie persönlich sind nicht in Gefahr. Rache ist nicht sein Motiv.«

»Ich bin mir da nicht so sicher.«

Sie setzte sich auf ihren Platz und versuchte, seinen Rat zu befolgen. Unbesorgt sein. Was er gesagt hatte, beruhigte sie zwar, aber ihre Gedanken schweiften während des Seminars trotzdem immer wieder ab. Sie war froh, als das Seminar vorüber war. Beim Verlassen des Raums lief sie an einigen Studenten vorbei, die mitten auf dem Flur standen. Ihr entging nicht, wie ein hochgewachsener Mann sie neugierig ansah.

Am Ende des Flurs saß Gregory auf der Fensterbank über der Heizung und wartete, aber sein Gesichtsausdruck verriet ihr, dass er nicht gerade bester Laune war.

»Hey«, sagte sie und streckte ihm ihre Hand hin. Für einen

kurzen Augenblick starrte er noch griesgrämig an ihr vorbei, bevor er aufstand und neben ihr her zur Tür trottete.

»Was ist los?«, fragte sie.

»Vergiss es einfach.«

Diese Reaktion irritierte sie. Wenn er jetzt abblockte, wurmte es ihn sehr.

»Ich kann mir nicht vorstellen, dass Professor Loughton etwas Intelligentes gesagt hat. Erzähl schon.«

»Ich will nicht wieder ausrasten«, gab er freimütig zu.

Jetzt war sie erst recht nicht mehr bereit, lockerzulassen. Ihnen schlug kalte Luft entgegen, als sie im Licht der untergehenden Sonne das Gebäude verließen.

»Er ist ein Spinner, das weißt du doch«, sagte Andrea.

»Er ist nicht nur ein Spinner, er hat jetzt ein persönliches Problem mit mir. Vorhin ist er zu weit gegangen.« Greg hatte die Hände in den Hosentaschen vergraben, die Schultern hochgezogen und starrte geradeaus, als er zu erzählen begann. Nach einer guten Stunde Vorlesung hatte Professor Loughton begonnen, sich über Plattitüden in der Kunst zu echauffieren und über populäre Kultur zu lästern. Irgendwie war es ihm dabei gelungen, die Kurve zum Artikel im Daily Mirror zu schlagen.

»Er sagte, das sei wohl das richtige Klatschblatt, um Profit aus dem Schicksal der Opfer zu schlagen. Er vermutete, dass eins der Opfer dem Journalisten wohl alles erzählt hätte, einfach um ein wenig den Medienrummel und das Mitleid der Öffentlichkeit zu genießen. Der tickt doch nicht ganz richtig.«

»Und dann?«

»Eine meiner Kommilitoninnen hat widersprochen und gesagt, dass sie sich nicht vorstellen könnte, dass eins der Opfer freiwillig so etwas tun könnte. Professor Loughton mag keine vorlauten Frauen und hat sich deshalb ziemlich mit ihr angelegt. Kannst du dir vorstellen, dass er sagte, die Opfer seien es vermutlich selbst schuld? Er ist tatsächlich ein Anhänger der These, dass sie es durch unangemessenes Verhalten oder Kleidung provoziert haben. Er hat meine Kommilitonin gefragt, ob sie vielleicht diejenige kennt, die den Täter angegriffen hat, weil sie ähnlich frech sei. Mir gingen fast die Augen über, aber gesagt habe ich da noch nichts. Er ließ sich erst weiter darüber aus, dass der Beginn der Mordserie bestimmt darauf zurückzuführen sei und Jenna und Mary sich jetzt bei derjenigen bedanken dürften, die ihn angegriffen hat.« Er holte tief Luft und ballte die Hände zu Fäusten.

Andrea wusste gar nicht, wie sie reagieren sollte. Entgeistert und fassungslos starrte sie ihn an. »Das ist nicht wahr.«

»Nein, natürlich ist das nicht wahr. Mir ist in dem Augenblick der Kragen geplatzt, und ich habe ihm an den Kopf geworfen, dass es keinesfalls besser gewesen wäre, wenn du einfach danebengestanden und beobachtet hättest, wie der Campus Rapist über Caroline herfällt. Er kam dann auf mich zu, grinste blöd und fragte mich, ob ich etwas für schlagfertige Frauen übrighätte. Außerdem hat er mich gefragt, warum ich das alles sage, und da habe ich erklärt, dass du meine Freundin bist.«

»Das Gesicht hätte ich gern gesehen.«

»Ja, das war nicht von schlechten Eltern. Dann hat er richtig ausgeholt. Er hat durchblicken lassen, dass er dich für ziemlich übergeschnappt hält, und meinte noch, mir den Ratschlag geben zu müssen, dich besser an die Leine zu legen.«

Abrupt blieb sie stehen. Ihr wurde heiß, das Blut schoss ihr ins Gesicht. »Ist nicht dein Ernst.«

»Genau so hat er das gesagt. Ich war geneigt, ihm an die Kehle zu gehen. Allerdings hat er zu Anfang den Fehler gemacht und uns in seiner Lästerei über Frauen verraten, dass er Single und furchtbar stolz darauf ist. Also habe ich zurückgeschossen und ihn gefragt, ob er eine Leine bräuchte, um Frauen einzufangen.«

Ein breites Grinsen stahl sich auf Andreas Lippen. Ihr Zorn verrauchte sofort.

»Der Hörsaal hat natürlich gegrölt vor Lachen, was ihn noch viel mehr aufgeregt hat. Er drohte mir mit der Endnote und dass er mich durchfallen lassen könnte, woraufhin ich ihn fragte, ob er das wirklich riskieren will, nachdem er das vor gut hundert Zeugen angekündigt hat. Da war es endgültig vorbei. Er fing an, sich zu beschweren, dass es unlauter wäre, seine Autorität in Frage zu stellen und drohte mir damit, dass das ein Nachspiel haben würde. Daraufhin habe ich meine Sachen gepackt und bin gegangen, jedoch nicht ohne ihm zu sagen, dass er mir nicht drohen kann. Das könnte ihm wohl so passen.«

»Hm«, machte sie ernst. »Bist du sicher, dass das so gut war?«

»Ich bin zu alt für so einen Scheiß, Andrea. Mich kommandiert er nicht herum wie jemanden, der gerade von der Schule kommt, und vor allem kann er nicht ungestraft ganz tief in die Trickkiste der Beleidigungen greifen. Vor allem nicht, wenn es um dich geht. Ich habe keine Angst vor ihm. Was will er denn machen? Einhundert Leute waren dabei, und keiner davon ist ihm wohlgesonnen. Sollte er wirklich diese abstruse

Idee verfolgen, mich durchfallen zu lassen, hetze ich ihm alles auf den Hals, was ich am Lehrstuhl finden kann. Dort ist er auch nicht gerade sehr beliebt.«

»Was hat er bloß gegen dich?«

»Ich habe keine Ahnung. Vielleicht bin ich ihm nicht elitär genug. Ich muss Jack mal einladen, mit ihm eine Diskussion über Popkultur zu führen. Das könnte interessant werden. Aber ich sage dir eins: Bei dir hört der Spaß für mich auf.«

Hand in Hand verließen sie das Gebäude. Grinsend musterte Andrea ihren Freund im Augenwinkel. Er wirkte größer als sonst, aber er hatte die Schultern gestrafft und sah so aus, als bereite er sich darauf vor, hinter der nächsten Ecke seinem Professor an den Hals zu gehen.

Sie würde ihn jedenfalls nicht aufhalten.

Norwich, Wohngebiet,
6. Dezember

Es war neblig trüb draußen. Seit Stunden saß er unbemerkt in seinem Wagen, den er am Straßenrand geparkt hatte, gleich gegenüber dem Haus. Er wollte sie sehen. Sie kennenlernen, an ihrem Tagesablauf teilhaben.

Im Radio lief belanglose Musik. Wann immer ein Passant vorüberkam, stellte er sich schlafend oder tat so, als suche er etwas. Auf dem Beifahrersitz lag eine Karte. Niemand schöpfte Verdacht. Es war mitten am Tag, da waren sowieso die meisten Bewohner nicht zu Hause.

Viel wusste er nicht über sie. Aus der Zeitung hatte er ihren Namen erfahren und was sie studierte. Eine ganze Woche lang hatte er sich unentdeckt auf dem Campus herumgetrieben, bis er ihr durch Zufall vor einem Seminarraum begegnet war. Sie war zu einem jungen Mann gegangen – ihr Freund, wie er nun wusste. Ihr vertrauter Umgang mit ihm hatte ihn sehr gestört. Er war den beiden gefolgt, um zu wissen, wo er sie finden konnte, und hatte festgestellt, dass sie bei ihrem Freund lebte. Aber das war nicht ausreichend.

Er wollte wissen, wer sie war. Wie er ihr Angst machen konnte. Er wollte, dass sie sich fürchtete. Sie sollte ihn fürchten und hoffen, dass ihr Freund sie beschützen konnte, aber das wusste er längst besser. Er war vorbereitet.

Doch er wollte sie sehen.

Er hatte sich ein wenig süßes Gebäck mitgebracht, um die Wartezeit zu überbrücken. Sie war nicht zu Hause, niemand war dort. Bestimmt war sie eine fleißige Studentin.

Erst achtete er nicht darauf, als er im Rückspiegel ein junges Pärchen bemerkte. Dann beobachtete er die beiden doch, weil ihm langweilig war, und erstarrte.

Sie war es. Er erkannte sie sofort. Ihr Haar hatte einen reizvollen, attraktiven Rotstich. Sie sah den anderen Mädchen kaum ähnlich, aber das war ganz egal. Wenn er sie so im Rückspiegel ansah, ließ ihr Anblick kaum vermuten, dass sie so entschlossen und tatkräftig war, denn sie wirkte ruhig und schüchtern, hatte ein sanftes Gesicht, sah freundlich aus. Seine Fantasie schlug Purzelbäume.

Sie liefen beide den Bürgersteig entlang und hielten auf das Haus zu, vor dem er seit Stunden lauerte. Er musste sich zwingen, den Blick von ihr abzuwenden und ihren Freund noch einmal genau in Augenschein zu nehmen. Ganz so leicht würde das wohl nicht werden, denn er war groß und nicht gerade ein Hänfling. Sie wartete an der Tür auf ihn.

Und er beobachtete sie.

Sie hatte keine Ahnung, merkte es nicht. Völlig arglos stand sie da und drehte ihm den Rücken zu. Sie trug eine schlichte Winterjacke und einen normalen Rucksack, so wie die meisten Studenten. Aber ihr schönes Haar … Er atmete tief durch und stellte sich vor, wie es wohl roch.

Gedankenversunken beobachtete er, wie sie das Haus betrat, und sinnierte über ihren ansehnlichen Körperbau. Sie war perfekt. Als er den Motor anließ und langsam davonfuhr, dachte er mit einem düsteren Grinsen daran, dass sie überhaupt keine Ahnung hatte, was sie erwartete.

Norwich,
10. Dezember

In der Nacht hatte es zum ersten Mal geschneit. Nikolaus war gerade vorbei, und Weihnachten rückte immer näher. Das wurde Gregory und Andrea mal wieder besonders bewusst, als sie abends nach den Vorlesungen zum Superstore fuhren, um den Wocheneinkauf zu erledigen. Der etwas außerhalb liegende Tesco war so groß, dass keine Wünsche offenblieben. Meist fuhren sie erst spät einkaufen, weil sie sich Jacks Auto dafür liehen und deshalb warten mussten, bis er von der Arbeit kam. Bei Öffnungszeiten bis kurz vor Mitternacht war das kein Problem.

Im Supermarkt hingen schon seit Wochen rote Christbaumkugeln von der Decke und aus den Lautsprechern schallte in nicht allzu guter Tonqualität eine vollkommen verkitschte Fassung von Stille Nacht, heilige Nacht. Als sie aus dem Supermarkt kamen, hatte Andrea das Gefühl, ihr triefe Zucker aus den Ohren.

Vom Schnee war nicht mehr viel zu sehen, als sie mit den Einkäufen nach Hause fuhren. Andrea schaute nachdenklich aus dem Seitenfenster. Es war bereits stockfinster, alles war nass, und ein ungemütlicher Wind fegte durch die Straßen. Glücklicherweise merkte sie davon im Auto nichts.

Als sie sich später am Abend mit Jack und Rachel trafen, um dem örtlichen Weihnachtsmarkt einen Besuch abzustatten, hatte sich das Wetter glücklicherweise beruhigt. Es war kalt, aber trocken, und mit Schal, Handschuhen und Mütze waren sie bestens ausgerüstet, um sich der Winterkälte zu stellen. Zu einem Weihnachtsmarktbesuch gehörte das dazu. Auch Jack und Rachel kannten ihn bereits und fragten Andrea neugierig darüber aus, wie originalgetreu der Weihnachtsmarkt denn nun wirklich war.

»Er ist gar nicht übel«, sagte sie. Eine Zimtwolke hüllte sie ein, als sie an einem Stand vorüberschlenderten, der gebackene Mandeln und andere Leckereien anbot. Nebenan wurden Spieluhren verkauft und nicht viel später schlug Rachel Wurzeln vor einem Stand mit Schmuck. Jack verdrehte genervt die Augen, aber schließlich schenkte er ihr sogar ein Armband, an das sie ihr Herz verloren hatte.

»Sieht ganz so aus, als kämen die beiden wunderbar miteinander aus«, sagte Gregory leise auf Deutsch zu Andrea, sodass zumindest Rachel es nicht verstehen konnte.

»Jack sagte so etwas letztens zu mir. Er mag sie wirklich sehr, glaube ich.«

»Ja, allerdings. Er tut viele Dinge für sie, die er noch für kein Mädchen vor ihr gemacht hat. Ich bin froh drum. Übrigens, Mum will uns noch vor Weihnachten einladen, um Rachel kennenzulernen.«

Unwillkürlich musste sie wieder an ihre Familie denken. Ihre Mutter hatte es geliebt, auf Weihnachtsmärkte zu gehen. Sie hatte die ganze Weihnachtszeit geliebt, immer das gesamte Haus dekoriert, Plätzchen gebacken und an Heiligabend den Braten zubereitet. Es war ein schönes Fest gewesen, als Andreas Großeltern noch gelebt hatten. Später war es einsamer geworden.

»Sieh mal!« Freudestrahlend hielt Rachel Andrea ihr Handgelenk hin. Sie hatte sich ein schlichtes Silberarmband mit kleinen Steinchen ausgesucht. Gut gelaunt hakte sie sich bei Andrea unter. »Jack hat heute wieder die Spendierhosen an. Habe ich eigentlich erzählt, was er mir zu Nikolaus geschenkt hat?«

Andrea schüttelte den Kopf und war gespannt, als Rachel ganz nah an ihr Ohr kam und wisperte: »Dessous.«

»Aha«, sagte Andrea mit verheißungsvollem Unterton und schaute in Jacks Richtung. Er bemerkte es nicht. Sie dachte daran, wie sie Gregory vor Kurzem mit den Sachen überrascht hatte, die Sarah beim Shoppen für sie ausgesucht hatte. Die Brüder waren sich in ihren Vorlieben anscheinend sehr ähnlich.

»Ist Greg eigentlich auch so ein furchtbarer Charmeur?«, fragte Rachel.

»Nicht wie sein Bruder, nein. Er macht das anders.«

»Logisch. Ich finde es übrigens furchtbar süß von ihm, wie er immer auf dich aufpasst. Manchmal denke ich, er übertreibt.«

»Vielleicht. Vielleicht aber auch nicht. Ich lege keinen Wert darauf, es auszuprobieren.«

Misstrauisch schaute Rachel sich um. »Der Kerl könnte ja überall sein.«

»Eben. Ich habe das so satt.«

»Das glaube ich dir. Aber was will man machen?« Rachel seufzte und überlegte laut, ob sie Lust auf eine Waffel hatte, entschied sich dann aber dagegen.

Die Brüder steuerten den Glühweinstand an. Andrea und Rachel standen gerade erst neben ihnen, als ihnen vier dampfende Tassen überreicht wurden.

»Für wen ist die vierte?«, fragte Andrea.

Jack bedachte sie mit einem konsternierten Blick. »Für dich.«

»Ich trinke keinen Alkohol …«

»Heute Abend machst du eine Ausnahme«, beschloss er und setzte seinen schönsten Dackelblick auf.

»Na gut.« Sie nahm das Glas und trank. Der Alkohol brannte im Hals, aber ihr wurde schlagartig warm. In ihren Füßen kribbelte es verdächtig, und ihre Gliedmaßen wurden schwer. Sie lehnte sich an Gregory.

»Du bist wirklich nichts gewöhnt«, urteilte er.

»Nein, absolut nicht.« Schon fiel es ihr schwerer, etwas zu fixieren. Sie hasste das Gefühl. Aber immerhin war ihr nicht mehr kalt.

Jack hatte sich mit dem Glühwein zurückgehalten und konnte später noch fahren. Sie verabschiedeten sich vor seiner Haustür, dann liefen Greg und Andrea die zwei Straßen bis zu ihrer Wohnung.

»Es war schön«, sagte Andrea. Langsam ließ die Wirkung des Alkohols wieder nach.

»Ja, allerdings. Das ist doch ein kleines Stück Heimat für dich.«

Andrea lächelte. »Sie fehlt mir aber gar nicht mehr. Norwich ist jetzt meine Heimat.«

University of East Anglia, 13. Dezember

Endlich war die Vorlesung vorbei. Andrea wollte nach Hause, hatte keine Lust mehr. Draußen war es stockfinster, halb acht abends, ein kalter Tag im Dezember. Mit vor der Brust verschränkten Armen blieb sie auf dem Gang gleich vor dem Hörsaal stehen. Ihre Kommilitonen strömten an ihr vorbei aus dem Saal, unterhielten sich angeregt, lachten und hatten Spaß. Sie seufzte und starrte ins Nichts. Gregory verspätete sich montags meistens.

Ein Stück weiter den Gang hinunter stand ein Mann etwa in Gregorys Alter vor einem Schaukasten und studierte die Aushänge. Er trug einen schwarzen Wollmantel, hatte strohblondes Haar, war gut aussehend. Irgendwie wirkte er auf Andrea, als sei er dort fehl am Platz. Er sah nicht aus wie ein Student. Zudem wurde sie das eigenartige Gefühl nicht los, dass sie ihn schon einmal gesehen hatte.

Andrea schaute auf die Uhr. Zwei Studenten liefen an ihr vorüber, hinter ihr im Hörsaal packte der Professor zusammen. Ansonsten war es still.

Als sie wieder aufschaute, merkte sie, wie der Mann sie ansah. Sie hätte sich nichts dabei gedacht, aber seine hellen Augen machten sie stutzig. Sie kniff die Augen zusammen und schaute genauer hin, bis sie plötzlich jemand von hinten ansprach.

»Wartest du auf jemanden?«

Zu Tode erschrocken fuhr sie herum und stieß mit dem

Rucksack gegen die Wand. Es war einer der Studenten aus ihrer Vorlesung, ein junger Mann etwa in ihrem Alter.

»Ja, auf meinen Freund«, erwiderte Andrea und beobachtete amüsiert, wie seine Mundwinkel nach unten wanderten.

»Ach so«, sagte er ernüchtert. »Dann noch einen schönen Abend.« Er lächelte, ging aber eine Spur zu eilig an ihr vorbei. Da hatte sie gerade wohl eine Hoffnung zerstört.

Er verschwand genau in die Richtung, in der zuvor der fremde Mann gestanden hatte. Jetzt allerdings war er fort. Andrea wusste bereits nicht mehr, wie er ausgesehen hatte oder woran sie seine Augen erinnert hatten. Es war neuerdings eine Angewohnheit von ihr, jedem Mann in die Augen zu sehen, weil sie vom Campus Rapist nur die Augen kannte. Unwillkürlich tastete sie nach dem Messer in ihrer Tasche.

»Entschuldige«, vernahm sie eine Stimme hinter sich. Andrea erschrak schon wieder.

»Greg«, entfuhr es ihr. »Ich werde noch paranoid.«

»Bitte nicht.« Er zwinkerte ihr zu und küsste sie. »Ich wollte dich nicht erschrecken.«

»Schon gut. Lass uns gehen.«

Gemeinsam fuhren sie nach Hause. Gregory beschloss, die Nachrichten anzusehen, während Andrea in der Küche verschwand, um den Kühlschrank zu plündern. Mit einem Sandwich in der Hand gesellte sie sich zu ihm, lehnte sich zufrieden essend an ihn und verfolgte die Nachrichten. Sie war eher desinteressiert, bis der Nachrichtensprecher eine kurze, aber umso wichtigere Meldung verlas.

»Die Polizei von Norfolk meldet einen ersten Erfolg in den Ermittlungen des sogenannten Campus-Rapist-Falles. Wie heute Nachmittag bekanntgegeben wurde, gibt es einen ersten Verdächtigen, der in Gewahrsam genommen wurde. Er war am Wochenende auffällig geworden, als er eine junge Frau belästigt hatte. Nun wird geprüft, ob er als Täter in den Mordfällen Jenna Roberts und Mary Hillthorpe und den zahlreichen vorangegangenen Vergewaltigungen in Frage kommt, die die Stadt schon seit Monaten erschüttern.«

Andrea sprang auf und kramte ihr Handy aus dem Rucksack. Tatsächlich, ein entgangener Anruf von Christopher. Sofort wählte sie seine Nummer, erreichte ihn aber erst auf seinem Diensthandy.

»Andrea, ich habe versucht dich zu erreichen. Hast du schon davon gehört?«

»Ja, gerade in den Nachrichten«, sagte sie.

»Ich wollte dir unbedingt davon erzählen. Ich habe keine Ahnung, ob er es ist, aber möglich wäre es.«

»Meinst du?«

»Ihr alle habt übereinstimmend seine hellen Augen beschrieben. Der Verdächtige hat helle Augen. Darüber hinaus ist er ein Student, kommt also aus dem universitären Umfeld, sieht trainiert aus und ist fünfundzwanzig Jahre alt. Das würde also passen.«

»Was ist denn passiert? Wie seid ihr auf ihn aufmerksam geworden?«

»Er hat eine junge Frau auf dem Heimweg von der Uni angesprochen. Sie war dunkelblond. Er hat sie ihrer Aussage nach belästigt und schließlich sogar angefasst. Sie ist geflohen und hat die Polizei gerufen. Er könnte es sein.«

Andrea spähte zum Kalender. Der Rapist hatte bislang nach einem Muster gehandelt.

»Hoffentlich habt ihr den Richtigen«, sagte sie.

»Ja, das hoffe ich auch. Hast du etwa Zweifel?«

»Ich weiß nicht. Fünfundzwanzig ist sehr jung, und ob ein Student die Möglichkeiten hat, die der Rapist braucht, bezweifle ich.«

»Versteh mich jetzt bitte nicht falsch, aber sagtest du nicht selbst, wir sollten uns nicht unbedingt auf dein Profil verlassen?«

Sie wusste, dass er es nicht böse meinte, ärgerte sich aber trotzdem. »Ja, das habe ich wohl gesagt, aber das bezog sich eher auf kleine als auf große Ungenauigkeiten. Ich würde euch nicht helfen, wenn ich nicht sicher sein könnte, den Verdächtigenkreis korrekt eingrenzen zu können.«

»Sicher, tut mir leid. Aber wir werden es sehen, wir haben schon eine Speichelprobe genommen.«

»Sehr gut. Die wird den Beweis erbringen.«

»Natürlich, aber wir können ihn ohne weitere Beweise nicht festhalten, bis das Ergebnis da ist. Du kannst uns helfen. Komm morgen vorbei und hör ihn dir an. Du kennst doch seine Stimme, seine Augen. Dir fällt bestimmt etwas auf. Im Moment mauert er noch und erzählt irgendeinen Unsinn, aber vielleicht kannst du uns helfen. So müssen wir das den Opfern nicht zumuten, verstehst du?«

»Klar, kann ich machen. Dann bis morgen.«

»Moment, warte. Der Verdächtige ist nicht hier auf der Polizeistation, sondern im Hauptquartier in Wymondham. Ich kann euch hinbringen, wenn du willst.«

Sie fragte erst Gregory, ob er den Weg kannte, und als er nickte, sagte sie Christopher, dass sie selbst kommen würden.

»Gut, wenn du meinst. Bis morgen, Andrea.«

Ein Student. Das war nicht ausgeschlossen, aber Andreas

Instinkt sagte ihr, dass die Polizei nicht den Richtigen hatte. Er war zu jung. Der Campus Rapist war in seiner Sexualität weiter entwickelt. Außerdem hatte sie festgestellt, dass der Gesuchte einem festen Job nachging. Darunter hatte sie sich nicht das ungezwungene Studentenleben vorgestellt.

Er hatte als Student doch gar nicht die Möglichkeiten. Er brauchte mindestens ein Auto und einen ungestörten Platz, um dort seine Opfer festhalten zu können. Vielleicht hatte der Festgenommene all das. Vielleicht aber auch nicht.

Sollte er es jedoch sein, hatte sie mit ihrer Eingrenzung völlig danebengegriffen.

»Was ist los?«, fragte Greg. Andrea erklärte ihm, worüber sie nachdachte, und blätterte wenig enthusiastisch in ihrem Notizbuch.

»Morgen wirst du sehen, ob er es ist. Du erinnerst dich bestimmt«, sagte er.

»Ja, das sicherlich. Ich würde auch gern glauben, dass er es ist, denn so hätte ich keinen Grund mehr, mich zu fürchten. Aber wenn er es ist, kann ich mir einen neuen Berufswunsch ausdenken.«

»Nein, ach was. Du bist gut. Du wirst das meistern.«

Sie ertappte sich dabei, wie sie sich wirklich wünschte, dass die Polizei den Richtigen hatte. Wenn ihr das ein Stück Freiheit wiedergab, konnte sie auch mit einem falschen Profil gut leben.

***

Inzwischen wunderte Andrea sich trotz allem darüber, dass es Gregory nicht zu viel wurde, sie ständig überallhin zu begleiten. Ganz egal, was bei ihr auf dem Plan stand – er ließ sie nicht aus den Augen. Er kommentierte es nie, ließ es sich nicht ausreden, hatte sich daran gewöhnt. Das konnte Andrea nicht von sich behaupten. Ihr fiel es ungleich schwerer, damit zurechtzukommen, obwohl sie es sich nicht anders wünschte. Aber vielleicht konnte sie ja jetzt Entwarnung geben.

Mit dem Bus der Linie 13 verließen sie Norwich nach Süden und erreichten bald Wymondham. Es lag mitten im Nirgendwo, und Andrea erschloss sich noch nicht ganz, warum das Hauptquartier des Norfolk Constabulary so weit außerhalb lag. Sie fanden einen weitläufigen, modernen Gebäudekomplex vor, als sie eintrafen. Der Eingang befand sich neben einem großen runden Gebäude mit Glasfront.

Die beiden fragten sich bis zu dem Büro durch, in dem Christopher sich gerade aufhielt. Er begrüßte sie knapp, suchte etwas in einer Akte und sagte zu Andrea, ohne aufzuschauen: »Ich habe dir gar nicht vom Resultat der DNA-Probe erzählt, die wir bei Mary gesichert haben.«

»Wahrscheinlich, weil es keine Überraschung gibt«, sagte sie.

»Richtig. Sie ist Campus Rapist-Mordopfer Nummer zwei. Ich weiß, das konnte man auch sehen.«

»Habt ihr die Prüfung der Universitätsangestellten eigentlich schon abgeschlossen?«

»Ja, die ist durch. Wir haben auf Vorstrafen geachtet und Kollegen befragt, ob jemand auffällig sei, aber außer zwei, drei Professoren, denen man Interesse an jungen Studentinnen nachsagt, ist uns niemand aufgefallen.«

»Aber die könnten doch in Frage kommen.«

»Nein, sie sind alle zu alt und auch aus diversen anderen Gründen ausgeschieden. Wir haben von allen Angestellten vor Ort Speichelproben genommen. Der Polizeichef hat das angeordnet, weil er bis zuletzt geglaubt hat, der Täter käme aus dem Umfeld der Uni. Bei einem Professor war ich mir nicht sicher, bis die Analyse ihn entlastet hat. Das Profil passte auch bei ihm nicht, aber er hat noch während der Befragung einer hübschen Asiatin nachgestarrt und das Ganze nicht sehr ernst genommen.«

»Klingt ganz nach Professor Loughton«, raunte Gregory Andrea zu.

»Das war sein Name«, sagte Christopher überrascht.

Gregory starrte ihn an. »Das ist doch ein Scherz.«

»Nein, ist es nicht. Warum fragen Sie?«

»Das ist einer meiner Professoren. Nicht sonderlich beliebt, und ein merkwürdiges Frauenbild hat er auch.«

»Ah, verstehe«, sagte Christopher. »So, dann komm mal mit, Andrea. Du kennst das ja schon. Du wirst den Verdächtigen gleich durch eine einseitig verspiegelte Scheibe sehen und hören. Dann kannst du mir sagen, was du von ihm hältst.«

Andrea nickte und folgte Christopher den Gang hinunter, während Gregory im Büro wartete. Ein Stockwerk tiefer befand sich ihr Ziel. Christopher öffnete eine Tür und nickte seinem Kollegen zu, der in dem abgedunkelten Raum vor der Scheibe stand und in den Nachbarraum schaute. Dort saß ein Beamter, ihm gegenüber ein junger Mann und ein weiterer im Anzug. Der Anwalt, dachte Andrea sofort.

»Da wären wir«, sagte Christopher zu seinem Kollegen. »Das ist Miss Jahnke, die den Rapist erfolgreich in die Flucht geschlagen hat.«

Andrea begrüßte den anderen Beamten freundlich, der ihr

anerkennend zunickte, und folgte Christopher zur Scheibe. Schon jetzt konnten sie durch Lautsprecher das Gespräch verfolgen. Im Augenblick sprach der Polizist.

Andrea starrte durch die Scheibe und musterte den jungen Mann genau. Er hatte längeres dunkles Haar, grüne Augen, war kräftig gebaut. Die Statur hätte gestimmt, zur Haarfarbe konnte sie nichts sagen – aber die Augen waren nicht die des Rapist.

»Er ist es nicht«, sagte sie. »Der Täter hatte ganz helle Augen, vielleicht blau oder grün. Aber nicht so grün wie er hier.«

In diesem Moment antwortete der junge Mann auf die Frage des Polizisten. Sie schloss die Augen und lauschte auf seine Stimme, auf die Sprechweise. Er klang wie ein typischer Student – salopp, umgangssprachlich, klang gerade ziemlich gereizt. Zudem sprach er nicht besonders deutlich. All das passte nicht zu dem, was sie vom Rapist noch im Ohr hatte; auch die Stimme war völlig anders. Sie erinnerte sich zwar nicht genau an den Täter, aber dass er es nicht war, wusste sie trotzdem.

Sie schüttelte den Kopf. »Unmöglich. Der Campus Rapist klang anders.«

»Bist du ganz sicher?«

»Du kannst jedes seiner Opfer fragen. Sie werden es dir bestätigen.«

»Okay. Danke.« Christopher nickte ihr zu. Während sie den Raum verließen, sagte er: »Ich hatte es schon fast befürchtet. Wir haben seinen Mitbewohner befragt. Ein lückenloses Alibi hat der Verdächtige für die beiden Wochenenden, an denen Jenna und Mary entführt wurden, zwar nicht, aber es wäre sehr unwahrscheinlich, dass er dahintersteckt.«

»Hat er überhaupt ein Auto?«

Christopher schüttelte den Kopf. »Das hätte er sich aber leihen können.«

»Sicher. Ich hätte mich auch gefreut, wenn der Verdächtige der Rapist gewesen wäre. Aber er ist es nicht. Leider.«

»Dein Profil ist gut, Andrea. Gestern waren wir alle so enthusiastisch und wollten einfach, dass wir den Richtigen haben, glaube ich. Dann müssen wir ihn wohl laufen lassen. Das Ergebnis seiner DNA-Analyse wird noch ein paar Tage brauchen.«

»Er ist es nicht«, beharrte sie.

»Sag mal, der Rapist hat Jenna und Mary in einem bestimmten Abstand entführt, jeweils donnerstags. Das bedeutet doch etwas, hattest du gesagt.«

Andrea nickte. »Ich weiß nicht, was, aber wir sollten uns darauf gefasst machen, dass in ein paar Tagen etwas passiert. Dann sind wieder vier Wochen vorbei.«

»Sag mir doch bitte gleich noch mal, was du alles herausgefunden hast. Wir müssen in den Medien noch einmal das Profil präsentieren und daran erinnern, dass die Studentinnen vorsichtig sein sollten.«

Sie betraten gemeinsam das Büro, in dem Gregory auf sie wartete. Es ging um Professor Loughton. Andrea setzte sich mit Christopher an den Schreibtisch, griff zu ihrem Notizbuch und erzählte ihm noch einmal alles, was sie wusste. Er zog eine Karte hervor und zeigte ihr, was er darauf eingezeichnet hatte.

»Jenna und Mary sind im Stadtzentrum verschwunden und wurden hier in den Broads gefunden«, erklärte er. Beide Leichenfundorte lagen fast in Sichtweite der A47, der großen

Schnellstraße außerhalb der Stadt. Sie verlief durch die Broads, südlich an Norwich vorbei – bis zur University of East Anglia. Andrea war sich sofort sicher, dass das etwas zu bedeuten hatte.

Südlich der Stadt befand sich die Straße in spärlich besiedeltem Gebiet. Vielleicht lebte der Täter dort. Sie war sich ziemlich sicher, dass er außerhalb wohnte, denn so würde kaum auffallen, wenn er irgendwo jemanden versteckte. Dort gab es entlegene Häuser und Grundstücke. Es lag in der Nähe der Universität, auf der anderen Seite der Straße befanden sich die Broads. Das Gebiet, in dem er seine Opfer entführte, musste weit genug von seinem Heim entfernt sein, aber nah genug, dass er sich auskannte.

Andrea bat Christopher um die Karte und einen Bleistift und zeichnete einen Kreis um die kleinen Ortschaften südlich der Stadt. Dann verband sie das Zentrum, den Süden und die Broads mit Linien und erhielt ein Dreieck. Auf einmal ergab alles Sinn. Die A47 hatte irgendetwas zu bedeuten, und ihr erschien es vollkommen logisch, dass Entführungs- und Leichenfundorte in etwa gleich weit von seinem Heim entfernt sein würden. Entfernt waren sie in jedem Fall. Ein solcher Täter verübte seinen Straftaten nicht in der eigenen Nachbarschaft, das war eher kennzeichnend für unorganisierte Täter.

Für sie ergab alles ein schlüssiges Bild. Andrea war ziemlich sicher, dass er im Süden der Stadt lebte oder dort zumindest die Opfer versteckte. Zu Hause würde er es auf keinen Fall tun, wenn er in einer Beziehung lebte. Vielleicht hatte er ein anderes Versteck. Einem plötzlichen Gedanken folgend, griff sie noch einmal zum Stift, kreiste die Universität ein und nahm sie in das Bild mit auf. Bislang hatte Andrea nur an die

Morde gedacht, aber die Vergewaltigungen hatten auch eine Bedeutung. Die Universität war vom Süden der Stadt aus sehr leicht zu erreichen. Das war ein weiteres Puzzlestück.

»Sieh dir das an«, sagte sie zu Christopher und zeigte auf ihr Kunstwerk. Sie erklärte ihm, in welcher Beziehung die Orte zueinander standen, was der Abstand bedeutete und wie günstig ein Versteck im Süden der Stadt war.

»Es gibt verschiedene Zonen, in denen solche Täter sich bewegen. Das, was die Karte uns hier zeigt, ist fast wie aus dem Lehrbuch«, sagte sie.

»Sollen wir das ins Profil mit aufnehmen?«, fragte er.

Andrea nickte. »Vielleicht bringt das endlich den entscheidenden Hinweis.«

***

Gregory war duschen gegangen. Andrea saß am Schreibtisch und las einen Text für ihr Seminar. Es ging ein weiteres Mal um Alkoholmissbrauch, dessen Ursachen und Folgen. Obwohl sie nicht bewusst darauf achtete, hörte sie, wie auf der Straße langsam ein Auto vorbeifuhr. Normalerweise hätte sie dem keine Aufmerksamkeit geschenkt, aber im Moment bemerkte sie solche Dinge. Als sie aus dem Fenster spähte, war jedoch nichts Auffälliges zu entdecken.

Andrea las weiter. Aus dem Bad war das Plätschern der Dusche zu hören. Beim Heimkommen war Greg ziemlich gereizt gewesen, denn er hatte an diesem Tag eine Besprechung bei seinem geliebten Professor Loughton gehabt. Die beiden pflegten ihren Hass aufeinander gründlich. Es tat Andrea so leid für Greg, dass er mit einem solchen Professor gestraft war.

Jedoch bewunderte sie den Trotz, den er an den Tag legte. Die Gemeinheiten des Professors stachelten ihn nur dazu an, sich noch mehr Mühe zu geben.

Andrea widmete sich wieder ihrem Text: Vorbilder im sozialen Umfeld und in den Medien.

Sie hörte jemanden husten; draußen, auf der Straße. Zunächst las sie unbeeindruckt weiter, aber als sie das Husten noch einmal hörte, hob sie den Blick. Es war niemand zu sehen. Sie reckte den Kopf, um besser sehen zu können und erschrak fürchterlich, als sie jemanden vor dem Haus auf dem Bürgersteig bemerkte. In welche Richtung die Person schaute, konnte sie nicht sagen. Es war einfach zu dunkel, und die nächste Straßenlaterne war zu weit entfernt, als dass noch viel von dem orangefarbenen Licht übrig gewesen wäre.

Was sie allerdings erkannte: Es war ein Mann. Er trug einen Kurzhaarschnitt, hatte den Kragen seines langen Mantels hochgeschlagen und bewegte sich nicht vom Fleck. Als sie aufstand, ging er weiter und verschwand aus ihrem Sichtfeld. Sie fragte sich, ob das Zufall war. Kurz darauf hörte sie eine Autotür zuschlagen. Jemand fuhr weg.

Andrea kam sich paranoid vor. Bestimmt bedeutete das nichts. Kein Grund, deshalb gleich die Ruhe zu verlieren, dachte sie.

Allerdings war es ihr zu unheimlich, allein im Arbeitszimmer zu bleiben. Ganz unwillkürlich schlich sie vor dem Bad herum, irgendwie fühlte sie sich dort sicherer. Als das Rauschen der Dusche jedoch aufhörte, ging Andrea schnell zurück zum Schreibtisch. Greg sollte nicht merken, was los war. Das hätte ihn nur beunruhigt.

Wohnung von Gregory und Andrea, 17. Dezember

Am nächsten Morgen hatte sie den Vorfall vergessen. Am nächsten Tag war das Abendessen bei Anna, zu dem sie Andrea, Gregory, Jack und Rachel eingeladen hatte. Gregory war gerade dabei, das Frühstück vorzubereiten, als das Telefon klingelte.

»Ich geh schon!«, rief Andrea und schaute auf das Telefondisplay. Es war Christopher.

Sie nahm ab. »Was gibt's?«

Am anderen Ende hörte sie ihn tief einatmen. »Unser nächstes mutmaßliches Opfer heißt Jenny Morsdale.«

Resigniert schloss Andrea die Augen und versuchte, das flaue Gefühl im Magen zu ignorieren. »Erzähl.«

»Sie ist Studentin, dreiundzwanzig, aschblond, gepflegtes Äußeres. Seit heute Nacht wird sie vermisst. Wir hatten unzählige Streifen auf den Straßen, schließlich war es genau seine Zeit. Und trotzdem! Sie ist am Rande des Stadtzentrums verschwunden. Ihre Freundinnen sagten, sie habe die Bar früher verlassen, weil es ihr nicht gut ging. Sonst wäre sie gar nicht allein gewesen. Anscheinend hat sie jede Begleitung nach Hause abgelehnt.«

»Und natürlich hat niemand etwas bemerkt«, sagte Andrea desillusioniert und frustriert zugleich.

»Du sagst es. Wir haben ihre Beschreibung und ihr Foto an die Medien gegeben. Ihre Eltern denken jetzt darüber nach, einen ähnlichen Appell wie Marys Schwester an den Mann zu richten. Was denkst du?«

»Was ich denke?«, wiederholte Andrea überrascht.

»Das bringt doch nichts, oder?«

Sie verzog das Gesicht. »Wahrscheinlich nicht, nein. Aber lass sie es machen. Nimm ihnen nicht die Hoffnung.«

»Das dachte ich mir. Was denkst du, sollen wir das Profil noch einmal an die Medien geben?«

Andrea überlegte. Zwei Tage zuvor hatte sie in den Medien verfolgt, wie das Täterprofil bekanntgegeben wurde und die Polizei die jungen Frauen davor warnte, genau das zu tun, was Jenny nun getan hatte. Es hatte offensichtlich nichts gebracht.

»Das würde ich lassen«, sagte Andrea. »Die Leute haben es gehört. Wenn er sich jetzt in die Enge getrieben fühlt, tötet er Jenny vielleicht früher.«

»In Ordnung. Ich weiß, du wirst mich jetzt wahrscheinlich für übergeschnappt halten, aber, bitte, kannst du uns nicht noch mehr liefern? Irgendetwas? Was übersehen wir?«

»Ich gehe das Profil noch einmal durch«, sagte sie seufzend.

»Danke. Den Verdächtigen mussten wir übrigens wieder laufen lassen, wie ich schon vermutet hatte.«

»Vergiss den Kerl. Such lieber Jenny. Und hak bei Facebook nach.«

»Bin dabei. Meld dich, ja?«

Andrea versprach es, dann beendeten sie das Gespräch. Gregory sah seine Freundin ernst an. »Es geht weiter?«

Andrea nickte. »Sie ist gestern Abend allein nach Hause gegangen und verschwunden. Hätte sie doch nur auf die Warnung der Polizei gehört.«

»Hoffentlich bezahlt sie den Fehler nicht mit dem Leben.«

Darauf konnte Andrea nichts erwidern. Ohne besonderen Appetit widmete sie sich dem Frühstück, griff danach aber sofort wieder zu ihrem Notizbuch. Inzwischen hatte sie ihre Gedanken überarbeitet und sauber kategorisiert.

An erster Stelle ging sie auf Fakten ein, vornehmlich die Informationen, die sie über sein Äußeres hatten und die unumstößlich feststanden. Dabei standen auch das Alter und die Informationen bezüglich seiner Organisiertheit.

Darauf folgten alle Fakten, die Andrea über die Taten notiert hatte. Seit den Morden hatte sie absolutes Kontrollverlangen, Sexualsadismus, Steigerungen, Vorliebe für Folter und ihre Dauer bis zum Mord, Vergewaltigungsarten und die Ausübung von Zwang durch Fesseln und Knebel notiert.

Interessant war auch die Tatsache, dass er Trophäen behalten hatte.

Trophäen. Das erinnerte sie an etwas, das sie in der Vorlesung im letzten Semester gehört hatte. Gut vierzig Prozent der Täter behielten Trophäen, aber mehr als die Hälfte fertigte Aufzeichnungen irgendeiner Art an – schriftliche Notizen, Zeichnungen, Fotos, Audio- oder Videoaufnahmen. Andrea war ziemlich sicher, dass der Campus Rapist zu dieser Hälfte gehörte. So sehr, wie er es offensichtlich genoss, seine Opfer zu foltern, wollte er sich bestimmt nach ihrem Tod daran erinnern und die Zeit bis zum nächsten Mord überbrücken.

Das war zwar interessant zu wissen, half Jenny aber leider in keinster Weise weiter. Frustriert stand Andrea auf, griff zu ihren Büchern und suchte verbissen nach irgendwelchen Aspekten, die sie vergessen hatte. Sie war schließlich so konzentriert und vertieft, dass sie gar nicht merkte, wie Gregory plötzlich hinter ihr stand.

»Was da drin steht, ist unglaublich«, sagte er zu ihr und schaute wieder ins Notizbuch.

»Ich weiß. Der Kerl ist krank und läuft immer noch frei herum.«

»Was nicht deine Schuld ist.«

Das war ihr klar, aber trotzdem versuchte sie weiter, noch irgendetwas zu finden, wovon sie Hinweise ableiten konnte. Alles, was sie über ihn zu wissen glaubte, hatte sie wissenschaftlichen Studien entnommen. All ihre Gedanken fußten auf Erkenntnissen, die mit einer bestimmten Wahrscheinlichkeit zutrafen.

Doch Andrea fand nichts anderes mehr. Zu jedem Aspekt, den sie sich nur denken konnte, hatte sie bereits etwas aufgeschrieben. Mit dieser ernüchternden Erkenntnis rief sie Christopher an, der darüber ziemlich resignierte und ihr erzählte, dass die Facebook-Betreiber Jennys Profil noch auswerteten. Andrea beschloss, es sich anzusehen, um sich ein Bild von ihr zu machen. Mit dem Telefon am Ohr setzte sie sich an den Computer und gab Jennys Namen ein.

Das Entsetzen traf sie wieder unvermittelt und mit ganzer Härte. Jenny war hübsch und lächelte herzerwärmend auf dem Foto, das sie von sich ausgewählt hatte. Traurig seufzend schloss Andrea die Augen.

»Ich melde mich, wenn ich etwas weiß«, riss Christopher sie aus ihren Gedanken und beendete das Gespräch. Danach betrachtete Andrea weiter Jennys Profil. Sie entsprach den Vorlieben des Rapist, passte perfekt ins Beuteschema. Andrea schluckte hart, als sie daran dachte, dass Jenny so gut wie tot war.

Gregory kam wieder zu ihr und legte eine Hand auf ihre Schulter. Plötzlich erstarrte er. »Die kenne ich. Ach du Scheiße!«

Überrascht und entsetzt zugleich sah Andrea ihn an.

Swardeston, südlich von Norwich, 17. Dezember

Er war fassungslos über die Dummheit und Borniertheit der Polizei. Natürlich kam es ihm gelegen, aber er begriff es einfach nicht. Waren sie wirklich schon so verzweifelt, dass sie einfach irgendwen festnahmen? Aber er wollte ihnen helfen, ihren Irrtum einzusehen.

Nicht, indem er seine Speichelprobe nachreichte. Er war ja nicht verrückt. Noch war niemandem aufgefallen, dass er sie nicht abgegeben hatte, und ihm würde auch noch etwas einfallen, wie er dem in Zukunft entging. Derjenige, der die Altersgruppe so genau eingegrenzt hatte, hatte seine Arbeit leider gut gemacht. Überhaupt, dieses Profil war beeindruckend.

Er fand den Gentest ganz enorm ärgerlich. Er konnte nicht aufhören, er hatte doch gerade erst angefangen! Außerdem plante er doch etwas ganz Besonderes. Noch war es nicht so weit. Er wollte erst sichergehen, dass alles perfekt war. Denn sie war perfekt – und er hatte schon eine ganz besondere Überraschung für sie vorbereitet.

Es machte ihm Freude, sich im Vorfeld alles auszumalen und auszuprobieren, wie es am besten war. Sie würde sich wünschen, nie geboren zu sein. Aber er würde ihr den Gefallen nicht tun, sie zu erlösen, wenn es erst so weit war. Das würde der absolute Gipfel sein, gigantisch, einfach phänomenal. Ein böses Grinsen schlich sich auf sein Gesicht, wenn er sich vorstellte, wie sie es bereuen würde, ihn angegriffen zu haben.

Er fuhr in die Einfahrt und stellte den Wagen in der Garage ab. Während er die Haustür aufschloss, fragte er sich, ob sie ihn wohl vermisst hatte. Jenny. Ein hübscher Name für ein hübsches Mädchen.

Voller Vorfreude ging er hinunter und sperrte die Tür auf. Sie starrte ihn mit angstvoll geweiteten Augen an, als er den Raum betrat und die Tür hinter ihm wieder ins Schloss fiel. Als Nächstes würde er dafür sorgen, dass sie auch keine Unterwäsche mehr trug. Und dann würde er …

Er hatte sich den ganzen Tag darauf gefreut.

»Es gibt Neuigkeiten«, sagte er. »Die Polizei weiß, dass du vermisst wirst, Jenny. Das wird dir nur leider nichts nutzen. Das hat auch den anderen nichts genutzt.« Mit diesen Worten setzte er sich neben sie auf die Bettkante. Stumm weinend erwiderte sie seinen Blick, schien wohl zu versuchen, ihn erweichen zu wollen. Ein jämmerlicher Versuch – aber wie sollte sie verstehen, dass es ihm gefiel, wenn sie ihn so mitleiderregend ansah?

»Deine Mutter war im Fernsehen, Jenny. Sie vermisst dich sehr. Ein Psychologe hat ihr eingeflüstert, was sie sagen soll, damit ich dich freilasse – aber das kann ich ja gar nicht mehr! Du hast mich ja schon gesehen«, sagte er. Sie begann, laut zu schluchzen, als er von ihrer Mutter sprach. Es bereitete ihm eine wohlige Gänsehaut, ihr ersticktes Wimmern zu hören.

»Willst du nach Hause?«, fragte er und lachte, als sie heftig nickte. »Nein, Jenny, vergiss das. Du bleibst hier bei mir. Ich habe mir sehr viel Zeit für dich genommen, weißt du? Das bist du mir wert. Ich habe viel schönes Spielzeug, siehst du? Alles nur für dich. Ich werde dir zeigen, was ein richtiger Mann ist, und du wirst weinen und betteln, und das wird überhaupt nichts ändern, aber tue es ruhig. Mir gefällt das.«

Er sah keinen Nachteil darin, es zuzugeben. Wenn sie so berechenbar war wie die anderen, würde sie um Erlösung winseln.

Er griff zu seinem Messer und setzte es an ihrer Unterwäsche an. Sie schluchzte, als er sie zerschnitt und ganz vorsichtig mit der Klinge die Konturen ihres hübschen Körpers nachfuhr. Ungeduldig erhob er sich und zog die Hose aus. Sie heulte sich jetzt schon die Augen aus, zappelte und schrie erstickt, obwohl er noch gar nichts gemacht hatte. Äußerlich war sie perfekt, aber viel zu ängstlich. Es machte keinen Spaß, wenn sie sich nicht wehrten.

»Du wirst dir den Tod noch wünschen«, prophezeite er. Viel länger konnte er nicht mehr warten. Sie schrie, als er sich über sie beugte – vielleicht, weil er das gesagt hatte, vielleicht aber auch einfach nur so. Sie schrien immer. Es war immer gleich. Trotzdem war es gut, nahezu perfekt.

Wohnung von Gregory und Andrea, 17. Dezember

»Sie war Jacks Freundin, vor fünf oder sechs Jahren. Ich fasse es nicht.« Gregory starrte einfach nur und zeigte ansonsten keine weitere Reaktion.

»Nicht auch das noch«, sagte Andrea leise. »Kanntest du sie persönlich?«

»Klar. Sie war nicht auf den Kopf gefallen und sehr sympathisch. Ich erinnere mich nicht genau, es ist so lange her. Bei ihr hätte ich mir gewünscht, dass sie mit ihm zusammenbleibt. Aber du kennst Jack, das hielt trotzdem nicht lange.« Er stieß einen Seufzer aus und suchte Andreas Blick. »Es ist viel schlimmer, wenn man jemanden kennt.«

Betroffen saß Andrea da und dachte nach. Sie empfand es genauso wie er. Für sie nahm die Sache eine andere Dimension an, weil es keine Unbekannte mehr war. Es traf nicht immer nur die anderen. Jetzt traf es jemanden, den Jack und Gregory kannten. Unwillkürlich fragte sie sich, ob das Zufall war. Das war auf einmal so persönlich.

Immer wieder zerbrach sie sich verzweifelt den Kopf darüber, ob sie denn überhaupt nichts tun konnte, um Jenny zu helfen. Es musste doch etwas geben. Ständig dachte sie daran, was jetzt wohl die Familie empfand. Es musste unerträglich sein zu wissen, dass Jenny Folter und Tod ausgeliefert war.

In der Psyche dieses Mannes hatte irgendetwas Schaden genommen. Er folterte und tötete zu seinem eigenen Vergnügen. Das war ihm wichtiger als die Unversehrtheit eines anderen Menschen. Für den Campus Rapist war Jenny als Mensch nicht weiter wichtig.

Das fand sie krank.

Sie beschlossen, Jack erst mal nichts davon zu sagen, um ihn bei der Arbeit nicht völlig aus dem Konzept zu bringen. Er würde es noch früh genug erfahren.

***

Am Nachmittag, als Andrea und Greg wieder aus der Uni zurück waren, verfolgte Andrea bestürzt die Pressekonferenz in den Nachrichten, auf der auch die Eltern zu Wort kamen. Sie merkte jedem Satz der Mutter an, dass sich jemand Gedanken über das gemacht hatte, was sie sagen sollte. Es war dem ganz ähnlich, was Andrea beim ersten Mal vorgeschlagen hatte – die Mutter sagte auffällig oft Jennys Namen, erzählte Persönliches von ihrer Tochter, bot sogar ein Lösegeld von fünfzigtausend Pfund. Das fand Andrea interessant, aber hoffnungslos. Geld interessierte ihn nicht.

Missmutig hatte sie den Kopf in die Hände gestützt und starrte auf den Fernseher, als es plötzlich klingelte. Sie erschreckte sich fast zu Tode. Es war Jack. Niedergeschlagen kam er herein, ohne etwas zu sagen, und ließ sich aufs Sofa sinken. Seine Miene war eisern, geradezu versteinert. Nur aus seinen Augen sprach tiefe Bestürzung.

»Du hast davon gehört«, schloss Gregory.

Jack nickte und holte tief Luft. Er verzog das Gesicht und seufzte, schaute auf und fuhr sich mit den Händen übers Gesicht. Er sah ziemlich verzweifelt aus. »Ich kann es immer noch nicht glauben.«

»So geht es mir auch«, sagte Gregory.

Sein Bruder richtete den Blick hilfesuchend auf Andrea. »Mach irgendwas. Du weißt doch so viel über den Kerl. Mir wird schlecht, wenn ich mir vorstelle, was er Jenny antun wird.«

Er saß da und raufte sich die Haare. Es war ein mitleiderregender Anblick, aber Andrea wusste nicht, was sie tun konnte. Solange der Täter keinen Fehler machte und es außer seiner DNA keinen Hinweis auf ihn gab, waren allen die Hände gebunden.

»Sie war wirklich nett. Ich habe die Flucht ergriffen, weil sie eine ernsthafte Beziehung wollte. Ein bisschen Sex, ein bisschen Spaß, mehr wollte ich nicht. Dafür war sie nicht der Typ. Wie konnte das gerade ihr passieren?«, fragte Jack deprimiert.

Andrea wusste es nicht. Greg setzte sich zu seinem Bruder und überlegte, wie er ihn trösten konnte.

»Andrea«, sagte Jack unvermittelt. Sie hob den Kopf.

»Es wird schlimm, oder?«

Sie nickte, wich seinem Blick dabei nicht aus. »Tut mir leid.«

»Wie kann man so etwas nur tun? Jenny hat das nicht verdient, verdammt.« Er knetete seine Finger. »Schade, dass es hierzulande keine Todesstrafe für solche Typen gibt.«

»Allerdings«, stimmte Gregory zu. »Mir fallen die schönsten Dinge für diesen Kerl ein. Wahrscheinlich fände er es nicht mehr so amüsant, wenn man ihm mal antun würde, was er seinen Opfern zufügt.«

»Verdammte Scheiße.«

Er war völlig durch den Wind. Er erzählte nicht viel von Jenny, sondern versuchte, sich bei Greg und Andrea abzulenken. Am Abend fuhr er dann zum Krankenhaus, um Rachel von der Arbeit abzuholen.

Jennys Verschwinden rief Andrea wieder Jenna und Mary ins Gedächtnis, die der Täter seelenlos im Moor entsorgt hatte. Die Polizei würde auch jetzt wieder vor Ort sein, um den Täter zu schnappen, wenn er Jenny dort zurückließ. Aber dann würde es für sie zu spät sein. Wenn Andrea recht hatte, würde sie nicht so schnell sterben wie die anderen; die Polizei würde also mehr Zeit haben. Für Jennys Überlebenschancen war das gut, aber nicht für ihr Befinden.

Als Andrea schließlich schlafen gehen wollte, kreisten ihre Gedanken immer noch um das, was passieren würde. In ihrem Notizbuch stand es in aller Deutlichkeit, gnadenlos und unbarmherzig. Er würde sie vergewaltigen und foltern, bis sie sich den Tod wahrscheinlich wünschte.

Gregory hatte sich neben sie gelegt, eine seiner Hände ruhte auf ihrem Bauch. Er hatte sein Licht noch nicht ausgeschaltet und sah sie nachdenklich an, während sie an die Decke starrte. Sie quälte sich damit, und das färbte auf ihn ab. Das ging ihm zu weit. Er wollte, dass seine Freundin nicht nur körperlich anwesend, sondern wirklich bei ihm war und beschloss, sie auf andere Gedanken zu bringen.

Sie erschrak beinahe, als sie seine Lippen auf der Wange spürte. Seine Hand suchte sich ihren Weg unter das Oberteil ihres Pyjamas und wanderte ganz langsam nach oben. Er berührte Andrea dabei nur sanft, sodass sie ungewollt eine Gänsehaut bekam. Ehe seine Hand jedoch ihre Brust streifte, griff sie danach und hielt die Hand fest. Das hatte sich eigenartig angefühlt – nicht schön. Andrea hatte gerade noch daran gedacht, wie dieser Kerl Jenny quälte. Überrascht ließ Greg seine Hand liegen, wo sie war.

»Mir ist nicht danach«, sagte Andrea entschuldigend.

Sofort zog er die Hand zurück. »Kein Problem.«

»Tut mir leid.« Sie wagte es nicht, ihn anzusehen.

»Unsinn, warum denn?«

»Ich muss die ganze Zeit an Jacks Exfreundin denken.« Ein dicker Kloß schnürte Andrea die Kehle zu. »Ich weiß, es ist albern und ich sollte das nicht an mich heranlassen, aber ich kann mich nicht auf dich einlassen, wenn ich weiß, dass dieser Kerl gerade solche entsetzlichen Dinge tut. Dafür kannst du nichts, und es sollte nicht so sein, aber ich kann es einfach nicht verhindern.« Ihre Psyche spielte ihr da einen ganz fiesen Streich. Sie schämte sich für ihre Reaktion. Ihre Augen brannten, als ihr zwei verräterische Tränen über die Wangen kullerten.

»Hey, du brauchst nicht zu weinen, Liebes. Es tut mir leid, dass ich dich in diese Lage gebracht habe«, bat er, aber sie konnte nicht anders. Sie hatte einfach die ganze Zeit diese Bilder im Kopf, seit sie bei der Aufklärung des Falls half. Und die Tatsache, dass sie unfähig war, Jenny vor der Folter zu bewahren, machte sie wahnsinnig.

Schluchzend vergrub sie den Kopf in seiner Brust. Diese Bilder mussten weg – am besten sofort.

Haus von Anna Thornton, 18. Dezember

Es gab keine Neuigkeiten zu Jenny. Sie war seit achtundvierzig Stunden verschwunden. Andrea ging es kaum anders als Jack; auch sie war in Gedanken die ganze Zeit bei Jenny, als sie Anna besuchten. Gregory und Rachel schafften es besser, sich davon nicht beeindrucken zu lassen, aber Jack sah aus wie ein Häufchen Elend. Während Anna, Greg und Rachel sich angeregt miteinander unterhielten, bat Jack Andrea zu einem Gespräch auf die Terrasse. Er nutzte die Gelegenheit, um sich eine Zigarette anzuzünden.

»Es war kurz nach Dads Tod«, sagte er irgendwann. »Jenny ist wirklich ein tolles Mädchen. Sie hatte gerade die Schule beendet und wollte studieren. Damals war ich so alt wie sie jetzt – und du.« Mit feuchten Augen sah er Andrea an. »Was weißt du über diesen Kerl?«

»Willst du das wirklich wissen?«

Er nickte. »Aus Greg war nicht viel rauszukriegen. Ich habe die ganze Zeit die furchtbarsten Bilder im Kopf und wüsste gern, was davon überhaupt stimmt.«

»Also schön, wenn du meinst.« Sie erzählte ihm alles; allerdings versuchte sie, es so schonend wie möglich auszudrücken. Vergebens – Jack war entsetzt.

»Kein Wunder, dass mein Bruder wollte, dass du bei ihm einziehst. Der Typ könnte auch hinter dir her sein.«

»Hör auf. Ich wohne jetzt schon seit drei Wochen bei ihm, und abgesehen davon, dass ich einen ziemlichen Verfolgungswahn entwickelt habe, ist nichts passiert.«

»Ja, das mag schon sein, aber ich weiß, wie Greg tickt. Er würde durchdrehen, sollte dir etwas passieren. Du kennst ihn lieb und ruhig, aber er kann auch ganz anders. Er hat mal einen Jungen aus der Nachbarschaft, der mich bedroht hat, richtig verprügelt. Das gab vielleicht Ärger.«

Andrea glaubte es ihm. Sie gingen wieder hinein, und sie versuchte, nicht mehr daran zu denken.

Norwich,
20. Dezember

Als Andrea am Montag aufstand, musste sie davon ausgehen, dass Jenny tot war. Sie waren gerade dabei zu frühstücken, als das Telefon klingelte. Er war Christopher – genau wie sie erwartet hatte.

»Wir haben sie gefunden«, sagte er niedergeschlagen und fügte überstürzt hinzu: »Etwas ist anders. Allerdings habe ich noch keine Fotos.«

Andrea verstand kein Wort. »Worum geht es denn?«

»Er geht immer weiter, und ich bin nicht sicher, was er jetzt plant. Du musst dir das unbedingt ansehen.« Das war wenig präziser.

»Alles, was du willst. Was soll ich machen?«

»Würdest du sie dir ansehen? In der Gerichtsmedizin, meine ich.«

Ihr wich jegliche Farbe aus dem Gesicht. »Ja, ich denke, ich könnte es versuchen.«

»Gut. Irgendetwas daran macht mir Sorgen. Ich bin gleich da und hole dich ab.«

Mit gemischten Gefühlen drehte sie sich zu Gregory und legte auf. Er sah sie fragend an, und sie wusste, was er meinte. Andrea nickte langsam.

»Christopher holt mich gleich ab und bringt mich zur Gerichtsmedizin«, sagte sie mit vor Unsicherheit zitternder Stimme.

»Er macht *was*?«

»Es hat bestimmt einen guten Grund, wenn er so was vorschlägt. Ich will es zumindest versuchen«, sagte Andrea.

»Gut. Wenn du meinst.« Ihr war klar, dass es Gregory nicht gefiel, aber sie hatte keine Wahl.

Andrea wusste nicht, was sie denken sollte. Zum Glück kannte sie Jenny nicht persönlich, deshalb fand sie es nicht so schlimm. Allerdings hatte sie keine Ahnung, wie sie auf ihren Anblick reagieren würde.

***

Nur zehn Minuten später klingelte es. Christopher versprach Gregory, ein Auge auf Andrea zu haben und hielt ihr draußen die Beifahrertür auf.

»Du kannst jederzeit sagen, dass du nicht willst. Ich habe abgesprochen, dass du sie dir ansiehst. Einige meiner Kollegen wissen inzwischen von deiner Arbeit und finden gut, dass du uns hilfst«, sagte er, bevor er den Motor anließ. »Wir haben sie vorhin erst gefunden. Dieser elende Dreckskerl muss sie vor unseren Augen in die Broads gebracht haben, irgendwann heute Morgen, als es noch dunkel war. Da war sie noch nicht lange tot. Die Leichenstarre ist noch nicht mal eingetreten.«

»Nicht?«

»Nein. Jenny lag weit draußen im Sumpf, anscheinend hat er uns bemerkt. Allerdings hat er endlich einen Fehler gemacht. Er ist mit dem Wagen bis in den Sumpf gefahren. Wir haben Reifenspuren gefunden.«

»Ist das wahr?« Schlagartig war Andrea aufgeregt.

»Sie wurden ausgegossen und zur forensischen Untersuchung gebracht. Wenn wir Glück haben, finden wir heraus, welches Auto er fährt. Wenigstens etwas. Jenny sieht genauso übel zugerichtet aus wie Jenna und Mary, aber es gibt einen bedeutenden Unterschied.« Er machte eine Pause, denn er war unruhig, regelrecht nervös. »Er hat ihr eine Nachricht in den Bauch geritzt.«

»Eine Nachricht?«, wiederholte Andrea geschockt.

»Ja. Eine Nachricht, die ich nicht verstehe. Allerdings ist mir nicht wohl dabei.«

»Warum?«

»Weil ich nicht weiß, wem sie gilt. Ich habe nur einen Verdacht.« Diesmal suchte er ihren Blick und holte tief Luft. »Ich glaube, er meint dich.«

Andrea schluckte hart. »Warum? Was hat er geschrieben?«

»Ich werde sie mir holen«, sagte er. »Ich weiß nicht, wen er sonst meinen sollte. Du bist die Psychologin. Ich dachte, er geht davon aus, dass jemand ihn versteht.«

Da musste Andrea ihm recht geben. »Es ist vor allem eine Kampfansage. Er macht sich über die Polizei lustig, die ihn nicht schnappen kann. Er will beweisen, dass er überlegen ist.«

»Ich wäre dir wirklich dankbar, wenn du dir das ansiehst, Andrea. Vielleicht fällt dir noch etwas auf. Und ich will, dass du Polizeischutz bekommst.«

Stirnrunzelnd sah sie ihn an. »Er weiß nicht, wo er mich finden kann. Bei Gregory bin ich sicher.«

Christopher lenkte den Wagen auf den Parkplatz des Krankenhauses und sagte erst einmal nichts. Inzwischen war Andrea nicht mehr sicher, ob sie Jenny wirklich sehen wollte.

Sie gingen in den Keller des Gebäudes. Alles wirkte steril und kalt. Kacheln zogen sich an den Wänden hoch, Neonlicht beleuchtete die Gänge. Christopher sprach mit dem Gerichtsmediziner, einem hageren Mann mittleren Alters, und bat Andrea in den Saal. Es roch sehr eigenartig – nach Desinfektionsmitteln, aber da war noch etwas anderes, das die Chemikalien nicht überdeckten. Verwesung. Tod.

»Er hat auf uns gewartet«, sagte Christopher leise zu ihr. »Alles in Ordnung?«

Sie nickte. »Geht schon.«

Der Gerichtsmediziner gab den Blick auf Jenny frei. Sie war seitlich aufgebahrt worden, was Andrea noch nicht verstand. Sie schlang die Arme um ihren Körper und versuchte, ruhig zu bleiben, sich zu konzentrieren. Ihre Haut begann verräterisch zu kribbeln, als sie Jenny ins Gesicht schaute. Es war etwas anderes, die blutunterlaufenen Augen einer Toten direkt vor sich zu sehen und nicht nur auf einem Foto. Das Starren verriet ihre Todesangst. Andreas Finger krallten sich in ihre Jacke.

Der Täter hatte auch ihr das Klebeband nicht abgenommen. Der Anblick war scheußlich. Ihre Haut war blutleer, wirkte grau und leblos. Allerdings musste Andrea zugeben, dass sie es nicht so eigenartig fand, eine Tote zu sehen, wie sie vorab angenommen hatte.

»Sieh dir die Fesseln an«, bat Christopher. Sie ging um den Tisch herum zu ihm und betrachtete alles genau. Diesmal hatte er Jennys Arme angewinkelt und rechtwinklig verschränkt, anstatt ihre Handgelenke zusammenzubinden. Den Zweck konnte Andrea sich nicht erklären, sie stellte sich nur vor, dass es schmerzhafter und qualvoller war, so gefesselt zu sein. Er perfektionierte es immer weiter. Es machte sie betroffen, zu sehen, dass Jenny noch schlimmer gelitten hatte. Dieser Mann wurde immer gefährlicher.

Jennys Handgelenke waren wund und blutunterlaufen. Das war das Einzige an diesem toten Körper, was noch lebendig wirkte.

»Sie war auch an den Füßen gefesselt«, sagte Christopher und nickte dem Gerichtsmediziner zu. Sie stellten sich wieder auf die andere Seite, nachdem der Rechtsmediziner Jennys Körper weiter freigelegt hatte. Als Andrea sah, wie der Kerl Jenny zugerichtet hatte, wurden ihre Augen groß. Sie hätte beinahe geschrien.

Auch sie zeigte Bissspuren – zahllose. Er hatte ihr außerdem mit einem Messer zugesetzt – und das nicht nur dort, wo er ihr Buchstaben ins Fleisch geschnitten hatte.

Die Buchstaben formten Worte. Ihr Bauch war bräunlich mit Blut verschmiert, daraus schloss Andrea, dass er das getan haben musste, als sie noch gelebt hatte. Andrea hielt die Luft an, um die aufsteigende Übelkeit zu bekämpfen.

Ich werde sie mir holen. Es stand tatsächlich da, in klaffenden Wunden, blutrot. Ihr wurde schwindlig. Sie versuchte, sich zu halten, aber es ging nicht. Instinktiv tastete sie nach Christopher und griff nach seinem Arm, um sich festzuhalten.

»Lass uns aufhören«, sagte er, aber sie schüttelte den Kopf.

»Gib mir nur einen Moment.«

Er nickte und legte eine Hand auf ihre Schulter. Mit geschlossenen Augen stand sie da und versuchte, sich zu beruhigen. Der Gedanke, dass der Campus Rapist Jenny das angetan hatte, drehte ihr den Magen um.

Sie öffnete die Augen wieder und zwang sich, genauer hinzusehen. »Wie alt sind diese Verletzungen?«

»Genau kann ich das nicht sagen, aber ich schätze, sie wurden sehr kurz vor ihrem Tod zugefügt«, sagte der Rechtsmediziner.

Das machte Sinn. Maximale Qual für das Opfer, maximale Erregung für den Täter. Andrea schnappte nach Luft.

»Haben Sie auch die anderen Opfer untersucht?«, fragte sie. Er nickte.

»Ich weiß, noch sind die Ergebnisse der Untersuchung nicht da – aber was hat er wohl getan? Ich würde vermuten, er ist brutaler vorgegangen, als er sie vergewaltigt hat.«

Der Mann nickte erneut. »Ich habe Verstümmlungen festgestellt, auch im Genitalbereich. Er muss ein Messer benutzt haben.«

Genauer musste sie das gar nicht wissen. Sie konnte sich lebhaft vorstellen, warum er sie nur bis zur Hüfte aufgedeckt hatte.

Erneut wurde ihr schwindlig. Als sie plötzlich zu würgen begann, waren Christopher und der Gerichtsmediziner gleich zur Stelle. Christopher hielt sie fest, während sie sich zur Seite drehte und der Mediziner ihr einen Eimer hinhielt, in den sie sich übergab.

»Tut mir leid«, sagte Christopher. »Das war keine gute Idee.«

»Geht schon«, sagte sie atemlos und nahm das Papiertuch, das in ihrem Blickfeld auftauchte. Angestrengt schnappte sie nach Luft.

Christopher beeilte sich, sie nach draußen zu bringen. Ganz allmählich ging es ihr besser, als sie frische Luft einatmete und sie nicht mehr den Geruch von Chemie und Blut in der Nase hatte. Sie merkte nicht, wie Christopher sich Vorwürfe machte. Er bereute, dass er Andrea hergebracht hatte.

»Das ging zu weit«, sagte er.

Andrea schüttelte den Kopf. »Ich bin alt genug. Das musste ich selbst wissen.«

»Ich wollte, dass du es siehst, damit du verstehst, was los ist. Du hast Angst, Andrea. Angst, dass er dich wirklich im Visier hat, richtig?«

Hilflos zuckte sie mit den Schultern. »Keine Ahnung, Christopher. Ehrlich. Es kann sein, dass er mich meint, aber vielleicht meint er auch eine andere Frau. Vielleicht will er auch nur sagen, dass es weitergeht. Er weiß doch nicht, wo ich bin. Wenn er das wüsste, hätte er mich längst entführt.«

»Ich würde mich besser fühlen, wenn ich wüsste, dass du unter Beobachtung stehst«, beharrte er.

All ihre Überlegungen zum Verhalten dieses Mannes stimmten, das hatte sie gerade in Fleisch und Blut vor sich gesehen. Fotos konnten das nicht vermitteln. Christopher hatte es in seiner Sorge gut gemeint, indem er nicht abgewartet und ihr so – neben einem leeren Magen – noch weitere Erkenntnisse beschert hatte.

Er bot an, sie zurück nach Hause zu bringen. Ihr Kopf war leer, als sie während der Fahrt bei leicht geöffnetem Fenster auf die Straße starrte. Immer wieder kamen die Bilder von Jenny vor ihr inneres Auge. Er hatte sie völlig anders gefesselt, vergewaltigt, verstümmelt und eine Nachricht in ihren Bauch geritzt.

Plötzlich verstand Andrea. »Er übt, Christopher.«

»Was?«

»Vielleicht hast du recht und er hat jemand bestimmtes im Auge. Vielleicht mich. Er steigert sich, aber er übt. Er probiert aus, wie weit er gehen kann. Ich weiß nur, dass er nie aufhören wird, bis man ihn schnappt.«

»Tolle Aussichten.«

»Aber ihr habt jetzt Reifenspuren.«

»Ja. Wenigstens das. Hoffentlich helfen die weiter. Du hattest übrigens mit dem Verdächtigen recht. Vorhin kamen die Ergebnisse – seine DNA passt nicht. Von Facebook habe ich auch eine Antwort bekommen. Es war genauso wie beim letzten Mal: verschlüsselte IP.«

Andrea nickte nur. Jennys starrende Augen und die Buchstaben in ihrem Fleisch verschwanden nicht aus ihrem Kopf. Sie sah es immer noch, als wäre sie noch in dem Obduktionsraum.

Erst merkte sie gar nicht, dass Christopher hielt und sie ansah. »Du machst das toll«, sagte er zu ihr. Das meinte er so, das spürte sie. Sie in die Gerichtsmedizin zu bringen mag zwar strenggenommen eine dumme Idee gewesen sein, aber eigentlich hatte sie sich ganz gut geschlagen. Stumm blickte sie auf.

»Weißt du, es gäbe für mich nur einen Grund, nicht Fallanalytikerin zu werden – wenn ich mit meinem aktuellen Täterprofil falsch läge«, sagte sie. »So etwas wie gerade ist kein Grund.«

»Du musst verrückt sein, dass du dir das freiwillig antust.«

»Vielleicht. Aber es ist richtig.«

»Ich finde trotzdem, dass du Polizeischutz haben solltest.«

»Wenn ihr hier vor dem Haus steht, fehlt eigentlich nur noch eine Leuchtreklame, um ihm zu sagen, wo ich bin.«

»Bist du sicher?«

»Ja, Christopher. Mach mich nicht verrückt. Mir raucht jetzt schon der Kopf.«

»Kann ich verstehen. Aber ich werde öfter Streifenwagen vorbeischicken und mich erkundigen, ja?«

»Tu, was du nicht lassen kannst.« Andrea stieg aus. Sie fühlte sich wie betäubt, aber ihr entging nicht, dass Christopher wartete, bis sie im Haus war.

Gregory hatte sie wohl gehört und stand schon in der Wohnungstür. Sorge zeichnete sich in seinem Blick ab.

»Wie siehst du denn aus?«, fragte er erschrocken, als Andrea vor ihm stand. Eigentlich wollte sie an ihm vorbei ins Bad, aber er hielt sie auf und legte die Hände auf ihre Arme. Er musterte sie genau.

»Alles in Ordnung«, sagte sie.

»So sieht es aber nicht aus. Das war keine so gute Idee, oder?«

»Ach, geht schon.« Geistesabwesend zog sie ihre Jacke aus.

»Was war denn los? Warum solltest du sie dir ansehen?«

Sie erzählte Gregory, was auf Jennys Bauch gestanden hatte und ließ sich aufs Sofa sinken. Er war nicht einfach nur entsetzt, als er das hörte. Er war absolut fassungslos.

»Was soll das bedeuten?«

Andrea zuckte mit den Schultern. »Keine Ahnung, Greg. Wirklich.«

»Was, wenn er dich meint?«

»Ich bin hier, bei dir.«

Er verzog das Gesicht und seufzte tief. »Ich mache mir wirklich Sorgen. Du hättest dir die Leiche nicht angucken sollen. Es geht zu weit. Du solltest dich mal sehen. Du bist ja gar nicht mehr du selbst.«

Sie schaute auf, suchte nach Worten. »Was, wenn er wirklich mich meint? Dann höre ich jetzt bestimmt nicht auf. Ich bin doch nicht verrückt.«

»Das muss aber aufhören, Andrea. Du machst dich kaputt!«

Abwehrend zog sie die Schultern hoch und machte ein mürrisches Gesicht. »Das sagst du doch jetzt nur, weil ich dich ein einziges Mal abgewiesen habe, oder? Hätte ich lügen sollen? Ich musste einfach an Jenny denken, aber das hat doch nichts damit zu tun, was ich hier mache.«

Traurig senkte er den Blick und knetete nervös seine Finger. »Glaubst du das wirklich, ja?«

Sie wusste es nicht. Vielleicht war sie ungerecht, und es hatte gar nichts damit zu tun. Trotzdem hatte sich ihr das einfach aufgedrängt. Er hatte sie immer für ihre Arbeit gelobt. Bis jetzt.

»Keine Ahnung«, sagte sie und zuckte mit den Schultern. »Ich verstehe deine Reaktion nur nicht. Woher kommt plötzlich diese Ablehnung?«

»Weil es einfach so ist. Du bist ganz grün um die Nase, und ja, es hat mich erschreckt, als du mich abgewiesen hast. Du nimmst es dir zu sehr zu Herzen. Merkst du denn gar nicht, wie du nur noch darüber nachdenkst und dir Sorgen machst? Du gehst zwar gut damit um, aber langsam ist es zu viel. Macht es dir denn keine Angst, dass er dich meinen könnte?«

»Nein, du bist doch hier.« Andrea versuchte überzeugt zu klingen.

Es schien zu funktionieren, denn er kam zu ihr und umarmte sie ganz fest. »Bitte übernimm dich nicht.«

Wohnung von Andrea und Gregory, 23. Dezember

Andrea hörte die Schreie. Sie waren gellend laut, schrill, zeugten von nichts als Panik. Sie sah Jennys starrende Augen vor sich, flehend und entsetzt zugleich, bevor der maskierte Mann sich mit dem Messer über sie beugte und ansetzte, um den zweiten Buchstaben in ihr helles Fleisch zu schneiden. Sie zappelte und weinte. Es war ein Meer aus Tränen, Schmerz und Blut. Vor Andreas Augen vermischten sich ihre Tränen und das Blut, das über Jennys Bauch lief.

Andrea wollte aufwachen, aber sie konnte nicht. Er würde Jenny erst bis aufs Blut foltern, um sie dann ein letztes Mal zu vergewaltigen und zu töten. Das wusste sie.

»Andrea, wach auf, es ist nur ein Traum. Wach auf!« Gregorys Stimme drang in ihr Bewusstsein vor. Sie spürte seine Hände auf ihren Schultern, als er sie sanft rüttelte. Sie riss die Augen auf.

Keuchend schaute sie hoch und suchte das Zimmer ab. Sie lag im Bett. Alles war wie immer – bis auf die Tatsache, dass ihr die Tränen über die Wangen strömten und sie heftig zitterte.

»Ich bin hier, alles ist gut«, sagte Gregory und hielt sie ganz fest. Es war bereits Morgen, draußen war es hell. An Schlaf war ohnehin nicht mehr zu denken.

Gregory drückte seine Freundin so fest an sich, wie er nur konnte. Er fragte sie erst gar nicht, was sie geträumt hatte. Sie schlief in letzter Zeit immer unruhiger. Wenn doch nur endlich ihre Arbeit Früchte tragen und das alles ein Ende finden würde.

Durch seine Nähe wurde Andrea allmählich ruhiger. Sie wischte sich die Tränen ab und lauschte auf seine ruhigen, gleichmäßigen Atemzüge. Dadurch würde auch sie ruhiger werden, zumindest hoffte sie das.

»Willst du es mir erzählen?«, fragte er schließlich doch.

»Nein. Das willst du nicht hören, Greg. Er hat sie verstümmelt. Es ist unvorstellbar.«

»Und jetzt wirst du es nicht mehr los.«

Sie seufzte. »Christopher hat sein Profil. Ich kann ihm eigentlich gar nicht mehr helfen.« Nach ihrem Besuch in der Gerichtsmedizin hatte sie intensiv darüber nachgedacht, ob Gregory recht hatte und sie vielleicht wirklich langsam verrückt wurde. Allerdings war es jetzt wohl schon zu spät.

Es war der Tag vor Heiligabend; der Tag von Jennys Beerdigung. Während die Leute noch letzte Weihnachtseinkäufe in der kitschig beleuchteten Einkaufsstraße erledigten und Lichterketten die Fenster erhellten, hatte Jack sich Urlaub genommen, um hinzugehen. Andrea fand, dass das ein feiner Zug von ihm war.

Anschließend stand er bei Greg und Andrea vor der Tür. Für den Anlass der Beerdigung hatte er einen Anzug angezogen, der ihm zwar gutstand, aber seine Miene täuschte nicht darüber hinweg, dass ihm völlig gleich war, wie er aussah. Wie ein Häufchen Elend setzte er sich aufs Sofa.

»Sogar die Polizei war da. Sie musste neugierige Journalisten abwimmeln. Könnt ihr euch das vorstellen? Diese Aasgeier kriegen auch nie den Hals voll. Der Kerl hat Jenny in Stücke gerissen, und eigentlich wäre es jetzt echt prima, wenn ihre Familie Ruhe hätte, aber nein!«, regte er sich auf. »Ihre Schwester hat mich beeindruckt. Sie hat versucht, die Beileidsbekundungen entgegenzunehmen, weil die Eltern gegangen sind. Die konnten einfach nicht mehr.«

»Kann ich verstehen«, sagte Andrea.

»Es tat mir so leid. Erst wollte ich gar nichts sagen, aber ihre Schwester hat sich an mich erinnert und sich gefreut, mich zu sehen. Ich war, wenn man von Jennys letztem Exfreund absieht, der Einzige, der gekommen ist. War den anderen wohl zu unangenehm. Aber Jenny hat es verdient, dass ich da war.«

»Wirst ja erwachsen«, sagte Gregory. Es hätte lustig klingen können, aber er hatte es einfach nur so dahergesagt. Nach Spaß war niemandem zumute. Jack konnte froh sein, dass er Jenny nicht so gesehen hatte wie Andrea.

Kurz darauf rief Christopher an. Resigniert erzählte er Andrea, dass die Ermittlungen in Sachen Täterfahrzeug bislang nichts Brauchbares ergeben hatten. Er war genervt, und es ärgerte ihn. Auch der Gentest hatte bislang nichts erbracht. Die Halterüberprüfung der in Frage kommenden Fahrzeuge würde bis weit nach Weihnachten dauern. Die Reifen gehörten zu einem Lieferwagen, aber leider zu einem sehr populären Modell. Ohne Rücksicht auf die weihnachtliche Stimmung zu nehmen, gab Christopher diese Information den Medien bekannt. Andrea hoffte sehr, dass das half und der Wagen nicht woanders zugelassen war als in Norwich. Ihre gemeinsame Hoffnung war, dass endlich jemand aus der Bevölkerung die Hinweise zusammenzählte und den entscheidenden Tipp abgab.

Drei Tote und ein halbes Dutzend Vergewaltigungsopfer. Andrea begriff nicht, wie niemand bemerkte, dass ein Mensch so aus dem Ruder lief. Besonders die Regelmäßigkeit der Wochenenden, an denen bis jetzt drei junge Frauen zu Tode gekommen waren, musste doch jemandem auffallen.

Nachdem sie aufgelegt hatte, fragte sie sich, wozu ihre Arbeit überhaupt gut war. Seit Wochen, nein, Monaten traten sie auf der Stelle. Sie hatte ein Profil erstellt, von dem niemand wusste, ob irgendetwas daran stimmte. Jedenfalls hatte es bislang nicht dazu beigetragen zu helfen oder irgendetwas zu verhindern. Der Täter war immer noch auf freiem Fuß und mordete weiter.

Sie war frustriert. Deprimiert. Was sie machte, war absolut sinnlos. Wütend auf sich selbst griff sie ihr Handy, um Christopher noch mal anzurufen und ihm zu sagen, dass sie nicht mehr mitmachte. Es wurde ihr zu viel. Es war nicht nur, dass sie vergeblich zu helfen versuchte – zu allem Überfluss hatte der Mann sie wohl auch im Visier. Schluss damit.

Sie hatte Christophers Nummer schon ausgewählt, drückte jedoch nicht auf Anrufen. Er würde versuchen, es ihr auszureden, und sie wusste, er würde Erfolg damit haben. Den hatte er immer. Wenn er mit ihr sprach, fütterte er ihr Selbstbewusstsein.

Andrea war klar, dass das Ausbleiben des Erfolgs vielleicht gar nicht ihre Schuld war. Aus dem Studium wusste sie, dass zwar möglicherweise jemand etwas ahnte, es aber verdrängte oder den Täter bewusst deckte. Vielleicht hatte seine Frau – falls es sie gab – längst einen Verdacht und wollte es nicht wahrhaben. Ähnliche Fälle, zum Beispiel auch bei Kindesmissbrauch, waren längst bekannt. Fälle, in denen die Mütter vom Leid ihrer Kinder wussten und trotzdem nicht eingriffen.

***

Die Gedanken wurde Andrea nicht mehr los. Auch nicht, als sie am nächsten Tag – Heiligabend – die Geschenke einpackte, die sie für die Familie besorgt hatten. Sie war froh und dankbar, als Gregory für ein wenig weihnachtliche Musik sorgte, die sie wie ein Schwamm in sich aufsog. Während sie sich Mühe gab, sein Geschenk heimlich einzupacken, griff er zur Gitarre und versuchte sich an Weihnachtsliedern. Fehlte eigentlich nur noch Schnee.

Ihr letztes Weihnachtsfest wäre beinahe sehr traurig geworden. Es war nur Sarahs Geistesgegenwart zu verdanken gewesen, dass sie nicht allein im Wohnheim zurückgeblieben war. Sarah hatte rechtzeitig vorher bei ihrer Familie gefragt, ob sie Andrea mitbringen könne und so ihr Weihnachtsfest halbwegs gerettet. Die fremden Traditionen hatten Andrea gefallen, denn Weihnachten war in England ein fröhliches, buntes Familienfest mit Papiergirlanden, Mistelzweigen und dem unvermeidlichen Plumpudding. Andrea war ziemlich sicher, dass man Engländer sein musste, um den zu mögen.

Trotzdem war es für sie entsetzlich gewesen, ohne ihre Familie feiern zu müssen. Erst jetzt hatte sie diese Befürchtung nicht mehr, denn durch Gregory hatte sie wieder so etwas wie eine Familie. Er hatte ihr erzählt, dass in seiner Familie deutsche und englische Traditionen gemischt worden waren, was sie sehr freute. Damit würde es ihr nicht mehr so fremd erscheinen.

Sie machten sich gemeinsam mit Jack und Rachel auf den Weg zu Anna. Bepackt mit Geschenken liefen sie in der trockenen Winterkälte durch die Straßen und erreichten kurz darauf durchgefroren Annas Haus. Sie wurden mit wunderbarer Wärme und einem köstlichen Bratenduft empfangen, der ihnen das Wasser im Munde zusammenlaufen ließ.

Anna hatte nach englischer Sitte bunt dekoriert und auch den Weihnachtsbaum nicht vergessen. In der Luft lag ein Hauch von Zimt. Sie hatten sich darauf geeinigt, nach deutscher Tradition die Geschenke schon an diesem Abend auszupacken und nicht erst am nächsten Morgen. Gregory und Jack kannten es gar nicht anders.

Es stimmte Andrea glücklich, zwischen den anderen auf dem Sofa zu sitzen, Weihnachtslieder im Radio zu hören und bei Kerzenlicht zu plaudern, während der Braten im Ofen garte. Rachel erzählte von der Arbeit, heilfroh darüber, dass sie an diesem Abend keinen Dienst hatte. Anna erkundigte sich bei Gregory nach Neuigkeiten aus der Uni, denn sie wusste, dass er sich fürchterlich mit Professor Loughton herumärgerte. Diesbezüglich gab er sich allerdings sehr wortkarg.

Kurz darauf gingen sie zur Bescherung über. Andrea freute sich riesig über Gregorys Geschenk. Er hatte Karten für ein Konzert von Massive Attack in London besorgt.

»Die müssen dich doch arm gemacht haben!«, sagte sie; unfähig, ihre Rührung zu verbergen.

»Ach was. Aber du kriegst sie nur, wenn du mich mitnimmst«, erwiderte er grinsend.

Sie küsste ihn dankbar, aber sie konnte sich entsprechend revanchieren. Für Gregory hatten alle zusammengelegt und einen teuren Fotoapparat gekauft, über den er sich wahnsinnig freute.

Er konnte es kaum abwarten, ihn auszuprobieren und studierte gleich die Bedienungsanleitung. Darüber merkte er gar nicht, wie Anna den Braten servierte und alle zum Essen bat. Jack bekam einen Lachanfall, als er sah, mit welch kindlicher Freude sein Bruder seine neue Kamera bewunderte.

Beim Essen beobachtete Gregory Jack grinsend dabei, wie er sich schamlos den Bauch vollschlug, stand ihm aber selbst nicht in viel nach. Zwischenzeitlich nutzte Gregory die Gelegenheit, zur Kamera zu greifen und Fotos von allen zu machen.

Wenig später siedelten sie gemeinsam aufs Sofa um. Es dauerte nicht lange, bis Jack versuchte, sich heimlich zur elterlichen Minibar zu schleichen, um sie vorbehaltlos zu plündern. Im Handumdrehen war Jack so betrunken, dass Rachel protestierte. Gregory nahm es ebenfalls nicht zu genau mit der Alkoholmenge.

»Das ist für Jenny«, sagte Jack, ehe er sich ein weiteres Gläschen Likör genehmigte. Andrea fing einen Blick von ihm auf. »Mach den Kerl fertig, Andrea. Ich weiß, dass du das kannst.«

»Hör auf«, bat sie. »Lass mich wenigstens jetzt damit in Ruhe.«

»Hmm … `tschuldigung«, murmelte er und wollte sich noch mehr einschenken, aber Rachel nahm ihm die Flasche weg.

Andrea grinste.

Anna überließ ihre Söhne völlig unbeeindruckt ihrem Schicksal und unterhielt sich mit Rachel und Andrea.

»Gefällt es dir noch bei Greg?«, erkundigte Anna sich scherzhaft bei Andrea.

»Es ist toll. Ich fühle mich pudelwohl, und wir verstehen uns wirklich gut.«

»Den Eindruck habe ich auch.«

»Ich will auch mit Jack zusammenziehen, aber er will nicht«, maulte Rachel.

»Aber du bist doch schon so oft bei ihm«, sagte Andrea stirnrunzelnd.

»Sag das ihm.«

Grinsend schaute Andrea zu Gregorys Bruder. Er lag mit einem verrückten Grinsen zwischen den Sofakissen und ärgerte Greg.

»Hat gerade keinen Sinn«, fand sie.

»Eindeutig nicht«, stimmte Anna zu.

***

Es war schon spät, als sie sich auf den Heimweg machten. Gregory und vor allem Jack waren ziemlich lustig gestimmt; Letzterer war sogar versucht zu singen. Sie gingen zusammen, warm eingepackt in dicke Jacken, Mützen und Schals. Gregory trug die Tasche mit seiner neuen Kamera wie einen Schatz. Rachel musste Jack helfen, die Schlüssel zu finden, als sie seine Wohnung erreicht hatten.

»Komm, Süße, keine Widerrede«, sagte Jack nuschelnd zu ihr. »Jetzt wirst du noch vernascht.«

»Oh, bitte, keine Details.« Gregory rollte mit den Augen.

»Wer sagt denn, dass ich mich von einem Betrunkenen verführen lasse?«, fragte Rachel unbeeindruckt.

»Och, komm schon«, jammerte Jack.

Gregory griff nach Andreas Hand und machte Anstalten, weitergehen zu wollen. »Macht's gut, ihr beiden. Und viel Spaß.«

»Euch auch«, erwiderte Jack schlagfertig, kassierte dafür aber wie üblich einen bösen Blick von Rachel.

Ihr Atem kondensierte zu Wölkchen. Gregory drückte Andrea wärmend an sich, aber glücklicherweise war es nicht mehr weit. Die Häuser waren noch hell erleuchtet, überall in den Fenstern brannte der weihnachtliche Lichterschmuck, aber in den Straßen war es still. Inzwischen spürte Andrea die Kälte und beeilte sich mit Greg, nach Hause zu kommen.

Die Wärme der beheizten Wohnung brannte Andrea auf den Wangen, als sie ihre Jacke auszog.

»Jack bringt mich auf Ideen«, sagte Gregory augenzwinkernd und drückte sie an die Wand. »Ich könnte jetzt dasselbe tun.«

»Mach doch.«

»Wirklich, ja?«

Andrea nickte und bedachte ihn mit einem vielversprechenden Blick – ein Blick, den er sofort deuten konnte und der ihn nicht länger zögern ließ. Seine Hände wanderten hinab zu ihrem Po und krallten sich lustvoll hinein. Sie schloss die Augen. Damit gab er sich jedoch nicht zufrieden, sondern zog sie näher an sich heran, sodass sie den Widerstand in seinem Schoß deutlich spüren konnte, ehe er sie umdrehte. Er legte die Hände auf ihre Brüste und grub gierig die Finger hinein, während er sie in den Nacken küsste und ihr damit eine Gänsehaut bescherte. Mit einem solchen »Überfall« hatte sie gar nicht gerechnet. Zwar war ihr das nicht neu, aber der Alkohol schien Greg sämtliche Hemmungen genommen zu haben.

Er hielt sie fest an sich gedrückt und streichelte sie durch die Kleidung, aber nur kurz. Seine Hände fanden ihren Weg zu ihrer Jeans. Mit einer Hand machte er sich an ihrem Gürtel zu schaffen, während er mit der anderen zwischen ihre Beine fuhr. Andrea seufzte und lehnte den Kopf an seine Schulter. Jetzt nur nicht aufhören.

Er löste ihren Gürtel und knöpfte ihre Hose auf, bevor er damit fortfuhr, ihr den Pullover auszuziehen. Sie drehte den Kopf, um ihn anzusehen. »Gierig?«

»Du hast ja keine Ahnung«, sagte er und warf den Pullover zur Seite. Er steuerte ins Schlafzimmer, wo er sie weiter auszog. Spielerisch stieß er sie aufs Bett, entledigte sich seines Pullovers und legte sich zu ihr. Langsam schob er eine Hand in ihren Slip. Ihr wurde heiß. Er streichelte sie ganz sanft, sodass es mit ihrer Beherrschung schlagartig vorbei war. Instinktiv tastete sie sich zu seiner Hose vor und öffnete sie.

»Gefällt dir, was?«, fragte er. Andrea nickte und nahm erleichtert zur Kenntnis, dass er sich auszog. Erwartungsvoll lag sie vor ihm und beobachtete, was er tat.

»Wie hättest du es gern?«, fragte er.

»Egal. Ganz wie du willst.«

»Komm her.« Er rutschte vom Bett und bedeutete ihr, es ihm gleichzutun. Sie drehte sich um und kniete sich vor ihn, ohne dass er etwas gesagt hätte. Ungeduldig, beinahe animalisch drückte er sie nach vorn aufs Bett und presste seine Lenden an ihre Hüften, hielt sie dort fest.

Es war nicht das erste Mal, dass er das tat – und ganz bestimmt nicht das letzte.

Norwich, Wohngebiet,
25. Dezember

Auf den Straßen war es völlig ruhig, was ihm entgegenkam. Dass er die letzten Fußgänger bemerkt hatte, war schon eine Weile her. Nachts um halb drei kein Wunder.

Noch vor einer halben Stunde hatte es geregnet. Im Schein der Straßenlaternen glänzten die Straßen nass. Alles wirkte kalt und einsam.

Langsam fuhr er weiter. Inzwischen kannte er den Weg im Schlaf. Es war eine ruhige, beschauliche Wohngegend, mit Terrakottafiguren in den Vorgärten und peinlich akkurat gestrichenen Zäunen. Wie satt er das hatte!

Endlich bog er in die Straße ein. Von der Weihnachtsbeleuchtung abgesehen, waren die Fenster dunkel. Alles schlief.

Niemand würde ihn bemerken.

Er hielt gleich gegenüber der Eingangstür auf der anderen Straßenseite, schaltete den Motor ab, löste den Gurt und schaute hinüber. Die Klingelschilder leuchteten matt. In dem Zimmer, wo sie sonst so oft saß und arbeitete, war es finster. Wahrscheinlich schlief sie längst. Sie und ihr Freund würden überhaupt nicht bemerken, dass er zum Haus kam.

Er öffnete die Fahrertür, griff nach etwas, das auf dem Beifahrersitz lag, und stieg aus. Um keinen Lärm zu machen, lehnte er die Tür nur an und ging dann hinüber. Mit leisen Schritten betrat er die Einfahrt, während er sich vorsichtig und misstrauisch umsah. Auf dem Klingelschild stand der Name: Thornton. Es hatte ihn viel Zeit gekostet herauszufinden, wer von den Hausbe-

wohnern wohl ein Student war, aber er hatte alle Namen nachgeprüft und war bei diesem hängengeblieben. Gregory Thornton, neunundzwanzig, Interior Design. Das hatte er in Erfahrung gebracht.

Er musste doch wissen, wer sein Feind war.

Ihr Name stand absichtlich nicht dabei. Sie wusste genau, dass er sie im Visier hatte, denn ohne ihren süßen Gregory traute sie sich gar nicht mehr vor die Tür. Nur würde ihr das überhaupt nichts nutzen.

Er grinste düster, als er vor der Tür stehenblieb. Frohe Weihnachten, Andrea …

Wohnung von Andrea und Gregory, 25. Dezember

Auf dem Boden lagen ihre Kleidungsstücke wild verstreut. Nachdenklich beobachtete Andrea Gregory, als er in die Küche ging, um für das Frühstück zu sorgen. Sie liebte ihn für diese Art, seine Zuneigung auszudrücken. Obwohl sie noch gar nicht lange bei ihm wohnte, fühlte es sich bereits so an, als sei es nie anders gewesen. Sie hatte sich noch nie zuvor jemandem so zugehörig gefühlt.

Ganz in Gedanken zog sie sich an, bürstete ihr Haar und setzte sich noch ziemlich müde an den bereits fertig gedeckten Frühstückstisch. Es war die übliche Mischung aus englischen und deutschen Zutaten.

Auf der Straße und im Haus war es feiertäglich still. Andrea war froh, eine kurze Auszeit von der Uni zu haben, denn sie hatte noch viel zu tun und auf diese Weise mehr Zeit, sich darum zu kümmern. Ihre Seminararbeit wartete immer noch auf sie.

»Ich würde gern die Kamera ausprobieren«, sagte Gregory nach dem Frühstück. In der Wohnung fand er kaum geeignete Motive, deshalb wollte er in den Garten gehen und schauen, ob er nicht dort etwas entdeckte. Andrea beschloss, ihn zu begleiten, um ein wenig frische Luft zu schnappen. Schnell hatten sie Jacken und Schuhe angezogen und gingen hinunter.

Gregory öffnete die Haustür und blieb abrupt stehen. Andrea prallte beinahe gegen ihn. Er beugte sich nach unten und griff nach einem kleinen Paket, das weihnachtlich eingepackt war. Ein kleines Schild hing daran.

»Andrea«, las er laut und schaute sie stirnrunzelnd an. »Ist das Sarahs Schrift?«

»Nein«, sagte sie und schaute noch einmal genauer hin. Niemand außer ihren Freunden und Gregorys Familie wusste doch überhaupt, dass sie bei ihm war, aber keiner von ihnen würde ihr einfach ein Geschenk vor die Tür legen.

Das hatte keinen Sinn. Es gab nur eine Möglichkeit.

Hastig nahm sie Gregory das Päckchen ab und starrte ihn an. »Bitte mach die Tür wieder zu.« Unwillkürlich machte sie einen Schritt zurück. Ihr Herz begann zu rasen.

»Was ist denn los?«, fragte Gregory, bevor er ihrer Bitte nachkam. Es dauerte eine gefühlte Ewigkeit, bis er die Haustür wieder geschlossen hatte. Noch verstand er überhaupt nichts. Andrea wollte etwas sagen, aber sie brachte keinen Ton über die Lippen. In diesem Moment starrte sie ihn einfach nur an und hatte das Gefühl, sie hielte eine Bombe in den Händen.

»Komm mit«, bat sie schließlich und rannte die Treppe wieder hinauf. Gregory folgte ihr. Andrea nahm zwei Stufen auf einmal, stürzte in die Wohnung und schaute sich misstrauisch um, bevor sie das Paket auf den Tisch stellte. Als Gregory die Tür hinter ihr schloss, zuckte sie zusammen.

Ihre Hände waren eiskalt und zitterten. Ihr war ganz seltsam zumute, als sie das Päckchen anstarrte und erst Sekunden später überhaupt die Kraft aufbrachte, das Geschenkpapier zu entfernen. Zum Vorschein kam eine kleine Schachtel, deren Deckel sie vorsichtig anhob. Ihr blieb die Luft weg, als sie hineinschaute. Ein handgeschriebener Zettel lag zuoberst. »Trag das für mich«, stand darauf. Sie zuckte zurück und prallte dabei gegen Gregory. Er spähte über ihre Schulter. Allmählich schien auch er zu begreifen, was es mit der Schachtel auf sich hatte.

Andreas Finger zitterten immer stärker, als sie den Zettel zur Seite schob. Schwarze Seide, darauf eine Goldkette mit einem Herzanhänger.

Vielleicht Jennys Kette.

Sie bekam für einen Augenblick keine Luft mehr, ihre Knie wurden weich. Einzig die Tatsache, dass sie Gregory im Rücken spürte, hielt sie davon ab zu schreien.

Er sagte kein Wort. Einen Arm hatte er um sie gelegt, mit der freien Hand zog an er an dem schwarzen Stoff in der Schachtel. Es war Unterwäsche, ein Höschen mit Spitzensaum. Andrea schlug die Hände vor den Mund.

Er hatte sie gefunden.

In diesem Moment spürte sie nichts mehr als nackte Angst, regelrechte Panik. Ihr war heiß, Tränen liefen ihr über die Wangen. Gregory reagierte geistesgegenwärtig und drückte sie an seine Brust, wiegte sie beruhigend in den Armen.

»Wir rufen jetzt erst mal Christopher an«, sagte er. »Er wird sicherlich sofort vorbeikommen.«

Andrea glaubte keine Luft mehr zu bekommen. Ihr Schluchzen wurde immer lauter. Gregory dirigierte sie vorsichtig auf einen Stuhl, griff zum Telefon und wählte die Nummer. Er ging ins Schlafzimmer und als er zurückkehrte, erkannte Andrea ein Messer in seiner linken Hand. Das Telefon noch immer am Ohr, kniete er sich vor Andrea und drückte ihre Hand. Dann endlich hörte Andrea, dass jemand abnahm.

»Gregory Thornton hier – Sergeant McKenzie bitte. Es ist dringend«, sagte er und schaute mit einem beunruhigend sorgenvollen Blick zu Andrea hoch. Als irgendetwas in der Wohnung knackte, fuhr er herum und behielt misstrauisch die Tür im Auge. Andreas Puls raste, sie spürte ihren flachen Atem. Tränen tropften von ihren Wangen. Angst. Nichts weiter als Angst.

»McKenzie«, meldete Christopher sich. »Mr. Thornton?«

»Sergeant? Ja, ich bin es. Bitte kommen Sie vorbei. Ich glaube, der Campus Rapist hat Andrea heute Nacht etwas vor die Tür gelegt. Er weiß, dass sie hier ist.«

»Was heißt das? Was lag vor der Tür?«

»Es sieht aus wie ein Geschenk. Andreas Name stand darauf und in der Schachtel lag Unterwäsche und ein Goldkettchen. Können Sie vorbeikommen? Andrea hat furchtbare Angst – und ich nebenbei bemerkt auch.«

»Selbstverständlich. Wir machen uns sofort auf den Weg«, erwiderte Christopher und legte auf.

Andrea schloss die Augen und versuchte, mit dem Weinen aufzuhören. Dass Gregory auch Angst hatte, steigerte ihre Furcht noch. Gregory legte das Telefon auf den Tisch und beugte sich zu ihr, um sie zu umarmen. Sie krallte die Finger in seinen Pullover.

»Christopher ist unterwegs«, sagte er. »Er bringt Kollegen mit. Sie sind gleich hier. Sei ganz ruhig, bitte. Ich bin doch bei dir.«

»Du hast doch selbst Angst.«

»Was nicht heißt, dass ich nicht auf dich aufpassen kann«, sagte er, aber seine Unruhe war offensichtlich.

Andrea wischte sich über die Augen und schaute sich nervös um, ehe sie zum Fenster lief. »Er war schon mal hier, Greg.« Sie schlang die Arme um ihren Körper.

»Bitte?«

»Ich dachte schon einmal, draußen steht jemand und beobachtet mich. Ich habe es für Einbildung gehalten.«

»Er wird dir nichts tun. In hundert Jahren nicht.«

Mit großen Augen sah sie ihn an und hätte am liebsten geschrien – vor Wut, Verzweiflung, Angst; sie wusste es nicht. Der Campus Rapist hatte es tatsächlich auf sie abgesehen. Ihretwegen hatte er Jenny das in den Bauch geritzt. Ihre schlimmsten Befürchtungen wurden gerade wahr. Er hatte Andrea gesucht, gefunden und schließlich beobachtet. Der Mann, der schon drei junge Frauen gequält und verstümmelt hatte, war nun eindeutig hinter ihr her.

»Was, wenn er noch hier ist?«, fragte sie zitternd.

»Ach was.« Greg drückte sie seufzend an sich. Er funktionierte einfach nur, das merkte Andrea. Greg tat wirklich alles, damit sie sich sicher fühlte. Dabei war ihr klar, dass auch er große Angst um sie hatte.

Andrea legte den Kopf an seine Brust und lauschte seinem Herzschlag. Zwar war er schnell, aber es war trotzdem irgendwie beruhigend. Zärtlich strich Gregory ihr übers Haar.

Vielleicht war der Rapist in der Nacht am Haus gewesen. Er hatte das Päckchen vor die Tür gestellt, als sie geschlafen hatten. Oder er hatte im Gebüsch gewartet, als sie nach Hause zurückgekehrt waren. Möglicherweise war er dort gewesen, als …

Sie starrte ins Nichts. Ihr wurde übel, wenn sie sich vorstellte, dass er dort gewesen sein konnte, als sie mit Gregory geschlafen hatte. Unwillkürlich ballte sie die Hände zu Fäusten.

Plötzlich konnte sie nicht mehr klar denken. Sie fühlte sich nur unsicher, klein und angreifbar. Sie hätte Christophers Angebot annehmen sollen. Dass ihr nichts passiert war, war reines Glück. Bisher hatte sie sich immer gut zugeredet und sich gesagt, dass der Rapist sich schon nicht für sie interessierte – und wenn schon, er fand sie doch nicht.

Wunschdenken. Er hatte vor der Tür gestanden.

Der Kloß in ihrem Hals wurde immer größer, die Angst und das Gefühl der Scham ebenfalls. Sie hatte sich getäuscht und war längst ein Teil seiner Fantasie. Sie atmete tief ein und wischte sich dabei wieder die Tränen ab. Als es klingelte, zuckte sie zusammen. Ihr Puls schoss in die Höhe.

»Ruhig«, sagte Greg. Er ging zur Tür und nahm Christopher, John und ihre beiden Kollegen dort in Empfang. Christopher steuerte direkt auf Andrea zu und blieb dann zögerlich vor ihr stehen. Sie verstand seine unausgesprochene Frage und nickte lächelnd, sodass er sie umarmte.

»Vielleicht ist Polizeischutz doch eine gute Idee.«

Er erwiderte ihr Lächeln gutmütig und ließ sie wieder los. »Sollst du sofort haben, aber eins nach dem anderen. Sind es die Sachen auf dem Tisch?«

Gregory nickte an ihrer Stelle. Andrea hatte die Finger in ihren Pullover gekrallt und starrte unentwegt auf den Schachtelinhalt.

Es war makaber. Der Rapist hatte die Unterwäsche ganz neu gekauft. Die Sachen waren ihr zu groß, das hatten ihr die Schilder verraten. Allerdings wusste sie nicht, ob das etwas bedeutete. Ihr Kopf war gerade einfach nur leer.

Einer der Beamten hatte einen kleinen Koffer dabei, den er auf dem Tisch aufklappte und damit allerhand Spurensicherungswerkzeuge zutage förderte.

»Das ist Jennys Kette; da bin ich mir ziemlich sicher«, sagte Christopher. Er suchte sich einen Einmalhandschuh aus dem Koffer, streifte ihn über und nahm die Kette hoch. »Habt ihr die Sachen angefasst?«

Gregory nickte. »Haben nicht drüber nachgedacht.«

»Das macht nichts.« Christopher nahm ein Tütchen und steckte die Kette hinein. »Wir werden Jennys Familie fragen, ob das ihre Kette ist. Vielleicht können sie sie nach den Ermittlungen sogar zurückhaben.«

»Wenigstens etwas«, sagte Andrea niedergeschlagen.

Christopher nahm auch die anderen Sachen in Augenschein. Er drehte sich zu ihr um. »Ist das deine Größe?«

»Nein. Zu groß.«

»Wahrscheinlich hat er sich verschätzt. Er hat dich damals nur im Dunkeln gesehen, du hattest eine Jacke an. Oder geht es gar nicht um die Größe?«

»Doch, sieh dir den Zettel an. Er meint das todernst. Aber entweder er hatte wirklich keine Ahnung, oder es war ihm egal. Vielleicht hat er etwas gekauft, was seiner Wunschvorstellung entspricht. Mit der Körbchengröße lag er zwei Größen daneben. Vielleicht stellt er sich vor …« Sie brach ab. Irgendwie schaffte sie es nicht, das vor Gregory und den Beamten zu sagen. Sie verzog das Gesicht und sah Christopher hilflos an, als er sich zu ihr umdrehte.

Er musterte sie von Kopf bis Fuß. »Du bist eher schlank, genau wie die Mädchen, die er sich ausgesucht hat.«

»Er projiziert etwas in die Wäsche hinein. Ich habe etwas bei ihm ausgelöst, und das habe ich unterschätzt. Er will nicht nur Rache. Erinnerst du dich daran, wie ich sagte, dass er übt? Das tut er wirklich. Er weiß schon länger, dass er mich hier findet, aber er hat nichts getan.«

»Aber ist ihm nicht klar, wie viel schwerer er jetzt an dich herankommen wird?«

»Er ist größenwahnsinnig. Warum schickt er mir denn diese Sachen mit der Bitte, dass ich sie tragen soll? Das meint er wirklich ernst. Er zeigt mir damit, dass ich nicht sicher vor ihm bin; er will seine Überlegenheit demonstrieren. Er kündigt an, mir nachzustellen, und er will, dass ich diese Sachen trage, wenn es so weit ist – vielleicht auch schon jetzt. Wahrscheinlich gefällt ihm die bloße Vorstellung.«

Gregory wurde blass. Er stand ungläubig da, reglos, starr. Für einen Moment verunsicherte es sie, aber dann fing Andrea sich. »Er stellt sich vor, dass ich diese Unterwäsche trage und auch Jennys Kette. Ich habe von einem Fall gelesen, wo der Mörder die Trophäen seiner Opfer Frauen aus seinem Bekanntenkreis schenkte, und es gefiel ihm, wenn sie sie trugen. Er will es perfekt haben. Er bezieht mich in seinen Plan ein.«

Auch Christopher war sichtlich entgeistert. »Dann will er, dass du sein nächstes Opfer bist?«

Sie sagte nichts, erwiderte nur seinen Blick.

Gregory hatte jegliche Fassung verloren. Entsetzt stand er da und ließ seiner Wut freien Lauf. »Das ist nicht lustig. Du bist meine Freundin. Was glaubt er denn, wer er ist? Denkt er vielleicht, ich lasse zu, dass er seine schmutzigen Fantasien an dir auslässt?« Er wurde regelrecht laut. Seine weiße Gesichtsfarbe wechselte in ein Zornesrot.

»Machen Sie sich keine Sorgen, Gregory. Es wird ununterbrochen jemand in ihrer Nähe sein. Wir nehmen das durchaus ernst. Und sollte er wirklich vorhaben, Andrea zu entführen, sind wir zur Stelle und machen dem Spuk endlich ein Ende«, sagte John.

»War bestimmt teuer«, sagte Christopher mit Blick auf die Wäsche. Das hatte Andrea auch schon bemerkt. Er tütete auch den Zettel mit der Nachricht für Andrea ein. »Das soll sich ein Experte ansehen. Vielleicht finden wir etwas heraus.

Wir nehmen alles mit und untersuchen es auf Fingerabdrücke. Noch haben wir keine von ihm.«

»Dann braucht ihr unsere«, schloss sie.

»Sieht wohl so aus.«

Ihr war es gleich. Er sollte tun, was nötig war. Sie beobachtete die Beamten dabei, wie sie alles sorgfältig einpackten, um es später auf Spuren zu untersuchen. Dass sie alles mitnahmen, erleichterte Andrea. Sie sollten ihr das bloß aus den Augen schaffen.

Bis auf Christopher und John, die die erste Wachschicht übernahmen, machten die Polizisten sich wieder auf den Weg. Sie versuchten, Andrea und Gregory Mut zu machen. Ihr unaufgeregtes Verhalten nahm Andrea allmählich Angst und Scham. Dass der Rapist hinter ihr her war, machte sie zur Gefangenen in ihrem eigenen Zuhause. Das waren keine guten Aussichten.

Die beiden Beamten freuten sich, als sie ihnen Tee und Plätzchen brachte. Es tat ihr gut, irgendetwas zu tun und nicht einfach nur herumzusitzen. Christopher und John erklärten, was jetzt passieren würde. Polizeibeamte würden sich in drei Schichten vor dem Haus abwechseln und ein Auge auf sie haben. Als sie fragte, was passieren sollte, wenn sie wieder zur Uni ging, erklärte Christopher, dass mindestens ein Beamter sie überallhin begleiten würde. Er wollte sich darum bemühen, dass er selbst jeden Tag eine Schicht übernehmen konnte.

»Aber wie hat er mich gefunden?«, überlegte Andrea laut.

»Dieser Idiot von einem Reporter hat es ihm verraten, als er schrieb, was du studierst. Er wird dir so lange hinterherspioniert haben, bis er dich gefunden hat. Und dann ist er euch gefolgt«, vermutete Christopher.

»Also war meine Paranoia berechtigt«, sagte Gregory. Er ballte die Hände zu Fäusten.

»Das weiß ich nicht, aber in jedem Fall war es gut, dass Sie ein Auge auf Ihre Freundin hatten. Nicht zuletzt auch Ihretwegen wird er sich nicht an sie herangetraut haben.«

Als das Telefon klingelte, ging Gregory dran. Die Polizisten schauten erwartungsvoll, weil sie auf einen Anruf ihrer Kollegen warteten, aber Gregory schüttelte den Kopf.

»Es ist Jack.« Sie redeten über die Planungen für Silvester, und im Zuge dessen berichtete Gregory davon, was passiert war. Die Beamten waren irritiert, als er die ganze Zeit auf Deutsch sprach.

»Ich glaube, feiern gehen ist keine so gute Idee, wenn sie unter Polizeischutz steht. Das ist doch sehr unsicher«, sagte Gregory. Andrea übersetzte für Christopher und John. Sie rieten ihr zwar nicht davon ab auszugehen, aber ihnen war es lieber, wenn sie es nicht tat. Jetzt war sie wirklich gefangen.

»Jack kommt vorbei«, sagte Gregory, als er fertig war. »Er macht sich auch Sorgen.«

»Lieb von ihm.«

Es dauerte gar nicht lange, bis es klingelte und Jack hereinkam. »Oh, Polizei. Jetzt muss ich mich benehmen.«

»Das ist mein Bruder Jack«, stellte Gregory ihn den Beamten vor. »Hat Rachel Dienst?«

Jack nickte und sah wenig begeistert aus. »Deshalb dachte ich, ich komme vorbei und habe mit dir ein Auge auf Andrea.«

»Ich habe mich vorhin dabei ertappt, wie ich mir gewünscht habe, ich hätte ihn nicht angegriffen«, sagte sie leise.

»Kann ich verstehen«, sagte Christopher. »Aber, dass das passiert, konnte niemand ahnen.«

Als Gregory kurz ins Bad ging, sagte Jack zu ihr: »Er nimmt das persönlich. Du bist sein Ein und Alles, Andrea. Wenn ich irgendwie helfen kann, sag Bescheid. Aber du musst keine Angst haben, mein Bruder passt auf dich auf.«

»Ich weiß. Trotzdem, der Kerl ist ein Mörder. Es war einfacher, damit umzugehen, solange es mich nicht direkt betroffen hat. Aber jetzt ist es anders. Jedes Mal, wenn ich aus dem Fenster schaue habe ich Angst, dass er da steht.«

»Uns würde das freuen«, sagte Christopher mit Griff in seine Hemdentasche. Andrea grinste, als sie die Handschellen sah.

»Ich gehe dann nach draußen in den Wagen«, sagte John, und Christopher nickte ihm zu. So sehr sie die Gastfreundschaft von Andrea und Greg zu schätzen wussten, aber jemand musste draußen Wache halten.

Das Telefon klingelte wieder. Es waren Christophers Kollegen, was ihn anscheinend sehr freute. Nachdem er aufgelegt hatte, erklärte er auch, warum. »Mit den Fingerabdrücken sind sie noch nicht durch. Allerdings haben sie schon etwas anderes von ihm gefunden, und zwar ein paar Haare. Kurz und blond, sagen sie. Immerhin kennen wir jetzt einen weiteren Hinweis auf sein Äußeres.«

Andrea seufzte. Wenn die Spurensuche in dem Tempo weiterging, würden sie ihn vielleicht in drei Jahren finden. Keine guten Aussichten.

Bald verabschiedete sich Jack. Er umarmte Andrea ganz fest, bevor er ging, und zwinkerte ihr aufmunternd zu. Wenig später gingen auch Christopher und John. Die Kollegen, die sie ablösten, wollten in dieser Nacht vor dem Haus Wache halten. Aber zuerst stellten sie sich Andrea und Gregory vor und ließen sich den Sachverhalt erklären.

Kurz darauf war sie mit Gregory allein. Sie beschlossen, gemeinsam zu kochen, aber dennoch ging ihr das »Geschenk« nicht aus dem Kopf. Es war so furchtbar makaber. Er wollte also, dass sie sich für ihn schön machte.

»Denk nicht immer daran«, sagte Gregory, dem ihre Stimmung auch beim Kochen nicht entging. »Du bist doch jetzt sicher.«

Das stimmte zwar, aber das Gefühl von Bedrohung blieb.

Norwich,
26. Dezember

Am nächsten Tag konnte Christopher Andrea die Ergebnisse der Fingerabdruckanalyse präsentieren – einige von Gregory, mehr von ihr und ziemlich viele von einem Unbekannten. Nur leider gab es keine Vergleichsabdrücke. Natürlich nicht.

Später berichtete er Andrea von einem Anruf eines Experten, der sich die Handschrift des Täters angeschaut hatte. Der Mann hatte den Stift zielstrebig geführt, verriet keinerlei Unsicherheit. Die Schrift war eher klein, was typisch für einen Mann war, wie der Gutachter sagte. Der Mann war Rechtshänder und anscheinend gebildet, was die Buchstabenführung verriet. Sie war etwas ungenau, wie es sich bei Menschen einschlich, die viel per Hand schrieben. Wer länger zur Schule ging und auch im Beruf oft schrieb, bildete diese Merkmale aus. Die verbundene Schrift sprach für Angepasstheit, die Druckstärke für Bestimmtheit.

»Wenn wir jetzt die Haare mit seiner DNA vergleichen, haben wir den endgültigen Beweis dafür, dass die Sachen von ihm stammen«, sagte Christopher. Außerdem erzählte er, dass Ermittler die Bekleidungsgeschäfte und Boutiquen in der Stadt absuchten, um herauszufinden, wo der Täter die Sachen gekauft hatte.

Es ergab sich jedoch kein Hinweis. Wieder einmal waren die Ermittler frustriert. Die DNA, die bei Jenny gefunden worden war, konnte zweifellos dem Campus Rapist zugeordnet werden, was niemanden wirklich überraschte, und die Überprüfung aller Fahrzeughalter mit verdächtigen Lieferwagen wurde fortgesetzt. Sie überprüften wirklich jeden – auch Wagen, die auf Frauen zugelassen waren, und besonders intensiv die Personen, die im Süden der Stadt lebten. Ergebnisse blieben jedoch aus.

***

Die Tage vergingen, und Gregory und Andrea blieben in ihrer Wohnung. Christopher und John kamen zu Beginn jeder Schicht hoch, um sie zu begrüßen. So sah Andrea Christopher jeden Tag. Es gab ihr ein gutes Gefühl, dass sie so bemüht um ihre Sicherheit waren. Sie kannten sich jetzt schon ein paar Monate, sodass sie sich mittlerweile schon recht nahe standen. Andrea bezeichnete ihn inzwischen als Freund. Christopher schien ihr zu vertrauten, baute auf ihre Hinweise und machte ihr immer wieder Mut.

***

Die Chance dazu ließ er sich bei Antritt der Spätschicht am Tag vor Silvester auch nicht nehmen. Gregory brachte ihnen Kaffee, und Andrea reichte noch einige Weihnachtsplätzchen nach.

»Nimm es dir nicht so sehr zu Herzen«, sagte Christopher zu Andrea, sich die Hände an der Tasse wärmend. »Solange wir hier sind, ist Schluss mit lustig. Dabei würde es mir gut gefallen, wenn er vorbeikäme und irgendeinen Unsinn machen würde.«

»Mir nicht«, erwiderte Andrea ernst. »Das Schlimmste ist, dass ich genau weiß, wie er tickt. Es bringt mich um, daran zu denken, was in seinem kranken Kopf so vorgeht. Er träumt jetzt bestimmt von mir und malt sich genüsslich aus, was er mit mir anstellen könnte. Aber warum verdammt noch mal ich? Ich weiß genau, woran er gedacht hat, als er die Wäsche für mich gekauft hat.«

Gregory und John waren zum Glück gerade in der Küche, sodass Gregory nicht hörte, worum es ging. Christopher griff nach Andreas Hand und sah sie mit seinem treuen Blick an. »Soll er doch. Ehrlich, soll er sich doch vorstellen, was er will. Er wird nie die Chance haben, es in die Tat umzusetzen. Das ist, was zählt. Ich lasse das nicht zu.«

»Ich will aber nicht, dass er es sich auch nur vorstellt. Mein Leben gehört mir.«

»Du hast absolut recht. Es macht mir aber überhaupt keine Mühe, auf dich aufzupassen. Du hast Mut bewiesen, als du ihn angegriffen hast, und allein dafür hast du jeden Schutz verdient.«

Andrea stand nun dauernd unter Beobachtung. Zwar nahm es ihr die vordergründige Angst vor dem Campus Rapist, aber es ließ sie nicht mehr vergessen, dass er da war. Jetzt passierte genau das, wovor Gregory sich so gefürchtet hatte – es ließ sie nicht mehr los. Sie hatte Albträume, sah sich in der Gewalt des Rapist. Obwohl sie sich mit dem Fall selbst gar nicht mehr beschäftigte und im Profil bloß noch die Haarfarbe ergänzt hatte, bestimmte der Campus Rapist ihr Leben. Es machte sie verrückt. Gregory bemühte sich nach Kräften, für sie da zu sein, aber es zerrte auch an seinen Nerven.

***

Sarah, die sie gegen Mittag angerufen hatte, war genauso geschockt. Sie wollte vorbeikommen, um gemeinsam mit Andrea zu lernen. Der ungemütliche Schneeregen, der seit dem Morgen herrschte, sorgte dafür, dass Sarah ziemlich nass wurde. Dementsprechend erfreut war sie, als sie ankam.

»Die Polizisten draußen sind ja wirklich sehr gewöhnungsbedürftig«, sagte sie, nachdem Andrea ihr eine Tasse Tee gebracht hatte.

»Frag mal unsere Nachbarn«, sagte Gregory grinsend. »Die mussten sich erst einmal ausweisen.«

»Oh, ich nicht.«

»Du bist auch eine Frau«, sagte Andrea. »Außerdem habe ich Bescheid gesagt, dass du kommst.«

»Oh. Ach so. Das ist ja wirklich beängstigend – er hat sich wirklich die Mühe gemacht, dich hier aufzuspüren.«

Sie sprach Andrea aus der Seele. Andrea wurde verrückt, wenn sie sich vorstellte, wie oft er sie vielleicht schon beobachtet hatte.

Zum Glück wechselten sie bald das Thema, widmeten sich ihrer Arbeit und sprachen über Silvester. Sarah hatte sie eigentlich in die Pubs begleiten wollen. Das war ja jetzt hinfällig. Andrea lud sie stattdessen ein, bei ihnen zu feiern. Christopher und John übernahmen an diesem Tag die Spätschicht, weshalb sie auch die beiden vor Schichtbeginn zum Fondue eingeladen hatten.

Sarah nahm das Angebot an.

***

Abends, als Sarah gerade fort war, klingelte das Telefon – Caroline. Als sie sich erkundigte, wie es Andrea ging, erzählte Andrea ihr von dem Präsent des Mörders. Spätestens in der Uni hätte Caroline sowieso gemerkt, dass Andrea Polizeischutz hatte, deshalb konnte sie es ihr nicht verschweigen. Erwartungsgemäß war Caroline schockiert.

»Nicht jetzt auch noch du. Und das alles nur, weil du mir geholfen hast. Oh Gott, Andrea, das ist furchtbar.«

»Christopher und seine Kollegen sind immer hier und haben ein Auge auf mich.«

»Gregory ist bestimmt außer sich.«

»Ja, allerdings. Sag mal, was machst du Silvester? Willst du zu uns kommen?«

Caroline freute sich sehr und nahm die Einladung gerne an. Christopher schlug vor, sie, ihre Tochter und Sarah abzuholen. Er wollte sie zurzeit nicht allein herumlaufen lassen – vor allem Caroline nicht. Die beiden freuten sich sehr über den Chauffeurdienst, ohne den Grund in Frage zu stellen. Beim Fondue störte sich niemand daran, dass Christopher und John uniformiert und bewaffnet waren. Besonders die Waffe beruhigte Andrea.

Der heimliche Star des Abends war jedoch Vicky, denn die Kleine war sehr brav und eroberte alle Herzen im Sturm. Andrea hatte den Verdacht, dass sie Gregory vergötterte, denn sie erinnerte sich sofort an ihn und lief ihm ständig hinterher. Er war jedoch sehr geduldig und hatte Spaß daran, mit der Kleinen zu spielen. Beim Memory-Spiel ließ Vicky ihn ganz alt aussehen. Es war offensichtlich, dass er gerade als Vaterersatz herhalten musste. Sie schlang die kleinen Ärmchen um seinen Hals, ließ sich von ihm durch die Luft wirbeln und kletterte auf seinen

Schoß, als alle auf dem Sofa saßen. Sie wich den ganzen Abend nicht von seiner Seite. Er ärgerte und kitzelte sie immer wieder, sodass sie vergnügt quiekte und schließlich völlig überdreht war.

»Gar nicht eifersüchtig?«, fragte er Andrea, als Vicky voller Leidenschaft durch seine Haare strubbelte.

»Gegen die Kleine bin ich geradezu chancenlos«, erwiderte Andrea augenzwinkernd. Kurz darauf turnten die beiden auf dem Boden herum. Vicky stürzte sich immer wieder auf Greg und überwältigte ihn scheinbar mühelos. Zwar genoss Andrea es, die beiden beim Toben zu beobachten, aber der Moment war für sie nicht vollkommen unbeschwert. Als sie zu Caroline blickte, bemerkte sie, dass es ihrer Freundin ähnlich zu gehen schien. Diesen Verdacht bestätigte Caroline schließlich.

»Ich muss immer daran denken, dass du jetzt meinetwegen in dieser Situation bist.«

»Ich habe das selbst entschieden. Außerdem bin ich in dieser Situation, weil mein Name in der Zeitung stand. Das ist der Grund«, entgegnete Andrea.

»Aber was willst du machen, wenn sie ihn nicht bald kriegen? Wie lange soll das so weitergehen?«

»So lange, wie es muss«, mischte sich nun Gregory ein, den sie hinter dem Sofa gar nicht sehen konnten.

»Das ist nicht dein Ernst«, sagte Andrea.

»Doch, sicher. Dich wird er jedenfalls nicht kriegen.«

»Also meinetwegen könnte Polizeischutz immer so aussehen«, tat John zufrieden kund. Er hatte richtig zugelangt, nur von Alkohol ließen Christopher und er die Finger. Wenig später zogen sie ihre Jacken an und gingen nach unten, um ihre Schicht anzutreten.

Als Andrea kurz darauf ein wenig Geschirr abräumte, folgte

Sarah ihr in die Küche und raunte ihr leise zu: »Christopher sieht wahnsinnig gut aus, findest du nicht?«

Andrea lachte. »Irgendwie war mir klar, dass du mich darauf ansprechen würdest. Aber du hast recht. Und nett ist er auch.«

»Die Uniform steht ihm gut.«

»Und nur so nebenbei: Hier trifft man ihn gerade öfter.« Andrea zwinkerte Sarah zu.

Neben den beiden Polizisten blieb sie als einzige nüchtern. Es war eigenartig, das Feuerwerk draußen in polizeilicher Begleitung anzuschauen. Christopher und John achteten gar nicht auf das bunte Spektakel, sondern nur auf die vielen Leute, die unterwegs waren. Andrea blieb in ihrer Nähe, auch ohne dass sie sie darum gebeten hätten. Später, als Caroline mit ihrer schlafenden Tochter nach Hause wollte und auch Sarah sich verabschiedete, blieb Andrea mit Gregory allein zurück und versuchte, den erneut aufsteigenden Frust zu ignorieren.

Plötzlich war es still. Andrea merkte erst jetzt, wie müde sie eigentlich war, und wollte einfach nur noch schlafen. Als Greg ihre Nähe suchte, wusste sie nicht, wie sie reagieren sollte. Ihr war überhaupt nicht danach. Sie hatte Angst und war ganz gewiss nicht in der Stimmung für Sinnlichkeit. Aber sie wollte nicht Greg dafür büßen lassen. Ihre Beziehung litt gerade ohnehin mehr, als gut für sie war. Sie waren doch noch nicht so lange zusammen und so viel Druck war alles andere als gut.

Also versuchte Andrea, sich darauf einzulassen. Gregory küsste sie und berührte sie sanft. Ihm entging jedoch nicht, dass sie mit den Gedanken ganz woanders war. Augenblicke später hörte er auf.

»Dir steht nicht wirklich der Sinn danach, oder?«

Sie schüttelte traurig den Kopf.

»Tut mir leid.«

»Muss es nicht. Ich verstehe das. Ich dachte nur, es lenkt dich vielleicht ab. Jetzt mach die Augen zu und versuch zu schlafen. Ich bleibe bei dir und passe auf dich auf.«

Wohnung von Andrea und Gregory,
4. Januar

In ein großes Handtuch gewickelt, huschte Andrea schnell vom Bad hinüber ins Schlafzimmer, um ihre Kleidung zusammenzusuchen. Wasser tropfte aus ihren Haaren auf die Schultern, aber das störte sie nicht bei der Suche. Socken, Unterwäsche, Jeans, Pullover.

Seit sie das Geschenk vor der Haustür gefunden hatte, konnte sie keine Unterwäsche mehr aus dem Schrank nehmen, ohne daran zu denken. Garantiert hatte es ihn unglaublich angetörnt, sich vorzustellen, wie sie wohl darin aussah. Scheißkerl.

Sie atmete tief durch und nahm das Handtuch ab. Bevor sie nach der Wäsche griff, hielt sie inne. Ihr Spiegelbild war doch vollkommen unspektakulär. Schulterlange, nasse Haare, durchschnittlich groß, durchschnittlich gebaut. Ganz entgegen der heißen Träume dieses Mistkerls hatte sie eine stinklangweilige, völlig normale Körbchengröße. Sie war nicht superschlank und hatte keine unendlich langen Beine. Andrea war einfach nur sie selbst.

Ihr wurde bewusst, dass sie sich nicht mehr ansehen konnte, ohne an diesen Typen zu denken. Das war doch krank.

Trotzig griff sie in den Schrank und griff nun nach den Sachen, die sie beim Shopping mit Sarah gekauft hatte. Jetzt erst recht. Sie rubbelte sich noch kurz mit dem Handtuch trocken und schlüpfte in die Unterwäsche. Sie war aufwendig bestickt und sah verdammt gut an ihr aus. Das war jetzt gar nicht mehr durchschnittlich.

Sie mochte sich. Aber das hier, das alles, gehörte ihr allein. Es war ihre Sache, wem sie sich so zeigte, und da fiel ihr nur ein einziger Mensch ein. Leider verpasste er das gerade, weil er noch im Bad war.

Andrea zog Socken und Jeans an und kehrte mit dem Handtuch und dem Pullover über dem Arm ins Bad zurück. Hier beobachtete der Kerl sie definitiv nicht.

***

Eine Viertelstunde später saßen sie bei Christopher und John im Wagen, um zur Uni zu fahren. Während der Fahrt entging Andrea nicht, dass Gregory stumm wie ein Fisch nach draußen starrte. Er war nicht erst seit diesem Tag ziemlich wortkarg.

Auf dem Weg über den Campus erregten sie unfreiwillig Aufsehen. Die Studenten musterten sie neugierig, aber Andrea störte das nicht. In der Uni gewöhnten sich die meisten recht schnell an ihre ständigen Begleiter. Die Beamten wurden oft nach dem Stand der Ermittlungen gefragt – natürlich durften sie darüber keine Auskunft geben. Aber Andrea wusste von ihnen, dass die Überprüfung der Fahrzeughalter nichts Nützliches ergeben hatte und der Gentest ebenfalls kein Ergebnis lieferte. Zumindest stand inzwischen fest, dass die gefundenen Haare vom Rapist stammten. Andrea wusste, dass noch nicht alle Männer in der fraglichen Altersgruppe ihre Speichelprobe abgegeben hatten, aber das ließ sie trotzdem sehr an ihrem Profil zweifeln.

Nichtsdestotrotz war es immer noch ihr Wunsch, sich als Fallanalytikerin ausbilden zu lassen. Während Gregory abends kochte, informierte sie sich erneut im Internet über die Ausbildungsmöglichkeiten des College in London, an dem die Ausbildung ein Jahr lang an den Wochenenden stattfand. Im Sommer, gleich nach dem Semesterende, begann das Seminar, und die Anmeldefrist war Mitte Februar. Deshalb beschloss Andrea, ihre Bewerbung fertig zu machen, und war gerade vollauf damit beschäftigt, als Gregory sie zum Essen rief.

Sie unterbrach ihre Arbeit bereitwillig. Gregory sagte nichts, als sie sich einander gegenübersetzten und den Fisch aßen.

»Was ist los?« Es nervte sie, dass er überhaupt nichts sagte. Das war normalerweise anders.

»Ich denke nur nach.«

»Ja, das merke ich«, erwiderte sie augenzwinkernd und legte ihre Hand auf seine. »Darf ich wissen, worüber?«

Er zuckte mit den Schultern. »Kannst du dir das nicht denken?«

Sie schüttelte den Kopf, obwohl sie sehr wohl einen Verdacht hatte. Seit dem makabren Geschenk des Campus Rapist und dem ständigen Polizeischutz war Gregory schweigsamer geworden und hatte sich zurückgezogen. Allmählich glaubte Andrea aber, dass noch etwas anderes im Busch war. Sie hatte sich inzwischen daran gewöhnt, keinen Schritt mehr unbeobachtet tun zu können und hatte eigentlich erwartet, dass es ihm auch nicht anders ging.

»Ist es immer noch wegen der Polizei?«, fragte sie, als er weiterhin schwieg.

»Auch. Lass uns später darüber sprechen.«

Sie war einverstanden. Die beiden aßen schweigsam weiter und räumten anschließend den Tisch ab. Als sie sich danach aufs Sofa setzten, nahm er ihre Hand.

»Ich glaube, mir macht die Sache mehr aus als dir. Ich wollte dich unbedingt bei mir haben, damit ich auf dich achten kann. Dabei hatte ich nie erwartet, dass es wirklich so kommen würde, wie ich befürchtet hatte – dass es so schwierig werden würde. Seit Weihnachten verschwindet dieser Druck nicht mehr, verstehst du? Es ist nicht mehr wie vorher. Alles kreist nur noch um die Polizei und diesen verdammten Irren. Wir können nicht mehr weggehen, du schläfst schlecht, alles ist anders.« Während er das sagte, starrte er ins Nichts.

Bestürzt sah Andrea ihn an und schluckte hart. Sie hatte es befürchtet. »Und jetzt fragst du dich, ob es so weitergehen kann.«

»Nein, Andrea, das ist es nicht. Ich liebe dich doch nach wie vor. Ich würde nie wollen, dass du gehst, das ist es ja. Meine Angst ist, dass du mir völlig entgleitest. Unsere Beziehung leidet schon jetzt darunter, aber es kann noch viel schlimmer werden. Ich habe einfach große Angst, dich zu verlieren, verstehst du?«

Sie hatte keine Ahnung gehabt, dass er sich solche Gedanken machte und inzwischen sogar ihre Beziehung in Gefahr sah. Unwillkürlich verzog sie das Gesicht und holte tief Luft. Es war problematisch, ja. Seit sie ihn an Silvester abgewiesen hatte, war von ihm kein neuer Annäherungsversuch mehr gekommen, obwohl ihr seine sehnsüchtigen Blicke nicht entgingen. Das sollte so nicht sein.

»Und jetzt?«, fragte sie mit belegter Stimme.

»Ich weiß es nicht. Wirklich nicht. Aber als ich vorhin gesehen habe, dass du immer noch diese Weiterbildung machen willst …«

»Dir wäre es wohl lieber, ich würde das nicht tun.«

»Nein, aber ich habe Angst, dass es dann immer so wäre. Du bist ja fast besessen davon. Aber ich kann und werde dich auch nicht bitten, es nicht zu tun, weil ich weiß, dass du gut darin bist und wie sehr du es willst.«

»Es ist mein Wunsch«, sagte sie leise.

»Ich weiß. Ich habe nur Angst.«

Nur Angst? Das war nicht gut. »Es wäre nicht mit der aktuellen Situation vergleichbar, Greg. Das ist etwas anderes. Momentan bin ich persönlich betroffen, war es die ganze Zeit. Das wäre ich dann nicht mehr, dann bin ich Außenstehende. Ich verspreche dir, dass es nicht so wird. Das ist mein Ernst. Das würde ich auch nicht wollen.«

Er lächelte kaum merklich. »Ich verstehe was du meinst. Weißt du, mein Problem ist, dass ich das so, wie es derzeit ist, nicht mehr lange mitmachen kann. Aber bei dem bloßen Gedanken, dich zu verlieren, geht es mir gleich noch schlechter. Das würde ich nicht ertragen. Du bist nicht meine erste Freundin, das weißt du. Aber du bist die erste, die ich so sehr liebe, dass ich mir nichts mehr wünsche als eine gemeinsame Zukunft mit dir. Ich will einfach nur, dass du bei mir bist, Andrea.«

Jetzt war sie endgültig sprachlos. Mit großen Augen sah sie ihn an und umarmte ihn ganz fest. »Ich werde immer bei dir sein, Greg.«

***

Am nächsten Tag hatte Andrea ihre Bewerbung fertiggestellt und abgeschickt. Dass Gregory damit einverstanden war, war ihr sehr wichtig. Ihr fiel nun selbst auf, wie sehr sich ihre Beziehung tatsächlich verändert hatte, und es machte sie traurig. Sie bemühte sich nach Kräften, mehr auf ihn einzugehen. Weil er es nicht wagte, suchte sie sogar seine Nähe und zeigte ihm damit, dass er sie nicht verloren hatte.

Jeden Tag brachten Polizisten sie zur Uni, diesmal wieder Christopher und John. Es war längst dunkel, als sie sich auf den Weg zur Spätvorlesung machten. Ein kalter Wind blies über den Campus, die Wege wurden von Laternen erhellt. Andrea zog die Schultern hoch und vergrub die Hände tiefer in ihren Taschen. Neben ihr war Greg, hinter ihnen folgten mit ernsten Mienen die beiden Polizeibeamten. In ihren Uniformen mit den stichfesten Westen sahen sie respekteinflößend aus.

Das wirkte jedoch nicht bei dem Mann, der sich plötzlich aus dem Lichtkegel vor einem Gebäudeeingang löste und zielstrebig auf sie zusteuerte. Andrea sah, dass eine Kamera um seinen Hals hing; in der Hand hielt er ein kleines Diktiergerät. Ein Reporter.

»Miss Jahnke!«, rief er und rannte von rechts auf sie zu. Christopher und John waren alarmiert und schoben sich unwillkürlich weiter vor sie. Am ganzen Körper angespannt musterte Andrea den Mann und entspannte sich erst, als sie sah, dass er nicht blond war. Das war idiotisch, aber sie konnte nicht anders.

»Was wollen Sie?«, fragte John abweisend.

»Mein Name ist Ted Simmons, ich bin bei der *Daily Mail*. Ich habe nur ein paar Fragen an Miss Jahnke. Immerhin ist sie die einzige Frau, die es gewagt hat, den Campus Rapist anzugreifen.« Atemlos blieb er vor ihnen stehen, hob die Kamera und drückte auf den Auslöser, bevor jemand protestieren konnte. Andrea stand der Mund offen und sie überlegte, was sie sagen sollte, als Greg sich neben ihr aus seiner Starre löste und einen Satz auf den Reporter zu machte.

»Du verdammter Idiot!«, brüllte er. Wütend ging er auf den Reporter los und rang mit ihm, um ihm die Kamera abzunehmen. Christopher setzte Gregory nach und versuchte, ihn von hinten zu packen.

»Hör auf!«, rief er, doch er konnte nicht verhindern, dass Gregory dem Reporter einen Fausthieb verpasste.

»Greg!« Andrea hatte den ersten Schock überwunden. John eilte derweil Christopher zu Hilfe. Gemeinsam versuchten sie, Gregory davon abzuhalten, den Reporter in Stücke zu reißen. Er tobte.

»Nehmt ihm die Kamera weg!«, brüllte er ungehalten. Christopher hielt ihn an einem Arm fest, John am anderen. Sie hatten erhebliche Mühe zu verhindern, dass er sich losriss. Aggressiv und keuchend stierte er in die Richtung des Reporters. Der tastete an seiner Lippe herum. Andrea konnte im Dunkeln nicht erkennen, ob er blutete.

»Wegen so einem blöden Scheißkerl wie dir ist sie jetzt in dieser Situation, ist dir das nicht klar?«, schnauzte Gregory. »Wenn ihr Name nicht in diesem Schmierblatt gestanden hätte, dann müsste sie jetzt nicht um ihr Leben fürchten. Und dann kommst du und machst auch noch ein Foto.«

»Gregory«, versuchte Christopher seine Aufmerksamkeit auf sich zu ziehen. »Bitte beruhige dich. Ich werde das regeln.«

»Nein, das werde ich tun.«

»Bestimmt nicht. Ich kann gern meine Handschellen nehmen und sie dir persönlich vorstellen, wenn ich muss! Muss ich?«

Gregory starrte ihn wutentbrannt an, kam dann aber doch zur Vernunft. »Nein. Schon gut.«

»Gut.« Christopher ließ ihn los und hielt Simmons die Hand hin. »Her mit der Kamera.«

»Sie beschneiden meine Pressefreiheit nicht!«

»Also schön.« Christopher holte tief Luft und verschränkte die Arme vor der Brust. »Ich habe es Ihrem charmanten Kollegen vom *Mirror* schon erklärt – das ist ein strafbarer Eingriff in die Persönlichkeitsrechte. Andrea Jahnke hat weder ihn darum gebeten, ihren Namen abzudrucken, noch Sie, ein Foto von ihr zu machen. Falls es Ihnen entgangen sein sollte, steht sie unter Polizeischutz, weil dieser Verbrecher hinter ihr her ist. Das ist Leuten wie Ihnen zu verdanken, die nicht wissen, wann Schluss ist. Deshalb werden Sie mir jetzt die Kamera geben, damit ich das Bild löschen kann, oder ich werde Ihnen die Handschellen anlegen und sie über Nacht in eine unserer gemütlichen Zellen sperren, wie wäre das?«

Ted Simmons überlegte für einen Moment, dann streifte er den Halteriemen über den Kopf und reichte Christopher die Kamera. Es kostete ihn nur Augenblicke, das Bild zu löschen, dann gab er Simmons die Kamera wieder zurück.

»Haben wir uns verstanden?«, fragte er den Reporter scharf. Simmons erwiderte nichts.

Christopher verabschiedete sich von Simmons und setzte sich wieder in Bewegung. Er legte einen Arm um Andreas Schultern und atmete tief durch. »Es geht doch nichts über einen kleinen Eklat am Abend.«

»Das ist nicht witzig«, sagte sie gepresst.

»Nein, überhaupt nicht.« Er drehte sich um zu Gregory

und John, die ihnen nur langsam folgten – John hatte Gregory inzwischen losgelassen. Andrea folgte seinem Blick.

»Nicht so heißblütig«, sagte Christopher zu Greg.

»Du kannst mich mal.«

»Hör jetzt auf!«, rief Andrea genervt. »Du sollst dich nicht schlagen, ich brauche dich noch.«

»Sehr richtig«, fand Christopher.

Als Gregory ihm den Stinkefinger zeigte, blieb sie mit vor der Brust verschränkten Armen vor ihm stehen. »Es reicht!«

Er ließ die Schultern hängen und erwiderte ihren Blick mit unerwarteter Härte. »Kannst du dir vorstellen, dass meine Nerven ein klein wenig blank liegen?«

»Deine Nerven? Hast du meine mal gefragt?«

Christopher mischte sich ein. »Komm, Andrea, du gehst mit mir, und John wird Greg begleiten. Nicht wahr?«

Noch bevor jemand etwas erwidern konnte, dirigierte Christopher sie sanft, aber bestimmt in die Richtung des Gebäudes, in dem sie gleich Vorlesung hatte. Sie schaute über die Schulter zurück zu Greg, der dastand wie ein begossener Pudel.

»Christopher …« sagte sie, aber er ließ sie nicht los.

»Glaub mir, ich verstehe deinen Freund gut. Mir ist völlig klar, dass ihr beiden am Ende seid, aber wenn ihr euch jetzt noch anschreit, wird es nicht besser.«

Andrea schwieg. Wieder zog sie unwillkürlich die Schultern hoch, doch es half nicht. Die Tränen kamen trotzdem. Stumm weinend lief sie neben Christopher her, doch er bemerkte es recht schnell. Er blieb stehen, baute sich vor ihr auf und drückte sie an sich, ohne Widerspruch gelten zu lassen. Sie vergrub den Kopf an seiner Brust, was bei seiner Größe nicht schwierig war, und ließ ihren Tränen freien Lauf. Es war ihr egal, dass sie mitten auf dem Weg standen. Sie konnte nicht mehr.

»Bald haben wir ihn«, sagte Christopher. Er wollte ihr wohl Mut machen. Seufzend strich er ihr über den Kopf und sah sie an. »He, Kopf hoch. Du gehst dir jetzt die Tränen abwaschen, und dann setze ich mich mit dir in diese unglaublich aufregende Vorlesung, was meinst du?«

Andrea nickte. Sie machten es genauso so, wie Christopher gesagt hatte, aber bei der Sache war sie während der Vorlesung nicht. Anschließend gingen sie den anderen entgegen. Bei Gregory wurde meistens überzogen.

Den Weg zum Wagen legten sie schweigend zurück, nachdem Gregory und John endlich aufgetaucht waren. Greg und Andrea nahmen wie immer auf dem Rücksitz Platz.

»Tut mir leid«, sagte er, als sie an der ersten Ampel standen. Er sah Andrea nicht an.

»Mir auch«, erwiderte sie leise.

Es ging alles kaputt. Bis zu diesem Zeitpunkt hatten sie sich noch nie ernsthaft gestritten, und sie hatte auch noch nie gesehen, dass er so die Beherrschung verlor. Manchmal war er sehr schweigsam; seit Weihnachten versteckte er seine Sorgen hinter einer Mauer, die für sie unüberwindbar war.

Sie fühlte sich allein. Das Gefühl klebte an ihr wie ein Kaugummi an der Schuhsohle. Und es verschwand auch nicht mehr.

Wohnung von Andrea und Gregory, 14. Januar

So ging auch die zweite Januarwoche ihrem Ende zu. Freitagmorgen hatten sie gerade erst gefrühstückt, als es klingelte. Es war Christopher. Er war allein.

»Was ist los?«, fragte Andrea ihn und bot ihm Tee an. Er winkte ab.

»Ich dachte, ich komme mal hoch und rede mit dir. Wir haben wieder eine Vermisste. Sie ist heute Nacht verschwunden.«

Sie zog unwillkürlich die Schultern hoch. Vier Wochen. Andrea hatte das Datum von Jennys Verschwinden noch im Kopf, es war der sechzehnte Dezember gewesen. Jetzt war der vierzehnte Januar.

»Warum noch eine?«, fragte sie mit gepresster Stimme. »Holt er sich so lange andere Mädchen, wie er an mich nicht herankommt?«

»Das glaube ich nicht. Er hat sich etwas dabei gedacht. Sie ist zweiundzwanzig, Studentin, dunkelblond – und ihr Name ist Andrea Jackson.«

»Was?« Sie war entsetzt. Das war ganz gewiss kein Zufall. Ihre Gedanken spielten verrückt. Er nahm nicht sie, er nahm ein Mädchen, das so hieß wie sie. Sie stand kurz davor, die Fassung zu verlieren. Wut und Verzweiflung erwachten in ihr, wenn sie sich vorstellte, dass er das jetzt ihretwegen tat.

»Alles in Ordnung?«, fragte Gregory.

Ihr wurde heiß.

»Was ist los?«, fragte Gregory. Sie starrte die beiden gehetzt an und versuchte, ruhig zu bleiben. Der Rapist würde Andrea Jackson ihretwegen töten. Das durfte er nicht. Sie musste das verhindern.

»Du kannst nichts dafür«, versuchte Christopher, sie zu trösten. Als die ersten Tränen kamen, wischte Andrea sie zitternd weg und sagte: »Natürlich kann ich nichts dafür, aber es ist meinetwegen. Er hat dieses Mädchen nur deshalb entführt, weil sie so heißt wie ich.«

Gregory legte von hinten die Arme um sie und schaute zu Christopher. »Jetzt macht sie dieses Wochenende wieder kein Auge zu.«

»Ich weiß, Gregory, aber sie hätte es so oder so mitbekommen. Ich dachte, sie erfährt es besser von mir als aus den Medien.«

Die Medien. Andrea hatte eine Idee. »Bitte, Christopher, du musst eine Pressekonferenz organisieren. Jetzt gleich.«

»Was? Wieso? Was hast du vor?«

»Ich muss mit ihm reden. Wenn er das meinetwegen tut, kann nur ich ihn aufhalten.«

»Aber niemand weiß davon, ich …«, sagte Christopher.

Sie unterbrach ihn ungehalten. »Willst du, dass sie stirbt? Wenn wir sie irgendwie retten können, müssen wir das versuchen!«

Beide sahen sie verwirrt an, aber darauf ging sie gar nicht ein. Ihre Gedanken liefen auf Hochtouren. Schließlich blieb ihnen nichts anderes übrig, als ihr zu folgen. John war völlig erstaunt, als alle zum Streifenwagen kamen, aber er fuhr sie nach Wymondham.

***

Andrea sagte die ganze Zeit über kein Wort. Der Campus Rapist wollte Krieg – den konnte er haben. Fieberhaft überlegte sie, was sie ihm sagen würde. Im Hauptquartier bat Christopher Greg und Andrea in ein Büro, während er gestresst mit den Kollegen der Sonderkommission sprach. Beim Fernsehen rief er zuerst an und versuchte dann, Andrea die Angst vor den Reportern und den Kameras zu nehmen, denn das machte sie ziemlich nervös. Mittags wollten die Reporter vor Ort sein.

Es war unzutreffend, es als ihre Schuld zu formulieren. Sie war nicht schuld daran, dass der Rapist jetzt Andrea Jackson folterte. Aber sie war der Grund. Er wollte sie zermürben. Eine effektive Methode war es jedenfalls.

Eine gute Stunde vorher gingen sie in den großen Saal, in dem die Pressekonferenz stattfinden sollte. Christopher erklärte ihr genau, wie so etwas ablief, aber nervös war Andrea immer noch. Die Mitglieder der Sonderkommission trafen ein und unterhielten sich mit ihr. Die ersten Journalisten und Fernsehkorrespondenten erschienen zeitig, und Andrea betrachtete angespannt jeden, der den Raum betrat. Ted Simmons war nicht dabei. Der hätte ihr auch gerade noch gefehlt.

Die Kameras trugen nicht gerade zu ihrer Ruhe bei. Das leise Gemurmel, das in der Luft lag, machte sie noch zusätzlich nervös. Da standen sie in ihren Anzügen und mit Krawatte, manche auch nur in Jeans – wie sie. Doch wie sie gerade aussah, war ihr egal. Sie wollte nur Andrea Jackson helfen.

Pünktlich um zwölf waren alle eingetroffen, und die Pressekonferenz begann. Der Leiter der Sonderkommission begrüßte die Journalisten und dankte für ihr Kommen, bevor er Christopher zunickte. Er schaute in die Runde und begann.

»Heute Nacht ist die zweiundzwanzigjährige Studentin Andrea Jackson spurlos verschwunden. Wir vermuten, dass erneut der Campus Rapist dahintersteckt. Vor einigen Wochen gingen die Namen seiner Opfer durch die Medien – die Namen der Opfer und einer jungen Frau, die einem der Opfer zu Hilfe kam. Diese Vergewaltigung geschah im Oktober am Campus der University of East Anglia gegen acht Uhr abends. Andrea Jahnke wurde Zeugin und zögerte nicht lang, dem Opfer zu helfen. Sie schaffte es, den Täter zu vertreiben, ist aber nun ihrerseits in Gefahr und steht unter unserem ständigen Schutz. Sie möchte heute eine Botschaft an den Täter richten.«

Es war mucksmäuschenstill, als Andrea sich zu Christopher und John stellte. Gregory blieb bei ihr. Sie verschränkte die Hände ineinander und schaute aufrecht zu den Journalisten. Sie wusste, was sie sagen wollte. Kameras und Mikrofone waren auf sie gerichtet, aber sie war plötzlich ganz ruhig.

»Ich spreche zu dem Mann, der meine Kommilitonin Andrea Jackson entführt hat«, sagte sie und holte tief Luft, um ihre Stimme fester klingen zu lassen. »Ich bitte Sie inständig, lassen Sie sie frei, solange es noch geht. Sie hat doch nichts mit der Frustration und Demütigung zu tun, die ich Ihnen an diesem Abend im Oktober aufgezwungen habe. Das tut mir aufrichtig leid. Ich wollte Sie niemals gegen mich aufbringen, ich wollte nur der Frau helfen, die Sie angegriffen haben. Ich hoffe, Sie verstehen das.« Sie machte eine Pause und überlegte, um die richtigen Worte zu wählen. »Bitte lassen Sie niemanden für mich büßen. Das ist nicht richtig. Ich flehe Sie an, lassen Sie Andrea wieder gehen. Sie ist vollkommen unschuldig. Ihre Wut gilt mir, nicht ihr. Vergessen Sie das nicht. Bitte verschonen Sie sie. Ich weiß, dass ich einen Fehler gemacht habe, und habe alles verstanden, was Sie mir sagen wollten. Bitte, lassen Sie Andrea frei. Ich bin gar nicht in der Position, das zu verlangen, aber bitte ziehen Sie sie da nicht mit hinein. Geben Sie sie ihrer Familie zurück.« Andrea senkte den Blick. »Das wäre dann alles.«

Der Leiter der Sonderkommission übernahm wieder das Wort. Er gab einige Informationen über die entführte Andrea bekannt, sprach aber nicht über den Campus Rapist. Sie alle nahmen die Sorge ernst, dass er vielleicht unüberlegt handelte und die junge Frau in einer Kurzschlussreaktion tötete, wenn jetzt zur Fahndung geblasen wurde. Doch nun hatte leider niemand mehr Einfluss darauf, ob Andrea Jackson überlebte oder nicht.

Andrea hatte nichts mehr in der Hand. Die Fäden zog jetzt endgültig ein sadistischer Serienmörder, das hatte sie ihm gerade zugestanden.

Swardeston, südlich von Norwich, 14. Januar

Wie süß.

Es war geradezu charmant, wie sehr sie sich bemüht hatte, ihn anzubetteln und ihm zu zeigen, dass sie auch anders konnte. Sie war so kleinlaut gewesen. Es hatte ihm gefallen, wie sie in aller Öffentlichkeit vor ihm kroch und sich für ihre Unverschämtheit entschuldigte. Das war vollkommen unwiderstehlich.

Er hatte nicht wegsehen können. In diesem Moment war es ihm so vorgekommen, als spräche sie nur zu ihm. Es war eigenartig intim gewesen, als sie ihn angefleht hatte. Wie gebannt hatte er vor dem Fernseher gestanden und sie angesehen, jedes ihrer Worte in sich aufgesogen, sie genau beobachtet. Ganz von selbst hatten sich seine Gedanken verselbstständigt. Sie persönlich im Fernsehen zu sehen war so greifbar gewesen. Ungeniert hatte er sie angestarrt, sie gemustert, sich vorgestellt, wie erhebend es sein musste, sie ganz für sich zu haben und mit ihr alles tun zu können – ohne dass jemand es verhinderte und ohne dass sie sich wehren konnte. Schon beim bloßen Gedanken daran hatte er die Erregung kaum noch ausgehalten.

Sie wusste also, was er ihr sagen wollte. Kluges, süßes Mädchen. Es stand außer Frage, dass sie perfekt war. Sie bettelte ihn doch jetzt schon an! Er konnte es kaum erwarten.

Aber bis es so weit war, würde er ihr ein Geschenk machen. Er setzte sich an den Schreibtisch und legte die Kamera ab. Wenn sie so in Sorge um Andrea Jackson war, dann sollte sie doch Anteil nehmen.

Er schloss die Kamera an den Computer an und kopierte das Foto. Es war hervorragend gelungen. Er forderte gleich zwei Ausdrucke an. Er konnte gar nicht anders. Der Drucker summte und vibrierte, als er das Foto zweimal auf gutem, teurem Fotopapier ausgab. Das war es ihm absolut wert.

Schließlich schnitt er beide Fotos zurecht. Eins steckte er in einen Briefumschlag, den er sofort adressierte. Gleich würde er ihn noch zum Briefkasten bringen. Das war wichtig. Sehr wichtig.

Das andere Foto nahm er und suchte nach einem Platz an der Wand zwischen all den anderen Bildern. Da waren schon ein paar Fotos von Andrea Jackson. Auf einem saß sie mit einer Freundin im Café, auf einem anderen war sie auf dem Campus zu sehen. Und da war noch eins, welches sie vor ihrer Haustür zeigte. Er hatte Fotos von allen Mädchen, die ähnliche Situationen zeigten.

Auch von der süßen kleinen Raubkatze. Er hatte sie aus dem Auto heraus vor der Wohnung fotografiert, zusammen mit ihrem Freund. Den blendete er jedoch aus, wenn er sie ansah. Leider hatte er nicht viele Aufnahmen, die sie allein zeigten. Auf einem Foto war sie zusammen auf dem Campus mit einer Freundin zu sehen, auf einem anderen mit zwei Polizeibeamten. Nie hatte sie es bemerkt. Nie war sie aufmerksam geworden.

Aber das war nicht schlimm. Er würde ihre Aufmerksamkeit noch früh genug haben. Sie war so bildhübsch! Er wollte sie besitzen, konnte nicht widerstehen. Und bald würde es so weit sein.

Seufzend starrte er auf das Foto, das sie mit ihrem Freund zeigte. Sie lächelte, strahlte geradezu, als sie ihn ansah.

Das würde er ihr schon austreiben. Würde sie nicht noch viel süßer und hübscher sein, wenn sie seinetwegen weinte?

Er riss sich los und verließ mit dem Brief in der Hand den Raum. Sie wollte, dass er mit ihr sprach? Das konnte sie haben.

Wohnung von Andrea und Gregory, 15. Januar

Besonders gut geschlafen hatte sie nicht, denn es gab keinen Hinweis darauf, dass der Campus Rapist sein Opfer freigelassen hätte. In den Medien war am Vortag fleißig darüber spekuliert worden, warum Andrea auf der Pressekonferenz gesprochen hatte. Viele stürzten sich darauf wie Aasgeier und ahnten bald, dass er eigentlich hinter ihr her war. Das hatte sie so nicht gesagt, aber es war ziemlich eindeutig. Man musste kein Profiler sein, um zu merken, dass sie den gleichen Namen trug wie das aktuelle Opfer.

Nach dem Frühstück mit Greg versuchte sie, sich auf ihre Seminararbeit zu konzentrieren. Gregory verließ kurz die Wohnung, um nach der Post zu schauen, worauf Andrea nicht weiter achtete. Sie schaute erst auf, als er mit einem Brief in der Hand vor ihr stand und aussah, als hätte er einen Geist gesehen.

»Der ist für dich«, sagte er tonlos. »Er ist adressiert an Andrea Thornton.«

»Was? Andrea Thornton?«, wiederholte sie.

»Sieh dir die Schrift an.« Gregory reichte ihr den Brief. Sie wurde blass, denn sie erkannte die Schrift sofort.

»Bitte hol einen der Polizisten«, bat sie ihn.

Er machte sich sofort wieder auf den Weg nach unten, während sie den Brief in der Hand hielt, auf die Handschrift des Campus Rapist starrend. Andrea Thornton. Er wollte sichergehen, dass der Brief sie auch tatsächlich erreichte. Augenblicke später waren Gregory und Sergeant Cole oben. Andrea hörte sie reden, noch bevor sie in der Wohnung waren.

»Es ist eindeutig seine Schrift. Wir haben den Brief noch nicht geöffnet. Bitte, kommen Sie«, sagte Gregory.

»Haben Sie Einmalhandschuhe?«, fragte Sergeant Cole und grüßte Andrea. »Zeigen Sie mal.«

Schweigend hielt sie ihm den Brief hin und sah, dass ihre Hand dabei leicht zitterte. Es war nur ein normaler Brief, leicht, nicht weiter aufsehenerregend. Sergeant Cole fasste ihn am Rand an, bevor Gregory mit den Einmalhandschuhen erschien.

»Es wäre mir sehr recht, wenn Sie ihn öffnen könnten«, sagte Andrea und reichte dem Sergeant einen Brieföffner. Angespannt beobachteten Gregory und sie den Polizisten dabei, wie er den Brief öffnete und hineinschaute.

»Ein Foto«, sagte er und zog es vorsichtig heraus. Zwar sah Andrea nur die weiße Rückseite, aber sie erschrak trotzdem furchtbar.

»Da steht etwas«, sagte sie tonlos. Der Sergeant reagierte zunächst nicht, denn er studierte das Foto.

»Es ist Andrea Jackson«, sagte er. »Auf der Rückseite steht etwas?«

Andrea nickte und bat ihn, den Finger zur Seite zu nehmen. *Sei vorbereitet.* Sie schloss die Augen und schluckte. Am liebsten hätte sie sich in Luft aufgelöst. Das konnte – das durfte nicht sein.

»Was ist auf dem Foto zu sehen?«, fragte sie.

»Wenn Sie die Bilder der Toten kennen, dürfte es Sie nicht erschrecken«, sagte er und zeigte es ihr.

Er lag falsch. Es erschreckte sie zu Tode. Das Foto zeigte

eine Nahaufnahme von Andrea Jackson, ihren Kopf, die Schultern und die Arme. Sie war nackt. Ihr ängstliches Starren brannte sich sofort in Andreas Gedächtnis ein. Sie war geknebelt und mit beiden Händen an ein Bettgestell gefesselt. Außer ihr, der Matratze und dem Bettgestell war nicht viel zu erkennen. Im Hintergrund war eine Mauer zu sehen.

Der Sergeant hielt das Foto ein wenig höher, um lesen zu können, was auf der Rückseite stand. Andrea wusste längst, was das alles bedeutete. Der Täter ließ sie teilhaben. Sie sollte sehen, was Andrea Jackson durchmachte, denn das wünschte er sich auch für sie.

Furchtbare Wut stieg in ihr auf. Ihr Herzschlag beschleunigte sich, sie ballte die Hände zu Fäusten. »Dieser verdammte Drecksack! Ich könnte ihn umbringen. Ich komme schon kaum damit zurecht, dass er von mir träumt – aber das hier geht eindeutig zu weit. Er kann nicht jemanden foltern, nur weil er mich nicht haben kann, und ständig meinen, er könnte mir damit Angst einjagen. Ich habe es so satt, mir fehlen die Worte.«

Verdutzt sahen Gregory und Sergeant Cole sie an, denn mit einer solchen Reaktion hatten sie beide nicht gerechnet. Andrea zog den Ärmel ihres Pullovers über die Hand und griff mit den Fingerspitzen nach dem Foto. Sie schaute es sich ganz genau an.

»Ich habe es wirklich satt. Wahrscheinlich sitzt er jetzt zu Hause und freut sich diebisch bei dem Gedanken daran, dass ich jetzt vor Angst heule. Aber da liegt er falsch. Seit ich Jennys Leiche gesehen habe, schockiert mich nichts mehr.«

»Das weiß er aber nicht«, sagte Gregory.

»Ja, und deshalb funktioniert sein toller Plan nicht.« Sie schaute zum Sergeant. »Nehmen Sie es ruhig mit zum Revier. Vielleicht finden Sie irgendwas.«

Sergeant Cole nickte und verabschiedete sich. Andrea war zornig sitzengeblieben und zappelte unruhig mit dem Fuß herum. Jetzt hatte sie wirklich genug. Vielleicht war das seine Reaktion auf ihr öffentliches Betteln vom Vortag.

Ruhelos lief sie durch die Wohnung und beobachtete kurz darauf, wie ein zweiter Streifenwagen neben dem Wagen hielt, in dem die Polizisten Wache schoben. Sergeant Cole sprach mit einem Kollegen und überreichte den Brief. Andrea war gespannt, ob die Untersuchung etwas ergab, aber sie ging nicht davon aus.

Gregory lehnte mit düsterer Miene an der Wand und beobachtete sie. »Ich habe Angst um dich«, sagte er unvermittelt.

»Vergiss es. Der Mistkerl will mich nur das Fürchten lehren, aber ich gehe jede Wette mit dir ein, er traut sich nicht an den Polizisten und an dir vorbei«, gab sie bissig zurück.

»Ich wünschte, du hättest recht.«

»Glaubst du nicht?«

»Weiß ich nicht. Ich habe gerade unabsichtlich auf das Foto geschaut. Langsam wird mir klar, warum du nachts so schlecht schläfst.«

»Das Foto war ein müder Witz gegen das, was Christopher mir gezeigt hat.«

Gregory erwiderte nichts. Er war am Ende mit den Nerven, genau wie sie. In diesem Moment fragte sie sich zum ersten Mal ernsthaft, warum er das alles eigentlich noch mitmachte. Es bestimmte nicht nur ihr Leben, sondern auch seins. Ihr hätte das an seiner Stelle auch Angst gemacht. Sie ging zu ihm und umarmte ihn tröstend, denn gerade hatte er Trost nötiger als sie.

***

Inzwischen war es Sonntagnachmittag, Andrea Jackson war nicht zurückgekehrt. Andrea wusste inzwischen, dass sie das nicht überleben würde. Hätte der Täter auf ihren Appell hören wollen, hätte er sie längst freigelassen. Unfähig, sich zu konzentrieren und an Dingen für die Uni zu arbeiten, saß sie vor dem Fernseher und schlug die Zeit tot. Sie hatte ständig das Gefühl, weinen zu müssen. Zwar kannte sie Andrea Jackson gar nicht, aber sie litt und starb ihretwegen.

Wieder kamen ihr die Tränen. Dieser Albtraum musste endlich aufhören. In ihr tobte und schrie es, fühlte sich unglaublich kalt an. Jedes andere Gefühl war tot. Von früh bis spät musste sie immer an den Campus Rapist denken.

»Du kannst nichts dafür«, sagte Gregory vom Tisch aus, wo er saß und arbeitete. »Bitte weine nicht.«

»Sie wird meinetwegen sterben. Wie soll ich da nicht weinen? Wie soll ich damit überhaupt leben?«, gab Andrea resigniert zurück. Wenn sie mit dem Täter hätte sprechen können, von Angesicht zu Angesicht, dann hätte sie ihn angefleht, Andreas Leben zu schonen. Sie hätte ihm die Unterwerfung geliefert, die er haben wollte. Sie hätte ihm so gut wie alles angeboten, damit er Andrea Jackson schonte. Aber ihr Tod war besiegelt.

»Ich weiß es nicht. Aber dir bleibt nichts anderes übrig, als damit zu leben«, sagte Gregory leise. Er sah seine Freundin nicht an, war immer noch in seiner Arbeit versunken, aber sie wusste, er meinte es gut. Sie rollte sich unter der Decke zusammen und verfolgte teilnahmslos das Fernsehprogramm. Andrea Jackson musste leben. Nichts anderes war in ihrem Kopf. Sie fühlte sich schuldig.

***

Irgendwie verging die Zeit. Gregory verbrachte den Abend mit ihr; versuchte, sie durch seine Nähe zu trösten. Mit Kopfschmerzen saß sie da, ihre Augen brannten. Es durfte alles nicht sein.

Als um kurz nach neun das Telefon klingelte, zuckte sie zusammen und sprang auf. Vielleicht ging es um Andrea. Vielleicht war sie gerettet worden.

Hastig nahm sie den Hörer ab und meldete sich. Es knackte und rauschte vernehmlich in der Leitung, niemand sagte etwas.

»Christopher?«, fragte sie irritiert.

Ein Atemgeräusch. Ihr Instinkt sagte Andrea, dass etwas nicht stimmte. Ihre Finger krampften sich um das Telefon. Sofort war sie hellwach, schloss die Augen und dachte nach.

»Was kann ich tun, um ihr zu helfen?«, fragte sie mit zitternder Stimme.

Ein leises Lachen war die erste Reaktion. »Du könntest mit ihr tauschen, ist dir das nicht klar?«

Sie erinnerte sich sofort an seine schmeichelnde Stimme. Er gefiel sich in der Rolle.

Gregory schaute sie fassungslos an. Er wusste instinktiv, wer da gerade am Telefon war.

»Bitte schonen Sie ihr Leben. Es geht Ihnen doch um mich. Sie hat nichts damit zu tun, sie hat nur denselben Namen. Sie ist nicht ich«, redete Andrea auf den Mann ein.

Mit zwei Schritten war Gregory bei ihr und griff nach ihrer Hand. Er war ganz nah, versuchte mitzuhören.

»Ich weiß, Andrea. Natürlich weiß ich das. Aber du bist mir

wichtig. Mit dir habe ich etwas ganz Besonderes im Sinn, weißt du. Dieses Mädchen hier ist kein Ersatz, weil ich dich nicht haben kann. Ich werde dich haben. Ich bereite das nur vor.«

Andrea biss sich auf die Lippen und holte wieder tief Luft. »Lassen Sie sie gehen. Bitte.«

Er antwortete nicht mehr. Etwas rauschte und knisterte, dann hörte sie einen erstickten, markdurchdringenden Schrei, gellend laut. Es war Andrea Jackson. Andrea musste sich zwingen, das Telefon zu halten, während sie die junge Frau in wilder Panik schreien hörte. Sie war geknebelt, aber sie schrie um ihr Leben.

»Nein!«, schrie Andrea in den Hörer. Greg hielt sie mit beiden Armen fest, weil ihr die Knie weich wurden.

Gregory riss Andrea den Hörer aus der Hand, wartete zwei Atemzüge und brüllte: »Du wirst meiner Freundin nichts tun! Und für das, was du da tust, wirst du bezahlen, das verspreche ich dir!«

Er hielt sie an sich gedrückt, während Andrea den Kopf an seiner Brust vergrub und leise wimmerte. Das Telefon war immer noch an seinem Ohr, aber sie hörten keine Schreie mehr.

Gregory stand reglos da und lauschte. Plötzlich erstarrte er am ganzen Körper.

Andrea konnte die fremde Stimme verstehen, auch wenn sie selbst nicht mehr am Hörer war. »Gregory …« Es klang höhnisch.

»Man sollte mit dir dasselbe machen, was du diesen Frauen antust!«, brüllte Greg hasserfüllt ins Telefon.

»Ich werde sie dir wegnehmen, schon sehr bald.« Es klickte, dann war es still in der Leitung. Gregory warf das Telefon aufs

Sofa und zerrte Andrea mit sich zur Wohnungstür. Sie folgte ihm laut weinend bis nach draußen auf die Straße, wo die beiden Polizisten in ihrem Wagen saßen. Sie stiegen sofort aus, als sie die beiden so sahen.

»Andrea Jackson ist tot«, sagte Gregory. »Der Kerl hat angerufen, bevor er sie umgebracht hat. Wir haben es live mitgehört.«

»Oh mein Gott.« Der Beamte setzte sich sofort wieder in den Wagen und griff nach dem Funkgerät.

Vor lauter Tränen konnte Andrea nichts sehen. Ihr Entsetzen war so groß, dass nicht einmal Gregory etwas dagegen tun konnte. In ihrem Kopf waren nur Andreas Schreie.

***

Das Zittern hörte nicht mehr auf. Ihr ganzer Körper bebte, es fühlte sich an wie ein Schock. Sie spürte sich gar nicht mehr. Ihr Pullover war nassgeweint, in ihrem Kopf hämmerte es. Die Stimmen von Gregory und dem Polizeibeamten drangen nur dumpf zu ihr vor. Sie hatte die Hände zu Fäusten geballt. Wie lange, spürte sie erst, als sie damit aufhörte. Ihre Finger zitterten und schmerzten.

Andrea Jackson war tot. Warum hatten sie nicht einfach aufgelegt? Warum hatten sie das nur mitangehört?

Andrea hatte noch mitbekommen, wie die Polizei zum Großeinsatz geblasen hatte, um in den Broads auf ihn zu warten. Sie hatten Straßensperren errichtet und sich an Orten versteckt, die er schon einmal besucht hatte oder die sich anderweitig für ihn anbieten könnten. Außerdem versuchte gerade ein Techniker, den Anruf zurückzuverfolgen. Andrea schaffte es, dem Polizisten Auskunft zu geben, als er sie bat, den Anruf noch einmal wiederzugeben. Auch mit Gregory sprach er darüber.

Es nahm kein Ende. Es würde nie aufhören.

»Der Techniker sagt, der Anruf kam von einem Mobiltelefon«, sagte der Polizist plötzlich. Andrea drehte sich um. »Es ist südlich der Stadt eingewählt gewesen. Mehr weiß er nicht, dazu hat der Anruf nicht lange genug gedauert.«

Natürlich nicht. Der Rapist hatte seine Hausaufgaben ja gemacht.

***

Gegen kurz vor Mitternacht waren Gregory und Andrea wieder allein. Zusammengesunken saß sie auf dem Sofa und versuchte, den Schrei aus ihrem Kopf zu verbannen. Gregory setzte sich neben sie und legte einen Arm um ihre Schultern. »Alles in Ordnung?«

Sie schüttelte den Kopf. »Nichts ist in Ordnung. Er hat gar keine Angst, verstehst du? Er schickt mir Briefe, er ruft mich an, kümmert sich gar nicht um die Polizei. Er weiß, dass ich Polizeischutz habe und stört sich daran überhaupt nicht. Er will mir Angst machen … und das schafft er auch. Was soll ich jetzt machen? Ich habe Angst.« Sie senkte den Kopf und knetete ihre Finger. Erneut kamen ihr die Tränen. »Und ich will nach Hause.«

»Du bist doch zu Hause.«

»Nein, das meine ich nicht.« Sie schniefte. »Ich meine Deutschland. Dortmund. Dort würde er mich nicht finden, verstehst du?«

Wie vom Donner gerührt sah Gregory sie an. »Du willst nach Deutschland zurück?«

Sie zuckte mit den Schultern. »Keine Ahnung. Nein, eigentlich nicht. Hier ist doch mein Leben … ich will das nicht seinetwegen aufgeben. Aber ich habe nur noch Angst. Die müsste ich in Deutschland nicht mehr haben.«

Konsterniert zog er seinen Arm zurück. Er wusste nicht, wie er reagieren sollte. Das war mehr als nur ein Schlag ins Gesicht gewesen.

»Kann ich verstehen«, murmelte er wortkarg.

Sie wich seinem Blick nicht aus. »Mach mir nichts vor.«

»Tue ich nicht.« Er stand auf und blieb dann neben ihr stehen. »Ich habe ja nicht behauptet, dass ich es gut finde.«

»Aber du willst es nicht.«

Er sah sie an. »Nein, eigentlich will ich nicht, dass meine Freundin einfach weggeht.«

»Einfach? Ist es dir vielleicht lieber, er holt mich und bringt mich um?«

»Nein. Aber du hast Polizeischutz. Du hast mich. Er kann dich nicht holen, ist dir das nicht klar?«

»Er kann, wenn er will. Vielleicht ist dir das nicht klar.«

»Du hättest an dem Abend auch einfach warten können, bis die Polizei da ist. Du hättest ihn nicht gegen dich aufbringen müssen.«

»Ich dachte, du findest es gut, dass ich mich eingemischt habe.«

»Ja, aber das war, bevor dieser Scheißkerl unsere Beziehung kaputt gemacht hat. Es hat dich so verändert. Du bist gar nicht mehr du selbst, und ich kann nur dabei zusehen. Ich habe auch jeden Tag Angst, dass er dir etwas antut, aber ich versuche wenigstens, mich davon nicht kaputt machen zu lassen.«

»Na klar. Du hast auch ganz freundlich mit dem Reporter gesprochen.«

Wütend starrte er sie an. »Ich soll dich nicht beschützen? Gut, bitte. Kannst du haben. Aber weißt du was? Ich will mich nicht mit dir streiten. Überleg dir einfach, ob du mir vielleicht vertraust und hierbleibst oder ob du doch lieber nach Dortmund gehen willst. Ich gehe jetzt ins Bett.«

Andrea sagte nichts, aber der Blick, den sie ihm hinterherwarf, war deutlich genug. Schade nur, dass er ihn nicht sah.

Sie blieb auf dem Sofa sitzen, während Greg ins Schlafzimmer ging. Er lehnte die Tür nur an – als Angebot, ihm zu folgen. Aber sie konnte nicht. Sie wollte auch gar nicht. Sie war nicht müde, denn ihr gingen zu viele Dinge durch den Kopf.

Bald waren Semesterprüfungen. Die musste sie schreiben, um nicht das ganze Semester zu verlieren. Aber danach konnte sie nach Dortmund gehen, wenigstens über die Ferien. Sie hatte ihr Elternhaus noch nicht verkauft.

Plötzlich packte sie eine heftige Sehnsucht. Das war doch eine gute Idee. Gregory konnte sogar mitkommen.

Wenn er wollte.

Er war beleidigt, weil er glaubte, dass sie es ihm nicht zutraute, sie zu beschützen. Eigentlich traute sie ihm das sehr wohl zu, aber sie beschäftigte die Sicherheit, mit der der Campus Rapist handelte und sprach. Er schien zu glauben, dass ihn nichts von ihr trennte. Aber diese Angst konnte Greg nicht verstehen. Ihm konnte man diese ganzen entsetzlichen Dinge nicht antun.

Er schlief längst, als sie ebenfalls ins Schlafzimmer ging und zu schlafen versuchte. Um halb drei gab sie entnervt auf. Sie fühlte sich, als hätte man sie durch den Fleischwolf gedreht. Also stand sie wieder auf, nahm noch einmal ihr Notizbuch und ging alles durch.

Das Profil war gut. Der Rapist hatte es ihr selbst durch seine Handlungen bestätigt. Aber er lief immer noch frei herum.

Auf dem Regal stand ihr Familienalbum. Seufzend nahm sie es herunter und setzte sich damit aufs Sofa. Sie hatte ihren großen Bruder schon seit Langem nicht mehr so vermisst wie in diesem Moment. Es tat weh, ihn auf den Fotos zu sehen. Wenigstens gab es die noch. Auf der Kommode stand das einzige Bild von Greg und Andrea, das es bislang gab. Jack hatte es an Heiligabend mit Gregs neuer Kamera aufgenommen.

Da war die Welt noch halbwegs in Ordnung gewesen.

Sie war beinahe eingenickt, als sie das Summen ihres Handys aufschrecken ließ. Es lag auf dem Schreibtisch. Müde holte sie es und fand eine Nachricht von Christopher. *Meld dich, wenn du wach bist.*

Sie wählte seine Nummer. Er hob gleich ab. »Du bist also wach.«

»Was ist los?«

»Ich stehe unten. Kann ich hochkommen?«

Mit einem Blick auf die Uhr bejahte sie. Halb sechs. Sie konnte es nicht fassen.

Bevor Christopher die Wohnung betrat, schloss Andrea die Schlafzimmertür. Dennoch war er leise, als er hereinkam.

»Hast du überhaupt geschlafen?«, fragte er. Sie schüttelte den Kopf.

»Meine Nacht war auch nicht besonders lang.« Er seufzte.

»Wir haben ihn verpasst. Dafür haben wir vorhin Andrea Jacksons Leiche gefunden. Sie trieb ziemlich weit außerhalb im Yare, immer noch gefesselt und geknebelt, du kennst das ja. Dass er sie erwürgt hat, weißt du schon?«

Andrea nickte und verschränkte die Arme fester vor der Brust. »Christopher?«

»Hm?«

»Bitte erspar mir die Einzelheiten.« Sie konnte sich auch so denken, wie Andrea Jackson gefoltert und verstümmelt worden war.

»Okay.« Er ließ sich aufs Sofa fallen, hatte Verständnis für diese Bitte. »Wenn du mich fragst, hat er noch keine Speichelprobe abgegeben.«

»Oder mein Profil ist falsch«, sagte sie, ihre brennenden Augen reibend.

»Nein, das glaube ich nicht. Er muss jetzt nur einen einzigen Fehler machen und wir haben ihn. Wir sind so nah dran. Wir wissen alles über den Kerl, aber wir kommen einfach nicht an ihn heran.«

»Ich bin froh, dass du bei mir bist«, sagte sie und sah ihn dabei an.

Christopher lächelte. »Ist doch klar. Wenigstens dich können wir beschützen.«

Sie sagte nichts dazu, ging in die Küche und kochte Christopher einen Kaffee.

»Deine Familie?«, fragte er.

»Sieh dir das Album ruhig an.« Augenblicke später kehrte sie mit dem Kaffee zurück. Ihr genügte ein Glas Wasser.

»Wir hatten Streit«, sagte sie, nachdem sie neben Christopher Platz genommen hatte.

»Was war los?«

»Ich habe nur gesagt, dass ich darüber nachgedacht habe, nach Deutschland zurückzukehren. Da wäre ich sicher, verstehst du?«

Er zuckte mit den Schultern. »Vielleicht aber auch nicht.«

»Ich weiß. Greg war ziemlich sauer deswegen.«

»Er ist vor allem sauer auf sich selbst, glaube ich. Weil er nicht mehr für dich tun kann.«

»Was soll er denn tun?«

»Den Kerl aus dem Weg schaffen. So wie ich ihn einschätze, würde er hinfahren und ihm den Hals umdrehen, wenn er wüsste, wer der Kerl ist. Ich verstehe auch seine Enttäuschung wegen dem, was du gesagt hast.«

»Ich will doch nicht seinetwegen weg.«

»Ja, aber so sieht er das nicht.«

»Ich habe einfach Angst. Verstehst du das wenigstens? Ein Psychopath ist hinter mir her.«

Christopher drückte ihre Hand und sah sie tröstend an. »Ich verstehe das. Aber lasst es nicht zu sehr an euch herankommen. Du bist hier absolut sicher, das weißt du doch. Rede mit ihm. Du bist sein Ein und Alles, das weiß ich. Lasst euch das nicht kaputtmachen.«

Als Gregory kurz darauf aus dem Schlafzimmer kam, begrüßte Christopher ihn freundlich. Andrea lächelte, als sie sah, dass Gregory sein T-Shirt falsch herum angezogen hatte. Er brummte nur, als sie ihn darauf aufmerksam machte. Ansprechbarer war er erst, als er aus dem Bad kam und sich etwas zu essen machte. Mit einem Sandwich in der Hand setzte er sich zu Andrea.

»Kannst du denn nichts tun?«, fragte er Christopher frustriert. »Andrea wird bald verrückt, und ich stehe ihr nicht in viel nach.«

»Das glaube ich euch gern, aber ich weiß nicht, was ich machen soll. Solange wir keinen Hinweis auf einen Verdächtigen erhalten, kommen wir nicht weiter.«

»Hm«, machte Gregory wenig begeistert.

Es war immer noch dunkel. Während Christopher versuchte, ihnen Mut zu machen, zwang die Müdigkeit Andrea allmählich doch in die Knie. »Ich lasse euch mal allein«, sagte sie unvermittelt, stand auf und taumelte ins Schlafzimmer.

»Hast du gar nicht geschlafen?«, fragte Gregory. Sie schüttelte den Kopf.

»Aber heute Mittag ist doch Vorlesung.«

Sie zuckte gleichgültig mit den Schultern und schloss die Tür hinter sich, ohne sich noch einmal umzudrehen. Sie fiel wie ein Stein ins Bett und war im Handumdrehen eingeschlafen.

***

Sie erwachte erst gegen Mittag wieder – genauso müde wie vorher, aber nicht mehr fähig zu schlafen. Als sie aus dem Schlafzimmer kam, fand sie Gregory allein auf dem Sofa vor.

»Wo ist Christopher?«, fragte sie.

»Unten vor dem Haus, mit John. Ich habe ihnen gesagt, dass es heute mal nicht zur Uni geht.«

Andrea nickte nur. Hungrig schleppte sie sich in die Küche, machte schnell ein Sandwich und setzte sich zu Greg vor den Fernseher. Sie verfolgte das Programm teilnahmslos, bis wieder Nachrichten kamen. Gleich die erste Schlagzeile war Andrea Jacksons Tod. In ihr war alles taub. Andrea reagierte gar nicht richtig, wusste nicht, was sie fühlen oder denken sollte. Auch Gregory sagte kein Wort. Er verlor den ganzen Tag kein Wort mehr darüber, was sie in der Nacht gesagt hatte. Nichtsdestotrotz beschäftigte es ihn, da war sich Andrea sicher.

***

Am nächsten Morgen erfuhr Greg, dass seine Vorlesung an diesem Abend ausfiel. Christopher und John überlegten, ob sie sich aufteilen wollten, aber Gregory hielt sie davon ab. Er wollte, dass sie beide mit Andrea zur Uni fuhren.

Andrea war inzwischen wieder wach, etwas besser gelaunt und froh, nicht mehr nur zu Hause herumsitzen zu müssen, wo sie immer wieder Andreas Schrei in ihrem Kopf hörte. Sie hatte ihren Tod mit angehört. Momentan hätte sie den Kerl dafür am liebsten umgebracht.

Christopher begleitete sie allein in den Hörsaal. John wollte draußen aufpassen und derweil mit ein paar Kollegen telefonieren. Ihr war das recht so. Sie war froh, dass Christopher bei ihr war, denn er sorgte sich um sie wie ein Freund. Ihm entging nicht, dass Andrea der Vorlesung nur schlecht folgen konnte. Irgendwann nahm er ihre Hand und drückte sie ganz fest, um Andrea zu trösten.

So schlimm es sich auch anfühlte – inzwischen bereute sie es beinahe, bei Carolines Vergewaltigung eingegriffen zu haben. Für Caroline war es gut gewesen, aber für alle anderen hatte es eine Katastrophe heraufbeschworen. Es gab nun vier tote junge Frauen, und wenn es nach dem Campus Rapist ging, war Andrea die nächste. Zu allem Überfluss hatte Greg zwei Tage später Geburtstag. Sie hatte keine Ahnung, wie sie den feiern sollten.

»Inzwischen wünsche ich mir wirklich, der Kerl würde versuchen, dich zu schnappen. Dann könnte ich ihn dingfest machen«, sagte Christopher später auf dem Weg zum Auto.

»Das wird er tun. Wenn er seinen Zyklus wirklich beibehält, ist es in vier Wochen so weit.«

»Ich weiß. Wir haben in der Sondereinheit schon darüber gesprochen, was wir dann tun werden.«

»Und?«

»Es ist noch nichts entschieden. Aber Mister Unbekannt wird sich noch wundern.«

Andrea sagte nichts mehr. Christopher und John besprachen während der Heimfahrt einige Dinge bezüglich ihrer Arbeit und brachten Andrea noch hoch in die Wohnung. Von der Straße aus hatte Andrea Licht brennen sehen, doch als sie die Tür aufschloss und hineinging, war alles mucksmäuschenstill. Christopher hielt skeptisch inne und lauschte. »Gregory?«

Keine Antwort. Irritiert sahen sie sich an. Christopher drängte an ihr vorbei und tastete nach seiner Waffe. Ihr wurde heiß. John gab ihr einen Wink, dass sie zurückbleiben sollte, während Christopher vorsichtig in die Wohnung schlich. Plötzlich ließ er die Waffe sinken und beeilte sich, zum Wohnzimmertisch zu kommen.

»Ein Zettel«, sagte er und hob ihn hoch, sodass die anderen ihn sehen konnten. Dann las er vor. »Jack hat vorhin angerufen und sich nach uns erkundigt. Wir haben beschlossen, ein wenig durch die Bars zu ziehen. Du brauchst dir also keine Sorgen zu machen. Greg.« Er verdrehte entnervt die Augen und legte den Zettel wieder auf den Tisch. »Schön, dass er sich auch um meinen Herzinfarkt Gedanken macht!«

Andrea musste unwillkürlich grinsen. »Wenn du möchtest, richte ich ihm das aus.«

»Alles klar, wir sind dann wieder unten im Wagen. Gleich dürfte unsere Ablösung kommen.«

»In Ordnung. Danke, Christopher. Schönen Abend euch beiden.«

Sie erwiderten ihren Abschiedsgruß und ließen sie allein in der Wohnung. Einem plötzlichen Gedanken folgend, kramte sie ihr Handy heraus, um Gregory anzurufen. Sie wollte wissen, wann er zurückkam.

Das Freizeichen echote monoton in ihrem Ohr. Nach dem achten Mal legte sie wieder auf; wahrscheinlich hatte er es einfach überhört. Begeistert war sie trotzdem nicht. Kurz darauf griff sie zum Telefon, um Sarah anzurufen.

»Hey, Süße. Was gibt's?« Sarah klang nicht so vergnügt wie sonst.

»Nichts Besonderes. Ich will gerade nur nicht so allein sein.«

»Du bist allein?«

»Gregory ist mit Jack unterwegs. Er hat mir nur einen Zettel hingelegt.«

»Greg ist mit seinem Bruder unterwegs? Ausgerechnet jetzt? Ist ja interessant.«

Andrea erzählte Sarah von dem Streit der letzten Nacht. »Greg ist gerade ziemlich reizbar. Vielleicht braucht er wirklich eine Pause.«

»Ja, sicher. Trotzdem lässt er dich ganz allein zu Hause sitzen.«

Da hatte sie allerdings recht. Andrea wusste noch nicht, was sie darüber denken sollte.

»Ist denn sonst alles okay bei euch?«

Andrea überlegte. Gregory sorgte sich um sie, passte auf sie auf, hatte ihretwegen sogar den Reporter attackiert. Er hörte ihr zu, war für sie da, schloss sie in die Arme, damit sie einschlafen konnte.

»Kommt drauf an, wie du das meinst«, sagte sie. »Er sagt, dass er Angst hat, mich zu verlieren. Ich verstehe das auch. Aber ich weiß nicht, was ich tun soll. Seit Silvester ist nichts mehr gelaufen. Ich meine, eigentlich ist nicht einmal da etwas gelaufen.«

»Weil du abgeblockt hast.«

»Ja. Ich kann Nähe gerade einfach nicht ertragen.«

Sarah sog scharf die Luft ein. »Lass nicht zu, dass dieser Irre euch kaputt macht, Andrea. Wenn du dir da jetzt reinpfuschen lässt, geht das definitiv zu weit.«

»Ich weiß, aber wie soll ich nicht an die toten Mädchen denken? Weißt du, was er tut? Er hat sie tagelang in seiner Gewalt, bindet sie irgendwo fest und foltert sie, ohne dass sie sich wehren können. Er würgt sie, beißt sie, er vergewaltigt sie mit Gegenständen, er verstümmelt sie …« Zitternd grub Andrea die Finger in ihren Pulli und hielt die Luft an. Ruhig bleiben, sagte sie sich.

Am anderen Ende war es still geworden. Eine gefühlte Ewigkeit später sagte Sarah: »Du bist zu weit gegangen.«

»Aber ich will das beruflich machen, Sarah. Das muss ich ertragen können.«

»Ja, aber jetzt bist du selbst betroffen. Du kennst diesen Menschen wahrscheinlich besser als er sich selbst, ohne ihm je begegnet zu sein. Klar macht es dich krank zu wissen, was er mit dir vorhat. Aber du musst das wegschieben. Geh doch wirklich nach Dortmund, aber sag Greg, dass er mitkommen soll.«

»Gerade ist mir nicht danach. Als er vorhin nicht hier war, dachte ich, es wäre etwas passiert. Das kann er doch nicht einfach machen.«

»Dann sag ihm das. Das ist dein gutes Recht. Pass gut auf euch auf.«

»Okay. Mache ich.«

»Gib nicht auf. Sie werden ihn kriegen, das weiß ich. Dann ist alles wieder wie vorher. Und sieh doch mal, wie gern Greg dich hat. Er lässt dich damit nicht allein.«

»Ja, aber was tue ich ihm damit an?«, fragte Andrea deprimiert.

Sie sprachen nicht mehr lange. Andrea wollte nicht, denn sie spürte, wie ihr die Tränen kamen. Nachdem sie aufgelegt hatte, blickte sie ins Nichts und begann, stumm zu weinen. Es war alles zu viel. Vier junge Frauen, die grausam zu Tode gekommen waren. Die Angst, dass er sie in die Finger bekam, wurde gerade erstickt von dem Entsetzen, das seine bisherigen Taten in ihr auslösten, und der Wut darüber, dass er ihr Leben zerstörte.

Das durfte doch alles nicht wahr sein.

Sie lenkte sich beim Fernsehen ab – zumindest versuchte sie es. Der Erfolg war nicht allzu groß, aber es war besser als nichts.

Gegen elf schaltete sie den Fernseher wieder aus. Immer noch keine Spur von Greg. Erneut griff sie zum Handy, um ihn anzurufen. Nichts. Seufzend schaute sie aus dem Fenster auf den Streifenwagen vor dem Haus. Was, wenn doch etwas passiert war? Sie konnte ihnen Bescheid geben.

Andrea entschied sich dagegen, weil sie sich für paranoid hielt und legte sich stattdessen ins Bett. Der fehlende Schlaf der letzten Tage steckte ihr auch jetzt noch in den Knochen.

Es war eigenartig, allein im Bett zu liegen. Kalt. Traurig stierte sie im Dunkeln auf die leere Betthälfte neben sich. Aber weil sie so müde war, schlief sie zum Glück trotzdem schnell ein.

***

Die Tür fiel ins Schloss. Sie riss die Augen auf, mit Herzrasen in die Dunkelheit starrend. Alles war still.

»Andrea?«

Es war Gregorys Stimme. Sie atmete tief durch und überlegte.

Dann legte sie sich wieder hin. Sollte er sie doch suchen.

Augenblicke später öffnete er die Tür und spähte ins Schlafzimmer. Andrea sah ihn an, doch er sagte nichts. Er öffnete die Tür weiter und kam ins Schlafzimmer. Seinem Gang konnte sie ansehen, dass er betrunken war.

»Hier bist du«, sagte er.

»Wo soll ich denn sonst sein?«, erwiderte sie gereizt.

»Ich weiß nicht. Ist erst Viertel vor zwölf.«

»Ich war müde. Ich hatte keine Lust zu warten, nachdem ich zweimal vergeblich versucht habe dich anzurufen.«

»Oh.« Betroffen tastete er in seiner Hosentasche nach dem Handy. Es leuchtete sein Gesicht an, als er darauf schaute.

»Tatsächlich. Tut mir leid, es war so laut … ich habe das nicht gemerkt.«

»Weißt du eigentlich, dass Christopher dachte, dir wäre etwas passiert? Er ist hier mit der Waffe rein, bis er deinen Zettel gefunden hat.«

Er steckte das Handy wieder ein. »Wirklich?«

Andrea seufzte. »Ja, wirklich. Du bist betrunken, Greg. Müssen wir das jetzt diskutieren?«

»Ich bin nicht betrunken«, behauptete er, aber seine Stimme strafte ihn Lügen. Genervt warf sie sich das Kissen über den Kopf. Er verstand die Geste und verließ das Schlafzimmer wieder.

Es dauerte nicht lange, bis er mit schweren Schritten zurückkehrte und sich neben ihr ins Bett legte. Wortlos schaltete er das Licht aus. Sie lag mit dem Rücken zu ihm und wusste nicht, was er tat; sie starrte nur an die Wand.

Mit dem, was er dann wirklich tat, hatte sie nicht gerechnet. Er strich eine Haarsträhne hinter ihr Ohr und küsste sie überraschend zärtlich auf die Wange. Eine Hand legte er auf ihren Oberarm. Als er sagte, dass er sie liebte, kamen ihr wieder die Tränen.

***

Am nächsten Morgen weckte Greg sie mit einem Kuss auf die Wange. Andrea fühlte sich ausgeschlafen und blinzelte überrascht in Gregs Richtung. Im Gegensatz zu ihr hatte er Kopfschmerzen.

»War eine beschissene Idee.« Er kratzte sich am Kinn.

Andrea musste grinsen, ob sie wollte oder nicht. »Hast du einen Kater?«

»Keine Ahnung. Nein. Ich merke es aber noch.«

Sie drehte sich auf den Rücken und sah ihn an. »Was war denn los?«

Er gestand, dass er sich mit voller Absicht betrunken hatte. Zwar hatte Jack vorgeschlagen, dass er sich ein wenig ablenken sollte, aber er hatte definitiv zu tief ins Glas geschaut.

»Mir ist alles zu viel geworden. Ich wollte alles vergessen, wenigstens für diesen einen Abend. Endlich mal nicht daran denken, dass dieser Irre draußen herumläuft. Das war der Plan. Aber anscheinend war ich sogar zu betrunken, um den Vibrationsalarm meines Handys zu bemerken.«

Andrea sagte nichts, aber ihm entging ihre spöttische Miene nicht. Er pikste sie mit dem Finger in die Seite. »Du könntest wenigstens so tun, als täte ich dir leid.«

»Tust du auch. Ich war wütend, obwohl ich dich verstehe. Mir wird das auch alles zu viel. Ich will nicht, dass uns das über den Kopf wächst.«

»Ja, so geht es mir auch. Trotzdem war es eine blöde Idee. Es tut mir leid. Ich habe nicht mehr daran gedacht, dass ich euch erschrecken könnte und was du wohl darüber denkst. Es war mir ehrlich gesagt auch egal. Ich wollte für einen Moment einfach alles vergessen, verstehst du? Ich hatte immer noch im Ohr, dass du nach Deutschland willst.«

»Aber doch nicht ohne dich. Wie könnte ich denn?«

Sie sprachen noch sehr lange darüber. Er wusste, dass er Mist gebaut hatte, aber sie verstand auch die Gründe dafür. Ihr wurde klar, wie viel sie ihm bedeuten musste, weil er sich das alles freiwillig antat. Sie waren ehrlich zueinander und stellten fest, dass ihre Beziehung gerade gehörig unter allem litt. Um das zu kitten, mussten sie beide etwas dafür tun.

Christopher und John begleiteten sie nachmittags in den Supermarkt, um für Gregorys Geburtstag einzukaufen. Die Anwesenheit der Polizisten gab Andrea ein wenig Sicherheit.

Gregory hatte in seinem Studiengang nicht viele Freunde, weil er gut zehn Jahre älter war als seine Kommilitonen. So kam es, dass er nur zwei ehemalige Kollegen aus der Bank, seine Familie und Caroline und Sarah einlud. Immerhin wurde er dreißig, auch wenn ihm überhaupt nicht nach einer großen Feier zumute war.

Andrea weihte Christopher in ihre Pläne bezüglich des Geburtstagsgeschenks ein, denn im Moment konnte sie es kaum unbemerkt kaufen. Christopher übernahm das für sie. Sie hatte einen Bildband über Innenarchitektur ausgesucht, den Greg sich schon seit Längerem wünschte.

Sie versuchte, sich durch die Vorbereitungen für die Party abzulenken. Rachel und Anna kamen zeitig vorbei, um dabei zu helfen. Anna entging dabei nicht die gedrückte Stimmung, die bei Andrea und Gregory herrschte. Schließlich nahm sie ihren Sohn zur Seite, um mit ihm zu reden.

Fragend runzelte Rachel die Stirn, während sie im Salat rührte. »Stimmt etwas nicht?«

»Nichts, was du dir nicht denken könntest«, sagte Andrea. »Die ganze Angelegenheit geht ihm sehr an die Nieren. Er hat ja auch mit dem Täter gesprochen, und der hat ihn ziemlich getroffen, als er ihm drohte. Er sagte zu Greg, er würde mich ihm wegnehmen.«

Rachel verzog angewidert das Gesicht. »Großartig.«

»Und ich kann ihm nicht helfen.«

Kurze Zeit später klingelte es. Andrea öffnete und begrüßte Caroline. Sie umarmten einander fest, und Caroline machte ein betroffenes Gesicht, das sie gleich verschwinden ließ, als sie Gregory sah. Sie ließ sich nichts anmerken, als sie ihm gratulierte und ihr Geschenk zu den übrigen auf den Tisch legte.

»Vicky hat für heute einen Babysitter«, erzählte sie zufrieden.

Andrea stellte sie den anderen vor. Ihr entging nicht, wie Rachel Caroline ansah – einerseits voller Mitleid, andererseits überrascht. Man merkte Caroline die schwere Zeit wirklich kaum mehr an.

Bald schon trafen auch die anderen ein. Andrea freute sich, Sarah und Jack zu sehen, und umarmte beide sehr herzlich.

Natürlich war die Anwesenheit von Christopher und John ein großes Thema unter den Gästen. Die beiden ließen sich bereitwillig ausfragen, allerdings achteten sie darauf, dass sie Gregory und Andrea damit nicht allzu sehr auf die Nerven gingen.

Greg packte seine Geschenke aus, war für einen Moment fröhlich und unbeschwert. Über den Bildband freute er sich riesig. Andrea wurde warm ums Herz, als sie sah, wie er strahlte. Sarah und Caroline unterhielten sich mit ihr, während Jack und Gregory auf einmal verschwanden.

»Mein Traum wäre es, in zehn Jahren in einem schönen Haus zu wohnen, mit einem Mann und einer Familie, und irgendwo zu forschen. Das wäre gigantisch«, sagte Caroline verträumt.

Andreas Traum war es, dass der Campus Rapist im Gefängnis verrottete. Das hätte sie glücklich gemacht. Allerdings behielt sie das für sich.

Gregory und Jack kehrten zurück. Andrea vermutete, dass sie im Garten gewesen waren, denn Jack hantierte immer noch mit seinen Zigaretten. Er lächelte ihr zu, aber das verbarg nicht seinen ernsten Gesichtsausdruck. Gregory verschwand bei seinen Kollegen. Es dauerte nicht lange, bis Jack Andrea ganz geschickt in die Küche entführte und genauestens das Basilikum inspizierte, das am Küchenfenster gedieh, während er überlegte.

»Er leidet wie ein Hund.«

»Ich weiß.«

»Du bist auch nicht besser dran, das ist mir klar. Aber er sagte, du lässt ihn gar nicht mehr an dich heran. Das macht ihn fertig.«

Traurig verzog sie das Gesicht und lehnte sich an den Kühlschrank. »Liebt er mich noch?«

Jack drehte sich zu ihr um und nickte. »Klar. Sehr sogar. Aber lass das auch zu. Ich weiß, das sagt sich so leicht. Er hat mir erzählt, was alles passiert ist, und ich werde ganz kribbelig, wenn ich mir vorstelle, dass dieser Kerl hinter dir her ist. Aber versuche, dir dein Leben nicht von dem Arsch verpfuschen zu lassen, euch beiden zuliebe.«

Sie wollte es versuchen. Irgendwie war sie froh und dankbar, dass es Jack gab, der vermitteln konnte. Gregory war manchmal sehr schweigsam.

Zu späterer Stunde wurde es dann doch eine feuchtfröhliche Runde. Genau wie an Silvester blieben Christopher, John und Andrea völlig nüchtern. Sarah gaffte die ganze Zeit unverhohlen Christopher an, der das aber überhaupt nicht zu merken schien. Rachel und Anna lästerten über Jack, und Caroline erzählte Andrea von ihrer Tochter.

Carolines Lebensfreude war wieder ungetrübt. Sie war eine sehr intelligente und hübsche junge Frau, die mit bewundernswerter Stärke die Vergewaltigung verkraftet hatte. Andrea war nicht sicher, wie sie an ihrer Stelle damit umgegangen wäre. Aber sie erinnerte sich daran, wie die Therapeutin immer Andrea als Rettungsanker angeführt hatte. Das musste sehr heilsam sein.

Sie hatten zu wenig Kontakt, um wirklich eng befreundet zu sein, aber seit diesem Abend im Oktober teilten sie ein gemeinsames Schicksal. Andrea hatte sie gerettet. Immer, wenn sie Caroline sah, wusste sie, dass es richtig gewesen war.

Wohnung von Andrea und Gregory, 8. Februar

Andrea war mitten in den Semesterprüfungen und versuchte seit Wochen, sich auf den Stoff zu konzentrieren, den sie dafür beherrschen musste. Wie verrückt versuchte sie, für die Uni zu arbeiten und lernte gemeinsam mit Gregory.

Ihr Notizbuch lag unbeachtet in der Ecke. Sie wollte nichts mehr davon wissen. Christopher erzählte ihr auch nichts mehr von den Ermittlungsergebnissen, weil sie ihn darum gebeten hatte. Das Einzige, was sie noch interessierte, war die Identität des Campus Rapist, und die kannte bisher leider nur er selbst. Ihr waren jetzt erst mal nur die Prüfungen wichtig, zu denen die Polizisten sie stets begleiteten. Es waren sehr kalte Tage, in denen es auch schneite, und deshalb war Andrea froh, dass sie nicht alleine zur Uni musste.

Auch Gregory steckte mitten in den Semesterprüfungen. Am Ende der Woche musste er nur noch ein Referat halten, und Andrea hatte noch eine einzige Klausur vor sich. Dann hatten sie es geschafft.

Nach dem Frühstück kam Sarah vorbei, um mit Andrea zusammen zu lernen und erkundigte sich, ob Andrea schon etwas vom College in London gehört hatte. Sie verneinte. Noch war die Anmeldefrist aber auch nicht abgelaufen.

»Unglaublich, dass du das immer noch machen willst«, sagte Sarah.

»Ich kann es einfach gut.«

»Ja, ich weiß. Du machst das schon.«

***

Als Andrea am nächsten Morgen aufstand und auf den Kalender schaute, musste sie mit Unbehagen daran denken, dass Andrea Jackson vier Wochen zuvor entführt worden war. Die Polizei sorgte für Aufrufe im Radio, um die Bevölkerung an die Gefahr zu erinnern. Sie hatten überlegt, an diesem Tag mehr Beamte zu Andreas Schutz abzustellen, weil sie davon ausgingen, dass er jetzt hinter ihr her war. Gregory war deshalb furchtbar nervös.

Nach dem Frühstück ging er duschen. Er war gerade im Bad verschwunden, als es klingelte. Andrea dachte sich nichts dabei, als Christopher hochkam.

»Magst du etwas trinken?«, fragte sie in den Flur hinein. Erst, als er mit ernster Miene vor ihr stand, reagierte sie skeptisch.

»Was ist los?«

Er kam herein und schloss die Tür. »Nichts Gutes«, sagte er knapp.

»Sag schon.«

»Caroline Lewis ist verschwunden.«

Es war wie ein Schlag in die Magengrube. Für Andrea blieb kurz die Zeit stehen. Ungläubig starrte sie Christopher an, während das Entsetzen ihr die Kehle zuschnürte. Ihr war heiß und ihr Herz hämmerte. »Verschwunden? Was heißt das?«

Er setzte sich aufs Sofa. Unabsichtlich wich er ihrem Blick aus, als er nach Worten suchte. »Es begann mit ihrer Tochter. Nachbarn wurden heute Nacht darauf aufmerksam, dass die Kleine geschrien hat wie am Spieß. Irgendwann haben sie nachgesehen und fanden die Wohnungstür offen vor. Das Mädchen saß schreiend im Flur und hat immer wieder nach

Caroline gerufen. Sie war verschwunden. Die Beamten, die dort waren, sagten mir, es seien keine Kampfspuren zu sehen gewesen. Auf dem Teppich, der überall in ihrer Wohnung liegt, waren die Abdrücke großer Stiefel zu sehen, etwa Größe 45. Das waren also definitiv nicht ihre. Das Schloss ist irgendwie geknackt worden, das konnten meine Leute mir sagen, aber von Caroline keine Spur. Die Kleine wurde zum Kindernotdienst gebracht.«

»Oh Gott, warum? Warum jetzt noch sie?« Andrea hatte das Gefühl, ihr würde der Boden unter Füßen weggezogen. Caroline hatte ein Kind, stand kurz vor dem Abschluss. Sie hatte gerade überwunden, was der Rapist ihr angetan hatte. Sie war erst siebenundzwanzig. Ihre Freundin …

»Denkst du, er war es?«, fragte Christopher sie. Durch ihre Tränen konnte Andrea ihn gar nicht richtig erkennen.

»Wer denn sonst?«, wisperte sie.

»Es ist erst Donnerstag.«

Mit noch nassen Haaren kam Gregory aus dem Bad und blieb überrascht stehen. »Christopher. Ist was passiert?«

»Caroline ist weg«, sagte Andrea leise. Mit zitternden Händen fuhr sie sich über die Augen.

»Weg?«, wiederholte er.

Als Christopher ihm erklärte, was die Polizei bislang wusste, wurde Greg blass im Gesicht.

»Das kann nicht sein. Warum würde er das tun?«, fragte er fassungslos.

Andrea schlug die Hände vors Gesicht. Sie wusste, warum. Er holte Caroline noch vor ihr. Daran hatte sie nicht gedacht. Er zog die Kreise immer enger. Jetzt holte er sich diejenige, die sie hatte retten wollen.

Weinend sank sie in sich zusammen. Christopher und Gregory versuchten sie zu beruhigen.

»Das ist meine Schuld«, stammelte sie.

»Nein, das ist doch Unsinn«, protestierte Christopher.

»Ist es nicht. Ist es nicht …« Sie fuhr sich mit den Händen über die Wangen. Nass. So viele Tränen, aber nicht genug. »Ich hätte ihn niemals angreifen dürfen. Ich hätte ihn nie gegen mich aufgebracht, und er hätte nie die Idee entwickelt, ihr nachzustellen.«

Alle hatten auf Andrea geachtet. Sie waren bei ihr gewesen. Wie verrückt hatten sie überlegt, wie sie sie am besten beschützen konnten; hatten sogar daran gedacht, sich scheinbar zurückzuziehen, um dem Rapist eine Falle zu stellen.

Und Caroline hatten sie vergessen. Vor allem Andrea. Seit Andrea Jackson hätte sie wissen müssen, dass er das tun würde.

»Das konntest du nicht ahnen«, sagte Christopher.

»Wir hätten darauf kommen können. Niemand war bei ihr, Christopher!«, schrie sie ihn an. »Sie war ganz allein. Du weißt doch, was er ihr antun wird. Und es ist ganz allein meine Schuld …«

Weinend lehnte sie an Gregory und ließ ihrer Verzweiflung freien Lauf. Niemand hatte Caroline beschützt.

»Sprich ihn doch noch einmal an«, schlug Christopher vor.

»Nein«, wehrte sie mit erstickter Stimme ab. »Damit er mich anruft und mich hören lässt, wie er sie umbringt, ja? Das kann ich nicht. Es hat doch sowieso nicht geholfen.«

Christopher seufzte. »Aber er wird Kontakt mit dir aufnehmen, denke ich.«

Ihr war kalt. Sie war unfähig zu begreifen, was das alles bedeutete. Gebracht hatte ihr tolles, zutreffendes Profil noch gar nichts. Er mordete munter weiter.

»Die Spurensicherung ist dabei, alles in Carolines Wohnung zu untersuchen. Vielleicht finden sie etwas«, sagte Christopher zur Aufmunterung. Es funktionierte allerdings nicht.

Alles ihre Schuld. Hätte sie ihn doch nur in Ruhe gelassen. Hätte sie ihn doch nicht gestört, als er Caroline vergewaltigt hatte. Sie hatte Caroline helfen wollen, aber jetzt hatte er sie geholt, um sie zu töten. Andrea hatte alles nur noch schlimmer gemacht.

»Ich kümmere mich darum, dass ihre Vermisstenmeldung durchgegeben wird.« Seufzend stand Christopher auf. »Wenn was ist, ich bin unten. Kommst du zurecht, Greg?«

Gregory nickte. Andrea wusste, dass er seine eigene Angst zurückdrängte, um für sie da zu sein.

Als Christopher schon lange fort war, starrte sie immer noch auf die Tür und versuchte zu begreifen, was geschehen war. Caroline würde sie doch hassen. Sie würde furchtbar leiden und sterben – und das ihretwegen.

Hätte sie sich doch bloß nie eingemischt.

»Warum hat er sie denn früher geholt?«, fragte Gregory.

Völlig emotionslos sagte Andrea: »Weil er dann mehr Zeit für sie hat.«

Gregory sagte nichts mehr. Ihre Antwort hatte ihm die Sprache verschlagen. Andrea ging noch einmal ins Arbeitszimmer und holte ihr Notizbuch. Die Informationen gingen kreuz und quer durcheinander, und auch die geographischen Daten hatte sie akribisch zusammengetragen – aber es nützte nichts. Gar nichts. Frustriert warf sie es auf den Tisch zurück.

Er hatte Caroline aus ihrer Wohnung geholt, weil er anders nicht an sie herankam.

Also schreckte er nicht davor zurück. Er war bei ihr eingebrochen und hatte sie entführt. Andrea fragte sich, ob er das vier Wochen später bei ihr auch versuchen würde.

»Greg, ich habe Angst«, sagte sie, während sie noch vor dem Schreibtisch stand und stur gegen die Wand starrte. Gregory war sofort bei ihr.

»Ich habe so furchtbare Angst«, sagte sie wieder und schluchzte heftig. »Warum hört das nicht auf?«

West Pottergate, Norwich,
Nacht zum 9. Februar

Vicky lachte laut und glucksend. Sie strahlte über ihr ganzes niedliches Gesicht. Schaukeln war ihre Lieblingsbeschäftigung. Immer höher und höher, der Sonne entgegen. Hoffentlich war bald der Winter vorbei, damit sie wieder auf den Spielplatz gehen konnten.

In letzter Zeit träumte Caroline wieder öfter von ihrer Tochter. Das war ein gutes Zeichen.

Caroline sah sich selbst lächeln, während Vicky laut jauchzte. Es war herzerwärmend, wenn ihre Tochter sich freute.

Das Bild verschwand. Alles schwarz. Einen Augenblick lang wusste Caroline nicht, ob sie wach war oder träumte. War die Berührung in ihrem Gesicht echt?

Sie schlug die Augen auf, schlaftrunken und in Gedanken immer noch bei Vicky. Vom Flur leuchtete das Steckdosenlicht herein, das nachts immer für die Kleine brannte. Dieses Licht reichte aus, damit Caroline den Schatten über sich bemerkte. Sein Gesicht war genau über ihr.

Sie wollte den Mund öffnen, um zu schreien, aber sie konnte nicht. Panisch riss sie die Hände hoch und wollte ertasten, was es war, das sie am Schreien hinderte, aber seine Reflexe waren beängstigend schnell. Noch ehe sie die Hände oben hatte, hatte er ihre Handgelenke gepackt und hielt sie eisern fest.

Sie erinnerte sich an diesen Griff.

Jetzt schrie sie doch. Ihrer Kehle entrang sich ein schriller Laut der Panik, der jedoch unbarmherzig gedämpft wurde. Sie versuchte, die Lippen zu bewegen. Klebeband. Wieder versuchte sie zu schreien. Vor Angst wie gelähmt starrte sie in seine Augen, erkannte sie sofort. Er trug dieselbe Maske wie damals.

War das überhaupt echt?

Als er versuchte, sie hochzuziehen, wusste sie, dass es echt war. Er war gekommen, um da weiterzumachen, wo er aufgehört hatte.

Er wollte sie herumwerfen, bäuchlings auf die Matratze drücken. Dafür musste er jedoch eine ihrer Hände kurz loslassen – genug Zeit für Caroline, mit geballter Faust um sich zu schlagen, doch sie traf ihn stattdessen mit dem Ellenbogen im Gesicht. Er stöhnte leise. Caroline stemmte die Beine gegen das Bett und versuchte, ihn nach hinten wegzustoßen. Er geriet tatsächlich ins Taumeln, zumindest für einen winzigen Moment. Dann stand er wieder fest mit beiden Beinen auf dem Boden und packte sie mit der freien Hand am Hinterkopf. Seine Finger gruben sich in ihr Haar, rissen ihren Kopf nach hinten, entlockten ihr damit einen gedämpften Schrei. Er schleuderte sie mit aller Kraft herum, bis sie ungebremst mit dem Kopf gegen die Schrankwand prallte. Vor ihren Augen drehte sich alles. Ihre Knie wurden weich, und sie war so benommen, dass er leichtes Spiel hatte. Er warf sie mit dem Oberkörper aufs Bett und zog ihre Arme nach hinten. Caroline stöhnte vor Schmerz. Durch ihr Bewusstsein zuckte der Gedanke, sich wehren zu müssen, aber als sie versuchte, die Hände zu bewegen, war es bereits zu spät. Mit einem Ruck zog er die Plastikfesseln fest und fixierte ihr so die Arme auf dem Rücken.

Sie versuchte zu schreien, so laut sie konnte, aber geknebelt hatte sie damit nicht viel Erfolg. Keuchend warf sie den Kopf herum, sah jedoch nur ihr Kissen. Er wich zurück, sodass sie einen leisen Hoffnungsschimmer sah. Doch er hatte sie nur losgelassen, um ihre Füße zusammenzubinden.

Heiße Tränen liefen ihr über die Wangen. Das konnte doch nicht echt sein. Das musste ein Traum sein. Aber im Traum hätte ihr Kopf niemals so gedröhnt. Im Traum wäre sie nicht kurz davor gewesen, sich vor Angst in die Hose zu machen.

Er kniete sich neben sie, packte sie wieder an den Haaren und riss ihren Kopf in den Nacken. »Eine Sache, Caroline: Wenn du gleich im Treppenhaus oder draußen auf die dumme Idee kommen solltest, auch nur den kleinsten Laut von dir zu geben, gehe ich wieder hoch und schlitze deiner Tochter die Kehle auf. Ist das klar?«

Sie konnte ihn nicht ansehen, starrte nur auf die Wand vor sich. Er machte es ihr sogar unmöglich zu nicken.

»Ist das klar?«

Sie gab ihm zu verstehen, dass sie verstanden hatte. Sie würde tun, was er gesagt hatte, denn sie zweifelte nicht eine Sekunde daran, dass er seine Drohung wahrmachen würde. Für einen Moment stellte sie sich vor, wie er vor Vickys Bett gestanden, sie gemustert, vielleicht sogar berührt hatte.

Er griff ihr unter die Schultern und zerrte sie hoch. Ohne Mühe warf er sie sich über die Schulter und hielt sie fest. Was hatte er nur vor?

»Mami?«, vernahm sie die piepsige Stimme ihrer Tochter aus dem Kinderzimmer. Er blieb wie angewurzelt stehen, aber nur ganz kurz. Hektische Schritte lösten sein Zögern ab. Er huschte zur Tür und trug Caroline hinaus in den Flur. Sie konnte kaum atmen, kämpfte mit den Tränen und darum, still zu sein. Er würde es tun.

Er schaltete das Licht nicht an, sondern tastete sich in der Finsternis die Treppe hinunter.

»Mami?« Diesmal schallte Vickys Stimme durch die offene Tür bis ins Treppenhaus. Caroline keuchte und schloss die Augen.

Er bewegte sich schnell und fast lautlos. Während Vicky oben nach ihrer Mutter rief, eilte er die beiden Treppen bis zur Haustür hinunter. Sie war auch nachts nie verschlossen. Resigniert schnappte Caroline nach Luft.

Draußen war es totenstill. Als Caroline den Kopf hob, sah sie, wie die Haustür langsam zufiel. Ein letztes Mal hörte sie, wie Vicky nach ihr rief, bevor die Tür gnadenlos zuschnappte.

Im Licht der Straßenlaternen trug er sie zu einem unauffälligen Lieferwagen. Genau so einen hatte die Polizei doch gesucht. Warum hatte sie ihn nicht gefunden?

Er blieb vor den hinteren Türen stehen und öffnete sie. Im Bruchteil einer Sekunde entdeckte Caroline mit Blick auf das gelbe Nummernschild die Antwort auf ihre Frage: Der Wagen war nicht in Norwich zugelassen. Nicht mal in der Umgebung.

Er ließ sie von seiner Schulter auf die Ladefläche gleiten und schlug die Türen zu. In den paar stillen Sekunden, die er brauchte, bis er vorn einstieg, wurde Caroline bewusst, dass sie die Nächste war. Sie, nicht Andrea. Er hatte sich sie geholt, weil es einfacher war.

Er war gar nicht gekommen, um sie erneut zu vergewaltigen.

Nicht nur.

Diesmal würde er sie töten.

University of East Anglia, 10. Februar

»Sie würde dir keinen Vorwurf machen, Andrea.«

Sie hätte ihm so gerne geglaubt. »Doch, das würde sie. Ich wollte verhindern, dass er sie vergewaltigt. Was denkst du, was er jetzt tut? Er hat sie seit zwei Tagen und ich wette mit dir, er hat es seitdem mehr als einmal getan. Aber das ist nicht alles: Er wird sie töten.«

Christopher warf ihr einen schiefen Blick zu und ließ dafür kurz die Straße aus den Augen. »Du spinnst. Es bringt doch nichts, darüber nachzudenken, was gewesen wäre, wenn … Keine Ahnung. Egal. Du hast Zivilcourage bewiesen und einen Verbrecher angegriffen. Daran kann ich nichts Falsches erkennen.«

»Tja, ich schon.«

Er seufzte genervt. »Im Ernst, du darfst dir dafür nicht die Schuld geben. Daran gehst du kaputt.«

Doch Andrea war längst dabei. Ihre Zivilcourage brachte die fünfte Person ins Grab, dachte sie bitter. Mit Blick aus dem Fenster fragte sie sich, wie sie die Klausur bestehen sollte.

Jack und Sarah waren am Vortag vorbeigekommen und hatten versucht, Greg und Andrea Mut zu machen, als sie von Carolines Verschwinden gehört hatten. Sarah hatte zusammen mit Andrea gelernt.

Christopher begleitete Andrea bis vor den Raum, in dem die Prüfung stattfand. Er opferte seine Freizeit, um bei ihr zu sein, denn eigentlich begann seine Schicht erst zwei Stunden später. Die Kollegen, die gerade Wache schoben, passten auf Gregory auf. Inzwischen wollte niemand mehr garantieren, dass er sicher war.

Andrea zwang sich, für die Dauer der Prüfung nicht an Caroline zu denken. Trotzdem fand sie es makaber, weiterzumachen wie immer, so sehr sie auch versuchte, sich etwas anderes einzureden. Wider Erwarten gelang es ihr jedoch, sich zu konzentrieren und alle Fragen zu beantworten. Sie war sogar vor der Zeit fertig.

»Und, wie war es?«, fragte Christopher, als sie mit ihm zum Auto ging.

»In Ordnung. Ich bin erstaunt, dass ich das noch hinbekommen habe.«

»Ich bewundere deine zähe Art sowieso schon die ganze Zeit.«

»Hm«, machte sie. »Traut man mir nicht zu, oder?«

Er grinste. »Stimmt. Los, lass uns John abholen.«

***

Auf ihrem Weg zur Polizeistation hatte die Dämmerung bereits eingesetzt. John begrüßte Andrea freundlich, als er zu den beiden in den Streifenwagen stieg.

Zehn Minuten später waren sie bei Andreas und Gregs Wohnung. Christopher winkte seinen Kollegen, die auf der anderen Straßenseite im Streifenwagen saßen, und stellte den Motor ab. John blieb im Wagen. Andrea begleitete Christopher zu den anderen Polizisten, bei denen er sich nur kurz nach besonderen Vorkommnissen erkundigte, aber es hatte sich nichts ereignet. Damit war der Schichtwechsel abgeschlossen, sie ließen den Motor an und fuhren langsam davon, während Christopher mit Andrea nach oben in die Wohnung ging. Sie schloss auf, ließ ihm aber den Vortritt.

»Hallo, Gregory. Alles in Ordnung hier?«, fragte er.

»Ja, alles bestens. Nichts passiert.«

»Gut«, sagte Christopher und zwinkerte Andrea zu. »Schönen Abend noch, wenn man das so sagen kann.«

»Danke.«

Christopher machte sich wieder auf den Weg nach unten, und Andrea schloss die Tür. Nachdem sie Schal und Jacke aufgehängt hatte, schloss Gregory sie seufzend in die Arme. »Ich bin froh, dass du wieder hier bist.«

»Sie passen gut auf mich auf.«

»Ja, ich weiß. Trotzdem habe ich immer Angst, wenn wir nicht zusammen sind. Wie ist es denn eigentlich gelaufen?«

Sie sprachen kurz über die Klausur, während Andrea in die Töpfe spähte. Gregory hatte gekocht. Nach dem Essen machten sie es sich vor dem Fernseher gemütlich, allerdings nahm Andrea den Text mit, den sie schon am Vorabend für ihre Seminararbeit hatte lesen wollen. Vielleicht war sie jetzt dazu fähig. Irgendetwas musste sie schließlich tun.

Gregory hatte einen Arm um ihre Schultern gelegt, während sie dasaß und sich in den Text vertiefte. Er hatte sich eine Komödie ausgesucht, verfolgte sie aber ohne besondere Begeisterung. Ihm war offenbar genauso zumute wie ihr.

Die Nachrichten sahen sie gemeinsam. Zusammen mit anderen Kurznachrichten wurde auch Carolines Foto ausgestrahlt und erwähnt, dass sie vom Campus Rapist entführt worden war. Reglos stierte Andrea auf den Fernseher.

»Bitte hör auf, dir Vorwürfe zu machen«, bat Gregory mit eindringlichem Seitenblick.

»Ich mache mir keine Vorwürfe«, behauptete sie. »Wie hätte ich verhindern sollen, dass das passiert?«

»Das meine ich nicht. Du machst dir Vorwürfe, weil du nicht weiterkommst.«

Sie seufzte. »Dafür weiß ich einfach nicht genug. Ich bin noch keine Fallanalytikerin, ich studiere nur Psychologie.« Sie machte sich natürlich trotzdem Vorwürfe. Irgendetwas fehlte. Es musste doch herauszufinden sein, wo der Rapist seine Opfer versteckte.

Aber jetzt gerade, in diesem Moment, war Caroline an dem Ort, den Andrea nicht kannte, und stand die fürchterlichsten Qualen aus. Andrea würde sie nicht lebend wiedersehen und beschloss, sich mit dem Gedanken anzufreunden. Dadurch wurde ihr jedoch nur elend zumute.

Sie blieb stumm, während ihr die ersten Tränen über die Wangen kullerten, doch es blieb Gregory nicht verborgen. Er umarmte sie, um sie zu beruhigen. Es wirkte. Seine Wärme allein reichte schon.

Als ihre Tränen schließlich versiegt waren, sagte er: »Ich gehe ins Bett, war ein langer Tag. Kommst du mit?«

Sie deutete verhalten auf den Text. »Ist nicht mehr viel. Ich lese eben noch zu ende.«

Er nickte und ging ins Bad. Sie setzte sich ins Arbeitszimmer, weil es sich am Schreibtisch bequemer las. Mit hochgezogenen Schultern und unwillkürlich fröstelnd versuchte sie, sich zu konzentrieren.

Gregory stattete ihr noch einen kurzen Besuch ab und gab ihr einen Kuss, ehe er schlafen ging. Mit einem Lächeln auf den Lippen las Andrea weiter.

***

Es war totenstill. Nur die Uhr auf dem Schreibtisch tickte leise und erinnerte sie daran, dass es immer später wurde. Kurz vor elf. Dafür, dass sie nicht mehr viel Text hatte, zog er sich quälend lang hin. Sie schaute auch nach draußen zu den Polizisten, deren Wagen sie von ihrem Platz aus sehen konnte. Sie waren immer noch da.

Viertel nach elf. Noch zwei Seiten. Sie dachte, sie hätte etwas gehört; ein Knacken. Gregory? Sie lauschte. Die Bürotür war nur angelehnt, deshalb konnte sie gut hören, was sich draußen bewegte.

Und es bewegte sich etwas. So leise, dass es niemals Greg sein konnte, denn er wollte sie ja nicht zu Tode erschrecken. Im Augenwinkel sah sie den Brieföffner und griff danach. Mit der anderen Hand griff Andrea nach der Schere, die im Stifthalter steckte und gab keinen Laut von sich – auch nicht, als sie sah, wie die Tür sich öffnete. Erst als sich die große schwarze Gestalt hineinschob, sprang sie vom Stuhl auf und wich mit Herzrasen zurück. Ihre Hände zitterten, als sie ihre wenig erfolgversprechenden Waffen vor sich hielt.

Er war es. Sie war so geschockt, dass sie nicht einmal schreien konnte. Er trug schwarze Kleidung, eine Sturmhaube, hielt in der rechten Hand das Messer. Genau so hatte sie ihn in Erinnerung gehabt. An der war immer noch getrocknetes Blut zu erkennen. Ihre Furcht war lähmend.

»Was wollen Sie?«, fragte sie panisch.

»Weißt du, wer ich bin?« Seine Stimme klang ein wenig gedämpft unter der Sturmhaube.

»Ich habe es nicht vergessen.« Ihre Arme zitterten stärker.

Sie begriff nicht, wie er hereingekommen war. Draußen waren doch Christopher und John.

Es sei denn, er hatte sie getötet.

»Es war nicht leicht herzukommen«, sagte er. »Aber hier bin ich. Du wusstest, dass ich komme, richtig? Du hattest Wachhunde vor der Tür.«

Dann waren sie tot. Ihr war entsetzlich heiß und nach Schreien und Heulen zumute, aber sie zwang sich, ruhig zu bleiben. Sie wusste nicht, ob sie antworten sollte. Plötzlich sprang Gregory aus dem Schatten von hinten an den Mann heran und versuchte entschlossen, ihn anzugreifen. Der Eindringling hatte ihn jedoch bemerkt und sich ihm zugewandt, bevor Gregory ihm einen Arm um den Hals legte. Mit dem anderen Arm versuchte Greg innerlich fluchend, das Messer zu packen und ihm aus der Hand zu reißen, aber es gelang ihm nicht. Der Mann schaffte es, ihm mit der Klinge quer über den Unterarm zu ritzen.

»Greg!«, schrie Andrea und zuckte entsetzt zusammen. Gregory stöhnte vor Schmerz, ließ aber nicht los. Im Gegenteil, mit der freien Hand zog er dem Mann die Sturmhaube vom Kopf und versuchte, ihn vorwärts mit dem Kopf gegen den Türrahmen zu stoßen. Schmerzen zählten in diesem Moment nicht. Es zählte nur eins: Er musste Andrea beschützen.

Doch er hatte keinen Erfolg. Ohne große Mühe schaffte der Rapist es, den Spieß umzudrehen und sich mit aller Kraft rücklings gegen den Türrahmen zu werfen, sodass er Gregory dazwischen einquetschte und seine Nase mit dem Hinterkopf traf. Gregory brüllte und ließ unwillkürlich los. Ein heftiger Schmerz zuckte durch seinen Kopf, für einen Moment wurde ihm schwarz vor Augen. Sein Kopf hämmerte. Er war nicht fähig, sich zu wehren, als sein Kontrahent ihn mit einem einfachen Handgriff zu Boden warf.

Andrea musste hilflos mit ansehen, wie der Rapist sich mühelos daranmachte, Gregory in seine Einzelteile zu zerlegen. Aber er war nicht mehr maskiert. Er hatte tatsächlich blondes, kurz geschnittenes Haar, ein kantiges Gesicht, grüne Augen. Während sie ihn ungläubig anstarrte, wurde ihr schlagartig klar, dass sie ihn schon gesehen hatte, an der Uni.

Dann löste sie sich aus ihrer Erstarrung. Sie wusste, dass er alles tat, um seine Opfer zu quälen. Er hatte schon die Polizisten getötet. Siedend heiß traf sie die Erkenntnis, dass er Gregory töten würde, wenn er konnte – und er würde es können.

Gregs Nase und auch sein Arm bluteten heftig. Der Rapist wollte ihn wieder mit dem Messer angreifen, aber Gregory sah die Attacke im Augenwinkel kommen und wälzte sich rechtzeitig zur Seite. Andrea überlegte nicht lang und rief ihm auf Deutsch zu, sodass der Mann es unmöglich verstehen konnte: »Lass dich überwältigen, Greg, ich bitte dich! Er wird dich töten, das weiß ich! Dein Leben bedeutet ihm nichts!«

»Ach, und deins?«, brüllte er zurück, während er versuchte hochzukommen. Er sah dem Mann genau ins Gesicht, als der sich wieder mit dem Messer auf ihn stürzte und seine Schulter nur streifte, weil Gregory mit dem erneuten Angriff rechnete. Mit dem Mut der Verzweiflung sprang er hoch, schlug nach dem Messer und entwaffnete den Kerl, doch der war gleich wieder Herr der Lage, verdrehte Greg einen Arm auf dem Rücken und würgte ihn mit dem anderen.

»Du kannst es nicht verhindern«, schrie Andrea unter Tränen und ballte die zitternden Hände zu Fäusten. »Bitte glaub mir, er tötet dich, wenn du ihm Anlass dazu gibst! Aber wer hilft mir dann? Bitte, Greg, stell dich einfach tot! Er ist kampfsporterfahren, du kannst ihn nicht besiegen! Aber du hast ihn gesehen und kannst ihn beschreiben …«

Gregory wehrte sich wie verrückt, wandte ihr den Kopf zu, sah sie einfach an. Das konnte sie unmöglich ernst meinen. Er konnte nicht zulassen, dass sie sich freiwillig entführen ließ. Unter gar keinen Umständen.

Mit einer Hand packte er den Arm des Mannes, der ihn würgte, aber er schaffte es nicht, sich zu befreien. Andrea überlegte gleichzeitig, ob sie den Rapist angreifen sollte, aber sie entschied sich dagegen.

Ihre Knie wurden weich. In Gregorys Augen stand das Entsetzen geschrieben. Er konnte einfach nicht fassen, wie mühelos der Rapist die Oberhand behielt. Das durfte einfach nicht sein. Wenn er den Kampf gewann, war Andrea verloren. Aber er, ihr Freund, war doch verantwortlich für sie. Es ging hier um weit mehr als nur seinen Stolz.

Er gebärdete sich wieder wie wild, was den Mann nur dazu provozierte, ihn fester zu packen und seinen Kopf gegen die Kante des Türrahmens zu schlagen – einmal, zweimal, dreimal. Gregory bewegte sich nicht mehr. Er sackte schwer und leblos nach vorn.

Andrea schrie, gleichermaßen entsetzt und berechnend, denn sie musste den Mann ablenken. Jetzt sofort. Zitternd lehnte sie an der gegenüberliegenden Wand und starrte atemlos auf die Szene. Fliehen konnte sie nicht, der Rapist stand neben der Tür. Schließlich ließ er Gregory los, der wie tot zu Boden ging. Blut klebte an seiner Schläfe.

Ganz gleich, ob er nun tot oder nur bewusstlos war – Andrea musste den Täter ablenken, bevor er sich dessen vergewisserte.

»Du hast ihn umgebracht!«, schrie sie und machte Anstalten, auf den Rapist loszugehen, der immer noch fragend auf Gregory schaute und nur langsam nach seinem Messer griff. Andreas Taktik ging auf. Ihr plötzlicher Ausbruch lenkte ihn ab, denn sie stürzte mit ihren beiden kläglichen Waffen auf ihn zu, nicht wissend, was sie überhaupt tun sollte. Er nahm ihr die Entscheidung ab, indem er mit dem Messer in der Hand einen Schritt auf sie zu machte und ihr ganz geschickt die Klinge an die Kehle hielt, noch bevor sie ihn angreifen konnte.

»Lass das fallen«, befahl er ihr. Sie tat es. Sie hatte seine volle Aufmerksamkeit. Greg störte ihn nicht mehr. Ihr Herz raste. Erst jetzt wurde ihr klar, was sie da heraufbeschworen hatte.

Er würde sie mitnehmen, und sie war es selbst schuld. Aber sie hatte keine Wahl. So oder so hätte er das geschafft, aber sie wusste, er hätte Greg getötet. Das war der Pakt mit dem Teufel.

»Du hast ihn umgebracht«, stieß sie mit Tränen in den Augen hervor und betete, dass es nicht stimmte – aber sie wollte ihn bestärken.

Er erwiderte ihren Blick für einen Moment einfach nur. »Tut dir das weh, ja?«

»Ja!«, schrie sie voller Hass und schluchzte. Er sollte sich dem Ziel nah wähnen. Er sollte glauben, dass sie litt. Das wollte er doch.

»Ich habe ihn geliebt!«, fuhr sie in ihrem Entsetzen fort.

»Was hast du zu ihm gesagt? Was war das?«, fragte er nervös.

»Ich habe ihn gebeten, mir zu helfen. Auf Deutsch. Meiner Muttersprache.«

Unglaube stand ihm ins Gesicht geschrieben. »Er verstand es auch?«

»Ja, und jetzt ist er tot!« Andrea ließ die Schultern hängen und weinte laut. Es war nicht gespielt, denn das schiere Entsetzen, dem Campus Rapist jetzt gegenüberzustehen, verursachte ihr ein Gefühl, als würde ihr der Boden unter den Füßen weggezogen. Sie hatte wahnsinnige, unbeschreibliche Angst. Ihre Lippen zitterten, ihr war eiskalt.

»Warum tust du das? Macht es dir Spaß, mir wehzutun?«, fragte sie geistesgegenwärtig.

Er schüttelte den Kopf, aber das überraschte sie nicht. Mit der anderen Hand griff er in seine Jackentasche und holte die Plastikfesseln heraus, die er auch bei den anderen Opfern benutzt hatte. Andrea spürte, wie Panik in ihr aufstieg.

»Dreh dich um«, befahl er. »Nimm die Hände nach hinten.«

Sie musste es tun, das war ihr klar. Sie konnte ihm nicht entkommen, ganz gleich, was sie versuche. Ihrer Kehle entrang ein heiseres, flehendes Schluchzen. Sie drehte sich um und tat, was er befohlen hatte. Mit einem Ruck zog er die Fesseln fest und schürte ihre Panik damit noch. Sie konnte ein ängstliches Wimmern nicht unterdrücken. Schreien wäre zwecklos gewesen, denn er hätte jeden getötet, der versucht hätte, ihr zu helfen.

»Du hast Caroline, nicht wahr?«, fragte sie und schloss die Augen. Irgendwie fürchtete sie die Antwort.

»Sie erwartet dein Kommen sehnlichst!«, erwiderte er vollkommen ernst.

»Was willst du denn von uns?«, fragte sie, als sie sich wieder gefangen hatte; dabei glaubte sie längst, es zu wissen. Reglos stand sie vor ihm und starrte erst auf den Teppich, dann im Augenwinkel auf Gregory. Ihr wurde heiß, als sie sah, wie sich sein Brustkorb leicht hob. Er atmete, wenn auch kaum merklich. Sie erkannte, dass sie richtig gehandelt hatte. Sie war es doch, die der Kerl wollte. Er wollte sie quälen. In diesem Augenblick hatte er aufgehört, nachzudenken und Gregory in Ruhe gelassen, weil ihr Entsetzen seine Erregung schürte. Es funktionierte.

Andrea zuckte zusammen, als sie das scharfe Geräusch reißenden Klebebandes hörte. Entsetzen lähmte sie. Tief Luft holend, schloss sie die Augen und versuchte, nicht zu schluchzen oder zu schreien. Vergeblich. Sie schaute auf Gregory, der schwach atmete. Der Mann packte sie an der Schulter und drehte sie um.

»Nein, nicht«, entfuhr es ihr. Er hielt sie mit einer Hand am Pullover gepackt und klebte ihr mit der anderen das Klebeband auf den Mund. Dass seine Hände vor Aufregung zitterten, spürte sie nicht. Sie stieß einen erstickten Schrei aus, ganz unwillkürlich, weil die Angst sie im Griff hatte. Jetzt half nur noch beten.

Sie vermied es, ihn anzusehen, aber das störte ihn nicht. Er strich mit der Hand über ihr Haar und machte noch einen Schritt auf sie zu – so nah, dass sie seine Wärme spürte. Ihr wurde übel. Der Rapist legte eine Hand unter ihr Kinn und zwang sie, ihn anzusehen. Andrea machte einen Schritt zurück und glaubte, kaum noch atmen zu können. Das Blut rauschte in ihren Ohren, und ihr Atem ging so schnell, dass es ihr wirklich Angst machte, nur noch durch die Nase atmen zu können.

Das entging ihm nicht. Für einen Augenblick stand er einfach nur da und sah sie an. Endlich war er am Ziel angekommen. Und es war noch besser, als er es sich vorgestellt hatte.

Jetzt hatte sie Angst. Stand ihr gut.

Sie schloss die Augen und zwang sich, ruhiger zu werden. Jetzt bloß nicht hyperventilieren.

»Du willst wissen, was ich von euch will?«, griff er die Frage auf, die sie schon längst wieder vergessen hatte. Andrea blinzelte ihn an.

»Du sollst dafür büßen, was du getan hast, als du mich verjagt hast. Deshalb wollte ich euch beide. Diesmal sollst du sehen, was ich sonst getan hätte.« Er strich über ihre Wange und rief damit einen Würgereiz in ihr hervor. »Es wird mir ein Vergnügen sein, dir zu zeigen, dass auch du vor mir kriechen wirst.«

Nichts davon überraschte sie. Dennoch wurde ihr übel vor Angst. Als er sie packte und aus dem Raum zerren wollte, schaute sie noch einmal zu Gregory, der ohnmächtig dalag. Sie wagte nicht, sich auszumalen, wie er reagieren würde, wenn er aufwachte und sie nicht mehr da war.

Der Rapist merkte nichts davon. Er hielt sie am Arm gepackt, blieb plötzlich stehen und hob die Sturmhaube auf. Er zog sie wieder über den Kopf, bevor er Andrea auf den Flur zerrte. Dort war alles still.

Die Plastikfesseln schnürten Andrea jetzt schon das Blut

ab, weil er sie so festgezogen hatte. Sie waren wie Kabelbinder, ließen sich nicht mehr bewegen.

Als sie das Erdgeschoss erreichten, erstarrte Andrea für einen Moment. John und Christopher lagen vor der Tür auf dem Boden in einer riesigen dunklen Lache ihres eigenen Blutes. Keiner der beiden bewegte sich. Ihr wurde kalt beim Anblick der beiden toten Polizisten. Weinend wandte sie den Blick ab.

Der Mann zerrte sie an ihnen vorbei aus dem Haus. Er ließ ihr keine Zeit für Trauer. In der Einfahrt stand ein kleiner Lieferwagen. Er hatte ihn direkt vors Haus gestellt und damit die Polizisten angelockt, um sie nicht auf offener Straße töten zu müssen.

Er öffnete die hinteren Türen und stieß Andrea so grob in den Wagen, dass sie zu Boden ging. Nachdem er die Türen zugeschlagen hatte, stieg er vorn ein. Niemand war da, um ihn aufzuhalten. Unter Tränen dachte Andrea an Gregory und betete inbrünstig, dass er bald zu sich kommen würde. Er war der Einzige, der ihr helfen konnte.

Der Mann setzte den Wagen zurück und fuhr ganz gemächlich die Straße hinab. Als sie den Kopf hob, sah sie die beiden Sitze vor sich und erahnte die Umrisse ihres Entführers. Er kannte keine Eile. Augenblicke später jedoch hörten sie Polizeisirenen. Sofort nahm er den Fuß vom Gas, um zu lauschen, trat gleich noch fester aufs Gaspedal und raste davon. Andrea prallte gegen die Seitenwand des Autos und versuchte herauszufinden, wie fest das Klebeband auf ihrem Mund saß. Der Kleber war so stark, dass sie sich davon nicht befreien konnte, aber sie hatte nichts anderes erwartet.

Vor ihren Augen verschwamm alles. In ihrem Kopf hämmerte es, ihr war übel. Obwohl es mühsam war, versuchte sie, die Angst zu unterdrücken. Die Sirenen waren nicht mehr zu hören.

Sie hatte sein Verhalten studiert. Er verschaffte sich Befriedigung aus den Qualen seiner Opfer. Sie musste doch etwas tun können, um das hinauszuzögern, was er mit ihr im Sinn hatte. Allerdings bezweifelte Andrea, dass sie das geknebelt konnte. Sie versuchte tunlichst nicht, an ihren Fesseln zu zerren, denn ihre Hände begannen schon vor Taubheit zu kribbeln. Das hätte es nur verschlimmert.

Er schaltete das Radio an. Mit Angst in den Augen lauschte sie der belanglosen Musik. Sie war alt, sie kannte sie von ihren Eltern – The Mamas and the Papas mit *Dream a little dream of me*. Ihre Kehle schnürte sich zu, während sie dem lasziven Gesang lauschte. *Just hold me tight and tell me you'll miss me …*

Sie konnte nicht glauben, dass das echt war. Für ihn war das ein Spaß, aber sie hatte Todesangst. Sie war nicht sicher, ob sie das ertragen würde.

Während Andrea einfach dalag und durch die rasante Fahrt hin und her geworfen wurde, schaute sie sich im Auto um und musste zu ihrer Erschütterung feststellen, dass sie recht gehabt hatte. Er hatte ein normales, nicht ungepflegtes Auto, in dem er seine Opfer transportieren konnte – und die Leichen. Rein äußerlich schätzte sie ihn auf Ende zwanzig, gepflegtes Äußeres, intelligent und souverän. Es war alles so, wie sie es erwartet hatte, wie sie auch das Täterprofil angelegt hatte.

Gregory musste innerhalb einer bestimmten Zeit wieder aufwachen und zu Protokoll geben, was er gesehen hatte. Er durfte nur nicht auf die Idee kommen, ein Phantombild anfertigen zu lassen, das veröffentlicht wurde. Wenn er das tat, waren Caroline und Andrea tot. Sie hoffte, dass er das wusste.

Sie lag auf dem linken Arm, der allmählich taub wurde. Immer wieder sah sie die Lichter der Straßenlaternen vorbeihuschen, aber das war alles. Kurz darauf hörte sie Kiesel unter den Reifen knirschen. Der Mann bremste, stellte den Motor ab und stieg aus. Voller bohrender Angst starrte Andrea auf die Türen, die sich unbarmherzig öffneten. Er stand unmaskiert vor ihr, fühlte sich sicher. Er stieg ein, kniete sich neben sie und zog sie hoch. Erst leistete sie keinen Widerstand – sie stieg mit ihm aus dem Wagen und schaute sich um. Es war ein Wohngebiet, wenn auch ein weitläufiges mit auseinanderliegenden, großzügigen Grundstücken. Andrea konnte das erste Nachbargrundstück in der Düsternis der Nacht nicht gleich ausmachen. Überall standen Bäume, eine kurvige Straße verlief am Grundstück vorbei.

Während er das Auto verriegelte und sie mit einem Arm festhielt, sah sie die Lichter Norwichs am Himmel leuchten. Ihr entging nicht, dass er unaufmerksam war, als er das Auto abschloss.

Als sie auch nur den Hauch einer Chance erahnte, riss sie sich los. Er schnappte noch mit der Hand nach ihr, bekam sie aber nicht zu fassen. Sie rannte so schnell sie konnte und musste aber feststellen, dass es gar nicht leicht war, wenn man nicht mit den Armen balancieren konnte.

So plötzlich, wie sie ihn überrumpelt hatte, hatte er sie auch wieder eingefangen. Sie hatte es kaum bis auf die Straße geschafft, als er sie von hinten packte und eisern mit den Armen festhielt. Er griff nach ihren Haaren und riss sie zu sich, sodass sie geknebelt schrie, aber das brachte ihr nur einen Schlag ins Gesicht ein. Wütend schleifte er sie an den Haaren die Einfahrt hinauf bis zur Haustür, die in einem düsteren Winkel lag. Dort konnte sie niemand mehr sehen.

Während er mit seinen Schlüsseln hantierte und die Tür aufschloss, hielt er ihre Haare gepackt. Tränen standen ihr in den Augen.

»Wo wolltest du hin?«, zischte er. Er zwang sie, ihm ins Haus zu folgen, und schloss die Tür hinter ihnen ab. Andrea hatte draußen nicht viel gesehen, aber dort sah sie, dass es ein normales Wohnhaus war. Der Mondschein offenbarte nichts Eigenartiges. Die Einrichtung war nicht mehr ganz aktuell, aber es war kein Schuppen, keine Hütte, nichts dergleichen. Ein ganz normales Haus.

Er schleuderte sie rücklings gegen die nächste Wand und baute sich vor ihr auf. »Du wirst hier nicht mehr lebend rauskommen, Andrea. Ich werde mich um dich kümmern, du wirst sehen.«

Er zerrte sie zu einer Tür. Dahinter verbargen sich Stufen, die nach unten führten. Mit einem Handgriff schaltete er das Licht ein und zwang sie vorauszugehen. Es war ein ausgebauter Keller, die Stufen waren eben und verkleidet. Kaltes Neonlicht leuchtete ihr von unten entgegen. Die Tür fiel hinter ihnen zu.

Am Fuß der Treppe bemerkte Andrea, dass es ein einzelner langer Flur mit drei abzweigenden Türen war. Ihr Entführer hielt sie weiterhin am Arm gepackt, ging an ihr vorbei und steuerte auf die erste Tür zu. Mithilfe eines Schlüssels entriegelte er sie und stieß sie auf. Andrea sah ihre restlichen Annahmen bestätigt.

Es war sein Folterkeller. Ein kahler Raum öffnete sich vor ihnen, in dessen Mitte ein metallenes Bettgestell stand. Andreas Blick fror auf Caroline fest, die mit allen vieren daran festgebunden war – splitternackt, ebenfalls geknebelt und halb wahnsinnig vor Angst. Als Caroline sie sah, begann sie erstickt zu schreien. Andreas Eingeweide verkrampften, ihr Mageninhalt drohte hochzukommen. Wenn sie sich jetzt übergab, war sie erstickt, ehe der Rapist merkte, was los war.

Caroline lag mitten in einem Blutfleck. Er hatte sie längst mit dem Messer traktiert; da, wo es richtig wehtat. Andrea sah sie weiter an, während sich ihr Hals zuschnürte und sie kaum noch Luft bekam. Als der Mann das Messer herausholte und sie bäuchlings gegen die Wand drückte, war sie erst wie gelähmt vor Furcht, dabei schnitt er nur ihre Plastikfesseln durch und zwang sie dann, die Arme hochzunehmen.

»Wenn du dich bewegst, wirst du das bereuen«, drohte er. Irgendwo weit oben an der Wand hatte er mithilfe eines Hakens Stricke befestigt. Mit gestreckten Armen stand Andrea an der Wand, er gleich hinter ihr – so dicht, dass sie sämtliche Konturen seines Körpers spürte. Das tat er absichtlich. Seine Erregung blieb ihr nicht verborgen. Keuchend schnappte sie nach Luft, während er mit den Stricken, die an der Wand hingen, ihre Hände fesselte.

Er trat zufrieden zurück, als er fertig war und sagte, dass sie sich umdrehen solle. Andrea tat es. Mit geweiteten Augen sah sie ihn an. Er wollte, dass sie gleich neben dem Bett stand und zusah, wie er Caroline folterte.

Caroline beobachtete die beiden. Ihre Augen waren gerötet; Andrea war ihr nah genug gekommen, um das sehen zu können. Sie hatte auch Würgemale am Hals. An der gegenüberliegenden Wand hing ein Waschbecken, rechts neben der Tür stand ein Tisch, auf dem allerhand Utensilien versammelt waren, die der Mann brauchen würde: Klebeband, Stricke, noch ein Messer und seine Sexspielzeuge. Ihr Hals wurde immer enger. Sie entdeckte auch Carolines Pyjama.

Dann fiel ihr die Videokamera auf der anderen Seite der Tür auf. Unwillkürlich drückte sie sich an die Wand. Das rote Lämpchen verriet ihr, dass sie aufzeichnete.

Kein Wissen der Welt hatte sie darauf vorbereitet, wie es sich wohl anfühlte, dort zu sein und es mit eigenen Augen zu sehen. Ein Teil dessen zu sein.

Caroline schluchzte. Der Mann stand zwischen den beiden. Andrea überlegte, wie er wohl hieß, aber sie konnte ihn nicht fragen. Sie konnte gar nichts.

»Ich habe gehört, ihr seid Freundinnen, nicht?«, fragte er mit sanfter Stimme in den Raum. Andrea gefror das Blut in den Adern, als sie sah, wie schnell Caroline nickte. Sie zitterte, aber es war Andrea unmöglich zu sagen, ob sie das der Kälte wegen oder aus Angst tat.

Er trat auf das Bett zu, beugte sich über Caroline und zog ihr das Klebeband vom Mund. Sie schnappte nach Luft. »Bitte lassen Sie sie gehen, ersparen Sie ihr das doch! Sie wollte mir nur helfen! Sie hat das nicht verdient …«

»Und wie sie das verdient hat«, widersprach er. »Gerade deswegen. Sie wird mir die liebste von allen sein, denn sie ist ein Dickkopf. Je unerschrockener ein Mädchen ist, desto länger wird es dauern, ihren Willen zu brechen. Das siehst du doch an dir. Hat ja nicht lange gedauert.«

Andrea schauderte. Ungeachtet dessen, dass er es sehen

konnte, legte sie den Kopf in den Nacken und starrte zu ihren Handfesseln hoch. Ihre Hände waren fest zusammengebunden, der Knoten unerreichbar. Der Strick schnitt in ihre Haut, ihre Hände wurden langsam kalt. Es kribbelte. Er wusste genau, was er dort tat.

»So ist das immer. Je mehr ein Mädchen sich wehrt, desto mehr Spaß macht es.« Er schaute zu ihr, sie erwiderte seinen Blick fest. »Was meinst du, wird es lange dauern, bis du die Qual spürst?«

Andrea reagierte nicht. Sie hätte mit einer Kopfbewegung antworten können, aber sie wollte nicht. Das war abstoßend. Ständig musste sie an Gregory denken, aber sie sah auch die Leichen vor sich, die Leichen der Mädchen. Kaltes Entsetzen kroch in ihr hoch, wenn sie sich vorstellte, was er ihnen vor ihrem Tod angetan hatte.

»Ich denke, das wird es«, sagte er an ihrer Stelle. »Seit du mich angegriffen hast, stelle ich mir vor, wie viel Spaß es mit dir machen wird. Du bist etwas Besonderes. Ich will sehen, wie du leidest! Es wird dir ganz bestimmt wehtun zu sehen, wie deine Freundin sich quält, meinst du nicht?«

Andrea stieß einen hasserfüllten Schrei aus, so gut es ihr möglich war, doch das amüsierte ihn bloß. Er lachte selbstgefällig und strich über Carolines Wange.

»Wir werden ihr zeigen, was ihr bevorsteht, meinst du nicht?«, fragte er Caroline. Sie schluchzte nur laut. Spätestens jetzt war Andrea klar, was er mit ihr angestellt haben musste, um sie in diesen Zustand zu versetzen. Zwei ganze Tage … zwei Tage in der Hölle.

Ruhig bleiben. Ganz ruhig. Du musst es sachlich sehen, redete sie sich ein. *Du hast Psychologie studiert, du bist fast fertig. Du weißt alles, was du wissen musst, um das zu überstehen. Du kannst das. Sei einfach ganz ruhig. Atmen.*

Als sie im Augenwinkel sah, wie er sich auszog, starrte sie weiter an die Decke. Caroline schrie, aber er schlug sie. Das hörte Andrea. Sie konnte in keiner Richtung weit genug wegsehen, um nicht zumindest im Augenwinkel wahrzunehmen, wie er über sie herfiel. Deshalb schloss sie die Augen und versuchte, die aufsteigende Atemnot zu bekämpfen.

»Sieh her!«, brüllte er in ihre Richtung. »Sieh her, oder willst du, dass ich sie schlage?«

Nein, das wollte sie nicht. Sie zwang sich, die Augen zu öffnen und ihn anzusehen, ihm direkt in die Augen zu starren. In Carolines Augen zu sehen, hätte sie nicht ertragen. Caroline schrie und weinte und lag einfach nur da, ließ es über sich ergehen. Andrea biss so fest die Zähne zusammen, dass es schmerzte.

»Ich höre nichts«, sagte er unbarmherzig zu Caroline.

»Bitte nicht«, stammelte sie wie auf Knopfdruck. Sie war gar nicht mehr sie selbst. Nach zwei Tagen.

Andrea konnte einen Schrei nicht unterdrücken und zerrte heftig an ihren Fesseln. Er lachte darüber. Ihre Arme wurden langsam taub und kribbelten. Während ihr die Tränen über die Wangen liefen, schrie und protestierte sie wie verrückt, bis sie merkte, dass ihn das nur noch mehr erregte. Wutschnaubend und voller Hass starrte sie ihn an, angestrengt atmend und kaum in der Lage, scharf zu sehen.

Sobald er wieder auf Caroline fixiert war, schloss sie die Augen und wandte stumm weinend den Kopf ab.

»Aufhören«, flehte Caroline. »Bitte aufhören, es tut so weh.«

Doch je mehr sie bettelte, desto mehr spornte ihn das an. Das war der einzige Grund, warum sie es tat. Andrea wusste, dass er sie irgendwann dazu gezwungen hatte.

Plötzlich hörte Andrea, wie Caroline nur noch erstickte Schreie ausstieß und das Bett quietschte. Aus einem Impuls heraus öffnete sie wieder die Augen und sah, wie er Caroline würgte. Sie zappelte hilflos. Es reichte ihm nicht, sie zu vergewaltigen, er wollte die totale Kontrolle über sie.

Keuchend starrte Andrea an die Decke. Sie fragte sich, ob er Caroline noch stärker foltern würde, um bei ihr etwas hervorzurufen. Um es zu beenden, beschloss sie, ihm zu zeigen, dass es sie quälte und weinte, so laut sie konnte.

Augenblicke später war es vorbei. Er ließ Caroline los, stand auf und zog sich seine Hose wieder an. Sofort ging er zu Andrea und beachtete Caroline nicht weiter, die einfach nur dalag und schmerzlichst weinte. Andrea hätte ihr so gern geholfen. So gern.

Er baute sich vor Andrea auf. »Na, ist das schlimm für dich?«, fragte er und grinste dabei hinterhältig. Diesmal nickte sie. Es fiel ihr nicht schwer, und es war auch nicht gelogen. Er fuhr mit der Hand über ihr Haar, ihr Gesicht, selbst über das Klebeband, das sie so hilflos machte, und ließ gleich wieder die Wut in ihr aufkochen. Davon merkte er jedoch nichts. Er war viel zu sehr damit beschäftigt, ihren Anblick zu genießen.

»Denkst du, es wird schlimm für dich sein, statt Caroline dort zu liegen?«, fragte er weiter. Ekel und Abscheu drohten, Andrea zu überwältigen. Sie antwortete nicht, schluchzte einfach nur. Sie spürte ihre Hände nicht mehr.

»Warst du glücklich mit deinem Freund?«, fragte er. Sie beschloss, sich den Blick voller Verachtung zu sparen und nickte bloß.

»Er hieß Gregory, nicht wahr?«

Sie fragte sich, wohin das führen sollte, nickte aber.

»Hat er dich geliebt, dein Gregory? Oh, ich glaube, das hat er. Wie er versucht hat, dich zu beschützen. Hast du ihn auch geliebt? War er gut zu dir?«

Stumm starrte sie ihn an. Sie war es so leid, immer nur zu nicken.

»Ich habe ihm doch versprochen, dass ich dich ihm wegnehme. Ich halte meine Versprechen. Wie wütend er war.« Er lachte leise. »Aber er kann dir jetzt auch nicht mehr helfen.«

Andrea schloss die Augen. Das war sein Plan. Sein Skript. Er tat das alles absichtlich.

»Ich habe viel über euch nachgedacht, über dich und deinen Freund. Konnte er dir all das geben, was du wolltest?«, bohrte er weiter. Andrea hatte einen dumpfen Verdacht, wohin das führen sollte, und sparte sich die Antwort.

»Na los, sag schon. War er dir ein guter Liebhaber, dein Freund?«

Er wollte sie demütigen. Aber sie hatte keine Wahl, sie musste mitspielen, wenn sie nicht wollte, dass er Caroline und sie sofort umbrächte. Deshalb nickte sie heftig. Wenn Gregory eins konnte, dann war es, sie glücklich zu machen – in jeder Hinsicht.

Sie spürte die Hände des Mannes auf ihren Brüsten und hielt die Luft an. Seine spöttische Frage, ob Gregory das wohl auch getan hatte, ignorierte sie trotzig.

»Antworte, oder willst du, dass ich Caroline wehtue?«,

fragte er und genoss ihre Hilflosigkeit. Sie nahm ihn beim Wort und nickte.

Als er eine Hand zwischen ihre Beine schob und die gleiche Frage noch einmal stellte, vergaß sie fast zu atmen. Sie versuchte, jeden Ekel auszublenden und ihm keine Angriffsfläche zu bieten. Genau deshalb machte er aber weiter.

»Wie viele hast du denn vor ihm rangelassen?« Seine Blicke glitten über ihren Körper. »Vier, fünf?«

Sie schüttelte den Kopf.

»Etwa mehr? Du hast es faustdick hinter den Ohren, nicht?«

Wieder schüttelte sie den Kopf. Der perverse Scheißkerl lag völlig falsch.

»Weniger?« Er überlegte. »Wie viele? Zwei? Drei?«

Als sie erneut den Kopf schüttelte, legte er die Hand unter ihr Kinn, damit sie gezwungen war, ihn anzusehen.

»Etwa nur einer?«

Jetzt nickte sie. Es war demütigend, antworten zu müssen, aber sie hatte keine Wahl. Dann konnte sie auch wahrheitsgemäß antworten.

»Was, nur einer? Dann bist du ja ein ganz braves Mädchen, Andrea. Ich werde deine Statistik stark nach oben korrigieren, was denkst du?«

Sie brüllte erstickt, hasserfüllt und wütend, aber er lachte nur. »Was das angeht, seid ihr sehr gegensätzlich. Ein kleines unschuldiges Mädchen und dann eine, die schon ein Kind geboren hat.« Er näherte sich ihrem Ohr und sagte leise: »Es ist anders mit einer Frau, die bereits ein Kind hat. Zu schade, dass das auf dich nicht zutrifft.«

Andrea schluckte und hielt die Luft an, weil sie spürte, wie ihr übel wurde. Benommen starrte sie geradeaus und versuchte, ruhig zu atmen. Die Übelkeit wurde nicht stärker.

»Sag mir, Andrea, wann hat dein Freund es dir denn zuletzt besorgt? Noch diese Woche?«

In ihrem Kopf war alles leer, als sie nickte.

»Ich kann ihn gut verstehen, deinen Freund. Aber jetzt bin ich neugierig. Hat er dich mal von hinten genommen?«

Er stellte ihr immer schlüpfrigere Fragen, sodass es sie immer mehr Selbstbeherrschung kostete zu antworten. Alles nur Caroline zuliebe. Mit Tränen in den Augen ließ sie sich von ihm zu den intimsten Details fragen, die sie sich nur denken konnte und hörte auch irgendwann auf, wahrheitsgemäß zu antworten. Er hatte kein Recht, das zu wissen.

»Zu schade, dass er tot ist, dein Freund. Jetzt musst du wohl mit mir Vorlieb nehmen, was? Aber du wirst nicht enttäuscht sein. Ich verstehe etwas von Frauen, Andrea. Du kannst Caroline fragen.« Er drehte sich zu ihr um. »Du hattest noch nie einen Mann wie mich, nicht wahr? Also freu dich nur, Andrea. Ich sehe, du bist noch sehr störrisch, aber das wird sich ganz bestimmt bald legen, das weiß ich. Dann wirst du sehen, wozu ich fähig bin.«

Damit wandte er sich ab und ging zur Tür. Er ging tatsächlich fort, aber er schloss die beiden ein. Ganz allmählich beruhigte sich Andreas Puls, die Panik schrumpfte. Dafür drang der körperliche Schmerz wieder in ihr Bewusstsein. Wenn sie die Arme leicht bewegte, brannte es höllisch in ihren Schultern. Wohin sollte das noch führen? Wie lang wollte er ihr das antun?

Caroline hatte sich ihr zugewandt und sah sie mit feuchten Augen an.

»Es tut mir so leid, dass Greg tot ist.« Sie sprach ganz leise, damit die Kamera es nicht erfasste. Die lief noch immer. Andrea schüttelte sofort heftig den Kopf und Caroline verstand.

»Ist er nicht?«, flüsterte sie.

Andrea schüttelte leicht den Kopf. Als Caroline begriff, was das bedeutete, leuchteten ihre Augen kurz. »Nur beschützen konnte er dich nicht.«

Andrea bestätigte es. Aber er hatte es versucht, wie ein Löwe.

»Ich wünschte, du wärst nicht hier«, sagte Caroline. »Aber verstehst du, dass ich froh bin, nicht mehr allein zu sein?«

Andrea nickte, denn dieser Gedanke war nur menschlich.

»Er hat mir gesagt, was er plant. Du sollst sehen, was dir bevorsteht, ehe er mich tötet«, sagte Caroline gepresst. »Er ist ganz besessen von dir. Bitte sei stark – wenigstens du. Du kannst das. Du musst!«

Andrea nickte, um ihr klarzumachen, dass sie recht hatte. Für sie beide würde Andrea versuchen, stark zu sein. Caroline konnte es nicht mehr und es tat Andrea in der Seele weh, das zu sehen.

»Solltest du das überleben, trägst du dann Sorge dafür, dass meine Kleine zu Tom kommt?«, fragte Caroline weiter. Andrea nickte lethargisch. Es war ermüdend, mit über dem Kopf gefesselten Händen dazustehen. Ihre Arme waren längst blutleer und taub, ihre Hände eiskalt und fast nicht mehr zu spüren, ihr Rücken protestierte. Wenigstens konnte sie sich an die Wand lehnen.

Caroline wünschte sich, dass sie mit ihr hätte reden können. Das wünschte Andrea sich auch. Nur wusste sie nicht, was sie Caroline hätte sagen sollen. Dass am nächsten Tag

Samstag war und der Kerl alle Zeit der Welt hatte, die er ihnen widmen konnte? Tränen brannten in ihren Augen beim bloßen Gedanken daran.

»Ich wünschte, du hättest damals nicht eingegriffen«, sagte Caroline mit erstickter Stimme. Andrea schloss beschämt die Augen, um sie nicht ansehen zu müssen. Es war ihre Schuld.

»Wenn du das nicht getan hättest, wärst du jetzt nicht hier. Es wäre wenigstens dir erspart geblieben.« Caroline machte eine Pause, in der Andrea sie irritiert ansah.

In diesem Moment ging die Tür wieder auf, und Caroline verstummte. Er kehrte zurück, um sie zu knebeln. Er nahm ein Stück Klebeband und griff nach einem seiner Spielzeuge. Draht. Andrea wandte sich ab und schloss die Augen, denn das wollte sie nicht sehen. Caroline bettelte verzweifelt, damit er ihr nicht den Mund zuklebte, aber natürlich tat er es trotzdem. Jetzt erst recht. Caroline stieß erstickte Schreie aus, die von der Qual zeugten, die er ihr zufügte. Andrea musste an die Blutlache denken.

Tränen strömten ihr über die Wangen. Ihr Puls war astronomisch hoch, ihr Blutdruck brachte beinahe ihren Kopf zum Platzen. Am ganzen Körper kribbelte ihre Haut. Die Panik war so groß, dass sie sogar die Schmerzen überstrahlte, die ihre Zwangshaltung ihr zufügte.

Sie schrak zusammen, als er sich vor sie stellte. Er hielt ihr ein Messer genau vors Gesicht und ließ es über ihren Oberkörper hinabwandern bis zum Bund ihres Pullovers. Er setzte das Messer dort an und zerschnitt den Pullover ohne große Mühe von unten nach oben.

»Ich will doch sehen, was du hast«, raunte er ihr beinahe zärtlich ins Ohr. Ihr bescherte es nur Furcht. Ihr Herz raste, während er ihr den Pullover vom Körper schälte. Als er ihn entfernt hatte, trat er zurück und begutachtete sie von oben bis unten. Andrea wagte kaum zu atmen. Das war zu viel. Er sollte aufhören.

»Ich habe dir ein Geschenk gemacht«, sagte er frustriert. »Du solltest die Sachen tragen. Warum tust du es nicht?«

Sie drehte sich weg. Wenn er ihr nur nicht wehtat.

Er spielte mit der Spitze des Messers an ihrem schlichten BH herum, jedoch ohne ihn zu zerschneiden. Sie atmete stoßweise und versuchte, Fassung zu bewahren. Noch war sie nicht nackt. Er sog ihre Furcht in sich auf.

»Waren dir die Sachen nicht gut genug?«, fragte er. Andrea schüttelte den Kopf.

»Aber warum trägst du sie nicht? Du hast nicht einmal ihre Kette genommen. Sie war wertvoll, Andrea. Sie war aus Gold. Was ist damit? Was du trägst, ist nichts dagegen.«

Sie versuchte, ihm zu verstehen zu geben, dass er ihr das Klebeband abnehmen sollte. Sie würde es ihm erklären, wenn er sie ließ. Er sollte ihr nur nicht wehtun.

Er verstand es. Tatsächlich zog er das Klebeband ab und sah sie erwartungsvoll an. Sie war so verängstigt, dass sie nicht wusste, was sie sagen sollte. Sie konnte nicht klar denken, denn sie stand halbnackt vor ihm, gefesselt, wehrlos. Er konnte mit ihr tun, was er wollte und genoss diese Macht.

»Also?«, fragte er.

»Es hat nicht gepasst«, sagte sie tonlos.

»Das kann nicht sein.« Es klang kalt.

Ihre Stimme versagte ihr fast den Dienst. »Die Sachen waren zu groß. Ich hätte sie getragen, aber es ging nicht.«

Er musterte sie genau. »Das glaube ich nicht.«

»Es ist die Wahrheit«, stammelte sie unter Tränen.

»Aber die Kette …«

»Sie war doch von einem Opfer. Ich hatte Angst, sie zu tragen«, behauptete sie stockend. »Ich fand es gruselig.«

»Gruselig?«, höhnte er. »Es war ein Geschenk, Andrea. Ein Geschenk für dich. Das hättest du respektieren müssen.«

»Es tut mir leid«, sagte sie kleinlaut. Sie versuchte, sich ihr Entsetzen nicht anmerken zu lassen, aber er grinste trotzdem. Als er sich umdrehte und zum Klebeband griff, flehte Andrea in Gedanken, dass er es nicht tat. Sie drehte den Kopf zur Seite, als er sie knebeln wollte, aber er hielt sie fest und schaffte es ohne große Mühe. Sie bekam keine Luft.

»Du bist undankbar«, sagte er. »Aber das werde ich ändern.«

Sie ließ es über sich ergehen, dass er sie ansah und anfasste. Daran wollte sie nicht denken. Viel eher an die Sonne … frische Luft. Vogelzwitschern. Nein, viel zu kitschig.

Resilienz. Auf einmal war der Begriff in ihrem Kopf, und sie sagte ihn sich gebetsmühlenartig auf, um ihn nicht zu vergessen. Sie kannte den Begriff aus ihrem Studium. Er bezeichnete ganz allgemein das Vermögen eines Menschen, mit Schwierigkeiten, Schicksalsschlägen und Katastrophen fertig zu werden – sozusagen wie gut jemand Krisensituationen überstand.

Dabei war das keine Krise, das grenzte an Wahnsinn. Aber trotzdem wusste sie, dass sie diese Veranlagung hatte. Sie musste ja nur daran denken, dass Gregory noch lebte, und schon ging es ihr wieder gut. Sie rief sich sein Gesicht so lebhaft ins Gedächtnis, dass sie gar nicht spürte, wie der Mann ihr die Hose vom Leib riss, sodass sie nur noch in Socken und

Unterwäsche dastand. Es war kalt. Er glitt mit dem Messer über ihre Haut und wollte sie das Fürchten lehren, aber sie ließ es nicht zu. Mit entrücktem Blick schaute sie ins Nichts und wusste plötzlich, was sie zu tun hatte.

Sie wollte ihn aus dem Konzept bringen, indem sie so tat, als würde es ihr nichts ausmachen. Als gefiele es ihr sogar. Deshalb legte sie den Kopf in den Nacken und schloss mit einem leisen Seufzen die Augen.

Er hielt erstaunt inne. Sie spürte, wie das Messer verschwand.

»Was ist los?«, fragte er. Andrea erwiderte seinen Blick fragend.

»Du nimmst mich doch auf den Arm, oder?«

Sie spielte weiterhin die Unverständige und tat ganz ahnungslos.

»Jedes Mädchen heult und jammert, wenn ich das tue! Was ist mit dir? Warum du nicht?«

Spöttisch dachte sie daran, dass er sie geknebelt hatte und sie so nicht antworten konnte. Weil ihm das in diesem Moment auch auffiel, stellte er die Frage anders.

»Du hast keine Angst?«

Andrea log mit einem Kopfschütteln.

»Macht es dir nichts aus?«

Wieder verneinte sie.

»Aber das gefällt dir doch nicht etwa, oder?«

Sie nickte, jedoch nicht, ohne ihm einen eindringlichen Blick zuzuwerfen.

Er machte einen Schritt zurück und sah sie unbewegt an. Er wollte etwas sagen, aber er wusste nicht, was.

Das hatte er noch nie erlebt. Noch nie. Jedes der Mädchen

hatte geweint und gejammert, nur nicht Andrea. Ausgerechnet.

Sie war anders.

Wortlos verließ er den Raum und schloss die beiden wieder ein. Obwohl es kalt war, lehnte Andrea sich an die Wand. Ihre Knie zitterten, und ihre Arme waren kalt und gefühllos. Ihr Rücken schmerzte vom Stehen, aber das war erst der Anfang.

Caroline starrte sie entgeistert an. Sie begriff überhaupt nichts. Sie verstand offenbar nicht, warum Andrea das tat. Dazu war sie nicht mehr in der Lage.

Es entfremdete sie voneinander.

Zu gern hätte Andrea ihr erklärt, dass sie versuchte, ihn zu verunsichern. Das war ihr auch bestens gelungen. Dennoch schaute sie an sich herab und versuchte zu verdrängen, wie weit er schon gegangen war. Es würde nicht mehr lange dauern, bis er noch einen Schritt weiterging.

Doch da täuschte sie sich. Er kehrte nicht mehr zurück, nicht in dieser Nacht. Caroline schlief irgendwann ein, obwohl er sie gedemütigt und gequält zurückgelassen hatte – entblößt und zum Spielzeug seiner Fantasien gemacht.

Andrea hatte Durst. Davon abgesehen, dass ihr Beine, Hüften und Rücken schmerzten, hatte sie fürchterlichen Durst und konnte, obwohl sie müde war, in dieser Haltung unmöglich schlafen. Dennoch schloss sie die Augen und tat so, als ob. Mit der Mauer im Rücken stand sie da, ignorierte das qualvolle Brennen in den Schultern und ließ die Arme nur noch hängen, obwohl die Stricke in ihre Haut schnitten.

Durst. Müde. Kalt. Diese drei Empfindungen wechselten sich in ihrem Kopf in einer endlosen Schleife ab. Immer wieder … immer wieder.

Gregory. Irgendwann dachte sie wieder an ihn; hoffte, dass man ihn ins Krankenhaus gebracht hatte und er aufgewacht war. Bald brannte ihr ganzer Körper vor Schmerz und hielt sie weiter davon ab zu schlafen. Caroline wachte auch immer wieder auf; da sie sich in ihrer Position überhaupt nicht drehen konnte. Matt sah sie Andrea an. Sie hatte Schmerzen, doch Andrea weigerte sich, darüber nachzudenken, wie Caroline sich fühlte. Das hätte sie nicht ertragen.

Andrea tat alles weh. Keuchend versuchte sie, ihre Position zu verändern, sich Erleichterung zu verschaffen. Immer wieder kribbelten einzelne Gliedmaßen heftig. Qual und Müdigkeit forderten bald ihren Tribut.

Die Stunden verstrichen. Andrea war schon gar nicht mehr ganz bei Sinnen, als die Tür geöffnet wurde und ihr Peiniger zurückkehrte. In einer Hand hielt er Klebeband, in der anderen eine Flasche Wasser. Ihm war eindeutig daran gelegen, dass sie lebten. Obwohl Andrea schrecklichen Durst hatte, verspürte sie keinen Hunger. In dieser Situation kein Wunder.

Er ging zu ihr und zog das Klebeband unsanft ab. Dennoch gab sie keinen Laut von sich. Als er ihr die Flasche an den Mund setzte, um sie trinken zu lassen, tat sie es gierig, bis sie endlich keinen Durst mehr hatte.

Lebensgeister kehrten in ihren Körper zurück. »Ich kann nicht mehr«, sagte sie tonlos. »Alles tut so weh.«

»Wirklich, ja?«, erwiderte er. Er musterte sie geradezu genüsslich.

Sie nickte matt. »Ich kann nicht mehr stehen. Bitte …«

Zwar hatte sie seinem Sadismus nicht in die Hände spielen wollen, aber sie konnte nicht mehr anders. Er brachte das Wasser weg und kehrte mit dem Messer zurück. Er ließ es über ihre Haut gleiten und verlangte ihr jede Selbstbeherrschung ab, um nicht zu schreien. Es war ihr so zuwider.

»Bist du denn in der Position, etwas zu wollen?«, fragte er süffisant.

»Nein«, gab sie kleinlaut zu.

»Und warum sollte ich dich dann losbinden, Andrea?«

Sie wusste nicht, was sie antworten sollte. Ihr fiel absolut nichts ein, was ihm nicht verraten hätte, dass sie sein Verhalten studierte. Deshalb sagte sie lieber gar nichts.

»Siehst du«, sagte er und griff wieder zum Klebeband. Resignierend starrte sie an die Decke, während er ihr das Klebeband auf den Mund drückte und das Messer zwischen ihre Brüste legte. Mit einer einzigen Handbewegung zerschnitt er den Stoff und sie war nackt. Sie schloss die Augen und lehnte den Kopf an die Wand, während er das Messer tiefer gleiten ließ und unter den Bund ihres Slips steckte. Es kostete ihn nicht viel Zeit, ihr auch den vom Körper zu schneiden.

Sie wollte nicht weinen, aber sie konnte nicht anders. Tränen liefen ihr über die Wangen, aber sie blieb still. Erst als er sie anfasste, konnte sie nicht mehr anders und protestierte erstickt. Sie wimmerte und zwang sich vergeblich, es nicht zu tun. Seine Hände auf ihrer nackten Haut zu spüren war pure Folter.

»Hast du jetzt Angst?«, fragte er. Er spürte es sowieso, deshalb nickte sie. Er setzte seine Lippen auf das Klebeband, das sie knebelte, und entlockte ihr so einen Schrei.

Endlich ließ er von ihr ab. Keuchend öffnete Andrea die Augen und konzentrierte sich nur aufs Atmen, während er ihr befahl, aufzupassen und hinzusehen.

Sie funktionierte nur noch. Sie starrte ihn an, solange sie musste, während er die arme Caroline erneut vergewaltigte.

Er quälte sie bis aufs Blut. Zu trinken hatte er ihr nichts gegeben. Sie musste mit ansehen, wie er Caroline wieder würgte und biss und ihr damit gedämpfte, aber nichtsdestotrotz qualvolle Schreie entlockte. Andrea schien durch die beiden hindurch zu blicken, denn sie kämpfte ganz massiv mit der tief in ihr aufkeimenden Angst, dass er dasselbe mit ihr tun würde. Sie wusste nicht, wie weit ihre psychische Widerstandsfähigkeit reichte.

Nüchtern betrachtet, wusste sie, was eine Vergewaltigung beim Opfer auslöste. Der Kontrollverlust, die Scham, der Schmerz und die Angst um das eigene Leben – das waren alles Dinge, die sie benennen konnte. Aber trotzdem wurde sie das Gefühl nicht los, dass sie das nicht ertragen würde. Sie hatte doch bei Caroline gesehen, was das anrichtete – jetzt gerade. Sie hatte eine solche Furcht davor, dass er sie dazu zwang, ihr jede Würde nahm und ihr so wehtat.

Allmählich ahnte sie, was Caroline mitgemacht hatte, um so teilnahmslos zu werden; so völlig leer. Sie konnte die Frage nicht ignorieren, wie es sich wohl anfühlte, so dazuliegen und genau zu wissen, dass er alles mit einem tun konnte.

Und sie sollte an Carolines Stelle treten.

Als er fertig war und ging, weinte Andrea hemmungslos. Ihre Stärke schwand dahin. Sie weinte und weinte und wurde das Gefühl nicht los, dass sie beim nächsten Mal an der Reihe war. Sie war dran und Caroline so gut wie tot. Es würde passieren.

Er war ein Experte, wenn es darum ging, wie man jemanden weichkochte. Er setzte sie physischen und psychischen Schmerzen aus und obwohl sie wusste, warum er das tat, wirkte es. Es war beängstigend.

Gregory, du kannst das, dachte sie flehentlich. *Du findest mich hier. Bitte hol mich zurück. Bitte hol mich in deine Arme, wo ich in Sicherheit bin. Bitte.*

Erst nach einer ganzen Weile versiegten ihre Tränen wieder. Caroline lag die ganze Zeit über einfach nur da. Ihr Hals war grün und blau, ihre Augen gespenstisch rot, an diversen Körperstellen hatte sie Bissspuren.

Gregory, wo bist du?

11. Februar, 02:00 Uhr

Zuerst hörte er nur etwas. Stimmen, Schritte, ein unbestimmbares Summen. Seine Augen brannten, als er sie öffnete. Ein grelles Licht erhellte den Raum, der ihm merkwürdig unbekannt vorkam. Die Decke war weiß, der ganze Raum nüchtern und kühl.

Das Krankenhaus.

Einem unbestimmten Gefühl, mehr einem Instinkt folgend, schnellte er hoch und verhedderte sich gleich in der Bettdecke, weil er überstürzt aufstehen wollte. Als er sich mit der Hand abstützte, fuhr ein stechender Schmerz durch seinen gesamten Arm.

»Bleib liegen, Greg, mach keinen Unsinn«, vernahm er von der Seite die Stimme seines Bruders. Noch während er den Kopf drehte, spürte er ein qualvolles Pochen im Kopf. Ihm wurde kurz schwarz vor Augen. Erst jetzt fiel ihm auf, dass sich etwas Fremdes in seinem Blickfeld befand. Auf der Bettkante sitzend, tastete er nach seiner Nase, fand aber nur ein dickes, großes Pflaster. In seinem Kopf dröhnte es. Mit jedem Herzschlag schwoll der Schmerz weiter an, als das Blut in seinen Kopf gepumpt wurde und ihm noch mehr das Gefühl gab, kurz vor dem Platzen zu stehen. Es war ein ganz eigenartiges, abstoßendes Gefühl. Sein Kopf fühlte sich an, als wäre er butterweich und kochend heiß. Der Schmerz lähmte ihn für einen Moment.

Dann zögerte er jedoch nicht länger und stand auf. Taumelnd schaute er sich um. Sein erster Blick fiel auf Jack, der ihn entgeistert anstarrte. Daneben saß seine Mutter, deren Gesichtsausdruck sich nur marginal von Jacks unterschied. Sein Bruder beeilte sich, um das Bett herum zu Gregory zu gelangen, stellte sich vor ihn und hielt ihn fest.

»Leg dich wieder hin«, schärfte er ihm ein. »Du darfst nicht aufstehen.«

»Wo ist sie?«, stieß Gregory heiser hervor.

In Jacks Blick lag ein unübersehbarer Ausdruck von Bestürzung. Er hatte schon den Mund offenstehen, um etwas zu sagen, aber Gregory hatte keine Geduld. Gehetzt schaute er sich um, fand jedoch nichts.

»Wo ist sie?«, fragte er wieder.

»Ich weiß es nicht, Greg. Niemand weiß es.«

Gregory versuchte, seinen Bruder zu fixieren. »Sie ist weg?«

Jack nickte. »Sie war nicht mehr da, als wir alle kamen.«

Das zog Gregory den Boden unter den Füßen weg. Er sackte nach hinten, aber Jack fing ihn auf und drückte ihn aufs Bett nieder. »Setz dich wenigstens.«

Gregory starrte ins Nichts. Weg. Andrea war verschwunden. Er fuhr sich mit den Händen durchs Haar. Sie waren eiskalt und zitterten. In seinem Bauch wuchs eine unglaubliche Wut, die beinahe übermächtig zu werden drohte. Ausdruckslos schaute er zu seiner Mutter, die er noch nie so besorgt gesehen hatte.

»Erinnerst du dich an etwas?«, fragte sie.

Gregory überlegte und versuchte sich an den Abend zu erinnern. Er war aus dem Dämmerzustand kurz vor dem Einschlafen hochgeschreckt, als er Andreas verängstigte Stimme gehört hatte. Dann war da aber auch noch eine andere Stimme, die eines fremden Mannes. Da hatte er sofort gewusst, was los war. Er war aufgestanden und hingeschlichen, um ihn anzugreifen.

Er erinnerte sich an den Kampf. Plötzlich sah er wieder das Gesicht des Mannes vor sich und erinnerte sich an den Schnitt. Nachdenklich schaute er auf seinen verbundenen Arm.

Dann hatte er einen Fehler gemacht. Er hatte sich überrumpeln lassen. Er erinnerte sich nur noch an den beißenden Schmerz in seinem Kopf, als er immer wieder gegen den Türrahmen geschlagen worden war.

Er hatte auch ihren fürchterlichen Schrei im Ohr.

»Ich muss sie finden!« Er kämpfte sich wieder hoch.

»Greg, nicht, bleib endlich sitzen«, redete Jack auf ihn ein, aber Gregory hörte nicht auf ihn. Der Campus Rapist hatte sie. Ihm war heiß und kalt zugleich. Orientierungslos stolperte er durch den Raum, schaute zur Tür.

»Greg, verdammt noch mal!«, rief Jack.

Gregory drehte sich um. »Ich habe ihn gesehen.«

Jack runzelte fragend die Stirn. »Wen?«

»Ich habe ihn gesehen. Ich habe ihm die Maske weggenommen, bevor er mich kurz und klein geschlagen hat.«

»Du hast *was*?«

»Er ist blond, hat grüne Augen. Schnöseliger Typ.«

Jack starrte nur. »Du nimmst mich auf den Arm.«

»Sehe ich so aus?«

Gregory stolperte zur Tür und öffnete sie. Anna stand auf, und Jack rannte ihm hinterher, aber Gregory hatte sein Ziel längst erreicht. Auf dem Flur lungerten einige Polizeibeamte herum, die ihn allesamt anstierten, als sei er eine Erscheinung.

»Ich kann den Kerl beschreiben.«

»Was haben Sie gesehen? Was ist überhaupt passiert? War es der Campus Rapist?«

Gregory nickte. »Er muss es gewesen sein. Ich habe mit ihm gekämpft, wie man sieht, und ich habe ihn gesehen. Ich weiß, wie er aussieht.«

»Eins nach dem anderen«, sagte der Polizist. »Legen Sie sich wieder hin. Sie haben einiges abbekommen.«

»Und wenn schon«, sagte Gregory. Es gelang ihnen jedoch mit vereinten Kräften, ihn zumindest dazu zu bringen, sich wieder in sein Krankenbett zu setzen. Es dauerte nur wenige Augenblicke, bis ein halbes Dutzend Polizisten um sein Bett versammelt war und ein Arzt erschien. Anna setzte sich neben Gregory und griff nach seiner Hand. Sie war eiskalt.

»Wie fühlen Sie sich?«, fragte der Arzt.

»Wie ich mich fühle? Als wäre eine Bombe in meinem Kopf explodiert.«

»Sie müssen sich ausruhen, Mr. Thornton.«

»Machen Sie Witze? Meine Freundin ist verschwunden!«, brüllte Gregory ihn gereizt an.

»Ich gebe Ihnen etwas gegen die Schmerzen.«

Das besänftigte Gregory schon eher. Die Polizisten warteten, bis der Arzt fertig war und ging, dann baten sie Gregory, alles zu erzählen.

»Wir dachten uns, dass er es ist. Sergeant McKenzie hat uns über Funk vorgewarnt. Er hat die Messerattacke nur knapp überlebt, er wird gerade notoperiert. Ob er es schafft, können die Ärzte noch nicht sagen«, erklärte einer der Polizisten.

»Er hat sie angegriffen?«, wiederholte Gregory ungläubig.

»Nur deshalb konnte der Mann überhaupt zu Ihnen in die

Wohnung vordringen. Sein Kollege ist tot. Sie hatten auch nur Glück, wenn man den Ärzten glauben darf.«

Glück? Gregory wusste nicht, wie das gemeint war. Dann erinnerte er sich plötzlich daran, was Andrea auf Deutsch zu ihm gesagt hatte. Er sollte aufgeben, sonst würde er sterben. Sie hatte irgendetwas gemacht, um sein Leben zu retten. Als er bewusstlos gewesen war, hätte der Täter ihn einfach erstechen können, aber das hatte er nicht.

»Sonst haben Sie nichts mehr mitbekommen?«, riss der Polizist ihn aus seinen Gedanken.

Gregory schüttelte den Kopf. »Er muss sie mitgenommen haben«, sagte er. Er hatte es nicht verhindert.

»Beschreiben Sie ihn.«

Gregory versuchte es. Er schätzte seine Größe, beschrieb seinen Körperbau, die Gesichtszüge, die Stimme.

»Meine Freundin hatte recht«, sagte er. »Er muss ein gebildeter Mann sein. Er hat sich gewählt ausgedrückt.«

In diesem Moment stürzte Rachel in den Raum. Sie sah Gregory ungläubig an. »Bist du verrückt? Leg dich sofort hin! Du …«

»Fang du jetzt nicht auch noch an«, unterbrach er sie.

»Es ist mein Ernst, Greg. Du brauchst Ruhe.«

»Die kann ich mir nehmen, wenn ich weiß, dass es Andrea gut geht. Ich lege mich doch hier nicht ins Bett und überlasse sie diesem Arschloch.«

»Wir brauchen ein Phantombild. Aber es ist mitten in der Nacht«, sagte ein Polizeibeamter.

Sie überlegten hin und her, wie sie die nötigen Geräte vom Präsidium ins Krankenhaus bringen sollten, bis Gregory den Kopf schüttelte und sagte: »Dann gehe ich eben ins Präsidium.«

»Das kannst du nicht«, mischte Jack sich ein.

»Ich kann das nicht?«, brüllte Gregory gereizt in seine Richtung. »Ist dir eigentlich klar, was hier los ist? Ist dir klar, wo Andrea ist und was vielleicht gerade passiert? Ja?«

»Du kannst nichts machen«, begann Jack, machte sich damit aber auch nicht beliebter bei seinem Bruder.

»Denkst du das wirklich?«, schnauzte Gregory zurück. »Ich werde jetzt diesen Kerl beschreiben und mit Andreas Notizen kriegen wir ihn. Es wäre sehr schön, wenn du sie holen könntest und auch einen frischen Pullover. Das wäre mal nützlich. Nützlicher jedenfalls, als mir zu erzählen, ich könnte nichts tun.«

»Gregory, du hast eine Gehirnerschütterung. Du musst im Bett bleiben.« Hilflos schaute Jack zu Anna. »Mum!«

»Ich muss verhindern, dass dieser Scheißkerl Andrea auseinandernimmt.« Langsam riss Greg der Geduldsfaden. »Das wird einfacher, wenn du mir hilfst.«

Jack starrte ihn erst an, nickte dann aber. Stirnrunzelnd schaute er erneut zu seiner Mutter. »Du bist keine große Hilfe, Mum.«

Anna seufzte. »Du kennst deinen Bruder. Gut zureden hat noch nie geholfen.«

Jack stöhnte entnervt. »Er ist übergeschnappt. Er gehört ins Bett.«

»Ja, das tut er. Solange Andrea verschwunden ist, wirst du ihn aber nicht dazu bringen können, im Bett zu bleiben.«

»Richtig«, sagte Gregory tonlos. »Geh nach Hause, Mum. Mir geht es gut, und ich werde jetzt dafür sorgen, dass das auch für Andrea gilt.«

»Du weißt, dass ich das nicht gut finde, aber ich kann es dir nicht verbieten«, sagte Anna. »Und, Greg, du hilfst ihr nicht, wenn du zusammenbrichst.«

»Ach was«, ätzte Jack von der Seite, wurde jedoch von den beiden nicht beachtet. Gregory quälte sich hoch und wollte das Zimmer verlassen, aber da stand wieder der Arzt vor ihm.

»Sie müssen bleiben«, redete er auf Gregory ein.

»Ich muss gar nichts. Ich werde jetzt gehen, um zu verhindern, dass der Campus Rapist meine Freundin in Stücke reißt.«

»Mr. Thornton …«

Gregory starrte ihn an. »Machen Sie freiwillig Platz?«

Der Arzt entschied sich dafür, es zu tun. Wutschnaubend ging Gregory an ihm vorbei und wartete auf die Polizisten, um ihnen zum Streifenwagen zu folgen. Mit einer gequälten Miene setzte er sich hinein und schloss die Augen. Noch wirkten die Schmerztabletten nicht.

Die Polizisten stellten nicht in Frage, was er tat. Sie fuhren mit ihm über eine ziemlich finstere Landstraße, während er auf dem Rücksitz saß und versuchte, nicht den Verstand zu verlieren.

Christopher und John waren niedergestochen worden. Das erklärte einiges. Andrea war weg, entführt worden. Ihm wurde schlecht, wenn er nur daran dachte. Er wusste doch, wozu dieser Kerl in der Lage war.

Er wollte sie zurück. Unversehrt. Allerdings glaubte er nicht daran, dass dieser Wunsch in Erfüllung ging.

Er fühlte sich wie betäubt, als er den Beamten ins Hauptquartier in Wymondham folgte. Sie diskutierten darüber, wer mit dem Computerprogramm umgehen konnte, das zur Phantombilderstellung benutzt wurde. Einer legte Gregory derweil einen Ordner mit Bildern vor, den er sich anschaute, jedoch nicht besonders konzentriert und mit fürchterlichen Kopfschmerzen. Er sah sich alle blonden Männer an, aber der Gesuchte war nicht dabei.

Jack öffnete die Tür und kam herein. Er hatte Gregory einen sauberen Pullover und Andreas Notizbuch mitgebracht. Ohne lange zu überlegen, zog Gregory sich um und drückte das Notizbuch an seine Brust.

»Das muss helfen«, sagte er nachdenklich. »Es muss.«

»Lassen Sie uns ein Phantombild anfertigen«, sagte der Polizist, der ihm gegenüber am Schreibtisch saß und das Programm geöffnet hatte. »Beginnen wir mit der Gesichtsform.«

»Was tun Sie mit dem Bild?«, fragte Gregory.

Der Polizist wirkte irritiert. »Es dient zur Fahndung.«

»Veröffentlichen Sie es in den Medien?«

»Das wäre doch das Sinnvollste.«

»Auf keinen Fall«, widersprach Gregory. »Wenn Sie das tun, fühlt er sich verfolgt. Er würde sie töten.«

»Aber wie sollen wir ihn sonst finden?«

»Indem wir nach ihm suchen. Ich habe Ihnen doch vorhin erzählt, wie er mit mir gekämpft hat. Er muss das gelernt haben. Das war eine Kampfsporttechnik. Wir gehen mit dem Bild in Kampfsportschulen – mit dem Bild und der Beschreibung. Wir finden ihn.«

»Das ist doch verrückt.«

»Ich beschreibe Ihnen gar nichts, wenn ich nicht Ihre Zusage habe, dass Sie es nicht veröffentlichen. Das würde sie töten.«

»Mr. Thornton …«

»Reden Sie bitte nicht mit mir wie mit einem kranken Tier.

Meine Freundin hatte mit den meisten Dingen recht. Ohne Zusicherung erfahren Sie gar nichts von mir.« Gregory hatte keine Zeit, um sich mit Höflichkeiten aufzuhalten.

Der Beamte überlegte, dann entschuldigte er sich kurz und ging hinaus.

»Bist du sicher?«, fragte Jack.

»Ich werde das nicht riskieren. Ich will nicht, dass sie stirbt.«

Jack erwiderte seinen Blick ernst. »Was meinst du damit?«

Gregory deutete auf das Buch. »Da steht alles drin. Was er macht und warum. Der Typ ist krank, Jack. Er tut Dinge, die kannst du dir gar nicht vorstellen. Er hält sie tagelang gefangen, um sie zu quälen, denn das ist es, was er will. Er vergewaltigt und foltert sie, und irgendwann erwürgt er sie. Er ...« Seine Stimme versagte. Gregory schloss die Augen und atmete tief durch, aber als er Jack wieder ansah, kamen ihm trotzdem Tränen.

»Ich habe Angst«, gestand Gregory. Seine Stimme zitterte.

»He, wir finden sie schon.«

»Ja, aber wann? Und wie?« Gregory schaute auf die Uhr. »Es ist jetzt halb vier. Ich bin gegen elf ins Bett gegangen, und kurz danach ist er aufgetaucht. Ich habe noch nicht geschlafen. Das ist jetzt knapp vier Stunden her, Jack. Weißt du, was er in vier Stunden schon mit ihr angestellt haben könnte?«

Jack war zur Stelle, als Gregory sich an seine Schulter lehnte und versuchte, wieder ruhiger zu werden. Es war nicht nur die Angst um Andreas Leben, die ihn fast wahnsinnig machte, sondern auch die um ihre Liebe. Wenn es ihm wirklich gelang, sie aufzuspüren – wer würde sie dann sein? Wie würde es ihr gehen? Er hatte Angst, dass er sie verlor, weil sie ihn vielleicht nicht mehr lieben konnte.

»Ich will sie zurück«, sagte Gregory gedämpft.

»Wir finden sie. Das schaffen wir schon. Sei ganz ruhig. Ich helfe dir«, sagte Jack ruhig. Er sah, dass er keine andere Wahl hatte.

»Ja, aber ist es dann nicht längst zu spät? Sie ist doch mein Mädchen, Jack. Ich habe doch an Caroline gesehen, was das anrichten kann.«

Jack wusste nicht, was er sagen sollte. Gern hätte er Gregory gut zugeredet und ihm gesagt, dass es Andrea sicher gut ging. Gern hätte er ihm gesagt, dass ihr sicher nichts passiert war. Aber wenn er ehrlich war, hatte er daran selbst erhebliche Zweifel.

Gregory schwankte zwischen Angst und blindem Hass. Er wusste, jede Minute zählte. In jeder Minute, in der er Andrea nicht fand, konnte der Kerl sie vergewaltigen und ihr wehtun. Und das würde er.

Dem hatte er nichts entgegenzusetzen. Er hatte stundenlang bewusstlos im Krankenhaus gelegen. Vielleicht war es da schon passiert – aber er würde sie finden und er würde um sie kämpfen.

Er schlug das Notizbuch auf und blätterte es hektisch durch. Jack schaute ihm über die Schulter und las mit. Seine Augen wurden groß, als er las, was Andrea noch ergänzt hatte.

In diesem Augenblick kehrten der Beamte und ein Kollege zurück und sicherten Gregory zu, dass sie das Phantombild nur polizeiintern verwenden würden.

»Das will ich schriftlich«, brummte Gregory. »Wenn das an die Presse geht und sie deshalb stirbt, dann mache ich Ihnen das Leben zur Hölle, und zwar mit absoluter Sicherheit.«

Die Polizisten reagierten besonnen und händigten ihm tatsächlich eine schriftliche Zusicherung aus, dass sie vorsichtig damit umgehen würden. Dann schob er ihnen den Zettel hin und begann mit seiner Beschreibung.

Es dauerte eine Weile, bis das Phantombild fertig war. Einer der Beamten besorgte etwas zu essen aus einem Fastfood-Restaurant, da inzwischen alle Beteiligten Hunger hatten. Es war bereits halb sechs, alle waren erschöpft und nicht sonderlich gut gelaunt. Jack und Gregory saßen müde aneinandergelehnt in einem der Büros und lauschten auf das unbarmherzige Ticken der Uhr.

»Ich verstehe nicht, warum er sie beide hat«, sagte Gregory. »Es sei denn, Caroline ist tot.«

»Meinst du?«, fragte Jack.

Gregory zuckte mit den Schultern. »Andrea wüsste jetzt, was er tut. Ich habe keine Ahnung. Ich weiß gar nichts.«

»Sie wird wissen, dass du sie suchst.«

»Nein, Jack. Sie weiß nicht mal, dass ich noch lebe. Der Kerl wollte mir den Schädel einschlagen. Weißt du, dass sie zu mir sagte, ich sollte mich nicht wehren, weil er mich sonst umbringt?«

»Nicht im Ernst.«

»Doch. Und sie hatte recht. Ich habe keine Ahnung, wieso ich noch lebe. Ich weiß nur, dass ich sie nicht beschützt habe.«

»Greg, du wärst fast draufgegangen.«

»Und was ist mit ihr? Ich bin ihr Freund, es wäre doch meine Aufgabe gewesen, sie zu beschützen. Der Kerl war kaum größer als ich, aber er hatte keine Mühe, mich fertigzumachen. Und sie stand daneben und musste zusehen, wie ich versage.« Er knetete zornig seine Finger. »Ich habe sie nicht beschützt, Jack. Ich konnte ihr nicht helfen. Ich lag am Boden, als er sie mitgenommen hat.«

»Es ist nicht deine Schuld. Ich habe den Blutfleck vorhin gesehen, als ich dort war. Der ist ganz schön groß.«

»Ja, aber was heißt das schon? Ich darf gar nicht dran denken, was er mit ihr machen wird.«

Diese Angst ließ Gregory nicht mehr los. Er stopfte unentwegt Schmerztabletten in sich hinein, lief nervös herum und machte sich immer wieder lautstark Vorwürfe, weil er Andrea nicht beschützt hatte. Jack hörte irgendwann gar nicht mehr zu.

Die Polizisten warteten nicht lange, bis sie der Reihe nach die Besitzer der städtischen Kampfsportschulen aus dem Schlaf klingelten. Es waren insgesamt vier, eine überschaubare Menge. Kurz darauf wollten sie aufbrechen, um ihnen das Phantombild zu zeigen. Als Gregory auf einmal neben ihnen stand, wehrten sie ab.

»Sie sind verletzt, Mr. Thornton. Am besten wäre es, wenn Sie ins Krankenhaus zurückkehren würden«, sagte einer von ihnen.

»Sehr amüsant«, war Gregorys einzige Reaktion.

»Sie sind erschöpft und müde.«

»Ich bin wacher als Sie alle zusammen. Könnten wir den Unfug bitte lassen?«

»Wenn wir ihn finden – und das hoffe ich –, sind Sie in Gefahr«, beharrte der Polizist.

»Dann beschützen Sie mich.«

»Mr. Thornton, das geht nicht. Sie haben uns sehr geholfen, und ich verspreche Ihnen, wir finden Ihre Freundin, aber …«

»Und was machen Sie dann?«, schnitt Gregory ihm das Wort ab. »Wir reden hier vom Campus Rapist, ist Ihnen das nicht klar? Ich will dort sein, wenn Sie Andrea finden. Sie werden ihr nicht helfen können. Aber ich kann es. Und glauben Sie mir, sie wird Hilfe brauchen.«

»Sie bringen sich nur in Gefahr.«

»Ich bin alt genug«, merkte Gregory an. Die Beamten schauten einander an und wollten ihm unbedingt ausreden, mitzukommen, aber das ließ er nicht gelten. Er war gereizt und drohte damit, zur Not den Polizeifunk abzuhören.

»Also schön, Sie halten sich im Hintergrund. Sie tun überhaupt nichts, Sie sind einfach nur dabei – aber bitte so, dass wir es nicht merken, und der Täter schon gar nicht, ja?«, sagte einer der Beamten.

»Klar«, sagte Gregory. Anschließend machten sie sich auf den Weg. Während Jack gegen seine zermürbende Müdigkeit kämpfte, war Gregory hellwach, fühlte sich nur ziemlich elend aufgrund der Schmerzen.

Nach einer Weile hatten sie die erste der Kampfsportschulen erreicht. Der Inhaber erwartete sie bereits, ließ sich das Phantombild zeigen und hörte sich die Beschreibung genau an, allerdings erinnerte er sich an niemanden. Frustriert fuhren die Polizisten zur nächsten Schule – mit demselben Erfolg.

Die dritte lag etwas außerhalb am Südrand der Stadt. Inzwischen war es zehn Uhr morgens, was Gregorys Laune nicht sonderlich besserte. Er stand auf dem Hof herum, während die Beamten mit dem Inhaber sprachen. Er schaute sich das Phantombild genau an und nickte. »Warten Sie kurz. Ich muss überlegen … das Gesicht kommt mir bekannt vor.«

Sofort waren Gregory und Jack zur Stelle, während die

Beamten die weiterführende Beschreibung kundtaten. Der Inhaber nickte wieder und bat sie, ihm ins Büro zu folgen.

»Ich erinnere mich an ihn. Muss letztes Jahr gewesen sein, als er sich hier angemeldet hat. Was war denn das nur … könnte Anti-Terror-Kampf gewesen sein.«

»Was ist denn das?«, fragte einer der Beamten.

»Ein Kampfsport, der darauf abzielt, seinen Gegner auszuschalten. Ziemlich hart.« Er holte einen Ordner aus dem Regal und blätterte darin herum. Als er bei den Anmeldungen vom Vorjahr angekommen war, schaute er jede einzelne genau durch.

»Jonathan war der Vorname«, murmelte er zwischendurch. »Jonathan – verdammt, wie hieß der denn noch gleich?«

Er suchte weiter. Gregory glaubte, er müsse platzen, aber dann nickte der Mann endlich. »Jonathan Harold, achtundzwanzig Jahre alt. Da ist er.«

Nur Sekunden später saßen alle wieder im Streifenwagen. Einer der Polizisten telefonierte gehetzt und ließ sich die Unterlagen aus der Führerscheindatei schicken. Einen Moment später hielt er Gregory das Display seines Handys hin, auf dem ein Foto eines sehr jungen Mannes zu sehen war. Das Foto war schon älter, aber Gregory nickte sofort.

»Das ist er. Das muss er sein!« Greg war nun angespannt bis aufs Äußerste.

»Wir haben ihn,« rief der Beamte ins Telefon, während sein Kollege aufs Gaspedal trat.

»Er ist verheiratet und arbeitet als Finanzbuchhalter in der Stadt«, sagte der Polizist, der noch telefonierte. »Bislang ist er polizeilich noch nicht in Erscheinung getreten. Einziges Kind der Familie, hat eine Privatschule besucht.«

Gregory nickte nur. Jonathan Harold hieß er also. Das Einsatzkommando war unterwegs. Als sie zehn Minuten später vor dem Haus eintrafen, war alles ruhig. In der Einfahrt stand kein Auto, es wimmelte nur überall von Polizei. Ohne zu zögern, stürmten sie ins Haus. Gregory und Jack saßen im Streifenwagen, die beiden Polizisten standen davor. Alle warteten nervös.

Es schien ewig zu dauern, und Gregory konnte einfach nicht still im Auto sitzen bleiben. Kurz entschlossen sprang er aus dem Auto und rannte auf das Haus zu, blieb aber an der Tür stehen.

»Sicher!«, hörte er immer wieder die Stimmen der Beamten. Er hatte im Gefühl, dass niemand dort war. Es war kein Lieferwagen zu sehen, aber eine Garage gab es auch nicht.

Kein Auto. Er konnte nicht dort sein. Und Andrea auch nicht.

Bald schon kam einer der Beamten kopfschüttelnd aus dem Haus. »Alle ausgeflogen.«

»Es ist niemand hier?«, fragte Gregory, um sich zu vergewissern.

»Niemand. Tut mir leid.«

Niemand. Das kleine, kurze Wort hallte unbarmherzig in Gregorys schmerzendem Kopf nach. Niemand war dort. Er hatte Andrea woanders hingebracht. Er hatte sie irgendwo versteckt, und niemand wusste, wo. Inzwischen war es fast Mittag. Gregory lehnte sich schwerfällig an den Türrahmen und schloss die Augen.

11. Februar, 10:00 Uhr

Sie kämpfte die ganze Zeit darum, nicht die Beherrschung über ihre volle Blase zu verlieren. Es tat weh. Sie hätte dringend pinkeln müssen, aber sie würde diesem Dreckschwein bestimmt nicht den Gefallen tun und es einfach machen.

Diese Aufgabe verlangte Andrea ihre ganze Konzentration ab. Ihr Körper meldete schon länger keinen Schmerz mehr. Sie fühlte sich dumpf und taub, ihre Augen brannten vom Weinen. Sie fürchtete sich so davor, was als Nächstes geschehen würde. Sie wollte nicht dasselbe erleiden wie Caroline. Er hatte kein Recht, ihnen das anzutun, aber das hielt ihn nicht davon ab. Er würde sich nehmen, was er wollte, und sie konnte nichts dagegen tun. Sie war völlig wehrlos. Dieses Gefühl war so unerträglich, dass ihr Puls konstant hoch war und sie gar nicht ruhig werden konnte. Das war das Adrenalin. Es gab keinen Ausweg. Die Erwartung, dass er jeden Augenblick kommen konnte, um sie dann vielleicht zu vergewaltigen, rief jeden Instinkt zur Flucht in ihr wach. Sie hielt es nicht aus zu wissen, dass sie es nicht würde verhindern können. Es war die pure Ohnmacht.

Die Tür wurde geöffnet. Der Rapist kam herein und musterte Andrea und Caroline mit einem zufriedenen Lächeln. Andrea hasste ihn dafür, dass er sie beide so quälte und sich daran unersättlich ergötzte.

Als er mit dem Messer auf Caroline zuging und ihre Fesseln zerschnitt, war Andrea ziemlich sicher, dass das kein Grund zur Freude war. Es bereitete ihm keine Mühe, Carolines gefühllose Arme zu nehmen und rücklings mit den Plastikfesseln festzubinden. Andreas Augen weiteten sich. Es stimmte, es gab einen Bruch.

Und sie hatte auch recht gehabt mit dem, was dann kam.

Er zwang Caroline vor dem Bett in die Knie, gleich vor Andreas Füßen. Auf diese Weise machte er es Andrea leicht, nicht hinzusehen. Caroline schrie und weinte erbärmlich. Mit den Schultern drückte er sie auf die Matratze, um über sie herzufallen.

Sie konnte nicht mehr klar denken und war starr vor Angst. Allerdings achtete sie gar nicht darauf, was er vor ihren Füßen mit Caroline anstellte, denn sie kämpfte mit der schieren, nackten Furcht vor ihrer eigenen Folter und ihrem eigenen Tod.

Als sie plötzlich Caroline schrill schreien hörte, so gut sie eben konnte, erwachte sie aus ihrer Starre. Mit blankem Entsetzen musste sie mit ansehen, wie er Caroline von hinten würgte, ohne dass sie sich überhaupt hätte wehren können.

Er brachte sie um. Er tötete sie mit den bloßen Händen, erwürgte sie.

Plötzlich ließ er sie los, warf sie rücklings aufs Bett und kniete sich über sie. Er wollte ihr in die Augen sehen. Doch als er es tat, musste Andrea es auch. Ihr Blick traf Carolines, sie sah ihr in die geweiteten Augen, die ihre Todesangst hinausschrien.

Dann musste sie tatenlos mit ansehen, wie er die Hände um Carolines Kehle schloss. Er lockerte den Griff nicht mehr. Carolines Schreie ließen nach, ebenso ihr Zappeln. Es wurde langsamer und hörte schließlich ganz auf. Ihr fielen die Augen zu, dann lag sie einfach nur noch da. Reglos. Tot.

Andrea schnappte hilflos nach Luft. Ihre Kraft ließ nach. Entsetzt starrte sie auf Carolines leblosen Körper, während all ihre Hoffnung starb. Jetzt hatte er nur noch sie. Jetzt war sie dran.

Als er Caroline losließ und zu Andrea schaute, schrie sie einfach nur noch. Ihr Hass war so unvorstellbar groß, dass sie wie verrückt an den Fesseln zerrte und schrie, so gut sie konnte. Er lachte nur.

Allerdings verschwendete er keine Zeit. Er hob Caroline mühelos auf seine Arme und wuchtete den leblosen Körper empor.

Andrea weinte bitterlich, als ihr klar wurde, dass Caroline jetzt genauso aussah wie all die anderen toten Mädchen. Jetzt war sie eine von ihnen. Und Andrea war die Nächste.

Vor lauter Tränen konnte sie nichts mehr sehen. Carolines glasiger Blick, ihre toten Augen, machten es real. Er hatte Andreas Freundin umgebracht.

Sie hatte noch nie so sehr geweint wie in diesem Moment.

Er brachte Caroline hinaus. Erfolglos zerrte Andrea an den Stricken.

Mit einem zufriedenen Lächeln kehrte er zurück, ging auf sie zu und schnitt ihre Fesseln von der Wand. Andrea nahm sich fest vor, ihn anzugreifen, aber ihre Gliedmaßen gehorchten ihr überhaupt nicht. Sie sackte kraftlos in seine Arme, sodass es ein Leichtes für ihn war, sie aufs Bett zu werfen und daran zu fesseln. Mit jedem Herzschlag wurde das Blut zurück in ihre tauben Arme gepumpt. Ihre Schultern brannten heftig, die Muskeln drohten zu krampfen. Es fühlte sich an, als würden die Adern in ihren Armen platzen, so sehr schmerzte es, als das Blut endlich ungebremst fließen konnte. Es kribbelte unerträglich. Sie spürte den Schmerz nun wieder in jeder Faser ihres Körpers. Bewegen unmöglich. Verweint und beinahe ohnmächtig vor Angst und Verzweiflung lag sie da und erwiderte hilflos seinen Blick.

Er lächelte. »So ist es gut.« Zärtlich strich er über ihr Haar und ihre Wange. Andreas Ekel wurde übermächtig.

»Jetzt hast du Angst, nicht wahr? Jetzt bist du so weit.«

Sie lag apathisch da und spürte kaum, wie er aufstand und zur Kamera ging. Obwohl sie vollkommen neben sich stand, wusste sie den Grund. Jetzt war sie an der Reihe. Sie bekam ihre eigene Aufzeichnung.

Er schloss sie allein ein, benebelt vor Angst und Trauer. Es dauerte einen Moment bis ihr auffiel, dass er weder ihre Beine gefesselt noch ihre Handfesseln abgenommen hatte. Er hatte nicht eine Hand an jeden Bettpfosten gebunden, so wie bei Caroline.

Andrea hielt den Schmerz in den Armen einfach nur aus und wartete ab. Unwillkürlich begannen ihre Schultern und Arme zu zittern. Es dauerte unendlich lange, bis sie wieder Gefühl in den Armen hatte, aber ihre gefesselten Hände blieben taub. Dennoch versuchte sie, sich zu bewegen und irgendwie den Kopf neben die Hände zu legen, um das Klebeband von ihrem Mund zu ziehen.

Es ging nicht. Ihre Hände waren so dicht ans Bett gefesselt, dass sie den Kopf weder darunter- noch danebenschieben konnte.

Sie stieß einen hilflosen Schrei aus. Es war vorbei. Sie konnte nichts mehr tun. Jetzt blieb ihr nur noch zu warten, bis er zurückkehrte, um sich ihrer anzunehmen. Nachdem er Caroline gerade erst vergewaltigt hatte, würde das vielleicht eine Weile dauern. Aber dann würde er da sein. Er würde zu ihr kommen, und es gab nichts, das sie tun konnte, um das zu verhindern. Bald würde sie so daliegen wie Caroline, damit er sie benutzen konnte.

Als sie an Gregory dachte, kamen ihr die Tränen. Schluchzend rollte sie sich zusammen und versuchte die Angst auszuhalten. Mit den Beinen lag sie auf dem getrockneten Blut, das von Caroline stammte. Von Caroline und den anderen Opfern.

Inzwischen war ihr Widerstand gebrochen, das spürte sie selbst. Da war nichts mehr. Sie hatte einfach nur Angst, fürchterliche Angst. Es fühlte sich nicht so an, als sei sie noch sie selbst. Aber für ihn war sie das auch nicht. Für ihn war sie nichts weiter als ein Objekt, mit dem er tun konnte, wonach ihm der Sinn stand.

Plötzlich ging die Tür auf, und ihr gefror das Blut in den Adern. Er kam herein und posierte stolz vor der Kamera, bevor er sich neben sie aufs Bett setzte. Sie hatte die Beine zusammengedrückt, reflexartig und voller Furcht, auch wenn sie wusste, dass ihn das nicht aufhalten würde.

»Na, kleine Andrea, jetzt fürchtest du dich, was?«, fragte er höhnisch. Sie starrte weiter geradeaus.

»Ich weiß, dass es ein Trick war, als du mir vorgespielt hast, du fändest es schön. Das war ein guter Trick. Aber letztlich kriege ich euch alle dahin, wo ich euch haben will.«

Ihr Trotz war gestorben. Reglos beobachtete sie, wie er zu weiteren Stricken griff und sich ans Fußende des Bettes setzte. Sie schloss die Augen und achtete nur auf die Tränen, die über ihre Wangen liefen, als er die Stricke um ihre Füße band. Erst, als er aufstand, blinzelte sie wieder. Er packte sie an den Füßen, zog mit einem Ruck an ihrem Körper und fesselte sie mit den Füßen ans Bett.

Sie bekam keine Luft mehr. Es war das erste Mal, dass sie sich nicht wehrte, weil sie nicht mehr konnte. Wie gelähmt beobachtete sie ihn. Der Druck auf ihre Blase wurde immer größer, aber diesmal vor Angst.

Es gehörte zum Plan. Obwohl sie starr vor Angst dalag und spürte, wie ihr der Schweiß ausbrach, erinnerte sie sich an ihre eigenen Vermutungen. Er hatte sie so weit zu Kräften kommen lassen, dass er jetzt weitermachen konnte. Er übte mehr Zwang aus. Und das gelang ihm gut.

Als er fertig war, setzte er sich wieder neben sie und sah sie mit einem liebevollen, beinahe zärtlichen Blick an. »Ich habe davon geträumt, Andrea.«

Ihr Herz raste. Voller Panik und Entsetzen sah sie ihn an, aber sie konnte nicht anders. Sie konnte immer noch kaum atmen.

»Ich habe mich so sehr darauf gefreut und so lange dafür gearbeitet, kannst du dir das überhaupt vorstellen? Du bist etwas Besonderes. Ich frage mich, ob du nicht vielleicht verstehst, warum ich so handle. Du studierst doch Psychologie, richtig?«

Sie brachte es nicht fertig zu nicken, aber er wertete es als Zustimmung.

»Ich halte Psychologen für sehr intelligent. Da draußen gibt es jemanden, der versucht hat, mir auf die Schliche zu kommen. Er hat alles genau analysiert, was ich unternommen habe. Ich finde es faszinierend, dass er mit fast allem richtiglag. Dieses Profil, das die Polizei von mir hat, ist fantastisch.«

Weil Andrea ihn ohnehin schon anstarrte, merkte er nicht, wie Unglaube in ihren Blick trat. Sie konnte nicht fassen, was er da sagte. Er sprach von ihrem Profil, ohne zu ahnen, dass es ihres war.

Sie war es, die in den Abgrund seiner Seele geblickt hatte.

»Weißt du, ich wünsche mir dieses Verständnis. Ich habe es mir immer gewünscht. Nie hat mich jemand verstanden. Kannst du es?«

Diesmal nickte Andrea. Sie wusste ja, wie er tickte.

»Ich dachte es mir. Nur weiß ich immer noch nicht genau, was ich eigentlich mit dir machen soll. Mit den anderen Mädchen war das einfach. Ich habe mir viel Zeit für sie genommen, das ganze Wochenende. Aber sie alle haben nur bis zu einem bestimmten Punkt durchgehalten. Sie waren zu schwach. Ich habe mich genau damit beschäftigt, und ich weiß, dass es wirklich sehr wichtig ist, ein Mädchen trinken zu lassen. So wie dich.« Er strich über ihr Haar und weckte so tiefe Abscheu in ihr. »Und trotzdem haben sie viel zu früh aufgegeben. Es war immer viel zu früh vorbei. Wird das bei dir auch so sein? Oder bist du wirklich zäher?«

Oh nein. Sie war nicht mehr zäh. Sie hielt das jetzt schon nicht mehr aus. Für einen Moment schoss ihr der Gedanke durch den Kopf, dass er es einfach zu Ende bringen sollte.

»Ich glaube, das bist du«, fuhr er fort. »Aber was bedeutet das für mich? Ich will dich nicht aufgeben, verstehst du? Jetzt, da ich dich einmal bei mir habe, würde ich mir wünschen, dass du bleibst. Du könntest das schaffen, nicht wahr?«

Leise wimmernd schloss sie die Augen und versuchte nicht zu weinen, denn so konnte sie noch schlechter atmen.

»Vielleicht überlasse ich auch dir die Wahl. Überlege es dir. Willst du sterben oder willst du bei mir bleiben? Du könntest leben, als meine Gefangene.«

Ihr war eiskalt. Er stand auf, ging zum Tisch hinüber und holte die Rolle mit Klebeband. Panisch fragte sie sich, was er damit machen wollte. Geknebelt hatte er sie doch schon.

Wortlos riss er ein großes Stück ab und beugte sich damit über sie. Sie zappelte und schrie, als er versuchte, es ihr über die Augen zu kleben. Nach einem Schlag ins Gesicht war sie jedoch benommen und hielt still, als er sie an den Haaren packte und ihren Kopf unbarmherzig festhielt.

Sie wehrte sich nicht mehr. Er drückte das Klebeband so fest, dass sie die Augen nicht mehr öffnen konnte. Alles schwarz. Das Adrenalin schoss durch ihren Körper, ihr Herz raste. Ihre Kehle schnürte sich zu, und ihre Eingeweide krampften, aber noch verlor sie nicht völlig die Kontrolle. Während ihr übel wurde und sie glaubte, sie müsse vor Angst sterben, begriff sie, dass das eine Panikattacke war.

Sie durfte es nicht bekämpfen. Sie musste es zulassen, denn sonst wurde es nur schlimmer. Schlagartig wurde sie still, lauschte auf das Blut, das in ihren Ohren rauschte, und konzentrierte sich aufs Atmen.

»Überlege es dir«, sagte er noch einmal, ohne irgendetwas von ihrem Zustand bemerkt zu haben. Er verließ den Raum, und verriegelte die Tür. Dann war Andrea allein. Sie konnte sich nicht mehr rühren, nichts sehen. Das war der Anfang ihrer Folter.

Überlegen. Sie konnte nicht überlegen. Sie konnte gar nichts, zitterte nur vor Angst und Kälte und betete, dass ein

Wunder geschah und das alles endlich ein Ende nahm. Es musste einfach. Sie wollte so nicht sterben. Alles Wissen half ihr nicht mehr.

Er hatte die Folter bis zur Perfektion geübt und wusste genau, dass es ihr Angst machte, nichts mehr sehen zu können. Sollte ihm einfallen, was er mit ihr machen konnte, war es ein Leichtes für ihn, wiederzukommen und es zu tun. Jetzt konnte sie sich nicht mehr wehren.

Sie glitt hinüber in einen eigenartigen, schlafähnlichen Dämmerzustand, sie war mittlerweile einfach zu erschöpft. Sie spürte nichts mehr und dachte an nichts, bis sie draußen Schritte hörte und die Tür wieder geöffnet wurde. Sofort war Andrea hellwach.

Er kam herein und setzte sich neben sie. Sie spürte seine Finger an der Schläfe, mit der anderen Hand packte er sie an den Haaren. Ein Schmerzensschrei entrang sich ihrer Kehle, als er das Klebeband mit einem einzigen Ruck entfernte. Sie blinzelte angestrengt und mit tränenden Augen, während sie versuchte, den brennenden Schmerz im Gesicht zu ignorieren. Ihren Knebel ließ er unangetastet.

»Hast du Angst?«, fragte er sie. Nach kurzem Zögern nickte Andrea ganz leicht. Ja, sie hatte Angst. Er hatte gewonnen.

»Das ist gut. Weißt du, das macht es perfekt. Du bist einfach perfekt, kleine Andrea.«

Wimmernd schloss sie die Augen wieder. Er ließ seine Hand über ihren Körper gleiten und genoss jede seiner langsamen und geduldigen Berührungen, genoss auch ihr Weinen. Andrea versuchte, genügend Ignoranz aufzubauen, um vielleicht zu überstehen, was er mit ihr im Sinn hatte. Die Angst drohte übermächtig zu werden. In ihr schrie alles danach, dass sie sich wehren müsste, aber sie konnte nicht. Wenn sie ihn reizte, würde er nur umso brutaler zurückschlagen.

Seine Berührungen waren wie die eines Liebenden. Er berührte sie an Stellen, an denen es sonst nur Gregory tat. Als seine Hand über ihren Bauch nach unten wanderte, stand sie kurz davor zu schreien.

Aber sie war gefesselt. Sie konnte es nicht verhindern. Mit geweiteten Augen starrte sie ihn an. Angst. Nur nackte, grenzenlose Angst. Mehr war da nicht. Jetzt war also der Moment gekommen, in dem sie erfahren würde, was er mit den anderen gemacht hatte. Jetzt würde er es mit ihr machen. Andrea hatte die Hände zu Fäusten geballt und rang nach Luft.

Er strich durch ihr Haar. »Warum stellst du dich denn so an? Dein Freund hat das doch auch getan. Genau so, nicht wahr?«

Sie biss die Zähne zusammen. Geknebelt konnte sie ihn nicht einmal anflehen, sie zu verschonen. Zitternd wandte sie den Blick ab, als er seinen Gürtel löste und seine Hose aufknöpfte. Er stand auf, streifte seine Hose ab und hielt plötzlich inne. »Nein, ich glaube, so mache ich es jetzt nicht. Ich will, dass du vor mir kniest.«

Hellauf entsetzt brach Andrea in Tränen aus, zappelte und schrie erstickt. Er sah sich das kurz an, bis er ihr wieder ins Gesicht schlug.

»Spar dir das Gejammer besser auf«, sagte er gereizt. Keuchend hielt sie inne und wich seinem Blick aus, als er sich über sie beugte, um ihre Fesseln zu lösen. Plötzlich erstarrte er mitten in seiner Bewegung. Andrea blinzelte panisch und hörte die Stimmen und Schritte. Es war jemand im Haus.

Er stieß einen derben Fluch aus, wandte sich sofort ab und griff nach seinem Messer, das neben dem Bett auf dem Boden lag. In Todesangst und mit Herzrasen beobachtete Andrea, wie er neben der Tür in Deckung ging, das Messer fest umklammert.

Sekunden später flog die Tür auf. Als Andrea einen uniformierten Polizisten erkannte, zerrte sie wie verrückt an ihren Fesseln und wollte schreien, wollte ihn auf die drohende Gefahr neben der Tür aufmerksam machen, aber sie kam zu spät. Mit einer blitzartigen, kraftvollen Bewegung holte der Rapist aus und rammte dem Polizisten das Messer tief in die Brust. Andrea schrie erstickt auf. Hinter dem Polizisten erkannte sie einen weiteren Beamten, der sofort seine Waffe in die Höhe riss und auszumachen versuchte, aus welcher Richtung die plötzliche Attacke auf seinen Kollegen gekommen war. Er hatte den Raum noch gar nicht ganz betreten, als Gregory hinter ihm auftauchte. Erst glaubte sie an Einbildung, aber er war es wirklich. Er hatte ein Pflaster im Gesicht und einen Verband um den Kopf, aber er war es.

Brüllend wollte der Rapist auch auf den zweiten Polizisten losgehen, der die Gefahr noch gerade rechtzeitig kommen sah und sich wegduckte. Ein Schuss löste sich, verfehlte den Rapist jedoch. Der nutzte die Chance sofort und stieß auch auf den zweiten Polizisten mit seinem Messer ein. Er traf ihn irgendwo im Bauchraum, riss das Messer zurück und erstarrte, als er Gregory neben sich erkannte.

»Du bist doch tot«, sagte er verwirrt.

»Du bist nicht nur krank, sondern auch dumm«, schnauzte Greg und wollte ihn angreifen, doch da schlug der Rapist schon mit dem Messer nach ihm, sodass Gregory einen Satz nach hinten machte und mit dem Hinterkopf gegen die Wand prallte. Benommen ging er in die Knie.

Der Rapist zögerte keine Sekunde, er packte den Türgriff und schob den Polizisten unsanft zur Seite, der blutend danebenlag. Bevor er die Tür zuschlug, schnappte er sich den Schlüssel von außen und hatte mit zwei Handgriffen die Tür verriegelt. Andrea glaubte zu hyperventilieren. Seit sie am Boden lagen, konnte sie weder die beiden Polizisten noch Gregory sehen und hörte nur ein qualvolles Stöhnen.

»Polizei, öffnen Sie die Tür!«, brüllte jemand von draußen und hämmerte gegen die Tür. Der Rapist lachte leise und blickte herab auf die Polizisten, die am Boden lagen und ihm augenscheinlich nicht mehr gefährlich werden konnten. Dann drehte er sich zu Gregory um und lachte leise.

»Du lebst ja wirklich noch«, stellte er fest. »Eine hübsche Freundin hast du hier, Gregory. Hätte nicht gedacht, dass es dazu mal kommen würde. Du willst uns also Gesellschaft leisten?«

Andrea stieß einen erstickten Schrei voller Panik aus, als er zu Gregory ging, ihn packte und aufrecht sitzend an die Wand lehnte. Er war sichtlich benommen, konnte sich kaum bewegen. Das Stöhnen des Polizisten wurde leiser.

»Also schön«, sagte der Rapist und näherte sich wieder dem Bett. Die Polizisten schlugen draußen noch immer an die Tür. Andrea zerrte heftig an ihren Fesseln, als er sich zwischen ihre Beine kniete und noch einen Blick über seine Schulter zurück zu Gregory warf.

»Bist du wach?«, fragte er. »Komm schon, das willst du bestimmt sehen.«

Andrea glaubte, den Verstand verlieren zu müssen. Während er sich über sie beugte, beobachtete sie hinter ihm, wie Gregory sich fast geräuschlos am Türgriff hochzog und ins Taumeln geriet. In der rechten Hand hielt er die Waffe eines der Polizisten.

Der Rapist beugte sich über sie und legte seine Hände um ihre Kehle. Er drückte so kräftig zu, dass ihr schwarz vor Augen wurde. Seine Daumen bohrten sich schmerzhaft in ihren Kehlkopf. Ein Klicken drang an ihre Ohren, das sich so anhörte, als würde eine Waffe entsichert. Es knallte ohrenbetäubend laut, sodass Andrea zusammenzuckte, bevor der Rapist tot zur Seite sackte und halb auf Andrea, halb daneben aufs Bett fiel.

»Das würde ich dir nicht raten«, sagte Gregory mit eisiger Stimme. Er hielt noch die Waffe mit beiden Händen umfasst, hatte dem Rapist aus weniger als zwei Metern Entfernung von hinten in den Kopf geschossen.

Keuchend ließ er die Waffe fallen, rieb sich mit einer Hand über die Augen und kam mit taumelnden Schritten zum Bett. Hektisch suchte er nach dem Messer des Rapist und machte sich damit zitternd an Andreas Fesseln zu schaffen. Vorsichtig half er ihr auf und ging neben dem Bett in die Knie, um sie zu umarmen. Wärme. Sie hob den Blick zu Greg.

Sie zuckten beide zusammen, als mit einem lauten Krachen die Tür aufflog und weitere Polizisten in den Raum drängten.

»Was ist hier los? Wo ist Jonathan Harold?«

Gregory drehte sich um und deutete mit einer Kopfbewegung zu dem Toten. »Liegt hier.«

»Sanitäter!«, rief ein anderer Beamter. Es wurde voll und hektisch in dem viel zu kleinen Raum. Die gerufenen Sanitäter drängten sich hinein und kümmerten sich um die Polizisten, die am Boden lagen.

Gregory war es gleich. Er schenkte ihnen keine Beachtung, während er mit zitternden Fingern an dem Klebeband herumtastete, das auf Andreas Mund klebte. Er bemühte sich, es vorsichtig zu entfernen, während ihr die Tränen über die Wangen strömten. Als er es geschafft hatte, drückte er sie fest an sich. Er hielt sie fest und schützend in den Armen, als wolle er sie nie mehr loslassen.

»Ich habe dich gefunden«, sagte er, als müsse er sich dessen noch einmal vergewissern. Andrea schnappte keuchend nach Luft, fühlte sich wie betäubt. Sie konnte nicht glauben, dass Gregory wirklich dort war. Plötzlich wurde ihr klar, was er da gerade verhindert hatte. Sie schluchzte und bewegte sich nicht, als Greg ihr eine Decke um die Schultern legte. Ein Polizist hatte sie ihm gegeben. Das fühlte sich ganz wunderbar an. Sicher. Schluchzend vergrub sie den Kopf an seiner Brust.

»Ganz ruhig. Ich bin hier. Ich bin bei dir. Dir passiert nichts.« Gregory versuchte, in diesem Moment stur die Fassung zu bewahren. Er musste jetzt für sie da sein. Andrea schlang die Arme um ihn, so fest sie konnte. Er strich ihr übers Haar und drückte ihren Kopf an seine Schulter, während sie laut weinte.

Er ließ sie gewähren. Er blieb einfach nur bei ihr, während sie sich an ihm festhielt und immer wieder ihrem Entsetzen Luft machte. Ihr Gesicht war nass vor Tränen, als sie das Unsägliche hinausschrie. In diesem Moment fühlte sie sich gar nicht.

»Alles in Ordnung?«, fragte jemand von der Seite.

»Bei mir ja«, sagte Greg, obwohl er sich dessen nicht sicher war.

»Miss Jahnke? Andrea? Geht es Ihnen gut?«

Sie hob den Kopf und nickte mechanisch. »Mir ist nichts passiert.«

»Nichts passiert?«, fragte Gregory bitter.

»Ich wusste, dass du mich findest«, sagte sie leise. Als sie plötzlich zur Seite fiel, reagierte er reflexartig und fing sie auf. Er hielt sie ganz fest und redete sanft auf sie ein. Aber ihre Angst war immer noch da. Sie hyperventilierte fast, sodass Gregory geduldig versuchte, sie zu beruhigen.

Hinter ihm am Boden entdeckte Andrea einen der Polizisten, der reglos in einer Lache seines Blutes am Boden lag.

»Ist er tot?«, fragte sie, weil sie es nicht ganz zu glauben vermochte. Langsam wischte sie sich die Tränen ab.

Einer der Polizisten nickte. Der andere Beamte wurde in diesem Moment von den Sanitätern aus dem Raum gebracht.

»Wer hat Jonathan Harold erschossen?«, fragte der Polizist, der genickt hatte.

»Das war ich«, sagte Gregory. »Er wollte Andrea erwürgen.«

Der Polizist blickte zu der Kamera, die immer noch stand.

»Das haben wir ja dann auf Video. Ich denke, niemand kann Ihnen einen Vorwurf machen.«

Langsam senkte sich Erleichterung auf Andrea nieder, die sie gleich ruhiger werden ließ.

»Ich will hier raus«, sagte Gregory unvermittelt. Andrea nickte langsam. Ganz vorsichtig half Gregory ihr vom Bett und führte sie mit zwei Polizisten nach oben. Es war dämmrig, denn es war bereits später Nachmittag. Andrea fühlte sich unsicher, schwach, wollte am liebsten sofort weg von diesem Ort.

Polizisten schwärmten durchs Haus. Alles wirkte surreal auf

sie. Sie versuchte, sich an das schwindende Tageslicht zu gewöhnen, das die Szene in ein fahles Grau tauchte. Plötzlich sah sie ein bekanntes Gesicht. Jack. Er schaute sie mit großen Augen an, aber sie lächelte, als sie ihn sah.

»Jack«, sagte sie leise. Andrea begann zu frösteln, als sie aus dem Haus trat und zog die Decke enger um den Körper. Das wenige Tageslicht blendete sie, die frische Luft wirkte befreiend.

»Andrea! Meine Güte, bin ich froh, dich zu sehen.«

Sie lächelte matt. »Du bist auch hier.«

Erleichtert musterte Jack sie von Kopf bis Fuß und versuchte, sich seine Unsicherheit und Sorge nicht anmerken zu lassen.

»Endlich haben wir dich gefunden.« Er schaute zu seinem Bruder. »Alles in Ordnung?«

Gregory wusste, was Jack ihn fragen wollte und zuckte niedergeschlagen mit den Schultern. Er hatte keine Ahnung, was Jonathan Harold Andrea angetan hatte. Allerdings hatte er kein gutes Gefühl bei der Sache. Nicht nach dem, was er beim Betreten des Kellerraums gesehen hatte.

»Sie braucht einen Arzt«, sagte er knapp, denn so viel stand fest.

Jack nickte und wies den beiden den Weg zu einem Krankenwagen.

Auf dem Weg dorthin spürte Andrea die Blicke der anwesenden Polizisten – besorgt, erleichtert, mitfühlend. Arzt und Sanitäter warteten am Krankenwagen bereits und halfen ihr gemeinsam mit Gregory hinein.

»Ich warte im Krankenhaus«, hörte sie Jack sagen, bevor die Tür geschlossen wurde.

Der Arzt trat in ihr Blickfeld. »Wie geht es Ihnen? Haben Sie Schmerzen?«

Andrea schüttelte den Kopf. »Es geht mir gut.«

»Soll ich im Krankenhaus eine Ärztin für Sie anfordern?« Als sie irritiert die Stirn runzelte, fügte er hinzu: »Für die gynäkologische Untersuchung.«

Sie schüttelte den Kopf. »Bloß nicht. Ich habe nichts.«

Der Arzt musterte sie skeptisch. »Ganz sicher?«

»Lassen Sie nur, wenn sie nicht will«, kam Gregory ihr instinktiv zu Hilfe.

»Ja, natürlich. Darf ich Ihren Blutdruck messen?«, erkundigte der Arzt sich freundlich.

Andrea zog einen Arm unter der Decke hervor und ließ ihn seine Arbeit machen. Gregory beobachtete ihre Reaktionen voller Sorge. Sein Gesichtsausdruck war starr, zeigte überhaupt keine Regung.

»Du bist so tapfer«, sagte er.

»Hm?«, machte Andrea fragend. Sein Gesichtsausdruck verriet ihr, dass sein Gemütszustand nicht gerade der beste war. Er sagte nichts mehr.

Der Arzt war auf ihre wunden Handgelenke aufmerksam geworden und rieb sie mit Salbe ein, ehe er sie vorsichtig verband. Dann legte er prüfend eine Hand auf ihre Stirn, leuchtete mit einer kleinen Lampe in ihre Augen und fühlte achtsam ihren Puls.

»Losfahren«, sagte er knapp in Richtung des Fahrers.

Gregory hielt Andrea so an sich gedrückt, dass sie den Kopf an seine Brust geschmiegt hatte und er ihr sanft übers Haar strich. Sie hatte das Gefühl, gar nicht ganz da zu sein. Während der Fahrer den Weg zum Krankenhaus einschlug, saß sie vor Kälte zitternd da, obwohl die Heizung bereits lief. Im Augenblick fühlte sich alles noch viel unechter an als in der ganzen Zeit zuvor. Wenn sie die Augen öffnete und geradeaus schaute, sah sie nicht das Innere des Krankenwagens vor sich, sondern den düsteren Keller und das Neonlicht. Jetzt, wo sie einfach nur dasaß, verschwamm die Realität. Es fühlte sich nicht mehr echt an. Echt war die Angst, die noch in jeder Faser ihres Körpers brannte.

Gregory entging nicht, wie es um sie bestellt war. Vor diesem Hintergrund traten seine eigenen Nöte zurück. Er wollte nur für sie da sein, nichts weiter. Seine Erleichterung darüber, Andrea unverletzt bei sich zu wissen, war groß – aber Freude empfand er nicht. Dafür war alles zu ungewiss.

Andrea hörte nach einer Weile endlich auf zu zittern. Gregorys Körperwärme ging nun endlich auf sie über.

»Du kannst mir alles sagen«, richtete er sich plötzlich an sie. »Ich bin für dich da.«

»Willst du das wirklich hören?«, fragte sie erstaunt.

»Ich will dir helfen. Ich will wiedergutmachen, dass ich das nicht verhindert habe. Eigentlich wäre es meine Aufgabe gewesen, dich davor zu beschützen.«

Sie schüttelte den Kopf. »Er hätte dich fast umgebracht.«

Als er nicht antwortete, suchte Andrea seinen Blick und sah darin nur Verzweiflung und Schmerz. Eine Träne kullerte über seine Wange.

»Greg, du hast doch alles getan«, wiederholte sie betroffen.

»Ich konnte dich nicht beschützen«, stieß er atemlos hervor. Seine Verzweiflung traf sie mit ungeheurer Wucht. »Es war so, wie ich es die ganze Zeit befürchtet hatte. Genau so. Ich kann kaum glauben, dass du noch da bist. Wenn ich mir vorstelle, was du mitgemacht hast, wird mir schlecht. Und ich habe es nicht verhindert.«

»Bitte hör auf damit. Es ist nicht deine Schuld.«

»Wenn ich dich nur nicht verliere.«

»Nein, Greg, nicht doch. Mir ist nichts passiert. Er hat es nicht getan, auch wenn es sich so anfühlt.« Tränen strömten Andrea über die Wangen. Sie ließ ihnen einfach freien Lauf und versuchte, das Grauen mit ihnen abzuwaschen. In diesem Augenblick brach erneut alles aus ihr heraus. Sie weinte laut und raufte sich die Haare, schützend gehalten von Gregory.

»Ich muss zugeben, ich habe nur darauf gewartet, dass der Kerl einen Fehler macht, damit ich einen Grund habe abzudrücken«, sagte er leise auf Deutsch zu ihr. »Am liebsten hätte ich ihn kastriert.«

Andrea lachte unter Tränen. »Kann ich mir vorstellen.«

»Im Ernst?«

Sie nickte. »Ich liebe dich.«

»Ich liebe dich auch, Andrea. Sag mir, was ich tun kann, um dir zu helfen.«

»Du kannst mich nach Hause bringen.«

»Versprochen.«

***

»Du weißt jetzt Bescheid. Es ist alles in Ordnung soweit. Mach‘s gut, Mum.« Gregory legte auf und blickte nachdenklich zu Andrea und Jack. Sie waren gerade aus dem Krankenhaus zurückgekehrt. Dort hatte Rachel Andrea etwas zum Anziehen aus ihrem Spind gegeben. Sie war immer noch froh, dass die Ärztin ihrem Wunsch entsprochen und sie nach

Hause geschickt hatte, aber sie wusste, Gregory hätte sie nicht im Krankenhaus gelassen.

»Das war doch Absicht«, mutmaßte Jack. »Dass du den Kerl erschossen hast.«

»Vielleicht«, antwortete Gregory ausweichend.

»Das war gut. Ein Bastard weniger auf der Welt.«

Andrea zuckte mit keiner Wimper, als er das sagte. Gregory griff zu der Packung mit Schmerztabletten, die die Ärztin ihm gegeben hatte, und nahm gleich zwei. »Mir platzt der Kopf.«

»Kein Wunder. Leg dich hin. Ich bin ja auch noch da.« Prüfend sah Jack zu Andrea. »Kann ich etwas für dich tun?«

»Ich habe entsetzlichen Hunger.«

»Kommt sofort«, sagte er und verschwand in der Küche. Gregory legte sich natürlich nicht hin, rieb sich aber stöhnend die Augen. Obwohl er entsetzlich müde war, hatte er das Gefühl, kein Auge zutun zu können. Andrea saß mit gesenktem Kopf neben ihm und schniefte.

»Was ist los?«, fragte Gregory besorgt.

»Christopher«, sagte sie unter Tränen und wischte sich zitternd über die Wange.

»Er lebt«, sagte Gregory.

»Wirklich?«

»Er wurde operiert und liegt jetzt auf der Intensivstation. Die Ärzte hoffen, dass er durchkommt.«

Sie konnte es kaum glauben. Vor ihrem inneren Auge sah sie immer noch, wie Christopher in der Blutlache lag.

»Und John?«, fragte sie.

»Er hat es leider nicht überlebt.«

Wie Caroline. Stumm lehnte sie sich an Gregory und spürte nichts mehr außer Trauer. Zwei Menschen waren tot und sie lebte. Das hätte auch ganz anders aussehen können. Sie begriff noch immer nicht, dass es vorbei war und sie überlebt hatte. Nahezu unverletzt.

Aber sie war wieder zu Hause. Im Flur hatte es stechend nach Chlor gerochen, Blut war nicht mehr zu sehen gewesen. Anders war das auf dem Teppich, wo Gregory gelegen hatte.

Andrea starrte nur. Sie fühlte sich wie in Watte gepackt, und als liefe ein Film vor ihren Augen ab, der sie nichts anging. Irgendwann wandte sie den Blick zu Greg, der ausdruckslos in ihre Richtung schaute.

»Danke«, sagte sie.

Gregory blinzelte. »Was meinst du?«

»Dass du meinetwegen gekommen bist.«

Er grinste schief. »Wozu hast du mich denn?«

»Er war nicht zu bremsen«, sagte Jack und reichte ihr ein Sandwich. Hungrig fiel Andrea darüber her. »Das hättest du sehen müssen. Soll ich dir erzählen, was passiert ist?«

Sie nickte, also erzählte Jack, was sich ereignet hatte. Gregory legte sich derweil aufs Sofa und schloss matt die Augen.

»Als wir in seinem Haus niemanden fanden, dachten wir erst, wir hätten verloren. Glücklicherweise wussten aber die Nachbarn, wo seine Frau war, die wir dann gesucht haben. Wir waren nicht dabei, als die Polizei mit ihr geredet hat, aber es hat wohl ewig gedauert, bis sie erzählte, dass er immer noch im Besitz seines Elternhauses war. Also sind wir mit der gesamten Kavallerie angerückt – Sondereinsatzkommando, Notarzt, alles. Die Polizisten haben es nicht geschafft, Greg zurückzuhalten, als sie erst einmal ins Haus gestürmt sind. Er war sofort dabei. Und dann hörte ich den Schuss. Ich hatte wirklich Angst.«

»Sieh mal«, sagte Andrea und lächelte. Gregory war inzwischen neben ihr eingeschlafen.

»Das war mir klar. Dass er überhaupt so lange auf den Beinen geblieben ist, wundert mich ehrlich. Weißt du, ich habe heute Nacht die Sirenen gehört. Ich wusste sofort, dass es in der Nähe ist, habe zum Telefon gegriffen und hier angerufen. Als ich einen Polizisten am Apparat hatte, dachte ich, mich trifft der Schlag. Ich war so schnell es ging hier und habe Greg ins Krankenhaus begleitet. Er hat eine mittelschwere Gehirnerschütterung, eine gebrochene Nase und ist überall genäht und verbunden worden. Er war stundenlang bewusstlos, doch als er wach wurde, ist er sofort aus dem Bett gesprungen und hat etwas davon gefaselt, dass er den Kerl gesehen hat. Ich weiß nicht, wie er dazu in der Lage war. Er war wirklich nicht mehr zu bremsen, aber er hat sich den ganzen Tag fast nur von Schmerztabletten ernährt. Wir haben beide nicht geschlafen.« Er seufzte. »Ich wollte mitkommen, weil ich mir schon dachte, dass er jetzt nicht mehr kann. Er hatte furchtbare Angst, dass er dich verliert, dass der Kerl dich vergewaltigt oder tötet, was weiß ich.«

»Ich fürchte, er glaubt mir nicht«, sagte Andrea leise.

»Was? Dass nichts passiert ist?«

Sie nickte.

»Nun, das klingt auch ziemlich unwahrscheinlich«, sagte er mit einer harschen Handbewegung. »Er macht sich Vorwürfe, weil er meint, dass er dich hätte beschützen müssen.«

»Er hat es doch versucht.«

»Und du hast dich von dem Kerl einfach so mitnehmen lassen?«

»Was hätte ich tun sollen?«

»Weglaufen!«

»Das ging nicht.« Andrea schüttelte seufzend den Kopf. »Ich wusste, wenn ich das versuche und er mich trotzdem kriegt – und er hätte mich gekriegt –, dann hätte er mich dafür bluten lassen.«

»Willst du drüber reden?«, erkundigte Jack sich.

»Ich kann nicht, Jack.«

»Du musst ja auch nicht«, sagte er beschwichtigend.

Andrea hielt Gregorys Hand, während sie ein paar Tränen verdrückte, aber sie versuchte, sich zu beherrschen. Sie hatte die Angst, das Weinen, die Hilflosigkeit so satt. Nur war in ihrem Innersten das Wissen, dass sie jetzt in Sicherheit war, noch nicht angekommen.

Jack bot schließlich an, über Nacht zu bleiben. Er schien zu spüren, dass es Andrea nicht gut ging, und da Gregory nicht mehr fähig war, sich um sie zu kümmern, wollte er offensichtlich zur Stelle sein. Andrea war einverstanden, denn sie mochte und vertraute Jack. Allerdings musste er noch einmal zum Krankenhaus, um Rachel nach Hause zu bringen. Ihr war es recht. Als er weg war, griff sie zum Telefon und wählte Sarahs Nummer. Ihre Freundin hob schon nach dem ersten Freizeichen ab.

»Sarah, ich bin es. Andrea.«

Sarah brauchte einen Augenblick, um sich zu fangen. »Andrea … Ich weiß gar nicht, was ich sagen soll.«

»Damit bist du nicht allein.«

»Ich habe vorhin im Radio gehört, dass der Campus Rapist tot sein soll, aber sie haben nichts von dir gesagt oder von Caroline. Ist das schön, dich zu hören.«

»Und dich erst.«

»Bist du zu Hause?«

»Ja. Gregory hat mich gefunden. Er hatte doch mein Notizbuch, und er hatte den Kerl gesehen. Deshalb hat er mich gefunden.«

Sarah suchte nach Worten. »Ich habe heute Morgen in den Nachrichten gehört, dass du verschwunden bist. Ich bin fast verrückt geworden. Es hieß, Greg sei verletzt.«

»Ist er auch. Aber er hat mich trotzdem gesucht.«

»Geht es euch gut?«, fragte sie ganz direkt.

»Ja, wenn man das so sagen kann. Greg schläft jetzt. Der Täter hat mir nie wehgetan. Aber Caroline … Sie ist tot.«

»Oh mein Gott, nein.« Sarah war entsetzt.

Andrea holte tief Luft und sagte: »Sie war schon tot, bevor er sie erwürgt hat. Ich habe gesehen, was er mit ihr gemacht hat – zwei Tage war sie bei ihm, bis ich kam. Er hat sie zugrunde gerichtet.«

»Und du bist unverletzt?«

»So ziemlich. Wenn er es geschafft hätte, Greg umzubringen, sähe das wohl anders aus.«

»Mein Gott, Andrea …«

»Hm«, machte sie. »Ich wollte dir Bescheid sagen, dass es mir gut geht. Mach dir keine Sorgen. Ich rufe dich an, wenn du vorbeikommen kannst.«

»Ja, natürlich. Danke. Und pass auf dich auf, ja?«

Andrea lächelte. »Danke, Sarah.«

***

Jack kümmerte sich sehr aufmerksam um Andrea und seinen Bruder. Am nächsten Morgen war er es, der für das Frühstück sorgte. Andrea wusste nicht, wie sie ihm dafür danken sollte.

Zwar war sie glücklich, zu Hause zu sein, aber es wirkte immer noch alles surreal. Sie sprach fast überhaupt nicht. Immer wieder sah sie Bilder vor sich – von Caroline, von Jonathan Harold, von seinem furchtbaren Folterkeller.

Nach dem Frühstück versuchte sie, Jack dazu zu bewegen, mit ihr ins Krankenhaus zu fahren, um nach Christopher zu sehen. Sie musste es einfach tun. Auch wenn Gregory eigentlich Bettruhe verordnet worden war, weigerte er sich, sie allein gehen zu lassen und behauptete, es gehe ihm gut.

Bevor sie losgefahren waren, hatte jemand aus London angerufen – Dr. Gordon Weaver, ein Mitglied des Fallanalytiker-Teams aus London, bei dem Andrea sich für ihre Fortbildung beworben hatte. Er hatte angeboten, zu ihr zu kommen und mit ihr zu sprechen. Sie kannte seinen Namen und wusste, dass er sich – nicht zuletzt auch zu Forschungszwecken – schon oft mit Verbrechensopfern auseinandergesetzt und ihnen geholfen hatte. Das war sein Spezialgebiet. Andrea hatte sofort zugestimmt.

Am Empfang des Krankenhauses erfuhren die drei, dass Christopher noch immer auf der Intensivstation lag. Jack und Gregory begleiteten Andrea dorthin, aber vorgelassen wurde nur sie allein, und das auch nur deshalb, weil Christopher nach dem Aufwachen nach ihr gefragt hatte.

Um Christopher herum waren Bildschirme und Apparate aufgebaut, es piepte regelmäßig, er hing an Schläuchen und Kabeln. Sein Gesicht war kränklich weiß, aber er war wach und lächelte, als er sie sah.

»Jetzt kann ich es glauben«, sagte er matt. »Du lebst.«

Andrea zog einen Hocker herbei und setzte sich neben sein Bett. »Es ist alles in Ordnung, Christopher.«

»Ist nicht dein Ernst. Du lügst. Man soll die Polizei doch nicht anlügen.« Er grinste schief.

»Nein, es stimmt. Ehrlich. Sie haben mich rechtzeitig gefunden.«

»Nicht zu fassen. Sag mal, irgendwer hat behauptet, der Täter wäre tot.«

»Gregory hat ihn erschossen, als er mich angegriffen hat.«

»Oh, das ist ja was.« Christopher lächelte. »Stimmte dein Profil?«

Sie nickte. »Das hat Jonathan Harold sogar selbst gesagt.«

»Was? So heißt der Scheißkerl?«

»Ja, das ist sein Name. Sein Versteck war im Süden der Stadt, in Swardeston.«

»Dieser Kerl … Wir kamen gar nicht gegen ihn an, John und ich. Ich erinnere mich daran, wie plötzlich der Wagen vor eurem Haus stand und wie wir über Funk durchgaben, dass sich etwas Verdächtiges bewegt. Dann sind wir hingegangen, die Waffen in der Hand – aber er lauerte im Schatten. Er hat erst John in die Brust gestochen und dann mich angegriffen. Ich wusste, dass er es ist, obwohl er maskiert war. Er hat mich böse getroffen.« Er deutete auf eine Region im Bauchbereich. »War alles ziemlich kaputt, sagten die Ärzte. Ich hatte Glück. Ich könnte mich immer noch dafür verfluchen, dass ich die Weste nicht getragen habe, aber nach sieben Wochen … Wir waren es satt. Verdammt.«

»Ich dachte, du wärst tot. Ich habe dich im Flur liegen sehen«, sagte Andrea.

»Ich konnte es gar nicht glauben, als sie mir sagten, du wärst am Leben. Ist Caroline wirklich tot?«

Sie nickte traurig. »Er hat sie vor meinen Augen getötet.«

»Oh Gott, was für ein krankes Schwein. Aber wenigstens … du lebst, du und ich. John …« Er verzog das Gesicht und seufzte.

»Du kannst nichts dafür«, sagte ich.

»Nein, aber das hat er nicht verdient, weißt du? John war ein prima Kerl. Gut, dass der Campus Rapist tot ist, das hat er verdient. Wie war noch mal sein Name, sagtest du?«

Andrea wiederholte ihn für Christopher, der allmählich wieder schläfrig wurde. Als ihm immer wieder die Augen zufielen, verabschiedete sie sich von ihm und versprach ihm, wiederzukommen. Das machte ihn ziemlich glücklich.

Wohnung von Andrea und Gregory, 13. Februar

Als es klingelte, öffnete Andrea die Tür. Es war Dr. Weaver. Er war ein ruhiger Mann Ende vierzig, gut gekleidet, höfliches Auftreten. Sein Haar war schon stellenweise ergraut, seine hellen Augen blickten forsch, aber nicht unfreundlich.

»Miss Jahnke«, begrüßte er sie und reichte ihr die Hand. »Gordon Weaver. Wie geht es Ihnen?«

»Geht schon. Komm Sie doch herein.«

»Danke. Ich muss sagen, ich habe den Fall sehr aufmerksam verfolgt.«

Sie schloss die Tür hinter ihm. »Danke, dass Sie gekommen sind.« Sie stellte ihm Gregory und Jack vor.

Er nickte Gregory zu. »Ich stehe selbstverständlich auch zu Ihrer Verfügung, wenn Sie das wünschen. Es ist ja nicht zu übersehen, dass Sie in Mitleidenschaft gezogen wurden.«

Gregory winkte ab. »Es hätte schlimmer kommen können. Ich weiß gar nicht, wie Andrea es eigentlich geschafft hat zu verhindern, dass der Kerl mich wirklich umbringt.«

»Sie haben sich mit ihm beschäftigt, nicht?«, fragte Dr. Weaver Andrea. Sie nickte. »Aber es gab da ja auch dieses Profil, mit dem die Polizei gearbeitet hat. Anfangs war unser Team zu überlastet, um sich darum kümmern zu können, und schließlich war es ja nicht mehr nötig. Nur konnten wir nie herausfinden, wer es erstellt hat.«

»Oh«, sagte Andrea und spürte, wie die Röte in ihr aufstieg. »Das Profil war von mir.«

»Tatsächlich?«, fragte er beeindruckt. »Meine Hochachtung. Das hätte ich nicht erwartet.«

Jack kochte Tee für alle, während Gordon Platz nahm und dabei auf den Blutfleck schaute. »Am besten klären wir zuerst die Eckdaten. Wollen Sie mir erzählen, was passiert ist, Andrea? Aus welchem Grund haben Sie das Profil erstellt?«

Sie begann ganz von vorn und erzählte alles bis zu dem Moment, in dem sie entführt worden war. Danach fehlten ihr plötzlich die Worte.

Dr. Weaver sah sie ernst an. »Ich verstehe, dass Sie nicht darüber sprechen möchten, nur stellt uns das vor ein großes Problem. Wenn ich Ihnen helfen soll, werden wir darüber sprechen müssen. Ich fürchte, ich werde genau Bescheid wissen müssen. Stimmte Ihre Vermutung mit seinen Aufzeichnungen?«

»Ja, er hat alles aufgenommen.«

»Oh Gott«, sagte Jack. Gregory starrte nur.

»Mit Ihrem Einverständnis würde ich mir das ansehen. Aus Erfahrung weiß ich, dass es schwerfällt wiederzugeben, was passiert ist. Wir werden aber darüber reden müssen, damit ich Ihnen helfen kann. Überlegen Sie es sich.«

Andrea war einverstanden. Dr. Weaver hatte sich bald wieder verabschiedet, um sich die Aufzeichnungen bei der Polizei anzusehen. Jack war in dieser Nacht noch geblieben, aber am Morgen pünktlich zur Arbeit aufgebrochen. Sie war ihm dankbar für seine Anwesenheit.

***

Gordon Weaver traf am Vormittag des nächsten Tages ein. Seiner Miene war nicht zu entnehmen, was er dachte. Er trat Andrea und Gregory professionell und sachlich gegenüber. Trotzdem fühlte Andrea sich unbehaglich – wissend, dass er gesehen hatte, was ihr widerfahren war. Gregory ließ die beiden fürs Erste allein. Unruhig wartete sie darauf, dass Dr. Weaver begann.

»Sie hatten keinerlei Einfluss auf seinen Plan, Andrea«, sagte er. »Verabschieden Sie sich von dem Gedanken, dass Sie es provoziert oder begünstigt hätten. Er hat Sie aufgrund von Kriterien gewählt, die für einen gesunden Menschen nur schwer nachvollziehbar sein dürften. Sie haben niemals etwas falsch gemacht. Er hatte Vorlieben, und Sie müssen verstehen lernen, dass all das, was passiert ist, seine Entscheidung war. Er hat die Kontrolle an sich gerissen. Aber er war ein psychisch schwer gestörter Mann, der jeden Schaden, den er Ihnen zugefügt hat, billigend in Kauf genommen hat. Ich werde versuchen, Ihnen das Gefühl zu vermitteln, dass das nie wieder passieren wird. Sie werden von mir lernen, wie sie fortan in ihrem Leben die Kontrolle behalten werden.«

Alles, was er sagte, erschien ihr vollkommen schlüssig und logisch, aber sie hätte nicht das Einfühlungsvermögen gehabt, das so in Worte zu fassen.

»Vielleicht teilen Sie einen Verdacht, den ich habe – er wollte von Ihnen bewundert werden. Das hat er deutlich gemacht, als er sich zu Ihnen gesetzt und mit Ihnen gesprochen hat. Er hat Ihnen nicht nur gezeigt, was Sie erwartet, sondern wollte Ihnen das zum Geschenk machen. Sie waren so besonders für ihn, dass er auf Sie hingearbeitet hat. Vorher hat er nur geübt, aber Sie haben ihn besonders fasziniert. Sie waren sein Typ, sie waren kein typisches Opfer, sie haben ihn herausgefordert – und das in jeder Hinsicht.«

»Nur hinterher nicht mehr«, sagte sie leise.

»Das hat Sie frustriert, nehme ich an.«

»Ja. Ich konnte ihn nicht einmal angreifen.«

»Ich habe gesehen, dass Sie das versucht haben.«

Plötzlich wusste sie die Erklärung dafür. Sie verstand, was geschehen war und warum. »Dass er mich dann zum Bett gebracht hat, stellte einen Bruch dar. Da wusste ich, jetzt ist es so weit.«

»Das war seine Intention.«

»Aber es ärgert mich, dass ich nicht mehr stark war.« Es war ein Gefühl bodenloser Wut und auch Furcht, das sie ergriff. Schlagartig wurde ihr kalt.

»Ihre Freundin war tot. Sie waren an der Reihe, und Sie hatten nicht geschlafen. Darüber hinaus hat er Ihnen auch psychisch immer weiter zugesetzt. Ich habe alles verstanden, was er Sie über Gregory gefragt hat. Bewundernswert, wie ruhig Sie geblieben sind«, lobte er sie.

»War verdammt schwer.«

»Es war sein Ziel, Sie herabzuwürdigen.«

»Ich weiß.« Andrea schätzte es sehr, dass er ihren Kenntnisstand berücksichtigte. »Ich habe Albträume.«

»Dann müssen wir daran arbeiten. Sie dürfen nicht an Ihre Hilflosigkeit denken. Worum geht es da?«

»Ich träume von dem Moment, wo er mich vergewaltigen wollte. Ich stelle mir vor, dass Gregory nicht gekommen ist. Dass der Rapist es wirklich getan hat.«

»Ich muss zugeben, dass ich davon ausgegangen bin, bis ich selbst gesehen habe, dass es nicht so ist. Weiß Ihr Freund das?«

»Ich habe es ihm gesagt, aber er ist skeptisch.«

»Vermutlich glaubt er, dass Sie es verdrängen. Ich werde es ihm auch noch einmal sagen, wenn ich gleich mit ihm spreche. Ich denke, mit Ihnen muss ich vor allem die Ereignisse ab dem Zeitpunkt aufarbeiten, an dem sie Schwäche gezeigt haben. Das belastet Sie. Vor allem die Angst, dass Sie dasselbe hätten ertragen müssen«, sagte er.

Da konnte Andrea nur zustimmen. Sie war haarscharf an einer Katastrophe vorbeigeschrammt und musste damit erst einmal zurechtkommen. Dr. Weaver warnte sie, es nicht auf die leichte Schulter zu nehmen. Er nahm auch Bezug auf Gregory.

Zwischendurch fragte sie: »Es war falsch, dass er dort war, oder?«

Er schüttelte den Kopf. »So würde ich das nicht sagen. Das macht es nicht leichter für ihn, aber auch nicht schwerer. Das Einzige, was ihm hilft, ist das Wissen, den Täter getötet zu haben.« Er senkte die Stimme und fügte hinzu: »Das muss ihm eine Genugtuung gewesen sein.«

»Verurteilen Sie das?«

»Nein, ich denke, ich hätte an seiner Stelle kaum anders gehandelt«, gab er ehrlich zu.

»Haben Sie noch etwas über Jonathan Harold erfahren?«

»Das habe ich. Würde dieses Wissen Ihnen helfen?«

Andrea nickte. »Was hat das alles bei ihm ausgelöst?«

»Die Beamten haben seine Frau ins Visier genommen, weil sie sich fragen, wie sie davon nichts bemerkt haben konnte. Dabei ist die Erklärung sehr einfach: Sie ist der Grund für den vierwöchigen Zyklus, in dem er getötet hat. Alle vier Wochen ist sie übers Wochenende zu einer Freundin gefahren und hat es ihm so erst ermöglicht. Ihr wird klar gewesen sein, dass die Mordzeitpunkte und die Zeitpunkte ihrer Abwesenheit zusammenfielen, aber bei vielen Menschen setzt dann automatisch ein Verdrängungsmechanismus ein. Sie wollte sich vermutlich nicht eingestehen, dass ausgerechnet ihr Mann dieser Mörder ist. Ich bin ziemlich sicher, dass sie es wusste oder zumindest ahnte, aber dann zur Polizei zu gehen, hätte auch sie unwillkürlich ins Gespräch gebracht.«

»Und dann hat sie lieber den Tod weiterer Opfer in Kauf genommen«, sagte Andrea bitter.

»So wird es sein. Ich habe sie gesehen und gehe davon aus, dass sie ein Auslöser seiner Taten ist. Sie ist dunkelblond, so wie seine Opfer, und sie hat hier an der Uni studiert. Ich habe das Verhör kurz verfolgt und erfahren, dass er ein einziges Mal versucht hat, seine sadistischen Neigungen mit ihrem Einverständnis auszuleben. Sie hat das jedoch nicht nur abgelehnt, sondern auch Verachtung gezeigt. Laut ihrer Aussage hat sie ihm gesagt, er sei krank. Sie wusste, dass er seither Gewaltpornographie konsumiert hat, und es gab zunehmend Probleme in der Beziehung. Sie muss ihn sehr frustriert haben. Sie hat auch sehr geringschätzig über ihn gesprochen.«

»Aber fängt deshalb jemand an zu morden?«

»Sie sagte, dass er sich seit dem Tod seiner Eltern verändert habe. Beide sind in ziemlich kurzem Abstand hintereinander gestorben, der Vater erst vor zwei Jahren. Seitdem befindet sich das Elternhaus in seinem Besitz. Es steht leer, er hat sich nicht um den Verkauf bemüht. Seine Frau hat ihn als etwas pedantischen, unsicheren Mann beschrieben, der wohl bis zum Tod seiner Eltern sehr unter Druck stand. Sie hatte studiert, er selbst war nur Finanzbuchhalter. Das hat seinen Eltern nicht genügt. Sie waren wohlhabend und gebildet, er ihr einziger Sohn. Seine Frau hat ihn außerdem als unselbstständig und von seinen Eltern dominiert beschrieben. Ich kann mir ungefähr vorstellen, was in seiner Biographie vorgefallen ist. Eltern konfrontieren ihre Kinder mit Erwartungen, die sie nicht erfüllen können; besonders in solchen Familien ist das so. Man erhofft sich das perfekte Kind mit der perfekten Ausbildung und einem tollen Job, sozial konform, vorbildlich geraten. Höchstwahrscheinlich hat er sich unterdrückt gefühlt. Vielleicht fand keine oder nur eine unzureichende Sexualerziehung statt. In der Phase, wo Jugendliche ihre Sexualität entdecken, experimentieren sie. Das wird allerdings moralisch bewertet, und wenn etwas unterdrückt wird, kommt es zu Aggression. Ich vermute, dass er sich bis zum Tod seiner Eltern unterdrückt gefühlt hat – durch sie und durch seine Frau. Aber dann sind die übermächtigen Elternfiguren weggebrochen und seine unterdrückten Neigungen sind schlagartig zum Vorschein getreten. Für mich ergibt das ein plausibles Bild.«

»Und ich habe so viel Aggression in ihm ausgelöst und ihn herausgefordert, weil ich ihn auch eingeschränkt habe. Ich habe ihn von Caroline vertrieben«, sagte Andrea.

»So ist es. Sein Frust hat sich auf Sie kanalisiert, weil Sie ihn einer großen Demütigung ausgesetzt haben. Seine Frau ist ihm zu mächtig erschienen, um es an ihr auszulassen, aber Sie haben ihn herausgefordert.«

»Und ich hatte keine Ahnung.« Seufzend schüttelte sie den Kopf. Wenn sie das nur geahnt hätte.

Sie hatte nichts dagegen, als Dr. Weaver vorschlug, mit Gregory zu sprechen, und ließ die beiden im Wohnzimmer allein. Sie vertrieb sich die Zeit am Computer, bis er sie wieder hinzu bat. Sie war noch gar nicht ganz da, als Gregory sie wortlos umarmte.

Gordon Weaver bat die beiden, Platz zu nehmen, und richtete sich an Andrea. »Ich habe ihm alles Wichtige geschildert, damit er keine Hirngespinste mehr mit sich herumträgt und weiß, wovon er ausgehen muss. Dabei ist mir aufgefallen, dass seine Befürchtungen die Realität weit übertroffen haben und konnte ihm einige Sorgen nehmen.«

»Wirklich?«, fragte Andrea erstaunt.

Gregory nickte. »Ich hätte nicht gedacht, dass er wirklich fast alles an Caroline ausgelassen hat. Ich habe es mir alles noch viel schlimmer vorgestellt.«

»Sie können ihm bedingungslos vertrauen, Andrea. Ganz wichtig für Sie beide wird es sein, offen und ehrlich zu sein und darüber zu reden, heute oder morgen, wie es Ihnen passt. Versuchen sie, so normal wie möglich weiterzumachen. Ich habe ihm auch erklärt, wie Sie gerade empfinden. Er weiß, dass Sie Angst davor haben, die Kontrolle zu verlieren. Sollte es Probleme geben, helfe ich Ihnen. Aber ich denke, Sie werden das meistern.«

Gregory drückte ihre Hand und lächelte ihr zu. Andrea hatte gleich das Gefühl, dass die Ereignisse nicht mehr so zwischen ihnen standen wie zuvor.

Dr. Weaver wollte weiter mit den Aufnahmen arbeiten, die Jonathan Harold angefertigt hatte, denn die waren eine Fundgrube für ihn. »Mir ist übrigens nicht entgangen, wie der Täter zu Ihnen sagte, dass er das Profil sehr zutreffend fand. Der Meinung bin ich auch. Ich glaube, Sie sind für diese Arbeit geboren.«

»Sehen Sie denn kein Problem für mich, wenn ich mich wirklich in diesem Bereich weiterbilden lassen möchte?«, fragte Andrea skeptisch.

»Nein, ich denke nicht. Dass Sie nun selbst betroffen waren, war eine Ausnahme. Ich würde mich wirklich freuen, Sie im Sommer bei uns begrüßen zu dürfen.«

Zum ersten Mal seit einer gefühlten Ewigkeit empfand sie wieder so etwas wie Freude. Sie hatte schon gar nicht mehr gewusst, wie sich das aufregende Kribbeln im Bauch anfühlte, wenn ein Wunsch in Erfüllung ging. Sie schöpfte neuen Mut.

Gordon Weaver machte sich auf den Rückweg in sein Hotel, als es dunkel wurde, und ließ Gregory und Andrea allein. Es war das erste Mal seit einigen Tagen. Diesmal war es jedoch nicht mehr eigenartig. Hatte Andrea bislang das Gefühl gehabt, eine Mauer des Schweigens stünde zwischen ihnen, so suchte sie jetzt Gregorys Nähe. Grenzen hatte sie sich dabei keine gesetzt.

Norwich,
18. Februar

Gordon nahm ebenfalls an Carolines Beerdigung teil. Es war ein sonniger und milder Februartag, was vollkommen widersprüchlich zu Andreas Gefühlswelt war. Sie spürte nur Wut und Trauer. Es ging ihr sehr nah, dass jemand aus ihrem Freundeskreis einen solchen Tod gefunden hatte.

Die kleine Vicky stand zusammen mit ihrem Vater an Carolines Grab und befühlte die Blumen der unzähligen Kränze mit den kleinen Fingern. Tränen kullerten Andrea über die Wangen, als sie das sah. Ihr Vater, Carolines Exfreund Tom, war ungefähr so alt wie Gregory. Er hielt Vickys Hand, während er lautlos weinte.

Andrea schaute zu Gordon und wischte sich über die Augen. »Ich wünsche mir so, sie würde noch leben.«

Er nickte nur, sagte aber nichts. Mit dieser Reaktion hatte er gerechnet, denn sie hatte ihm von dem Augenblick erzählt, in dem sie Carolines Tod als Erlösung für sie gesehen hatte. Jetzt sah Andrea ihr Grab vor sich und begriff die Endgültigkeit, mit der ein Mensch aus dem Leben gerissen worden war.

Gordon Weaver erzählte ihr, dass Jonathan Harold durch seine DNA-Analyse zweifelsfrei als der Campus Rapist identifiziert worden war. In seinem Elternhaus waren unzählige Fotos gefunden worden – Fotos aller Opfer und auch zahlreiche Bilder von Andrea. Er hatte sie an der Uni systematisch ausspioniert und sogar Fotos von Gregory und ihr vor dem

Haus gemacht. Ihr wurde klar, dass sie ihn vermutlich mehrere Male bemerkt oder gesehen hatte. Eine gruselige Vorstellung.

Dr. Weaver wertete die Videoaufnahmen aller Opfer aus und kündigte an, bald nach London zurückzukehren, um am College mit den Kollegen daran weiterzuarbeiten. Andrea hatte nichts dagegen, denn sie würde nicht mehr sehr viel Hilfe brauchen. Wenn doch, konnte sie ihn anrufen.

»Mein erster Eindruck ist, dass Sie wirklich recht hatten«, sagte er. »Erstaunlich viele Details Ihres Profils tauchen in den Aufnahmen tatsächlich auf. Er hat sich selbst verschiedentlich geäußert und mit den Opfern gesprochen. Inzwischen können wir ziemlich gut rekonstruieren, wie er vorgegangen ist. Nur bei Ihnen war einiges anders.«

»Was denken Sie, was er mit mir gemacht hätte?«, fragte Andrea ihn ganz direkt.

»Schwer zu sagen. Ich war bislang davon ausgegangen, dass es seine Absicht war, Sie mit noch größerer Härte zu behandeln als die anderen. Teilweise hat er das auch bestätigt. Allerdings halte ich es für gut möglich, dass er diesen Gedanken, den er Ihnen gegenüber angesprochen hat, wirklich in die Tat umgesetzt hätte. Vielleicht hätte er gerade Sie nicht umgebracht, sondern weiter in seiner Gewalt behalten.«

»Hm«, machte sie. »Das hätte ich nie für möglich gehalten. In dem Punkt habe ich mich wohl sehr getäuscht.«

»Nun, aber deshalb wollen Sie bei uns die Fallanalyse erst noch erlernen«, sagte er augenzwinkernd.

Er erzählte ihr auch, dass die Ehefrau sich vor Gericht würde verantworten müssen, weil inzwischen erwiesen war, dass sie ihren Mann im Verdacht gehabt und trotzdem nicht reagiert hatte. Das fand Andrea richtig so. Ihr fehlte dafür jedes Verständnis.

Die Aufbereitung mit Dr. Weaver tat ihr wirklich gut. Sie stellte fest, dass es ihr half, alles aus der wissenschaftlichen Perspektive zu betrachten. Indem sie versuchte, die Ereignisse wirklich zu verstehen, konnte sie auch mit ihnen leben. Er begleitete sie auch zur Polizei, wo Gregory eine Aussage zu Jonathan Harolds Tod machen sollte. Niemand war ernsthaft daran interessiert, ihm Schwierigkeiten zu machen, aber er sollte trotzdem noch einmal wiedergeben, warum er auf ihn geschossen hatte. Andrea bestätigte seine Annahme, dass Jonathan Harold versucht hatte, sie umzubringen.

Wohnung von Andrea und Gregory, 25. Februar

Eine Woche später feierte Andrea ihren Geburtstag. Jack, Rachel und Sarah waren natürlich auch eingeladen. Andrea wurde reich beschenkt, aber damit nicht genug – die anderen brachten ihr auch gemeinsam ein Ständchen. Es rührte sie fast zu Tränen, weil sie ihr eine riesige Freude damit machten. Sie waren alle gekommen, um mit ihr zu feiern und fröhlich zu sein. Glücklich stellte sie fest, dass sie dazu wieder in der Lage war. Inzwischen hatte sie die offizielle Zusage des College in London erhalten, dass sie im Sommer dort mit dem Seminar beginnen konnte. Damit ging für sie ein langgehegter Wunsch in Erfüllung.

Sie war überrascht, als es später noch einmal klingelte. Gregory öffnete und grinste vielversprechend in ihre Richtung. »Da kommt eine Überraschung.«

Andrea war gespannt. Neugierig schaute sie in den Flur und lauschte auf die Schritte. Sie traute ihren Augen kaum, als sie sah, dass es Christopher war, der die Treppe langsam und mühselig erklomm. Er kam freudestrahlend auf sie zu und schloss sie in die Arme. Andrea bewegte sich aus Vorsicht überhaupt nicht, denn sie wollte ihn nicht verletzen.

»Christopher«, sagte sie strahlend. »Was machst du denn hier?«

»Greg war so freundlich, mir zu verraten, dass du heute Geburtstag hast. Das konnte ich mir doch nicht entgehen lassen.«

»Danke, das ist toll. Ich freue mich riesig«, sagte sie und bat ihn herein. »Seht mal, wer da ist.«

»Hallo, Christopher«, begrüßte Gregory ihn, erwartungsgemäß wenig überrascht.

»Du musst verrückt sein«, sagte Andrea tadelnd zu Christopher. »Bist du ausgerissen, oder haben sie dich wirklich gehen lassen?«

»Ich habe einfach lange genug genervt. Irgendwann haben sie verstanden, dass es mir wahnsinnig wichtig ist, herzukommen. Laufen kann ich seit Anfang der Woche wieder, und jetzt darf ich hier mit Erlaubnis der Ärzte für zwei Stunden mein Unwesen treiben.«

»Wie schön. Ich weiß gar nicht, was ich sagen soll.«

»Na, hör mal, es ist ja nicht selbstverständlich, dass wir beide hier stehen«, stellte er fest. Andrea nickte ernst.

Solange er da war, widmete sie sich ihm. Sie setzte sich mit ihm in eine ruhige Ecke, wo er ihr betrübt erzählte, dass er an Johns Beerdigung natürlich nicht hatte teilnehmen können.

»Er fehlt mir. Er hätte nicht sterben müssen. Aber wenigstens lebst du noch. Wie geht es dir jetzt?«, erkundigte er sich.

»Es ist alles in Ordnung. Der Psychologe hat hervorragende Arbeit geleistet. Er hat sich sogar um Gregory gekümmert. Es geht uns gut, aber mir ist auch fast nichts passiert.«

»Zum Glück. Ich bin so froh darüber, Andrea«

»Ach ja, ich kann im Sommer mit der Fortbildung in der Fallanalyse anfangen«, erzählte sie stolz.

»Ehrlich? Glückwunsch. Das ist doch großartig. Du kannst das wirklich gut, Andrea. Dein Profil hat dich gerettet.«

Für einen Moment beobachtete Andrea die anderen. Sarah und Rachel verstanden sich gut, und Jack und Gregory unterhielten sich mit ihrer Mutter. Als Sarah Andreas Blick auf sich spürte, ging sie eilig zu ihr.

»Du hast es so gut hier«, sagte Sarah. »Du hast einen tollen Freund, lebst mit ihm in einer schönen Wohnung – ich platze vor Neid.«

»Wo ist er überhaupt?«, fragte Rachel plötzlich. Andrea musste zugeben, dass sie es auch nicht wusste. Er war einfach verschwunden.

Sie plauderten weiter, lachten und hatten Spaß. Im Augenwinkel bemerkte Andrea, wie Greg aus dem Schlafzimmer kam. Er ging um das Sofa herum, bis er neben ihr hockte und sagte: »Ich würde gern kurz um etwas Ruhe bitten.«

»Oh, eine Rede«, sagte sie lachend.

»Nicht ganz.« Die anderen sahen ihn neugierig an, während er nach ihrer Hand griff und tief Luft holte. Er war so nervös, dass er darum kämpfen musste, ein Zittern seiner Hände zu unterdrücken.

»Eigentlich weiß ich schon länger, was Andrea mir bedeutet«, begann er. »Wir kennen uns zwar noch nicht so lange, aber wir wohnen nun schon seit ein paar Monaten zusammen – gezwungenermaßen, weil ich sie beschützen wollte und es trotzdem nicht konnte. Aber diese Stunden, in denen ich nicht wusste, wo sie ist und ob es ihr gut geht, haben mir ganz deutlich gezeigt, dass ich sie wirklich aufrichtig liebe.«

Andreas Herz begann wie wild zu pochen, als er das sagte, denn mit so etwas hatte sie gar nicht gerechnet.

Er schaute zu ihr. Seine Nervosität nahm noch zu. »Ich habe gemerkt, dass ich nicht mehr ohne dich sein will. Dich zu verlieren, hätte ich nicht ertragen. Ich will auch nie wieder in die Verlegenheit kommen. Mein Wunsch ist es, immer mit dir zusammenzubleiben, und deshalb möchte ich dich fragen, ob du mich heiraten willst.«

Er hielt ihr seine Hand hin, in der ein geöffnetes Kästchen mit einem Ring lag. Andrea starrte ihn einfach nur an – ungläubig, fassungslos, wie betäubt vor Freude. Ihre Augen wurden unwillkürlich feucht. Mit einem Lächeln drückte sie seine Hand und umarmte ihn selig.

Nachbemerkung

Die Methode, die auch hierzulande unter dem Begriff Profiling bekannt ist, interessiert mich schon seit langem. Bei aller Begeisterung für Psychologie, die ich ohnehin schon besaß, konnte ich mir anfangs jedoch nicht vorstellen, wie genau Profiler ihre Analysen erstellen. In Filmen wird diese Arbeit entweder als genialer Hokuspokus dargestellt oder aber so, dass man schlichtweg nicht nachvollziehen kann, wie genau das eigentlich funktioniert.

Einige Jahre, viele Recherchestunden und einen Studiengangswechsel später war es soweit, dass ich mich entschlossen habe, mit ein paar Mythen aufzuräumen und beim Profiling etwas genauer hinzusehen. Einiges bleibt daran natürlich reine Fiktion, anderes aber nicht.

Gern würde ich jetzt postulieren, dass ich in der Darstellung des Rapist übertrieben habe, aber es existieren erschreckende Studien des FBI, die das Gegenteil untermauern. Und auch das wollte ich darstellen. Dass es furchtbar ist, macht es nicht weniger real.

Der Feststellung und besonders der Akzeptanz des Umstandes, dass für meine Liebe zum Schreiben erst noch eine eigene Kategorie erfunden werden muss, gebührt Marcel meine absolute Hochachtung. Ist bestimmt nicht leicht, sein Leben mit einer Frau und ihren höchst eigenwilligen Hirngespinsten zu teilen.